Thomas Thiemeyer

Evolution

Der Turm der Gefangenen

Bücher von Thomas Thiemeyer im Arena Verlag:
Evolution. Die Stadt der Überlebenden
Evolution. Der Turm der Gefangenen

Thomas Thiemeyer,

geboren 1963, studierte Geologie und Geographie, ehe er sich selbstständig machte und eine Laufbahn als Autor und Illustrator einschlug. Mit seinen preisgekrönten Wissenschaftsthrillern und Jugendbuchzyklen, die mittlerweile in dreizehn Sprachen übersetzt wurden, ist er eine feste Größe in der deutschen Unterhaltungsliteratur. Seine Geschichten stehen in der Tradition klassischer Abenteuerromane und handeln des Öfteren von der Entdeckung versunkener Kulturen und der Bedrohung durch mysteriöse Mächte. Der Autor lebt mit seiner Familie in Stuttgart.

www.thiemeyer.de
www.thiemeyer-lesen.de

Thomas Thiemeyer

EVOLUTION

DER TURM DER GEFANGENEN

Arena

FSC
www.fsc.org
MIX
Papier aus verantwortungsvollen Quellen
FSC® C110508

2. Auflage 2017

Dieses Werk wurde vermittelt durch die Literarische Agentur
Thomas Schlück GmbH, 30827 Garbsen
Coverillustration: Jann Kerntke
Einbandgestaltung: Johannes Wiebel
Gesamtherstellung: Westermann Druck, Zwickau GmbH
ISBN 978-3-401-60168-7

www.arena-verlag.de
www.twitter.com/arenaverlag
www.facebook.com/arenaverlagfans

»Und Gott segnete sie und sprach zu ihnen: Seid fruchtbar und mehret euch und füllet die Erde und macht sie euch untertan, und herrschet über Fische im Meer und über Vögel unter dem Himmel und über alles Tier, das auf Erden kreucht.«

1. Buch Mose – Kapitel 1

»Zwei Dinge sind unendlich, das Universum und die menschliche Dummheit, aber bei dem Universum bin ich mir noch nicht ganz sicher.«

Albert Einstein

1879–1955, deutsch-amerikanischer Physiker, Relativitätstheorie, Nobelpreis 1921

0

Was zuvor geschah ...

Während eines Linienflugs von Frankfurt nach Los Angeles gerät der voll besetzte Jumbojet LH-456 über der Polarregion in einen Zeitstrudel, der ihn mehrere Hundert Jahre in die Zukunft schleudert. Jerome Ellis und Lucinde von Winterstein, die im Rahmen eines Schüleraustauschs in Richtung Kalifornien unterwegs sind, müssen miterleben, wie die Maschine auf dem Denver International Airport notlandet. Doch nichts ist mehr so, wie wir es kennen. Die Welt hat sich verändert.

Auf der Suche nach Antworten begeben sich Jem und Lucie – zusammen mit ihren Freunden Olivia, Katta, Zoe, Marek, Arthur und Paul – an Bord eines Schulbusses auf die gefahrvolle Reise in die entvölkerte Metropole. Dort angelangt, stoßen sie auf beunruhigende Informationen. Ganz offensichtlich wurde die Erde von einem Kometen getroffen. Fremde Lebensbausteine gelangten ins Meer, breiteten sich in Form von Wolken und Regen über die ganze Welt aus und verursachten einen zweiten, großen Evolutionsschub. Dieser brachte der Menschheit den Tod. Eine neue Spezies hat das Land erobert: *die Squids* –

Nachfahren der Tintenfische. Perfekt getarnt und mindestens ebenso intelligent wie Menschen, stellen sie die größte Bedrohung dar.

Als die Jugendlichen versehentlich zwei dieser Kreaturen töten, überschlagen sich die Ereignisse.

Als Opfer einer groß angelegten Treibjagd bleibt ihnen nur die Flucht in die Berge. In alten Schriften finden sie den Hinweis auf eine verborgene Stadt – eine letzte Zuflucht der Menschheit, verborgen inmitten von Eis und Schnee.

Jem, der bei der dramatischen Rettungsaktion beinahe sein Leben verliert, wird von der Gruppe getrennt und muss sich auf eigene Faust durchschlagen. Sein Leben hängt an einem seidenen Faden.

1

Wo bist du, Jem?
Geht es dir gut?
Ich würde alles dafür tun, dich wiederzusehen.

Lucie gab sich einen Ruck und schritt an Ragnar vorbei, die Stufen hinauf in die Festung.

Der Gang war breit und von Fackeln gesäumt. Wasser tröpfelte von den grob behauenen Wänden. Der Schein der Flammen spiegelte sich in den Pfützen. Wachen standen rechts und links. Sie wirkten ernst und zu allem entschlossen. Kein freundliches Wort kam über ihre Lippen. Lucie fühlte sich wie eine Gefangene. Was ging hier vor? Warum waren diese Menschen so zurückhaltend?

Ragnar schob sie vor sich her. »Vorwärts, nicht trödeln. Wir haben es eilig.«

Sie fuhr herum. »Fass mich nicht an.«

»Oder was?« Tief in Ragnars Augen war ein Glimmen zu sehen. Wie bei einem Drachen, kurz bevor er Feuer spie. Doch er hatte sich unter Kontrolle.

»Das wirst du dann schon noch merken.«

»So temperamentvoll, hm? Aber das passt zu deinen Haaren.« Er lächelte. »Bitte entschuldige, ich wollte nicht zudringlich werden. Es ist nur so: Jarl Ansgar ist kein geduldiger Mann. Er reagiert ziemlich ungehalten auf Verspätungen. Und er hat viele Fragen an euch.«

»Die haben wir auch«, erwiderte Lucie. »Aber das ist noch lange kein Grund, unhöflich zu werden.« Sie ließ ihn stehen und ging weiter.

Ragnar mochte zwei oder drei Jahre älter sein als sie und war gut gebaut. Nicht so groß und massig wie Marek, aber kräftig und ziemlich durchtrainiert. Kein uninteressanter Typ. Seine Aura leuchtete in einem warmen Goldton. Nach außen hin wirkte er ruhig und kontrolliert, doch in seinem Inneren brodelte es, das spürte Lucie. Mit seinen blonden, geflochtenen Haaren, seinem Bart und den vielen Tätowierungen erinnerte er Lucie an einen nordischen Krieger – einen Wikinger oder so. Auch seine Rüstung und das Wolfsfell über seinen Schultern entsprachen diesem Bild. Wobei sich natürlich die Frage stellte, wieso hier in Nordamerika Wikinger lebten. Und was um alles in der Welt sie in den Bergen zu suchen hatten.

Seine Stimme riss Lucie aus ihren Gedanken.

»Warum hast du vorhin auf die andere Talseite geschaut?«

Sie presste die Lippen zusammen. »Ich dachte, ich hätte etwas gesehen«, sagte sie leise.

»Sehr interessant. Und was?«

Ja, was? Sollte sie ihm erklären, dass sie Jems Stimme in ihrem Kopf gehört hatte? Er hätte sie für verrückt gehalten. Solange sie nicht wusste, mit was für Menschen sie es hier zu tun hatte, würde sie niemandem von ihrer besonderen Begabung berichten.

Sie zuckte die Schultern. »Nichts Bestimmtes. Nur so eine Ahnung.«

Ragnar schnalzte mit der Zunge. »Frauen und ihre Ahnungen. Wenn du nach dem Trow Ausschau gehalten hast, solltest du dir keine allzu großen Hoffnungen machen. Die Chancen, da draußen alleine zu überleben, sind gleich null. Wir können morgen früh ein Suchkommando losschicken, aber ich denke nicht, dass er die Nacht überstehen wird.«

»Trow? Wovon redest du?«

»Na, der, den ihr zurückgelassen habt. Der Dunkle.«

»Ja«, sagte sie. »Ich habe tatsächlich nach ihm Ausschau gehalten. Wie kommst du darauf, dass er nicht überleben wird? Du kennst Jem nicht. Er ist ziemlich einfallsreich.« Natürlich hatte sie sich selbst auch schon hundert Mal die Frage gestellt, ob er es allein schaffen würde, und es machte sie fast wahnsinnig, nicht zu wissen, wo er war und wie es ihm ging.

»Das wird ihm nichts nutzen«, entgegnete Ragnar. »Hörst du das?« Er hob den Finger an sein Ohr. Durch eine der Schießscharten war ein Heulen zu hören.

Wölfe!

»Sollte er den Bärenangriff wirklich überlebt haben – was sehr unwahrscheinlich ist –, so wird er zur Beute der Nachtfelle. Jeder Mann, der halbwegs bei Verstand ist, kehrt vor Sonnenuntergang freiwillig ins Innere der Burg zurück. Nach dem Schließen der Tore ist das da draußen ihr Reich.« Seine Stimme wurde leiser. »Wenn du wüsstest, wie viele Männer wir bereits an die Wölfe verloren haben. Gute Männer. *Krieger.* Es ist eine grausame Welt da draußen.«

»Jem wird es schaffen«, sagte Lucie mit bebender Stimme. »Er ist anders.«

Ragnar wiegte nachdenklich den Kopf. »Nun ja, ich weiß nicht so viel über die Trow. Besitzt er magische Fähigkeiten?«

Da war es schon wieder, dieses Wort.

»Was meinst du damit?«, fragte sie. »Welche Fähigkeiten? Und was um alles in der Welt sind Trow?«

»Vielleicht kennst du sie unter anderem Namen, immerhin scheinst du von weit her zu kommen. Ich rede von den Dunkelwesen.« Er sah sie erwartungsvoll an. »Oder hast du diesen Namen auch noch nie gehört?«

»Nein.«

Er hob erstaunt die Brauen. »Wie ist das möglich? Kennst du die Legende etwa nicht?«

Lucie wurde es jetzt zu dumm. »Ich wäre dir sehr dankbar, wenn du endlich aufhören würdest, in Rätseln zu sprechen. Ich kenne keine Trow, ich kenne keine Dunkelwesen und von irgendeiner Legende weiß ich auch nichts. Jem ist mein Freund und er braucht unsere Hilfe. Warum schickst du das Suchkommando nicht gleich jetzt los?«

»Weil nach Sonnenuntergang niemand mehr die Zitadelle verlässt. Viel zu gefährlich.«

»Dann halt morgen früh, gleich nach Sonnenaufgang.«

Ragnars Blick drückte Verblüffung aus. Er sah sie mit wachsender Neugier an. »Was liegt dir so an ihm? Weißt du nicht, dass sie keine Freunde der Menschen sind? Die Trow waren einst Verbündete der Titanen. Was auch der Grund ist, warum die Götter sie mit dunkler Haut gestraft haben. Ein paar von ihnen leben in der Unterstadt, neben der Kanalisation. Aber sie bleiben lieber unter sich. Man darf ihnen nicht trauen, sie sind widerspenstig und faul. Es heißt, sie würden dort seltsame Rituale betreiben.«

Lucie schluckte. Ihr wurde immer klarer, dass hier irgendetwas faul war. Ragnars Worte hinterließen einen äußerst bitteren Nachgeschmack.

So seltsam es klang, aber für den Moment war Lucie froh, dass Jem nicht hier war.

Sie verließen den Gang und betraten eine Halle von immensen Ausmaßen. Einen solch riesigen Saal hatte sie nicht erwartet. Die Wände waren aus grobem Mauerwerk gehauen und etwa zehn Meter hoch. Tierköpfe waren dort befestigt. Es gab Trinkhörner, geschnitzte Drachenköpfe, Holzpfähle in Menschengestalt, Felle, Schilde und Waffen, deren Klingen vom Alter schwarz geworden waren. Durch die Schießscharten tröpfelte das letzte Grau des Tages. Der Geruch von Rauch, Fleisch und verbranntem Fett hing in der Luft. Fackeln verströmten unruhiges Licht.

An der gegenüberliegenden Seite standen drei Götterfiguren, die aus mächtigen Baumstämmen geschnitzt waren. Sie waren überdeckt mit Symbolen und Zeichen und ebenfalls geschwärzt vom Alter. Zu ihren Füßen hatte man Opferschalen und kleine Ölfeuer aufgestellt.

Etwa zwei Dutzend Männer saßen an langen Holztischen, aßen und tranken. Sie hatten lange Bärte und trugen Schmuck sowie Kleidung aus Leder und Fell. Einige von ihnen waren etwas edler gekleidet. Kaufleute vielleicht, oder Beamte. In ihren Gesichtern lagen Neugier und Argwohn.

Lucie spürte instinktiv, dass man sie hier nicht mit offenen Armen empfangen würde.

In einem Kamin an der Ostseite der Halle brannte ein hohes Feuer. Daneben befand sich ein steinerner Sockel, auf dem ein einzelner überdimensionierter Stuhl stand. Wie alles in dieser Halle war auch er aus Holz geschnitzt und kunstvoll verziert. Auf dem Thron saß ein gebeugter Mann. Früher war er wahrscheinlich ziemlich kräftig gewesen, denn er hatte große Hände und Füße, doch Alter oder Krankheit hatten ihn schrumpfen lassen. Lucie fiel sofort seine gelbliche Haut auf, die alles andere als gesund wirkte. Sein Haar war strähnig und unter seinen Augen lagen dicke Tränensäcke. Über seinen Schultern hing ein Bärenfell, darunter trug er eine funkelnde Brustplatte, wie Lucie sie nur aus den Geschichtsbüchern kannte. Ein Lederband mit einem blitzenden Rechteck aus Gold war das Einzige, was einer Krone gleichkam. Unzweifelhaft der Herrscher dieser Burg. Wie hatte Ragnar ihn genannt? – *Jarl Ansgar.*

»Warte hier bei deinen Freunden«, flüsterte Ragnar ihr zu. »Ich werde euch ankündigen.«

Er trat vor den Thron, verbeugte sich und sagte: »Ich bringe euch die Fremden, Vater. Sie sind unbewaffnet und friedlich.«

Dann stellte er sie der Reihe nach vor.

Der Alte richtete sich auf. »Ich danke dir, mein Sohn. Du hast deine Sache gut gemacht.« Seine Stimme war tief und rau.

Lucie warf einen verwunderten Blick auf Ragnar. Er war der

Sohn des Fürsten? Wenn sie das gewusst hätte, wäre sie vielleicht nicht so vorlaut gewesen.

Neben Ansgar stand ein zweiter Mann. Ein Berater vielleicht, oder ein Priester. Er war groß und schlank und hatte offensichtlich schon einiges erlebt. Sein linkes Auge war blind, die Haut darunter weiß und vernarbt. Was ihm an Haaren fehlte, machte er durch seinen Bart wett, der bis zu seiner Hüfte reichte und zu Zöpfen geflochten war. An ihren Spitzen befanden sich kleine Metallröhrchen, die bei jeder Bewegung leise klingelten. Gekleidet war er in eine Kutte, an deren Schultern die Köpfe und Schwingen zweier ausgestopfter Raben befestigt waren. Er hielt einen kunstvoll geschnitzten Stab in der Hand, an dessen Ende ein furchterregender Drachenkopf prangte. Er schien zu der schweigsamen Sorte zu gehören und beschränkte sich darauf, die Neuankömmlinge mit seinem verbliebenen Auge durchdringend anzustarren.

Der Jarl hob sein Kinn. »Mein Name ist Ansgar Kurdack-Vlat, Jarl von Niflheim und Beschützer der Toten. Wer wird für euch sprechen?«

»Ich werde das tun«, sagte Marek und trat vor. »Ich bin der Anführer dieser Gruppe und man nennt mich Marek.«

Der Jarl nickte. Das Aussehen des Jungen schien akzeptabel zu sein. Das wunderte Lucie nicht, denn Marek war ziemlich groß und sein Auftreten strotzte nur so von Selbstbewusstsein. Auf seine Art schien er viel besser in diese Umgebung zu passen als irgendein anderer aus ihrer Gruppe. Und es war typisch für ihn, dass er sich selbst als ihr Anführer bezeichnete.

»Wer seid ihr, woher kommt ihr?«, fragte der Jarl. »Eure

Kleidung und euer Gebaren geben Anlass zur Verwunderung.«

»Wir sind weit gereist«, sagte Marek. »Wir haben viel erlebt und viel zu erzählen. Ohne Übertreibung kann ich sagen, dass wir vom anderen Ende der Welt kommen.«

»Vom anderen Ende der Welt?« Die Brauen des Fürsten schossen nach oben. »Dann seid ihr über das Weltenmeer gekommen?«

Marek nickte. »Könnte man wohl so ausdrücken, ja. Aus östlicher Richtung von jenseits des Atlantiks.«

Ein Raunen ging durch die Halle.

»Aus dem Osten?« Der Jarl und der Priester tauschten einen überraschten Blick aus. »Jotunheim liegt im Osten. Kann es sein, dass ihr von dort kommt?«

»Jotunheim?« Marek runzelte die Stirn. »Bitte entschuldigt, aber der Name sagt mir nichts. Wir kommen aus Europa, genauer gesagt aus Deutschland. *Germany.«*

»Ger … ma … ny?« Das Englisch wirkte grob und unbeholfen. Irgendwie altertümlich.

Die Leute in der Halle sahen sich ratlos an.

»Dieser Name ist mir wiederum nicht geläufig«, sagte der Jarl. »Ist das der Name einer Siedlung?«

»Eher der eines Landes«, sagte Marek vorsichtig. Lucie war nicht ganz wohl bei der Sache. Wie konnte es sein, dass diese Menschen noch nichts von Deutschland gehört hatten? Geschweige denn von Europa? Sie schienen völlig aus der Zeit gefallen zu sein. Solange sie nicht wussten, was hier los war, war es bestimmt besser, vorsichtig zu sein.

Marek räusperte sich. »Seltsame Umstände haben uns hierher verschlagen. Wir mussten notlanden und fanden uns in dieser fremdartigen Wildnis wieder. Auf der Suche nach Überlebenden sahen wir eure Leuchtsignale. Wir nahmen an, dass sie uns galten, und schlugen deshalb den Weg hierher ein. Bitte verzeiht uns, falls dies ein Missverständnis war.«

Lucie war beeindruckt. Marek konnte ganz schön redegewandt sein, wenn es darauf ankam. Hatte er nicht erzählt, seine Eltern besäßen ein Autohaus? Schien so, als habe er das Talent vererbt bekommen.

»Es war kein Missverständnis«, sagte der Jarl. »Mir wurde von eurer Ankunft berichtet und ich hielt es für wichtig, mit euch zu reden. Ihr müsst wissen, dass ihr die ersten Fremden seid, die seit etwa zwei Zentenarien den Weg zu uns gefunden haben.«

»Seit zwei ...?« Marek riss die Augen auf. »Ihr meint, wir sind seit zweihundert Jahren die ersten Fremden, die euch besuchen kommen? In all der Zeit hat niemand den Weg hierher gefunden? Krass!«

»Aus Midgard? Nein.«

Midgard? Lucie runzelte die Stirn. Schon wieder so ein eigenartiger Begriff. Sie wusste nicht, was sie damit anfangen sollte. Hilfe suchend sah sie ihre Freunde an. Doch selbst Arthur und Olivia, die sonst zu jedem Thema etwas zu sagen hatten, wirkten ziemlich ratlos. Von Katta und Zoe ganz zu schweigen. Olivia stieß ein Räuspern aus. »Verzeiht, aber welches Jahr haben wir gerade?«

Gemurmel machte sich im Saal breit.

Fürst Ansgars Brauen schossen empor. »Welches Jahr? Wisst ihr das denn nicht?«

Sie senkte den Kopf. »Wie gesagt, wir kommen von sehr weit her. Unsere Ankunft hier war so etwas wie ein Unfall. Wir hatten nie geplant, hier zu landen. Es ist alles so … verwirrend.«

Ansgar blickte sie eine Weile ungläubig an, dann begann er auf einmal, schallend zu lachen. »Ihr habt also weder eine Ahnung, wo ihr hier euch befindet, noch welches Jahr wir haben? Ihr kommt mir vor wie eine Gruppe von Narren und Spaßmachern, denen man einen mit dem Knüppel über den Kopf gezogen hat. Eure Kleidung, euer Fahrzeug – all das wirft viele Fragen auf. Und doch höre ich keinen Spott in euren Worten. Ihr meint das wirklich ernst, oder? Nun gut …« Er erhob sich mühsam von seinem Thron und kam ihnen ein paar Stufen entgegen. »Ich sehe, dass ihr müde und verwirrt seid und dringend Ruhe benötigt. Die Wachen werden euch zu euren Gemächern führen. Dort werdet ihr Nahrung und Kleidung erhalten. Ruht euch aus, versucht, wieder klar im Kopf zu werden. Morgen werden wir uns dann ausgiebiger unterhalten.« Er machte eine Handbewegung, die signalisierte, dass die Audienz vorüber war.

»Einen Moment bitte …«, stieß Lucie aus. Sie wollte gerade zu einer Frage ansetzen, doch Marek zog sie zurück. *»Was soll das?«,* zischte er.

»Jem«, flüsterte sie. »Sie sollen einen Suchtrupp losschicken. Wir müssen ihm helfen.«

»Wir können im Moment nichts für ihn tun. Ich habe das alles schon mit Ragnar besprochen. Und jetzt halt den Rand«, flüsterte er. »Du hast Fürst Ansgar doch gehört. Wir können froh sein, dass er uns hier aufnimmt und dafür müssen wir dankbar sein.« Er lächelte dem Jarl zu. »Vermassel uns das jetzt nicht. Es ist der Wahnsinn, dass wir es überhaupt bis hierhin geschafft haben. Alles Weitere wird sich klären.«

2

Nnn‿neuigkeiten?

Nnn‿nein. Warten auf nnn‿neue Informationen.

Sss‿status?

Fremde geflohen in Großen Sss‿stein.
Unerreichbar für uns.

Nnn‿nicht gut. ES sss‿sehr ungehalten. ES befiehlt Angriff.

Verstanden.

Eines nnn‿noch: DUNKEL hat es nnn‿nicht geschafft. Nnn‿noch immer draußen.

Sss‿standort?

Nnn‿nicht wissen. Versteckt.

Sss‿suchen. Finden. Verhören.
Könnte sss‿sich als wichtig erweisen.

3

Müde blinzelte Jem in Richtung des Höhleneingangs. Erste Sonnenstrahlen beleuchteten den Fels und überzogen das Gestein mit einer Schicht aus Silber und Gold.

Er richtete sich auf, streckte sich und hielt die Nase in die Höhe. Kalter Rauch hing in der Luft. Das Feuer war während der Nacht heruntergebrannt, jetzt spürte er, wie die Kälte langsam seine Beine heraufkroch.

Er schnupperte an seiner Jacke. Himmel, er stank wie ein altes Paar Turnschuhe. Aber er war froh, dass seine Sachen wieder trocken waren und er endlich nicht mehr frieren musste – wäre er nicht auf die Bärenhöhle gestoßen, er hätte diesen Morgen vermutlich nicht erlebt.

So gesehen hatte der mörderische Kampf gestern am Abgrund doch sein Gutes gehabt. Der Bär war abgestürzt und seine Höhle unbewohnt. Einer war gestorben, damit ein anderer leben konnte.

Sein Unterschlupf hatte den Vorteil, dass er potenzielle Gegner auf Abstand hielt. Kein Tier war so dumm, eine Bärenhöhle zu betreten. Immerhin war das Monstrum der uneingeschränkte Herrscher der Berge gewesen. Jetzt war das Jem.

Der König war tot. Lang lebe der König!

Doch er durfte sich seiner Sache nicht zu sicher sein. Der Betrug würde nicht lange unbemerkt bleiben. Sobald die anderen

Biester herausfanden, dass er nur bluffte, würden sie Jagd auf ihn machen. Ihm blieb vielleicht noch bis heute Abend, um die Festung zu erreichen, sonst war er geliefert.

Als er neues Holz aufschichtete, um die Glut wieder in Flammen zu verwandeln, musste er an M.A.R.S. denken. Die Erinnerung an den Blechmann ließ sein Herz schwer werden. Das neugierige gelbe Auge, der mürrische Mund, die elektronische Kinderstimme – es war ein Jammer, dass M.A.R.S. nicht mehr da war. Jem vermisste ihn. Im Gegensatz zu seinen Freunden hatte der kleine Roboter immerhin versucht, ihm zu helfen – und sich am Ende sogar für ihn geopfert. M.A.R.S. war eben nicht nur ein lebloses Stück Metall gewesen. Er hatte Charakter besessen – viel mehr, als so mancher Mensch das tat.

Frische Flammen loderten empor. Jem nahm einen Stock, spitzte ihn zu und schnitt etwas Fleisch von der Bergziege.

Das Tier war vermutlich vor einigen Tagen vom Bären gerissen worden, aber das Fleisch war aufgrund der niedrigen Temperaturen immer noch genießbar. Jem hatte einen Wahnsinnskohldampf. Er musste dringend etwas essen, ehe er sich auf den Weg machte. Schon bald war die Höhle von einem verführerischen Geruch erfüllt.

Rasch schlang er das Fleisch in sich hinein, auch wenn es so ganz ohne Salz und Pfeffer nicht besonders schmeckte. Aber Hauptsache, er hatte überhaupt etwas zu beißen.

Nach der Mahlzeit fühlte er sich besser. Jetzt war er bereit. Draußen war es hell geworden. Vielleicht schickten die Menschen auf der Festung ja ein paar Leute, um ihn zu suchen. Er sollte auf jeden Fall die Augen offen halten. Der Gedanke daran, Lucie wiederzusehen, verlieh ihm neue Hoffnung.

Zum Schutz gegen die Kälte stopfte er ein paar Handvoll Fellbüschel zwischen Jacke und Hemd. Der Menge an Pelzen nach zu urteilen, die hier rumlagen, war der Bär kein Kostverächter gewesen. Kaninchen, aber auch einige Murmeltiere waren dabei. Er steckte den abgebrochenen Oberschenkelknochen eines Wildschweins oder eines anderen großen Tieres unter seinen Gürtel, schnappte sich den schulterhohen Stock, den er gestern schon gefunden hatte, und verließ die Höhle.

Draußen blieb er kurz stehen, um sich an die ungewohnte Helligkeit zu gewöhnen. Die Sonne stand zwei Handbreit über dem Horizont und schickte flache Strahlen über den kargen Gebirgssattel. Die Aussicht war atemberaubend. Wie ausgeschnitten ragten die umliegenden Berggipfel aus der milchigen Nebelsuppe. Der Himmel war so blau wie das Meer an einem windstillen Tag. Nicht eine Wolke trübte den Blick. Jem vergewisserte sich, dass keine Vögel unterwegs waren, und machte sich dann auf den Weg in Richtung Westen.

Sein Ziel war die Steilwand, von der aus er gestern zur Zitadelle hinübergeschaut hatte. Vielleicht gelang es ihm dort, einen Abstieg oder eine Abkürzung ausfindig zu machen. Er hatte nämlich keine Lust, den ganzen Weg zurück zur Straße zu laufen. Gestern Abend hatte er ein Wolfsrudel beobachtet, das sich dort herumgetrieben hatte. Große grauhaarige Gestalten, die seine Duftspur verfolgt hatten und sicher kurzen Prozess mit ihm machen würden, sollten sie ihn finden. Ihr Geheul war die ganze Nacht zu hören gewesen. Er musste damit rechnen, dass sie die Straße rund um die Uhr beobachteten.

Diese Tiere waren klug. Ein bisschen zu klug für seinen Geschmack. Er hatte es in ihren Augen gesehen, in der Art, wie sie sich miteinander verständigten. Wie eine Gruppe von Jägern, die auf Treibjagd gingen. Und auch ihr Jaulen hatte irgendwas Menschliches. Was immer in diesem Kometen gewesen war, es hatte zu einer ziemlich radikalen Weiterentwicklung des Lebens auf der Erde geführt.

Geduckt lief Jem zwischen den Felsen hindurch. Als er die Abbruchkante erreicht hatte, atmete er noch einmal tief durch und trat dann ins Freie.

Die Zitadelle sah im Morgenlicht aus wie aus einem Märchen. Ihre Flanken schimmerten, als wären sie mit Blattgold überzogen. Jem bemerkte, dass viele Gebäude, aber auch Abschnitte der Mauer selbst direkt aus der Felswand herausgehauen worden waren. Wahrscheinlich reichten die Wohnbereiche viel tiefer in den Fels hinein, als man von hier aus erkennen konnte. Bei der Vorstellung, dass die gesamte Bergflanke von Gängen und Stollen durchzogen war, lief es ihm kalt den Rücken runter.

Für diese frühe Stunde waren schon erstaunlich viele Menschen auf den Beinen. Jem sah Fuhrwerke, Handkarren und Marktstände. Wimpel wurden gehisst und Schilder aufgehängt. Scheinbar war heute Markttag. Aber womit wurde hier gehandelt? Betrieben diese Leute vielleicht irgendwo Ackerbau und Viehzucht? Möglich war es. Das Gebirge war derartig zerklüftet, dass es vielleicht einige abgelegene Täler gab, die fruchtbar und frei von Raubtieren waren. Das würde erklären, wie es den Menschen hier oben gelungen war zu überleben.

Jem nahm unter einem Felsüberhang Platz und ließ seinen Blick über die Anlage schweifen. Echt ärgerlich, dass er kein Fernglas dabeihatte. Aber er erkannte auch so, dass seine Freunde nicht dort unten waren. Ob sie noch schliefen? Plötzlich durchzuckte ihn ein schrecklicher Gedanke. Was, wenn sie eingesperrt worden waren und verhört wurden? Hoffentlich hatten sie Lucie nichts angetan. Aber warum sollten sie? Jem konnte sich gut vorstellen, dass es vermutlich eine große Ausnahme war, Besuch von Fremden zu erhalten.

Er kniff die Augen zusammen. Es war auf die Entfernung schwer zu erkennen, aber die Menschen dort unten sahen doch recht eigenartig aus. Irgendwie mittelalterlich. Männer und Frauen waren in graue oder braune Stoffe gekleidet und trugen seltsame Kopfbedeckungen – weiße Hauben, Kapuzen oder Lederkappen. Jem entdeckte Männer mit Schilden und Rüstungen, hauptsächlich auf den Wehrgängen, die oberhalb der Festungsmauern errichtet worden waren. Es waren stämmige Kerle mit Lanzen, Schwertern und Äxten, die wie Krieger aussahen. Kein Wunder bei dieser Umgebung. Doch warum wirkte das alles wie aus dem Mittelalter? Warum hatten sich die Leute nicht ein paar moderne Waffen besorgt, mit denen sie den Viechern die Hölle heißmachten? In den verlassenen Städten lag doch genug von dem Zeug rum. Vielleicht würde sich das alles klären, wenn er es erst mal dort hinübergeschafft hatte.

Jem entdeckte den gelben Bus. Er stand immer noch dort, wo man ihn gestern abgestellt hatte. Ein Stück unterhalb des Vorplatzes befand sich eine Baustelle. Hölzernes Fachwerk markierte die Eckpunkte, an denen mit der Aufschichtung grober Steinquader begonnen worden war. Die Arbeit wurde von einer Gruppe kräftiger Männer geleistet, die von brutalen Aufsehern herumkommandiert wurden. Befehle wurden gebrüllt und das Klatschen von Peitschenhieben war zu hören.

Jem runzelte die Stirn. *Peitschen?* Was waren denn das für Arbeiter? Er bemerkte eine Szene, die sich etwas am Rande der Baustelle abspielte. Einer der Arbeiter war anscheinend zusammengebrochen. Es sah aus, als hätte er einen Fuß unter einen der massiven Steinquader bekommen. Jem konnte seine Schreie hören. Doch anstatt dass man ihm aufhalf, hagelte es Peitschenhiebe. Erst als ein paar seiner Kollegen kamen und den Stein fortschleiften, konnte der Mann befreit werden.

Das arme Schwein!

Jem fragte sich, was da los war. Warum wurden die Leute so mies behandelt? Er wollte sein Augenmerk schon auf einen anderen Ort richten, als ihm ein Detail ins Auge fiel. Der Arbeiter besaß dunkle Haut. Genau wie die anderen, die jetzt wieder in den Seilen hingen und schwere Lasten bewegten. Sie alle hatten dunkle Haut.

Genau wie er!

Fieberhaft ließ er seinen Blick über die restlichen Stadtteile schweifen. Kein Zweifel. Wo immer er hinblickte, hellhäutige Bewohner. Nur dort unten nicht.

Jem richtete sich kerzengerade auf. Ein einziger Gedanke zuckte durch sein Gehirn: *Sklaven!* Menschen seiner Hautfarbe wurden dort unten als Sklaven gehalten.

Diese Erkenntnis traf ihn wie ein Schlag ins Gesicht. Er konnte also nicht einfach so dort auftauchen und Hallo sagen. Man würde ihn einsperren und zum Arbeitsdienst zwingen. Man würde ihn zu einem Sklaven machen. Was war das für ein Volk, das so lebte? Wenn er in Geschichte richtig aufgepasst hatte, waren die Zeiten der Sklaverei doch lange vorbei. Ob er unter dieser Voraussetzung überhaupt noch Lucie wiedersehen würde, war mehr als fraglich. Er stieß einen leisen Fluch aus. Von der einen auf die andere Sekunde hatte sich sein Plan in Rauch aufgelöst.

4

Lucie hatte von Jem geträumt. In ihrer Vorstellung hatte er mutterseelenallein auf einem kargen Berggipfel gehockt und in die Gegend geschaut. In seinem Gesicht lag eine Mischung aus Überraschung und Trauer. Als ob er irgendetwas Schlimmes gesehen hatte.

»Aufstehen, Jarl Ansgar will mit euch sprechen. Raus aus den Federn und anziehen!«

Erschrocken fuhr Lucie auf. Zwei Frauen hatten ihre karge Zelle betreten. Eine von ihnen war die Kammerzofe, die sie schon gestern kennengelernt hatten. Die andere sah aus wie ihre Bedienstete. Sie stellten ein Tablett auf den Tisch und legten einen Stapel Kleidung daneben. »Hier sind ein paar Sachen für euch. Eine halbe Stunde, dann müsst ihr fertig sein. Waschen könnt ihr euch nebenan. Beeilung, der Fürst erwartet euch.«

Mit schweren Schritten verließen die Frauen das Zimmer.

Lucie rieb sich die Augen und blinzelte aus dem Fenster. Draußen war es bereits hell geworden. Die Berge auf der anderen Seite erhoben sich majestätisch aus dem Morgennebel. Irgendwo krähte ein Hahn.

»Wie spät ist es?«, murmelte Olivia schlaftrunken. Sie lag neben Lucie auf einer Strohmatte.

»Keine Ahnung«, murmelte Lucie. »Ich tippe aber so auf halb sieben.«

»Was soll denn der Scheiß, uns so früh aus dem Bett zu schmeißen?«, mäkelte Katta. »Warum können die uns nicht einfach ausschlafen lassen? Wissen die nicht, was wir alles durchgemacht haben?« Sie warf sich demonstrativ auf die andere Seite. Als ob das etwas nutzte. Vermutlich würden die Frauen bald wiederkommen und sie notfalls mit einem kalten Krug Wasser wecken. Zumindest schätzte Lucie die handfeste Zofe so ein.

Sie stand auf und sah sich suchend in der Kammer um.

»Wo sind denn unsere Sachen?«

»Wie meinst du das?«, murmelte Katta in ihr Kopfkissen.

»Na, guckt doch mal. Sie sind weg.«

»Nicht dein Ernst!« Katta hob den Kopf. Ihre langen blonden Haare hingen ihr ins Gesicht und sie sah ziemlich zerknautscht aus.

»Ja, doch.« Lucie ging auf und ab und ließ ihren Blick noch einmal schweifen. Besonders groß war die Kammer nicht und es gab auch keinen Schrank, in dem man hätte nachsehen können.

»Vielleicht in der Wäscherei«, sagte Olivia gähnend und setzte ihre schwarze Nerd-Brille auf. »Um ehrlich zu sein, ich wäre froh darüber. Mein Zeug hat es echt nötig gehabt.«

»Aber das können sie doch nicht machen«, moserte Katta. »Nicht, ohne uns vorher zu fragen.«

»Wieso?«

»Hallo? Das waren Jeans von Burberry. Weißt du, was die gekostet haben? Die waren schweineteuer. Wehe, die waschen sie zu heiß, dann komme ich da nicht mehr rein.«

»Vielleicht haben sie ja eine Haftpflichtversicherung.« Olivia verzog spöttisch den Mund.

»Was haben sie uns denn als Ersatz dagelassen?« Zoe streckte die Arme aus.

»Nichts, was euch gefallen wird.« Lucie deutete auf den Kleiderstapel. »Lauter cremefarbenes Zeugs aus irgend so einem groben Stoff. Der scheint sogar noch rauer zu sein als der von unseren Nachthemden.«

Katta war jetzt endgültig wach. Sie stand auf und fing an, den Stapel auseinanderzuzerren. Dabei zog sie ein Gesicht, als hätte sie in eine Zitrone gebissen. »Was soll das denn sein, bitte schön?« Sie hob ein Kleid hoch, das an der Hüfte eine lose Kordel und am Kragen ein paar einfache Haken und Ösen hatte. Die Säume waren umgenäht und mit einfachen Stickereien verziert. »Meine Oma hätte so etwas tragen können. So etwas ziehe ich nicht an. *Niemals!*«

Lucie grinste. »Wenn du dich darüber schon aufregst, schau dir erst mal unsere Unterwäsche an. Lange Unterhosen und ein gestepptes Unterhemd. Ein Mehlsack ist nichts dagegen.«

»Und was soll das hier sein?« Katta deutete angewidert auf drei Paar braune Ledertaschen, die ebenfalls mit Haken und Ösen zusammengehalten wurden.

»Ich schätze, das sind unsere Schuhe«, sagte Zoe. »Hübsch. Dazu passend auch die Socken aus Schafsfell.« Sie hob zwei Fellsäckchen hoch. »So etwas haben sie früher zu Nikolaus über den Kamin gehängt.«

Lucie konnte im Gegensatz zu Katta herzlich darüber lachen. Die Ärmste sah aus, als stünde sie kurz vor einem Herzinfarkt.

Zoe hingegen hatte schon damit begonnen, sich umzuziehen. »Jetzt stellt euch nicht so an, so schlimm ist es auch wieder nicht«, sagte sie. »Hauptsache, es ist warm. Alles andere ist mir im Moment egal.« Rasch zog sie das Nachthemd aus und schlüpfte in die neuen Sachen. Im Nu stand eine völlig neue Zoe vor ihnen.

Katta stieß ein verächtliches Schnauben aus. Lucie musste kichern.

»Du siehst aus wie eine Magd«, gluckste Olivia. »Wie eine Zofe aus Game of Thrones. *Der Winter naht.*«

»Liegt wahrscheinlich an der Farbe«, sagte Zoe. »Creme steht mir nicht besonders. Vielleicht frage ich später mal, ob sie auch etwas in Schwarz für mich haben. Und jetzt kommt in die Puschen, Mädels. Trödelt nicht rum. Wie gesagt: Hauptsache, wir haben es warm.« Mit diesem Worten zog sie ab und ging in Richtung Waschkammer.

Lucie stimmte ihr in Gedanken zu. Zu frieren war echter Mist. Wieder musste sie an Jem denken und daran, wie er die vergangene Nacht wohl überstanden hatte. Während sie hier Witze machten, kämpfte er vermutlich um sein Leben. Es war schrecklich, dass sie nichts für ihn tun konnte, und sie verfluchte Marek noch immer dafür, dass er Jem und M.A.R.S. einfach zurückgelassen hatte und wie ein Irrer mit dem Bus davongejagt war. Und ob Ragnar wirklich einen Suchtrupp losschicken würde – daran hatte sie so ihre Zweifel.

In diesem Moment ging die Tür auf und die Kammerzofe betrat wieder den Raum. Sie musterte die Mädchen prüfend, dann nickte sie zufrieden. »Wie ich sehe, habt ihr euch umgezogen«, sagte sie. »Endlich seht ihr wieder manierlich aus. Das wird eure künftigen Männer freuen.«

»Unsere künftigen ...?« Lucie klappte der Unterkiefer runter. Sie konnte nicht glauben, was sie da eben gehört hatte.

Katta hingegen schien davon nichts mitbekommen zu haben, sie wäre sonst vermutlich erst recht ausgeflippt. Sie regte sich immer noch über die Kleidung auf. »Das Zeug ist hässlich und kratzig«, schimpfte sie. »Wo sind unsere richtigen Sachen? Wann bekommen wir sie aus der Reinigung zurück?«

»Was für eine Reinigung?« Die Zofe zog amüsiert eine Braue in die Höhe.

»Na, die Wäscherei, oder wo immer ihr die Sachen hingebracht habt.«

»Wir haben sie in keine Wäscherei gebracht. Eure Kleidung wurde verbrannt. So hässlich wie sie war, kein großer Verlust. So, und jetzt wascht euch und esst, damit wir endlich losgehen können.«

5

Eine Viertelstunde später trafen Lucie und die anderen im Thronsaal ein. Marek und Arthur, die die Nacht im Männerhaus verbracht hatten, warteten schon. Paul lag vermutlich noch immer im Haus der Heilung, wo man sich um seine Verletzungen kümmerte. Die letzte Information, die sie gestern Abend von der Zofe erhalten hatten, lautete, dass er eine gebrochene Rippe und einen verstauchten Arm hatte. Zum Glück war nichts Schlimmeres passiert. Ein paar Tage Ruhe, dann war er bestimmt wieder auf den Beinen.

Lucie warf einen Blick hinüber zur anderen Seite des Saals. Fürst Ansgar saß auf seinem Thron und unterhielt sich leise mit dem hochgewachsenen Mann, der gestern schon an seiner Seite gestanden hatte. Bei seinem Anblick lief Lucie ein Schauer über den Rücken. Die Aura dieses Mannes schimmerte in einem stählernen Blau, das ihr Unbehagen bereitete. Blau war immer ein düsteres Vorzeichen. Sie spürte instinktiv, dass man bei ihm besser vorsichtig sein sollte.

Als die beiden Männer sie hereinkommen sahen, unterbrachen sie ihr Gespräch. Außer ihnen waren nur noch vier Wachen anwesend. Das Gespräch fand anscheinend unter Ausschluss der Öffentlichkeit statt.

»Aha, die Wanderer sind da.« Der Jarl winkte sie zu sich heran.

Lucie hatte gestern schon den Eindruck gehabt, dass der Fürst nicht ganz gesund war. Sein gequältes Lächeln konnte nicht darüber hinwegtäuschen, dass er Schmerzen hatte.

»Kommt näher. Es spricht sich leichter, wenn ich nicht so brüllen muss.« Er wurde von einem Hustenanfall geschüttelt. Es dauerte eine Weile, bis er weiterreden konnte. Seine Stimme klang brüchig und überanstrengt.

»Wie ich sehe, seid ihr neu eingekleidet worden. Waren Essen und Nachtlager zu eurer Zufriedenheit?«

Marek trat vor und verbeugte sich. »Alles war ganz ausgezeichnet«, sagte er. »Wir sind Euch zu großem Dank verpflichtet.«

Der Jarl winkte ab. »Wir hatten gestern nicht mehr die Zeit, uns ausgiebiger zu unterhalten. Deswegen möchte ich das Gespräch gerne heute fortsetzen. Auch möchte ich euch meinen Goden vorstellen, der unserer Unterhaltung beiwohnt. Sein Name ist Nimrod und er ist mein engster Berater und Vermittler zwischen Göttern und Menschen.«

Die Jugendlichen verbeugten sich. Nimrod verbeugte sich ebenfalls. Lucie fand immer noch, dass er unheimlich aussah. Mit seinem zerstörten Gesicht und den ausgestopften Vögeln auf seinen Schultern wirkte er wie eine geflügelte Sagengestalt. Ein kühles Lächeln erschien auf seinen Lippen.

»Mein Jarl hat mir die Erlaubnis erteilt, euch ein paar Fragen zu stellen. Wärt ihr dazu bereit?«

»Selbstverständlich«, erwiderte Marek hocherhobenen Hauptes. Im Gegensatz zu Lucie schien er die Gefahr nicht zu spüren, die von diesem Mann ausging.

Nimrod schritt die Stufen herunter, wobei er Lucie und ihre Freunde misstrauisch musterte. Ihr fiel auf, dass sein gesundes Auge die Farbe eines klaren Bergsees hatte.

»Ich hörte, wie ihr gestern behauptet habt, keine Kenntnis zu besitzen sowohl über den Ort als auch die Zeit, in der ihr euch befindet. Ist das richtig?«

»Das stimmt, Hochwürden«, entgegnete Marek. »Wir sind in dieser Sache ganz auf Euer Wohlwollen und Euer Entgegenkommen angewiesen.«

»Eine schreckliche Vorstellung, weder den Ort noch die Zeit seiner Existenz zu kennen«, sagte Nimrod mit kühler Stimme. »Ich frage mich: Wie kann das sein? Um ehrlich zu sein, finde ich die Vorstellung höchst befremdlich. Wie kam es dazu? Habt ihr keine Zeitrechnung, da, wo ihr herkommt?«

»Doch, schon«, sagte Marek. »Es ist nur so, dass wir während unserer Reise in tiefen Schlaf gefallen sind. Als wir erwachten, hatte sich die Welt um uns herum verändert.«

»Ein Schlaf also?« Nimrods Gesicht drückte Erstaunen aus. »Und alle Mitreisenden fielen ebenfalls in diesen wundersamen Schlaf?«

»So ist es.«

Der Gode tauschte einen Blick mit seinem Fürsten, dann strich er über seinen eisgrauen Bart. »Merkwürdig«, sagte er. »Sehr merkwürdig. Ohne weitere Informationen würde ich sagen, dass hier die Götter ihre Hand im Spiel hatten. Es ist ein Zeichen, auch wenn ich noch nicht weiß, welches.« Er hob den Kopf. »Na schön. Da ich ein gutgläubiger Mensch bin und keinen Argwohn gegen euch hege, darf ich euch sagen, dass dies das Jahr fünfhundertvierundsechzig ist, gemäß den Chroniken des Niflheimer Altars. Wir befinden uns in der zweiten Dekade des Hirschen, bei abnehmendem Mond. Ich denke, das sollte eure Frage beantworten.«

Lucie runzelte die Stirn. »Fündhundertvierundsechzig nach Christus?«

»Nach dem Fall des Hammers natürlich. Dies ist Ragnarök, das Zeitalter des Untergangs.«

Ragna...? Lucie verstand überhaupt nichts mehr. Was war das für eine Zeitrechnung? Ganz offensichtlich hatte auch Marek keine Ahnung, wovon hier die Rede war. »Wie war doch gleich der Begriff, den Ihr eben verwendet habt? Bitte verzeiht, wenn wir so umständlich erscheinen, aber all das ist uns fremd ...«

»Willst du etwa behaupten, du wüsstest nicht, was Ragnarök ist?« Der Blick des Goden drückte zuerst Verwunderung, dann Misstrauen aus.

»Ich, äh ...«

Arthur legte Marek seine Hand auf den Arm. Lucie erkannte in dieser Geste, dass er ihm zu verstehen gab, jetzt besser den Mund zu halten.

»Vergebt unserem Anführer«, sagte Arthur und schob seine Brille zurück. »Natürlich weiß er, was Ragnarök ist, es ist ihm nur kurz entfallen.« Er warf allen einen bedeutungsvollen Blick zu. »Ich fürchte, unsere Reise war beschwerlicher, als wir dachten. Offenbar hat eine Nacht nicht zur Erholung ausgereicht. Ragnarök beschreibt den Untergang der Welt. Den Kampf der Riesen gegen die Götter, dem beide am Schluss zum Opfer fallen.«

Jetzt fiel es Lucie wieder ein. Natürlich, Arthur hatte recht. Die nordische Mythologie. Ziemlich lange her, dass sie das gelesen hatte. »Sterne fallen vom Himmel«, murmelte sie, »die Erde bebt und die Berge stürzen ein. Der Fenriswolf löst sich von seiner Kette und die Midgardschlange erobert das Land.«

»So ist es«, sagte Nimrod. »Und mit ihr ihre verfluchte Brut.« Seine Gesichtszüge entspannten sich etwas, was ihn aber nicht weniger unheimlich aussehen ließ.

»Mit dem Fall von Thors Hammer beginnt unsere Zeitrechnung. Er markiert den Beginn von Ragnarök. Es wird erst enden, wenn die Asen sich versammeln und das Gleichgewicht wiederherstellen. An diesem Tag werden Flammen in den Himmel aufsteigen. Ordnung und Chaos werden einander ausgleichen und die Midgardschlange, in ihrer Bruthöhle in der Meerestiefe, wird ausgelöscht werden. An diesem Tag wird Allvater Odin eine neue Welt erschaffen. Und wir, die wir ihm treu und ergeben zur Seite stehen, werden ein neues Goldenes Zeitalter erleben.« Er stützte sich schwer auf seinen Stab.

Lucie verstand immer noch nicht. Der Fall der Götter? Nordische Mythologie? Was hatte das mit dieser Stadt zu tun?

Es sei denn …

»Ach herrje«, entfuhr es ihr. »Ich glaube, ich weiß, was das bedeutet. Jetzt ist alles klar.«

»Du weißt es? Dann sag es uns.« Marek sah sie mit großen Augen an.

»Thor!«, stieß Lucie aus. »Der Komet, erinnert ihr euch? Sein Name war Thor. Roderick hat uns davon berichtet. Das ist der Hammer der Götter. Mit ihm fing alles an.«

»Scheiße, ich glaube, du hast recht«, murmelte Arthur. »Damit ergibt alles einen Sinn. Der Klimawandel, die sprunghafte Evolution. Das war der Tag, an dem die Welt unterging. All das wurde ausgelöst von Thor. Fünfhundertvierundsechzig Jahre soll das jetzt her sein? Das ist ja eine halbe Ewigkeit ...«

Lucie rechnete fieberhaft. Mathe war nicht unbedingt ihre Stärke, aber das hier war einfache Addition. »Wartet mal ...«, sagte sie. »Der Komet kam doch im Jahr 2035 runter. Gesetzt den Fall, dass damit der Hammerfall gemeint ist, dann befänden wir uns jetzt im Jahr ... *2599!*«

»Alter.« Marek sah sie entgeistert an. »Wir sind von zweihundert Jahren ausgegangen. Wie es aussieht, haben wir uns mal eben um mehr als dreihundert Jahre verschätzt.«

»Murphys Gesetz«, murmelte Arthur. »Alles, was schiefgehen kann, wird auch schiefgehen. Jetzt sind wir so weit gefahren, nur um festzustellen, dass alles noch viel schlimmer ist. Ganz schön frustrierend.«

Lucie schluckte schwer. Das konnte doch nicht sein! Zweihundert Jahre waren schon ein Zeitraum, den sie sich unmöglich vorstellen konnte, aber fünfhundert? Wenn der Gode nicht so streng geguckt hätte – Lucie hätte das Ganze für einen üblen Scherz gehalten. Wenn es jemals einen Weg zurückgegeben hatte, wie konnten sie allen Ernstes zu hoffen wagen, fünfhundert Jahre durch die Zeit zu reisen? So etwas gab es doch nicht mal in Science-Fiction-Filmen. Jedenfalls nicht in denen, die Lucie kannte.

»Aber das ist ja schrecklich«, stieß sie aus. »Wir müssen das unbedingt den anderen erzählen. Sie haben ja keine Ahnung ...«

»Andere?« Nimrod sah sie prüfend an. »Von wem redet ihr da? Gibt es noch mehr von euch?«

»Aber ja. Ich rede von unseren ...«

Zoe tappte ihr auf den Fuß.

»Aua. Was soll denn das? Ich darf doch wohl noch ...«

»Halt deinen Mund«, zischte Zoe, woraufhin Lucie betreten schwieg.

Nimrod sah sie der Reihe nach an, dann erschien wieder dieses unnahbare Lächeln. »Nun, wie mir scheint, besteht hier noch einiger Erklärungsbedarf. Ich habe eure Fragen beantwortet, jetzt seid ihr an der Reihe. Erzählt uns, was ihr wisst. Woher ihr kommt, wie ihr hierher gelangt seid und wo sich der Rest von euch aufhält.« Er deutete einladend auf eine Gruppe von Steinbänken seitlich neben dem Kamin. »Kommt. Im Sitzen spricht es sich leichter.« Er stieg die Stufen herab und wandte sich den Bänken zu. Etwas Kaltes umwehte ihn wie ein winterlicher Wind.

6

Ragnar stand draußen auf dem Platz und musterte argwöhnisch das gelbe Ungetüm. *Dunkle Technologie,* schoss es ihm durch den Kopf. *Ein Relikt aus alter Zeit. Randvoll mit Magie.*

Von Osten trieb ein kühler Wind die ersten Schneeflocken vor sich her. Die Luft schmeckte nach Eis.

Seit die Fremden den Bus gestern Abend hier abgestellt hatten, war niemand ihm zu nahe gekommen. Dieses Fahrzeug stammte aus einer fremden Welt, aus einer fernen Zeit. Auch wenn Ragnar selbst die Geschichten und Warnungen für übertrieben hielt, so empfand er doch gehörigen Respekt davor. Er selbst war noch niemals mit so etwas gefahren und hatte keine Ahnung, ob es nicht über einen verborgenen Abwehrmechanismus verfügte. Andererseits hatte sein Vater ihm aufgetragen, alles darüber in Erfahrung zu bringen, weswegen er jetzt in einer Zwickmühle steckte.

Noch befanden sich Fürst Ansgar und die anderen in der Ratshalle, doch sie konnten jeden Moment herauskommen. Vater wäre sehr enttäuscht, wenn er bis dahin noch kein Ergebnis vorzuweisen hätte. Ragnars Hände waren schweißnass.

»Sei vorsichtig«, flüsterte Alrik. »Du weißt nicht, was dich erwartet.«

»Wann weiß man das schon?«, murmelte Ragnar. Er spürte

die Blicke der versammelten Krieger in seinem Rücken. Jede seiner Bewegungen wurde mit Argusaugen verfolgt.

»Ich denke, ich sollte es mal auf einen Versuch ankommen lassen«, sagte er.

»Das ist doch Wahnsinn«, zischte Alrik. »Sollen die Fremden uns doch dieses Ding erklären. Sie haben es schließlich gezähmt.«

Kein ganz dummer Gedanke, dachte Ragnar. Andererseits ... was, wenn sie die Gelegenheit nutzten und damit flohen? Er konnte den Befehl seines Vaters nicht einfach ignorieren.

Ohne groß darüber nachzudenken, legte er seine Hand auf die glänzende silberne Fläche neben der Tür. Er hatte gesehen, dass die Fremden es gestern so gemacht hatten.

Zischend glitten die beiden Flügel auseinander.

Ragnar nahm seinen ganzen Mut zusammen und stieg ein.

Überall lagen Glassplitter herum. Auf dem Boden, den Bänken, sogar auf dem Fahrersitz. Ragnar sah Blutstropfen, dort, wo der dicke Junge gelegen hatte.

Er nahm auf dem Fahrersitz Platz und betrachtete die Armaturen. In alten Manuskripten hatte er Bilder gesehen, in denen Menschen in solchen Fahrzeugen gesessen hatten. Hier vorne war die Führungsposition. Hier saß der Fahrer, der Steuermann.

Die Hände am Lenkrad, die Füße auf den seltsamen Pedalen, wartete er, dass irgendetwas geschah. Doch nichts passierte. Was war mit all den Anzeigen und was mit diesem Knüppel, der rechts von ihm aus dem Boden ragte? Buchstaben befanden sich daneben. *P, R, N und D.*

Ragnar runzelte die Stirn. Er konnte sich auf all das keinen Reim machen. Die schweigsamen Blicke der Männer nervten ihn.

Auf gut Glück trat er auf eines der Pedale. Es ließ sich ganz leicht zu Boden drücken. Auf und ab. Nichts passierte. Auch das Drücken verschiedener Knöpfe brachte ihn nicht weiter. Wahllos betätigte er den Schalthebel.

Nichts. Das Ding war tot wie ein bemooster Findling.

In diesem Moment ging drüben bei der Ratshalle die Tür auf. Sein Vater verließ in Begleitung der sechs Wanderer sowie des Goden das Gebäude. Auch Erin, der Archivar, war bei ihnen sowie einige Kaufleute und andere Würdenträger der Stadt.

Neben Erin sah Ragnar den Sohn des Archivars. Leòd besaß dunkle, kurz geschnittene Haare, eine Brille sowie leichte Abstehohren. Nicht unbedingt der bestaussehende Vertreter ihres Geschlechts, aber ein guter Freund. Und vertrauenswürdig.

Dafür, dass er erst fünfzehn Winter hinter sich hatte, war er erstaunlich klug. Wann immer Ragnar eine freie Minute erübrigen konnte, verbrachte er sie mit Leòd. Lieber jedenfalls als mit dem Einfaltspinsel Alrik.

Gewiss, Alrik war ein gelehriger Schüler, aber Ragnar bezweifelte, dass der Junge es je weiter als bis zur Stadtwache bringen würde. Wer – wie Ragnar – Späher, Fährtenleser und Jäger werden wollte, der musste mehr mitbringen. Er brauchte einen Überlebensinstinkt. Er musste Gefahren erkennen und wissen, wie man ihnen aus dem Weg ging. Für diesen Beruf reichten Alriks Fähigkeiten nicht aus, weswegen Ragnar sich schon überlegt hatte, ihn auf Dauer durch einen anderen Lehrling zu ersetzen.

Sein Vater trat vor den Bus und sah Ragnar erwartungsvoll an. »Nun, mein Sohn, was hast du herausgefunden? Ist es dir gelungen, die Maschine zum Leben zu erwecken?«

Ragnar versuchte es noch ein letztes Mal, ließ dann aber resigniert die Schultern hängen.

»Es tut mir leid, mein Fürst. Was immer dazu nötig ist, ich vermag diese Magie nicht zu enträtseln.«

Ansgar presste die Lippen aufeinander. »Das ist enttäuschend, mein Sohn. Sehr enttäuschend sogar. Offenbar habe ich zu viel von dir erwartet. Komm wieder runter.«

Ragnar schluckte. Er hasste es, wenn sein Vater ihn so von oben herab behandelte und vor anderen bloßstellte.

Mutters Tod hatte ihn verändert. Er war krank geworden, übellaunig und ungeduldig. Am schlimmsten aber war, dass er sich ganz und gar in seinen Glauben geflüchtet hatte. Er hatte sich abgeschottet und lebte nur noch in Erinnerungen und Ritualen. Seine Amtsgeschäfte lagen inzwischen beinahe ausnahmslos in Nimrods Händen.

Ragnar schaute unauffällig zum Goden hinüber. Irrte er sich oder war da ein kleines, triumphierendes Lächeln zu sehen?

»Dann müssen wir uns eben auf das Wort unserer Gäste verlassen«, sagte der Fürst. »Marek, erzähl uns, wie dieses Fahrzeug bedient wird. Woher stammt es und wie habt ihr es zum Laufen gebracht? Mein Sohn ist dazu offenbar nicht in der Lage.«

»Der Bus stammt von dort, wo wir mit unserer Flugmaschine gelandet sind«, erwiderte Marek. »Es gab dort noch andere Fahrzeuge dieser Art, doch dieses hier war das stärkste und sicherste. Es ist gar nicht schwierig, wenn man weiß, wohin man seine Hände legen muss. So gesehen, ist es durchaus mit einer Frau zu vergleichen.«

Gelächter erklang. Die Männer schienen seinen Humor zu mögen.

»Jem hat das Fahrzeug in der Tiefgarage entdeckt und zum Laufen gebracht. Im Prinzip verhält es sich wie jedes andere Auto auch.«

»Jem?« Der Fürst hob die Brauen.

»Der Trow, den sie bei sich hatten«, sagte Ragnar. »Alrik und ich haben euch beobachtet, als ihr unten bei der alten Pforte eingetroffen seid.«

»Ist das wahr?«, fragte Ansgar. »Ihr hattet einen Trow bei euch?«

»Äh ja«, entgegnete Marek. »Allerdings mussten wir ihn in den Bergen zurücklassen.«

»Eine kluge Entscheidung«, schaltete sich Nimrod ein. »Den Trow darf man nicht trauen. Diese Kreaturen sind mit der Magie im Bunde. Die dunkle Technologie liegt ihnen im Blut. Wie kam es dazu, dass er in eurer Begleitung war?«

Ehe Marek antworten konnte, trat das rothaarige Mädchen dazwischen. *»Kreaturen?* Jem ist ein Mensch wie wir. Ihr hattet doch versprochen, nach ihm zu suchen. Was ist damit? Sind eure Spähtrupps endlich zurückgekehrt? Haben sie was gefunden?«

»Nein, haben sie nicht«, sagte Nimrod. »Wir haben keine Spähtrupps ausgeschickt.«

»Aber warum? Ihr hattet es doch versprochen.«

»Ragnar vielleicht, ich nicht. Und ganz sicher sind die Trow keine Menschen. Diese Kreaturen leben in den unteren Bereichen dieser Stadt. Es sind Dunkelwesen, die sich auf den Umgang mit Technik verstehen. Gleichzeitig sind sie stark und besitzen einen ausgeprägten Überlebenswillen. Sie sind Meister der List und der Täuschung. Dass du ihn tatsächlich für einen Menschen hältst, beweist, wie sehr du ihm bereits auf den Leim gegangen bist.« Mit diesen Worten wandte er sich wieder Marek zu. »Zurück zu diesem Fahrzeug. Du sagtest, du könntest es aktivieren?«

Lucie stand da mit hängendem Kopf. Sie tat Ragnar leid. Aus irgendeinem unerfindlichen Grund schien sie sehr an dem Trow zu hängen.

»Das kann ich«, erwiderte Marek.

»Trotz all seiner Beschädigungen?«

»Das ist nur äußerlich. Motor, Fahrwerk und die elektrische Anlage sind in Ordnung. Ein paar talentierte Schmiede können das Heck erneuern und die Löcher im Blech schweißen.« Ragnar fiel auf, dass Mareks Blick zu seinem Vater wanderte. »Ich sprach mit Fürst Ansgar darüber«, fuhr Marek fort. »Man könnte die Fenster verschließen und stattdessen Schießscharten für eure Schützen einbauen. Dann könntet ihr den Bus als fahrende Festung verwenden. Hauptsache, die elektrische Anlage bleibt unangetastet. Sie versorgt den Bus mit Energie. Ohne sie geht nichts mehr.«

»Moment mal«, hakte Olivia nach. »Wann hast du das mit Fürst Ansgar ausgehandelt? Du hast doch wohl nicht etwa vor, unseren Bus herzugeben. Wir brauchen ihn, wenn wir zu den anderen zurückkehren wollen.«

»Lass das mal meine Sorge sein«, sagte Marek. »Ich habe mir das genau überlegt. Während ihr noch an eurer Kleidung herumgezupft habt, waren Arthur und ich bereits hier und haben einen Deal ausgehandelt.«

»Ohne uns zu fragen?« Katta sah ihn entgeistert an. »Wer hat dir das Recht gegeben?«

»Das wart ihr, als ihr mich zum Anführer ernannt habt.«

»Du träumst wohl. Dass wir dich zum Anführer ernannt haben, wüsste ich aber.« Zoe sah Marek scharf an.

»Aber dass ich als Sprecher aufgetreten bin, hat euch wohl nicht gestört? Ihr könnt nicht das eine haben und das andere nicht wollen. Außerdem gibt es keinen Grund zur Sorge. Es ist ja nur, bis wir uns entschieden haben, wie unsere nächsten Schritte aussehen werden. Und dass der Bus zu einer fahrbaren Festung ausgebaut wird, dürfte ja wohl in unser aller Sinne sein.«

»Und welchen Zweck soll er hier erfüllen?«, fragte Olivia. »Die Stadt ist doch gut gesichert. Hier drin wird er kaum etwas nutzen.«

»Wir wollen ihn zur Sicherung unserer Außengebiete einsetzen«, erwiderte Nimrod. »Unsere Felder und Weiden liegen teilweise mehrere Tagesreisen entfernt und sind ständigen Angriffen durch die Bestien ausgesetzt. Zwar handelt es sich hier um dunkle Technologie, aber in diesem Fall dürfen wir wohl eine Ausnahme machen. Mit einem solchen Fahrzeug könnten wir den Schutz aufrechterhalten und die Versorgung sichern. Etwas, das uns allen zugutekommt.«

Während der Gode sprach, fragte Ragnar sich, ob Nimrod wirklich vorhatte, die Fremden ziehen zu lassen. Schwer vorstellbar. Ragnar bezweifelte, dass sie wirklich verstanden, was hier ablief. Wenn er eines wusste, dann, dass Nimrod nicht an kulturellem Austausch gelegen war. Er wollte seine Macht innerhalb dieser Mauern festigen. Sein langfristiges Ziel war, irgendwann selbst den Posten des Jarl zu übernehmen. Wenn die Fremden ihm dabei behilflich sein konnten, gut. Wenn nicht, dann würde er sie vermutlich aus dem Weg räumen lassen.

Was diese Entwicklung für Ragnar bedeutete, war noch gar nicht abzusehen. Die Ankunft der Fremden verschob die Machtposition innerhalb der Festung zu Nimrods Gunsten und nur die Götter wussten, was dabei herauskam.

7

Jeder Mensch besaß einen urzeitlichen Instinkt, wenn Leib und Leben in Gefahr waren. Und genau dieser Instinkt sagte Jem, dass da etwas hinter ihm war.

Er drehte sich um. *Langsam.*

Das Blut pochte in seiner Stirn.

Der Wolf stand etwa zehn Meter entfernt. Ein dunkel getupftes Tier, mit gelben Augen, gekräuselter Schnauze und geblecktem Gebiss. Zwischen den langen Eckzähnen ragte die Zunge heraus. Der Wolf hatte Witterung aufgenommen. Er stand da und schnupperte.

Aus dem Biounterricht wusste Jem, dass diese Tiere einen ziemlich guten Geruchssinn hatten. Riechen, hören, schauen – alles vom Feinsten. Und sämtliche Instinkte waren jetzt auf Jem gerichtet. Noch immer stand das Tier da und sah ihn an. Ganz offenbar war es sich nicht ganz sicher, was von diesem Zweibeiner zu halten war. Aussehen, Verhalten und Geruch passten nicht zusammen. Jem mochte zwar wie ein Mensch aussehen, doch er stank wie ein Bär. Kein Wunder nach der Nacht in der Höhle.

Ein dumpfes Knurren stieg aus der Kehle des Wolfes. Zögernd kam er ein paar Schritte näher. Er schien zu lauschen. Ob er Verstärkung erwartete?

Jems Blick zuckte nach links und rechts. Diese Viecher waren ja selten alleine unterwegs. Wenn er zu dem Rudel von gestern Abend gehörte, würden die anderen bald hier aufkreuzen.

Aber noch waren sie nicht zu sehen.

Mit gesenktem Kopf kam das Tier näher. Langsam, ganz langsam. Jem hatte das Gefühl, dass der Wolf auf Zeit spielte.

Sein Puls hämmerte. Abgesehen von dem Holzstab und dem abgebrochenen Oberschenkelknochen besaß er nicht viel, womit er sich verteidigen konnte. Na ja, vielleicht noch sein altes Taschenwerkzeug. Unter all den Haken, Dornen und Stiften befand sich auch eine einzelne Messerklinge. Aber was nutzte das schon angesichts einer solchen Bestie? Dieses Vieh besaß mindestens vier gleichwertige Klingen, und zwar direkt im Maul.

Jem zog den Knochen aus seinem Gürtel und richtete das abgebrochene Ende auf die struppige Kreatur. Mit kraftvollen Bewegungen ließ er die Spitze vor- und zurückzucken.

»Mach, dass du wegkommst. Oder suchst du Streit?«

Der Wolf wich ein Stück zurück, ließ Jem dabei aber keinen Moment aus den Augen. Seine Position war gut gewählt. Jem hatte den Abgrund im Rücken. Links und rechts ragten steile Felsen empor, die zu hoch waren, um über sie flüchten zu können. Jem musste an dem Wolf vorbei, doch der machte keine Anstalten, den Weg freizugeben.

»Ich habe gesagt, du sollst verschwinden. Hast du nicht gehört?« Noch einmal ließ er den Knochen vorzucken. Ihm brach der Schweiß aus. Dieses Vieh verhielt sich nicht normal. Zu ruhig, zu beherrscht – zu *kontrolliert.*

Er kannte sich nicht sonderlich gut mit Wölfen aus, aber waren diese Tiere nicht sehr scheu? Wildtiere waren allgemein sehr vorsichtig, vor allem, wenn sie alleine waren. Dass dieser so anders war, irritierte Jem. Dann wurde ihm bewusst, dass er immer noch in alten Schemata dachte. In dieser neuen Welt verhielten sich *alle* Tiere seltsam.

Er spürte, dass hinter den gelben Augen ein scharfer Verstand tickte. Mehr Verstand, als dort eigentlich sein durfte.

Er kam nicht dazu, den Gedanken weiterzuspinnen, als ein zweites Geräusch an seine Ohren drang. Sein Blick zuckte nach oben – und sein Mut sank. Über die Kante der rechten Felswand schob sich der Umriss eines weiteren Wolfes. Der Kopf mit den spitzen Ohren hob sich scherenschnittartig vom hellen Morgenhimmel ab. Rasselnde Atemgeräusche drangen aus seiner Kehle, das Gesicht lag im Gegenlicht. Aber Jem sah, dass einer der Fangzähne abgebrochen war. Die Augen schimmerten senffarben, ein merkwürdiger Kontrast zu dem grauen Fell. Aus dem gebleckten Gebiss triefte zäher Speichel. Der Atem roch faulig. Ein alter Rüde, der seine besten Tage schon lange hinter sich hatte.

Jem spürte ein Kribbeln in seinen Händen. Trotz der Kälte lief es ihm heiß über den Rücken. Die Tiere wussten, dass er kein Bär war, selbst wenn er so roch. Sie hatten seine Maskerade durchschaut. Und sie würden ihn nicht entkommen lassen.

Als hätten sie seine Gedanken erraten, schlugen sie zeitgleich zu.

Der Jüngere ging mit gesenktem Kopf und einem kurzen, scharfen Bellen zum Angriff über. Blitzschnell schoss er vor und schnappte nach Jems Beinen. Geistesgegenwärtig brachte Jem sich mit einem Ausfallschritt in Sicherheit. Das messerscharfe Gebiss schnappte nur wenige Zentimeter neben seiner Wade ins Leere. Fast im selben Moment ging der alte Wolf zum Angriff über. Aus dem Augenwinkel sah Jem, wie sich das Tier duckte, wie es die Vorderpfoten anwinkelte und absprang. Ein grauer Schatten flog durch die Luft.

Jem spannte instinktiv seine Muskeln an und riss den Knochen nach oben. Er zog den Kopf ein und erwartete die tödlichen Zähne. Doch das passierte nicht. Stattdessen prallte eine graue, zottige Masse gegen seine Schulter. Ein Geräusch wie ein pfeifender Teekessel kreischte neben seinem Ohr. Feuchter Geifer spritzte ihm ins Gesicht. Der Knochen wurde ihm aus der Hand gerissen. Jem stürzte, landete schmerzhaft auf der linken Schulter und schlitterte über den steinigen Untergrund. Mit Grauen sah er den Abgrund auf sich zukommen. Als die Bewegung stoppte, war er bereits mit dem Kopf über der Kante. Geröll löste sich und stürzte prasselnd in die Tiefe. Unten war das Tal in Nebel gehüllt.

Das Pfeifen ging in ein rasselndes Keuchen über, das dann verstummte. Rasch drehte Jem sich zur Seite und sprang auf. Der Alte rührte sich nicht mehr. Der jüngere Wolf hingegen stand immer noch da und starrte ihn aus blutunterlaufenen Augen an. In seinem Blick lag eine Mischung aus Wut und Angst. Wut über den Verlust seines Artgenossen, Angst darüber, dass er seinen Gegner offenbar unterschätzt hatte. Er schien unentschlossen, ob er den Angriff fortsetzen oder lieber auf die Verstärkung warten sollte. Eine Minute rang er mit sich, dann traf er eine Entscheidung. Mit einem knappen Jaulen wandte er sich um und trat die Flucht an.

Jem sackte auf die Knie. Er keuchte, als wäre er gerade eine senkrechte Kletterwand hochgestiegen. Seine Arme hingen schlaff herab, seine Knie waren weich und in seinem Kopf schwirrte es wie in einem Bienennest. Das abgebrochene Ende des Oberschenkelknochens steckte tief in der Brust des Wolfes. Das verdammte Biest hatte sich selbst aufgespießt. Sein eigenes Gewicht war ihm zum Verhängnis geworden.

Jem biss sich auf die Lippen. Da hatte er wohl mehr Glück als Verstand gehabt, aber die Gefahr war noch lange nicht gebannt. Mindestens drei dieser Biester waren noch irgendwo unterwegs. Und sie würden wiederkommen, da war er sich sicher.

Fieberhaft ging Jem die Möglichkeiten durch, die er hatte. Fliehen, klar, aber wohin? Zurück zur Höhle? Viel zu riskant. Dort saß er in der Falle. Wenn er es überhaupt bis dahin schaffte. Er musste damit rechnen, auf dem Weg abgefangen, umstellt und von hinten angegriffen zu werden.

Aber es gab eine Alternative.

Er hatte einen Pfad entdeckt, der auf vielen Serpentinen steil ins Tal hinabführte. Er musste irgendwo links von seiner Position beginnen und schien einigermaßen begehbar zu sein. Was den Vorteil hatte, dass er auf diese Weise näher an die Burg herankam. Jem meinte, unten im Tal einige Kanalisationsschächte oder Ähnliches entdeckt zu haben. Zumindest sahen die Öffnungen so aus, als wären sie nicht natürlichen Ursprungs. Vielleicht konnte man ja von dort aus in die Burg gelangen.

Gut, er hatte dann immer noch das Problem, dass er mit ziemlich großer Wahrscheinlichkeit gefangen und versklavt werden würde, aber das war immer noch besser, als hier oben darauf zu warten, dass ihn die Viecher bei lebendigem Leib verspeisten.

Er wollte sich gerade auf den Weg machen, als sein Blick auf den getöteten Wolf fiel. Er blieb stehen.

Eine Idee formte sich in seinem Kopf. Er sah das schweißdurchtränkte Fell, die langen Krallen und das geöffnete Maul, aus dem immer noch die Zunge hing.

Ob er …? Aber das war doch verrückt. Andererseits: Was hatte er schon zu verlieren? Wenn seine Überlebenschancen dadurch nur ein bisschen stiegen, würde sich der Einsatz lohnen. Aber er musste sich beeilen. Es würde nicht mehr lange dauern, bis die Biester zurückkehrten.

Er griff in die Hose, zog sein Taschenwerkzeug hervor und bereitete sich innerlich auf die Aktion vor. Was jetzt folgte, würde hässlich werden.

8

So ein Arschloch«, hörte Lucie Katta zischen. »Was fällt Marek ein, so eine Solonummer durchzuziehen? Das kann er doch nicht machen.«

Lucie musste ihr im Geiste zustimmen. Was Marek getan hatte, war einfach nicht okay gewesen. Andererseits waren sie auch selbst schuld. Sie hätten sich viel früher gegen ihn zur Wehr setzen müssen.

»Dadurch, dass wir ihn einfach haben machen lassen, haben wir unser stilles Einverständnis dazu gegeben«, sagte sie. »Unsere Faulheit hat ihn zum Anführer gemacht. Da können wir uns schön an die eigene Nase fassen.«

»Auch wieder wahr«, sagte Katta. »Wir hätten diesem Kerl nicht alles durchgehen lassen sollen.« Mit verschränkten Armen stand sie gegen den Pferdestall gelehnt und starrte düster vor sich hin. »Aber der wird noch was von mir zu hören bekommen.«

»Jetzt reg dich doch nicht so auf«, sage Zoe. »Es ist ja kein großer Schaden angerichtet worden. Im Moment ist alles in Ordnung. Immerhin dürfen wir uns frei bewegen und das ist doch auch schon etwas.«

»Wo stecken die Jungs überhaupt?« Lucie reckte den Hals und sah sich um. »Nach unserer Besprechung beim Bus habe ich sie nicht mehr gesehen.«

»Ich glaube, sie sind mit Nimrod und Ansgar abgeschwirrt«, sagte Zoe. »Taten furchtbar geschäftig. Keine Ahnung, was sie jetzt wieder vorhaben.«

»Pst, leise«, flüsterte Katta. »Ich glaube, da kommt jemand.«

Hinter der nächsten Biegung tauchten Ragnar und sein Gehilfe auf. Alrik hielt Zoes Bogen in der Hand. Man hatte ihn ihr gleich bei ihrer Ankunft abgenommen, doch inzwischen schienen alle überzeugt zu sein, dass sie keine bösen Absichten hegten. Alrik reichte Zoe die Waffe mit einer kleinen Verbeugung und beobachtete mit großen Augen, wie sie diese über die Schulter hängte. Dass Frauen Waffen trugen, war hierzulande wohl kein alltäglicher Anblick.

»Ich wusste gar nicht, dass ihr in dieser Stadt auch Tiere haltet«, sagte Lucie und deutete auf den Stall. »Ich dachte, ihr würdet keinerlei Vierbeiner innerhalb dieser Burgmauern dulden.«

»Das stimmt auch«, sagte Ragnar. »Allerdings gibt es Ausnahmen. Spezielle Züchtungen, die an Menschen gewöhnt sind. Draußen auf den Feldern halten wir noch Ziegen, Schweine und Milchkühe. Sie dienen der Ernährung. Aus der Wolle und den Fellen stellen wir Leder und Kleidung her. Innerhalb dieser Mauern dulden wir allerdings nur Pferde.«

»Wegen der Squids oder warum?«, fragte Lucie.

»Der *was?*«

»Nun, der Brut der Midgardschlange. So nennt ihr sie doch, glaube ich. Die Achtarmigen.«

»Ach, die meinst du. *Squids,* was für ein seltsamer Name.« Kopfschüttelnd öffnete er die Stalltür. »Ja, du hast recht. Wir leben in ständiger Sorge, dass unsere Tiere von ihnen übernommen werden könnten. Deswegen werden sie Tag und Nacht bewacht. Unsere Pferde sind stark auf den Menschen fixiert. Die Furcht vor den Achtarmigen ist ihnen angeboren. Wollt ihr sie sehen?«

»Klar«, sagte Zoe und strich sich ihre dunklen Haare hinter die Ohren. »Ich bin zu Hause selbst gerne geritten.«

»Na, dann kommt rein. Ihr müsst keine Angst haben, sie sind wirklich ganz friedlich.«

Lucie, Zoe und Katta folgten ihm. Alrik bildete das Schlusslicht. Er schien ihnen immer noch nicht ganz zu trauen. Vielleicht war er aber auch nur schüchtern.

Lucie spukten immer noch Ragnars Worte im Kopf herum. Seine Sorge, dass die Tiere von den Squids gelenkt wurden. Dass die Pferde sogar Angst vor ihnen hatten. Wie groß war die Bedrohung durch die Brut der Midgardschlange? War es möglich, dass sie die Festung einnahmen?

Lucies Augen benötigten eine Weile, bis sie sich an die schlechten Lichtverhältnisse gewöhnt hatten. Warme, animalische Luft schlug ihnen entgegen. Es roch nach Pferdestall.

Als sich ihre Augen an das Dämmerlicht gewöhnten, hätte sie allerdings um ein Haar laut aufgelacht. Lag das am Licht oder besaßen die Pferde wirklich ein grünliches Fell? Nein, sie waren ganz eindeutig grün. Nicht etwa spinatfarben oder oliv, sondern richtig. Wie frisch geschnittenes Gras oder das erste Laub an den Bäumen. Helle und dunkle Streifen überzogen das Fell, während Stirn und Ohren eher dunkel gehalten waren. Ein seltsamer Anblick.

Lucie ging an den Boxen vorbei und streichelte über Nüstern und Ohren. Die Tiere sahen herrlich aus. Gut gepflegt und offenbar sehr zutraulich.

Ragnar wartete geduldig, bis die Mädchen alle Pferde begrüßt hatten, beantwortete geduldig ihre Fragen und führte sie dann wieder nach draußen.

»Es gibt da noch etwas, worüber ich mit euch reden möchte.« Er zog ein Bündel aus der Tasche, schlug den Stoff zurück und hielt es ihnen hin. Jaegers Pistole. Lucie erinnerte sich, dass man sie ihnen gestern, zusammen mit dem Bogen und allem anderen, abgenommen hatte.

»Das ist eine Schusswaffe, habe ich recht?«, fragte er.

»Ein Revolver, stimmt«, erwiderte Zoe.

»Woher habt ihr den?«

»Einer der Erwachsenen trug ihn bei sich«, sagte Lucie. »Er war ein sogenannter Sky-Marshal. Er war für die Sicherheit an Bord unserer Flugmaschine verantwortlich.«

»War?«

»Die Squids haben ihn getötet.«

Ragnar befühlte das Metall. Die Waffe war blaugrau, glatt und sah ziemlich schwer aus.

»Ich erinnere mich, so etwas als Kind mal gesehen zu haben«, sagte er nachdenklich. »Mein Urgroßvater hatte so eine. Man kann ziemlich weit damit schießen, nicht wahr?« Er visierte einen entfernten Turm über Kimme und Korn an.

»Nicht so weit wie mit meinem Bogen«, sagte Zoe. »Aber diese Kugeln können einen ordentlichen Schaden anrichten. An deiner Stelle wäre ich lieber vorsichtig damit.«

Ragnar nahm den Lauf wieder runter. »Ich habe mich immer dafür ausgesprochen, mehr von diesen Waffen zu besorgen, aber unser Gode war dagegen. Sagte, es sei dunkle Technologie und deswegen tabu. Dabei könnten wir ein bisschen mehr davon gerade sehr gut gebrauchen ...«

»Die Squids sind verdammt zäh«, sagte Lucie leise. »Wir haben einen von ihnen versehentlich überfahren. Er klebte noch unter unserem Bus.« Es schüttelte sie bei der Erinnerung daran. »Sie haben eine weiche und dennoch feste Muskulatur, die einiges an Verletzungen wegstecken kann. Man würde schon sehr viele Kugeln benötigen, um einen davon hiermit zu töten.«

»Es stimmt, was du sagst«, sagte Ragnar. »Ist lange her, dass ich mein letztes Exemplar gesehen habe. Es war auf einem Jagdausflug, zu dem mich mein Vater mitgenommen hat. Ich war damals noch sehr klein, kaum älter als fünf oder sechs. Trotzdem werde ich nie vergessen, was damals geschehen ist. Auf einem unserer Streifzüge wurden wir angegriffen. Ich habe gesehen, wie eines dieser Biester einen erwachsenen Mann in die Luft gehoben und gegen einen Baum geschleudert hat. Sie können ungeheuer groß und stark werden. Wir haben uns mit allen zur Verfügung stehenden Waffen gewehrt, aber es war aussichtslos. Unsere Verluste waren enorm. Ich glaube, diese Erfahrung hat dazu geführt, dass mein Vater die Hoffnung aufgegeben hat, die Ebene noch einmal zu besiedeln. Wir hatten uns damals zu sehr auf unsere Angriffsstärke verlassen und unsere Verteidigung vernachlässigt. Außerdem haben wir unterschätzt, wie klug diese Biester sind ...«

Er wickelte die Waffe wieder in den Stoff und reichte sie Zoe. Anscheinend hielt er sie für die Waffenträgerin.

»Mit ihren langen Armen können sie einen glatt erwürgen«, fuhr er fort. »Es ist, als würdest du von Schlangen umschlungen. Ein schrecklicher Tod. Hier oben sind wir einigermaßen in Sicherheit vor ihnen. Zu kalt, zu karg, zu schroff. Die Biester sind nur im Flachland zu finden. Sie benötigen Pflanzen und Feuchtgebiete. Genau das ist der Grund, warum wir die Ebenen verlassen und uns hierhin zurückgezogen haben.«

Lucie spürte einen Hauch Erleichterung darüber, dass die Squids es offensichtlich nicht bis nach hier oben schafften. Diese Wesen schienen wirklich unberechenbar zu sein.

»Zoe hat einen von ihnen getroffen«, sagte Katta. »Mit einem Pfeil.«

»Im Ernst?« Ragnar lächelte milde. Lucie hatte das Gefühl, dass er die Geschichte nicht glaubte.

»Im Ernst. Das Ding hing an einer Hausfassade. Etwa hundert Meter entfernt. Zuerst dachten wir, es wäre eine optische Täuschung, weil sich die Sonne so eigenartig darauf brach. Doch dann …«

»Daran kann man sie erkennen«, sagte Ragnar. »Bei Sonnenschein funktioniert ihre Tarnung nicht so gut. Hat wohl etwas damit zu tun, dass sie nicht wirklich durchsichtig sind, sondern nur ihren Untergrund imitieren. Trotzdem halte ich es für eine gewagte Behauptung, dass ihr einen Achtarmigen mit einem einfachen Pfeilschuss getötet habt. Wie weit, sagtest du, war das Ding entfernt?«

»Schätzungsweise hundert Meter«, erwiderte Katta.

»Hundert Meter?« Er zog eine Braue hoch. »Das erscheint mir ein bisschen übertrieben.«

»Eher untertrieben«, sagte Zoe selbstbewusst. »Mit den richtigen Pfeilen kann ich sogar noch weiter schießen.«

»Mutige Worte«, sagte Ragnar. »Würdest du sie bei einer Probe auch unter Beweis stellen?«

»Wann immer du willst.«

»Mit dem da?« Er deutete auf den Bogen an ihrer Seite.

Lucie lächelte. Sie wusste, was Zoe draufhatte. Sie hatte sie schießen gesehen.

»Zweifelst du etwa?«, fragte Zoe selbstbewusst. »Wir können gerne mal gegeneinander antreten. Allerdings bräuchte ich noch ein paar Pfeile. Die letzten habe ich im Kampf gegen die Biester verschossen.«

Ragnar überlegte kurz, dann wandte er sich an Alrik. »Lauf hinüber zur Waffenkammer und besorge uns ein paar Pfeile. Die besten, die du kriegen kannst. Wir treffen uns dann im Hof. Und sag Wulf, er soll eine Zielscheibe auf die östliche Mauerkrone stellen. Wollen doch mal sehen, was wirklich dahintersteckt.«

»Zu Befehl, *Jarlsson.*« Grinsend eilte Alrik davon.

Zoe hob amüsiert eine Braue. »Zweifelst du an meinen Worten, weil ich eine Frau bin?«

Ragnar zuckte die Schultern. »Ich bin von Natur aus ein misstrauischer Mensch. Das ist keine Frage des Geschlechts. Nur weil einer etwas behauptet, muss es doch nicht gleich stimmen, oder?«

»Ganz meine Meinung«, sagte Zoe. »Allerdings kratzt das

jetzt schon ein bisschen an meiner Ehre. Du hättest doch bestimmt nichts gegen eine kleine Wette einzuwenden, oder?« Ihr Lächeln wurde breiter. Lucie bewunderte sie für ihr Selbstbewusstsein – Zoe wurde ihr immer sympathischer. Das hätte sie nach ihrem ersten Zusammentreffen am Frankfurter Flughafen auch nicht gedacht.

Ragnar sah die Amazone verblüfft an. »Eine Wette? Was denn für eine Wette?«

Zoe grinste. »Erzähle ich dir, wenn wir im Hof sind.«

9

Ragnar sah sich um. Auf dem Hof hatten sich etliche Männer versammelt, die meisten von ihnen Mitglieder der Stadtwache.

Obwohl er selbst keiner von ihnen war, genoss er ihren Respekt. Nicht nur als Sohn des Jarls, sondern weil er sich als Späher und Verteidiger der Außenbezirke einen Namen gemacht hatte. Dass er sich aber auf ein Duell mit einer Frau einließ, hatte zu einiger Verwirrung, aber auch zu Spott und Hohn geführt. Ragnar spürte, dass die Männer ihn nicht für voll nahmen, weil er sich ernsthaft diesem Wettkampf stellen wollte. Aber was sollte er tun? Er würde sein Gesicht verlieren, wenn er jetzt einen Rückzieher machte. Die einzige Chance war, sich auf das Spiel einzulassen.

Zusammen mit den anderen beobachtete er, wie Zoe ihren Bogen spannte und die Zielvorrichtung einstellte. So einen komplizierten Bogen hatte er noch nicht gesehen. Er konnte sich beim besten Willen nicht vorstellen, wofür die vielen Stäbe und Ösen da waren. Die gesamte Mechanik wirkte ziemlich sperrig und kompliziert und es blieb abzuwarten, ob man damit überhaupt einen einzigen Pfeil verschießen konnte.

Inzwischen waren auch Arthur und Marek wieder da. Über ihr Gespräch mit Ansgar und Nimrod hatten sie kein Wort verloren und Ragnar war zu stolz, sie danach zu fragen.

Zoe beendete ihre Vorbereitungen und sah ihn erwartungsvoll an. Ihre Augen hatten die Farbe von dunklem Holz.

»Also, wie steht's nun mit unserer Wette?«

Ragnar hob belustigt eine Braue. »Habe ich nicht vergessen. Ich wollte dir nur noch einmal die Möglichkeit geben, darüber nachzudenken.« Er raunte ihr zu: »Die Männer hier sehen es nicht so gerne, wenn eine Frau eine Waffe in der Hand hält. Ihrer Meinung nach gehören Frauen an den Herd.«

»Warum? Weil sie sich fürchten, eine Frau könnte sie überflügeln?«

»Eher weil sie sich sorgen, dass du ihnen irgendwelche wichtigen Teile wegschießt.« Er grinste.

»Dann möchtest du also lieber nicht gegen mich wetten? Ich könnte das verstehen. Ich würde auch nicht gegen mich wetten wollen.«

Einige Lacher ertönten. Ragnar hatte das Gefühl, dass sie auf seine Kosten gingen. Na, wenn schon. Abgesehen von Edgar war er der beste Schütze hier in der Festung. Er würde dieser jungen Dame schon zeigen, was er draufhatte.

»Kein Problem«, sagte er. »Worum willst du wetten?«

»Wenn ich verliere, darfst du mir irgendeine Arbeit aufbrummen. Von mir aus Pferdeställe ausmisten oder Dienst auf der Mauer schieben.«

»Und wenn du gewinnst?«

»Neue Kleidung.« Sie zwinkerte ihm zu.

»Was gibt es denn an deinen Sachen auszusetzen?«

»Sie stehen mir nicht. Von der Farbe will ich gar nicht reden. Ich trage schwarz, das war schon immer so. Außerdem sind sie schrecklich unbequem. Ich will Männersachen, so wie deine.«

Zoe nahm wirklich kein Blatt vor den Mund. Das gefiel ihm. Dieser Wettkampf versprach unterhaltsam zu werden.

»Einverstanden«, sagte er. »Verliere ich, bekommst du neue Sachen und ausreichend Pfeile. Verlierst du, arbeitest du eine Woche lang bei den Pferdeknechten. Klingt das fair?«

Sie reichte ihm die Hand.

In diesem Moment kam Alrik zurück. Er brachte ein Bündel Pfeile mit, die er an Ragnar und Zoe verteilte.

Ragnar prüfte die Qualität. »Hast du dem Bogenmeister ausgerichtet, dass die Anfrage von mir persönlich kommt?«

»Habe ich«, keuchte Alrik. »Er hat daraufhin ein paar Pfeile aus seinem persönlichen Bestand geopfert. Er sagte, dies wären seine besten und dass er sie wiederhaben will.«

Die Pfeile bestanden aus Weißeiche und waren Meisterwerke der Handwerkskunst. Leicht, glatt und mit hellbraunen Raubvogelfedern versehen. Er wünschte, er hätte solche Pfeile für seinen täglichen Dienst.

Zoe hingegen schien nicht begeistert zu sein. Sie blickte prüfend am Schaft entlang, zog kopfschüttelnd einen anderen hervor und wiederholte den Vorgang. Als sie den dritten zurücksteckte, wurde es Ragnar zu dumm.

»Was ist denn los?«

»Ist das alles, was ihr habt? Gibt es keine besseren?«

»Das sind die besten Pfeile, die du diesseits der Berge finden wirst.«

»Die besten?« Sie verzog den Mund, als hätte sie in eine Sauerbeere gebissen. »Der Schaft ist nicht gerade und das Gleichgewicht stimmt auch nicht, siehst du?« Sie balancierte den Pfeil auf dem ausgestreckten Zeigefinger. »Da bin ich andere Qualität gewöhnt.«

»Wenn das bedeuten soll, dass du dich vor unserer Wette drücken willst: Vergiss es. Du hast mir deine Hand darauf gegeben. Jetzt zeig uns, was du draufhast. Schließlich muss ich auch damit schießen.«

Sie bedachte ihn mit einem verächtlichen Blick und legte den Pfeil auf die Sehne.

Wulf war inzwischen auf der Mauer angelangt und hatte die Zielscheibe platziert. Sie war so weit entfernt, dass der schwarze Punkt in der Mitte kaum noch zu erkennen war. Ragnar hielt es für ausgeschlossen, dass irgendein Mensch außer ihm und Edgar auch nur annährend so weit schießen konnte, geschweige das Ziel auch noch zu treffen vermochte.

Zoe zog die Sehne bis ans Kinn und visierte die Strohscheibe mit zusammengekniffenen Augen an. Sie schien das Ziel dabei entlang der stabförmigen Vorrichtung zu fixieren, die vorne am Bogen angebracht war. Ihre Hand war vollkommen ruhig. Zumindest anfänglich.

Auf einmal bemerkte Ragnar ein leichtes Zittern, das stetig stärker wurde. Irgendwann wurden daraus heftige Schwankungen. Die Anstrengung war ganz offensichtlich zu groß.

Zoe ließ ihren Bogen sinken. Ihr Mund war zu einem schmalen Strich geworden. Ihr Gesicht hatte die Farbe von frischem Käse angenommen. Er empfand kein Mitleid. Sie hatte sich das selbst zuzuschreiben.

»So schlimm ist es nun auch wieder nicht«, sagte er. »Ich gebe zu, dass die Entfernung ziemlich groß ist. Selbst ich gerate dabei an meine Grenzen. Aber besser so, als wenn du unnötig Pfeile verschwendest …«

Sie riss den Bogen hoch, zog die Sehne mit einer fließenden Bewegung ans Kinn und ließ den Pfeil davonschnellen.

Das Geschoss flog in einer schnurgeraden Bahn auf und davon. Es ging so schnell, dass Ragnar keine Zeit hatte, die Flugbahn weiter zu verfolgen. Eines konnte er jedoch mit Gewissheit sagen: Getroffen hatte sie nicht. Nicht mal den Rand.

Wulf prüfte die Zielscheibe und machte eine Geste mit gesenktem Daumen. Klar, der Pfeil war meilenweit danebengegangen.

»Tja, das war wohl nichts«, sagte Ragnar. »Schade um den schönen Pf…« Zoe riss den nächsten Pfeil heraus und ließ ihn davonzischen.

Ragnar verschlug es die Sprache. Als das dritte Geschoss die Sehne verlassen hatte, ging er dazwischen. »He, halt, hör auf. Wir haben ausgemacht, dass wir abwechselnd schießen. Das sind unsere besten Pfeile, du kannst doch nicht einfach …«

Klatsch.

Ein unförmiger brauner Klumpen landete nur wenige Meter entfernt vor seinen Füßen. Schnabel, Federn, Klauen – *ein Greifvogel.* Genauer gesagt ein Falke. Ein Pfeil steckte tief in seiner Brust.

Ein weiterer Vogel klatschte rechts von ihnen auf die Steine. Und dann noch einer. Jeder einzelne von ihnen hatte einen Pfeil im Körper.

Ragnar starrte fassungslos in den Himmel. Der Schwarm hatte sich völlig unauffällig genähert. Und er war riesig. Der größte, den er seit Langem gesehen hatte.

Nur Zoe hatte die Biester bemerkt.

In diesem Moment ertönte das Hornsignal.

10

Jem verlor um ein Haar den Halt. Es ging so schnell, dass er nicht mehr rechtzeitig reagieren konnte.

Knapp über seinen Kopf sauste eine Gruppe riesiger Vögel dahin. Adler, Eulen, Störche und Kraniche. Es waren sogar einige Geier dabei, die mit ihren breiten Schwingen die Sonne verdunkelten. Sie flogen so tief, dass er den Wind ihrer Flügel zu spüren glaubte.

Panisch griff er nach dem nächstgelegenen Felsen und verlor dabei seinen Stab. Er glitt ihm aus den Händen, schlug einige Meter unter ihm auf einen Vorsprung auf und segelte, sich mehrfach überschlagend, in die Tiefe.

»Scheiße.« Jem stieß einen keuchenden Fluch aus. »Himmel noch mal, was ist denn hier los?«

Zum Glück war er bereits unterhalb der Felskante, die Viecher hätten ihn sonst bestimmt entdeckt und runtergestoßen. Dumpfes Krächzen drang aus ihren Kehlen. Ihr Ziel war die Zitadelle.

Jem klammerte sich an das rutschige Gestein und versuchte, nicht noch im letzten Moment den Halt zu verlieren. Der Granit war durch den Morgentau schlüpfrig geworden. Ein falscher Schritt und er war geliefert.

Mühsam hangelte er sich zurück auf den Pfad.

Der Weg schien alt zu sein. Die Stufen waren nur noch ansatzweise zu erkennen. Vielleicht ein alter Indianerpfad. Hasenköttel lagen herum, Moose und Flechten quollen aus den Ritzen.

Jem arbeitete sich weiter talwärts. Das Wolfsfell über seinen Schultern juckte. Der Gestank war ekelerregend und Jem fragte sich, ob das wirklich eine so gute Idee gewesen war. Aber abgesehen davon, dass er hoffte, die Wölfe damit täuschen zu können, ging es ja auch um die Temperaturen. Noch war ihm warm, doch wenn erst die Sonne verschwunden war, würde die Kälte ihm vermutlich ganz schön zusetzen.

Jem blickte nach oben.

Die Schwärme verdichteten sich.

Drüben auf der Zitadelle schien Panik ausgebrochen zu sein. Aufgeregte Rufe mischten sich mit dem Signal von Hörnern. Irgendwo wurde hektisch eine Glocke geläutet.

Jem sah, wie von den Hängen der benachbarten Berge Heerscharen von Tieren in Richtung Festung strömten. Sie glichen einer lebenden Lawine.

Schlitternd und kraxelnd setzte er seinen Weg fort. Inzwischen hatte er etwa ein Drittel des Abstiegs zurückgelegt. So langsam hatte er das Gefühl, dass er seinen Verfolgern vielleicht doch noch entkommen konnte. Vielleicht hatten die Wölfe ihre Position gewechselt und waren jetzt drüben bei den anderen Tieren.

In diesem Moment hörte Jem von oben Steine herunterprasseln. Nur ein paar kleinere Kiesel und etwas Geröll, doch es genügte, um bei ihm sämtliche Alarmlampen aufleuchten zu lassen. Als er das gefürchtete Jaulen hörte, wusste er, dass er sich zu früh gefreut hatte. Sie hatten seine Spur gefunden.

»Mist, Mist, Mist«, murmelte er. »Kann ich denn nicht einfach nur mal Glück haben?« Hektisch sah er sich um.

Der Pfad war an dieser Stelle besonders schmal und steil. Wenn er auch nur einen Moment unkonzentriert war, konnte das seinen Tod bedeuten. Hinzu kam, dass der Wind winzige Schneeflocken vor sich hertrieb, die als dünne Schicht auf den Steinen liegen blieben. Eine höllisch rutschige Angelegenheit.

Die Stufen verloren sich in der endlosen Tiefe. Die Treppe wand sich hin und her wie das Zickzackmuster auf dem Rücken einer Schlange.

Direkt unter ihm sah er eine weitere Kehre. Eine freie Fläche von schätzungsweise zwei mal zwei Metern war dort. Rechts davon das steil aufragende Bergmassiv, links der bodenlose Abgrund.

Vorsichtig stieg er weiter runter. Die Pulverschicht war glatt wie Schmierseife.

Als er die Kehre erreicht hatte, blieb er stehen.

Lange brauchte er nicht zu warten.

Es waren drei. Einer von ihnen hatte weißes Fell und stechende gelbe Augen. Er war riesig. Die beiden anderen waren klein und zierlich und braunschwarz getupft. Vielleicht Weibchen? Jem glaubte, den einen von ihnen wiederzuerkennen. Er war bei dem ersten Angriff mit dabei gewesen. Alle drei hatten ihre Ohren aufgestellt und hielten witternd die Nasen in die Höhe. Das Gefühl, wie sie nach ihm schnupperten, war unangenehm. Er meinte, seinen eigenen Schweiß riechen zu können.

Wenn er wenigstens noch den Knochen gehabt hätte. Doch den hatte er leichtfertigerweise bei dem Wolfskadaver zurückgelassen. Die einzige Waffe, die er jetzt noch besaß, war das mickrige, alte Taschenwerkzeug. Er wusste, dass er den Wölfen damit nicht standhalten würde. Wenn sie es darauf anlegten, konnten sie ihn jederzeit zerfleischen.

Aber noch hielten sie sich zurück. Sie standen nur da und witterten.

Jem riss das Fell von seinen Schultern und hielt es vor sich wie einen Schild. Mit der Rechten umklammerte er das Werkzeug und richtete es auf die Angreifer. Die Klinge zitterte.

»Was soll das?«, rief er. »Habt ihr noch nicht genug? Soll ich euch auch das Fell abziehen, so wie eurem Kumpel?« Er reckte das Fell des getöteten Wolfes in die Höhe. »Schaut es euch gut an. So wird es euch auch ergehen, wenn ihr mich nicht in Ruhe lasst. Ich hab nichts gegen euch, aber wenn ihr nicht abhaut, garantiere ich für nichts.«

Als hätten die Wölfe einen unsichtbaren Befehl erhalten, kamen sie die Stufen herunter. Einer hinter dem anderen. Sie wussten, dass er kein Wolf war, auch wenn er wie einer roch. Sie schienen direkt durch seine Tarnung hindurchzusehen. Dann schnitten sie ihm den Weg ab.

Einer von ihnen sprang auf die untere Treppe, einer blieb oben, während der letzte auf ihn zukam. Es war der große Weiße. Ein Ehrfurcht gebietendes Tier.

Alle hatten jetzt soliden Fels im Rücken, während er am Abgrund stand. Ein Schritt nach hinten und er war geliefert. Die drei nahmen Positionen ein wie bei einem Schachspiel. Läufer, Dame und Springer. Dem König blieb kein Ausweg. Es sei denn, er stürzte sich in die Tiefe.

Schachmatt.

Was sollte er bloß tun? Mit diesem Messer konnte er nicht mal einen Welpen beeindrucken. Er kam sich so albern vor.

Als er erkannte, dass das Spiel vorbei war, überfiel ihn eine seltsame Ruhe, ähnlich der, die er schon während des Bärenangriffs verspürt hatte.

Er nahm das Werkzeug runter, klappte es zusammen und steckte es zurück in die Hose. Das Fell ließ er sinken.

Der Wolf kam näher – wenn es denn überhaupt ein Wolf war. Aber darüber nachzudenken, war in etwa so sinnlos wie die Frage, wie er überhaupt in diesen Irrsinn hineingeraten war.

Er hielt den Atem an.

Der Wolf schnupperte, als würde er Witterung mit seinem toten Artgenossen aufnehmen. Dann öffnete er seine Fänge, packte das Fell und zog daran. Jem überließ es ihm.

Das Raubtier ging ein paar Schritte zurück, dann machte es kehrt und eilte die Stufen hinauf. Jem traute seinen Augen kaum. Auch die beiden anderen machten kehrt. Ein kurzes Knurren, dann waren sie verschwunden.

Jem stand da wie vom Donner gerührt. Er spürte, wie das Leben in ihn zurückkehrte. Sein Herz bebte, genau wie seine Beine. Vorsichtig trat er einen Schritt vom Abgrund weg. Nicht dass er noch die Felswand hinabsegelte.

Der Wind brachte neuen Schnee mit sich. Jem schlug den Kragen seines Hemdes hoch, blies in seine unterkühlten Finger und setzte seinen Weg fort. Den Geräuschen nach zu urteilen, hatte drüben auf der anderen Seite des Tals der Kampf jetzt erst richtig begonnen.

11

Alarm! Alle Mann zu den Waffen! Greift euch, was ihr kriegen könnt, der Rest zurück in die Gebäude. Die Bestien greifen an!«

Rufe hallten von den Mauern wider, Warnungen wurden gebrüllt und Befehle entgegengenommen. Die ganze Zitadelle war in Aufruhr.

Lucie starrte fassungslos in den Himmel. Die Vögel hatten sich völlig lautlos genähert. Wieso hatte sie nichts gespürt? Nur Zoe hatte sie kommen sehen und drei von ihnen erledigt.

Im Hof herrschte ein unbeschreibliches Durcheinander. Menschen liefen herum und brachten sich schreiend in Sicherheit. Lucie sah eine Gruppe von Kindern, die von ihrer Aufsichtsperson rasch in eines der benachbarten Gebäude gedrängt wurden. Aus einem anderen Haus kam ein rotgesichtiger, dicker Mann gestürmt, sah die angreifenden Horden und verschwand wieder mit einem angsterstickten Laut.

Drüben auf den Stadtmauern bezogen die Wachen Position.

Marek hatte sich einen Speer gegriffen und stürmte hinter Alrik her. Zoe hatte rasch ihren Vorrat an Pfeilen aufgefüllt und folgte den beiden. Die anderen Bogenschützen machten respektvoll Platz, als sie kam.

Lucie stand einfach nur da, unfähig, eine Entscheidung zu treffen. Sollte sie nicht auch besser irgendwo Schutz suchen?

Olivia, Katta und Arthur schienen ebenfalls nicht zu wissen, was sie tun sollten.

In diesem Moment rannte Ragnar an ihnen vorbei. Er blieb stehen und sah sie mit weit aufgerissenen Augen an. »Was tut ihr denn noch hier? Seht zu, dass ihr ins Innere kommt. Wir werden angegriffen.«

Ehe einer von ihnen antworten konnte, ergriff er Lucies Hand und zog sie in Richtung Haupthaus. Vor den Türen herrschte ein furchtbares Gedränge.

Leòd sah sie und kam auf sie zugerannt. »Lass nur, Ragnar«, rief er. »Ich kümmere mich um sie. Geh du zu den anderen auf die Mauer, ich bringe sie in Sicherheit.«

Der Sohn des Archivars hatte hektische rote Flecken im Gesicht. Seine Brille saß schief auf seiner Nase.

»Aber ich kann dir doch nicht die Verantwortung für sie aufbrummen. Mein Vater hat gesagt ...«

»Dein Vater, dein Vater. Als sein Nachfolger solltest du anfangen, eigene Entscheidungen zu treffen. Du bist Krieger, kein Kindermädchen. Lass mich das übernehmen, während du ...«

Lucie konnte nicht mehr hören, was er sagte. Während er noch redete, hatte sich eine weitere Gruppe von Menschen zwischen sie gedrängt. Lucie stand etwas abseits. Sie wollte einen Arm heben und Leòd auf sich aufmerksam machen, als sie plötzlich glaubte, etwas gehört zu haben. Eine Stimme, aber viel zu leise, als dass sie real sein konnte. Lucie schaute hinüber zur Mauer. Sie sah Zoe und Marek, die sich Seite an Seite mit den Mitgliedern der Stadtwache einen erbitterten Kampf gegen die angreifenden Vögel lieferten. Die Reihen wogten hin und her, während immer mehr von den gefiederten Jägern auf sie herabstießen. Lucies Blick wurde von der düster aufragenden Felswand auf der anderen Talseite angezogen. Der Ort, an dem sie gestern Abend Jem bemerkt zu haben glaubte. War das seine Stimme, die sie da gerade gehört hatte? Die Felsen wirkten schroff und abweisend. Wieder überfiel sie das ganz starke Gefühl, dass er dort drüben war. Er blickte genau zu ihnen herüber. Obwohl sie ihn nicht sehen konnte, fühlte sie gerade eine sehr starke Verbindung, die sie geradezu magisch anzog.

Ohne groß nachzudenken, drängte sie hinaus auf den Hof und in Richtung Mauer. Sie wusste, dass es eigentlich nicht richtig war, aber die Stimme in ihrem Kopf ließ ihr keine Ruhe.

Wo bist du?

Bist du in Sicherheit?

War das ihre eigene Stimme, die sie da hörte, oder Jems?

»He, halt, wo willst du hin?« Es war Ragnar, der da rief, aber sie achtete nicht auf ihn, sondern rannte weiter. Schon hatte sie die Treppe erreicht, die hinauf auf die Mauerkrone führte.

Die Vögel griffen jetzt in immer größeren Gruppen an. Welle um Welle raste im Tiefflug über die Mauer. Ihre schrillen Schreie hallten von den Gebäuden wider. Das Geräusch wild um sich schlagender Flügel klatschte ihr um die Ohren.

Aus den Augenwinkeln sah sie Männer mit Schnittverletzungen an Armen und Gesichtern. Ein blutüberströmter Mann taumelte an ihr vorüber und fiel hinter der Brustwehr in Deckung. Lucie beachtete ihn nicht. Ihre Gedanken galten nur Jem. Sie musste aufpassen, dass sie nicht selbst zur Beute für die mordlüsternen Angreifer wurde.

Das Verhalten der Tiere war ihr unerklärlich. Warum diese Wut, woher dieser blanke Hass? Das waren keine Tiere, das waren Kampfmaschinen. Wie eine fremdgesteuerte Masse von Kamikazepiloten, die sich auf die schreienden und verängstigten Zitadellen-Bewohner stürzten.

Lucie erreichte die Mauerkrone. Mit pochendem Herzen wandte sie sich gen Osten. Die gegenüberliegende Felswand war vielleicht zweihundert Meter entfernt und steil abfallend. Eine massive graue Wand, die im Gegenlicht zu einer strukturlosen Masse verschwamm.

Wo bist du?

Sehen konnte sie ihn nicht, aber das Gefühl, dass er dort war, wurde mit jeder Sekunde stärker.

Plötzlich packte sie jemand und riss sie herum. *Ragnar!* Sein Gesicht war gerötet, seine Haut schweißnass.

»Bist du wahnsinnig?«, schrie er. »Warum hörst du nicht, wenn ich dich rufe? Mach, dass du hier wegkommst, hier draußen ist es viel zu gefährlich.«

»Aber, ich ...«

»Kein Wort mehr.« Seine Augen wirkten grau wie Stahl. Er ergriff ihre Hand und wollte sie zurück in Richtung Treppe zerren, doch sie leistete Widerstand. Jem war dort drüben, das spürte sie. Er war allein und er hatte Angst. Auf gar keinen Fall würde sie hier weggehen.

Plötzlich fegte ein dunkler Schatten heran. Für den Bruchteil einer Sekunde sah Lucie ausgestreckte Krallen und einen messerscharfen Schnabel. Ragnar riss so heftig an ihrem Arm, dass sie glaubte, es würde ihr die Schulter auskugeln. Schreiend fiel sie in seine Arme. Ein heftiger Windstoß verwirbelte ihre Haare. Dann hörte sie ein enttäuschtes Krächzen. Als sie ihren Kopf drehte, sah sie den mächtigen Greifvogel davonfliegen.

»Siehst du jetzt, was passieren kann?«, schrie Ragnar. »Du bist nur um Haaresbreite einem Angriff entgangen. Hier draußen ist es zu gefährlich für dich.«

»Aber Jem ...«, stieß sie aus. »Er ist dort drüben. Auf der anderen Talseite.«

»Jem?«, fragte er harsch. »Geht das schon wieder los? Mir reicht's langsam mit dir. Willst du, dass ich dich davontrage wie einen erlegten Hirsch? Brauchst es nur zu sagen ...« Seine Aura leuchtete in allen Schattierungen zwischen Gelb und Rot. Sie spürte, dass seine Geduld erschöpft war.

»Also, was ist jetzt?«

»Lass mich los«, stieß sie aus. »Ich komme ja schon mit.« Sie wusste, dass er recht hatte, es fiel ihr nur schwer, das zuzugeben. Ihr Verstand sagte ihr, dass sie Jem ohnehin nicht helfen konnte. Er musste alleine klarkommen. Ihr Herz war da anderer Meinung. Sie hätte alles getan, um irgendwie zu ihm zu gelangen. Immerhin wusste sie jetzt, dass er noch lebte.

Sie nickte. »Also gut, geh du voran. Ich folge dir und ...«

Sie verstummte. Ihr Blick war nach Süden gerichtet.

»Oh, mein Gott«, murmelte sie.

»Was ist los?«

Sie deutete in Richtung des Mount Cheyenne. »Dort ...«

Entlang des Felsgrates, der steil von oben herabführte, strömte ihnen eine Lawine von Vierbeinern entgegen. Huftiere, Bären, Wölfe, vielleicht auch Raubkatzen. Es waren Tausende. Ein wandelnder Albtraum.

Lucie vergaß zu atmen. Sie musste an ihre Fahrt mit dem Bus denken. Sie hatte am eigenen Leib erfahren, wozu eine kleine Gruppe dieser Tiere in der Lage war. Indem sie ein Hangrutsch ausgelöst hatten, war eine friedliche Landschaft binnen weniger Minuten zu einem Ort des Schreckens geworden. Lucie glaubte, das Donnern von herabfallenden Felsen zu hören. Verglichen mit dem, was in diesem Moment auf sie zukam, war der Angriff auf ihren Bus lächerlich gewesen.

12

Das Rumpeln wurde lauter. Während Marek sich noch fragte, woher dieses merkwürdige Geräusch kam, erzitterte plötzlich der Boden unter seinen Füßen. Die Mauer wurde von schweren Erschütterungen heimgesucht. Fugen brachen auseinander und Steinstaub rieselte daraus hervor.

Marek machte einen Satz nach vorne. Quer zu seiner Laufrichtung war ein Riss entstanden. *Ein Erdbeben,* schoss es ihm durch den Kopf.

Erschrocken umklammerte er die steinerne Brustwehr.

Er begriff immer noch nicht, was vor sich ging. Zoe deutete nach oben. »Ach du Scheiße!«

Marek erkannte, dass sich oberhalb der Zitadelle etwas bewegte. Es sah aus, als hätte der Mount Cheyenne sein Haupt verdunkelt. Brüllend und donnernd kam etwas die Bergflanke heruntergerauscht.

»Was … zum …?«

»Eine Lawine«, stieß Zoe aus. »Eine gottverdammte Lawine!«

Himmel, sie hatte recht. Die tödliche Mischung aus Schnee und Geröll nahm rasch an Fahrt auf. Nur noch wenige Sekunden, dann würde sie hier einschlagen.

Marek sah sich panisch um. Sie waren hier völlig ungeschützt. Die Lawine würde über sie hinwegfegen und sie mit sich reißen. Der *Schrein der Sonne* lag etwa fünfzig Meter entfernt. Wie ein mahnender Zeigefinger ragte der Turm in den Himmel. Das dicke Mauerwerk wirkte stabil, aber würde es einer solchen Naturgewalt standhalten?

Die Krieger der Stadtwache schienen ebenfalls zu der Überzeugung gelangt zu sein, dass der Turm ihre einzige Rettung war. Von überallher strömten sie in Richtung der Felsnadel. Die Köpfe eingezogen, die Schilde zum Schutz nach oben gehalten, rannten sie an ihnen vorbei. Auf dem Hof brachten sich die Menschen schnellstmöglich in Sicherheit. Ihre Angstrufe wurden vom Rumpeln und Tosen der herannahenden Lawine übertönt.

Marek sah Ragnar auf sie zu rennen. Er hatte den Streit zwischen ihm und Lucie nur aus dem Augenwinkel mitbekommen, aber scheinbar war es dem Krieger endlich gelungen, sie vom Hof zu bekommen. Und Zoe sollte auch besser von hier verschwinden. Er packte sie und zerrte sie hinter sich her: »Komm!«

»Lass das, ich komme sehr gut alleine zurecht.« Zoe sprintete los. Leichtfüßig wie eine Gazelle hüpfte sie über Steine, Gräben, Absätze und Stufen und erreichte den Turm noch vor Marek und Ragnar.

Marek musste zugeben, dass er beeindruckt war von ihrer Gewandtheit. Bei seiner Ankunft pfiff er aus dem letzten Loch.

Als er sich umdrehte, stockte ihm der Atem. Die halbe Bergflanke war in Bewegung geraten. Die Lawine musste eine Kettenreaktion ausgelöst haben, die zu weiteren kleinen Lawinen geführt hatte. Wohin er auch blickte, donnerten Schutt und Schnee zu Tal.

Angesichts dieser Naturgewalt kam er sich plötzlich unendlich klein und unbedeutend vor. Er hatte Zweifel, ob der Turm dem Ganzen wirklich standhalten konnte, doch sie hatten keine andere Wahl, als hier Schutz zu suchen. Ragnar drängte ihn hinein, dann schlug er die Tür zu und ließ den Riegel einrasten.

Keinen Moment zu früh.

Die Wucht, mit der die Lawine gegen den Turm donnerte, ließ Mareks Herzschlag für einen Moment aussetzen. Es fühlte sich an, als würde ein Riese von außen gegen die Tür drücken. Die Bohlen bogen sich. Staub und Schnee drangen durch die Ritzen.

Sorgenvoll starrte Marek auf die Tür. Er schlug drei Kreuze, dass die Eichenbohlen so dick waren und das Schloss so schwer. Aber ob das reichen würde?

Er wich zurück.

Als er mit dem Rücken auf die gegenüberliegende Mauer traf, fuhr er erschrocken zusammen. Aber seine Panik war unbegründet. Offenbar hielt die Tür. Der Turm widerstand den Gewalten.

Im Schein der Fackel sah Marek die anderen Männer. Viele von ihnen hockten zusammengekauert auf dem Boden und beteten. Auch Zoe war bleich wie ein Handtuch. Sie war wohl doch nicht so cool, wie sie immer tat.

»Alles klar bei dir?«, fragte er.

Sie zitterte am ganzen Leib. Er ging zu ihr und legte seinen Arm um sie. Diesmal wehrte sie sich nicht. Der Einzige, der einigermaßen die Kontrolle zu behalten schien, war Ragnar. Seine grauen Augen funkelten in der Dunkelheit.

»Ich muss nach oben«, sagte er. »Sehen, was da draußen los ist. Will mich jemand begleiten?«

»Ich komme mit«, sagte Marek entschlossen, auch wenn ihm immer noch ganz flau im Magen war. Aber er konnte nicht einfach nur tatenlos hier rumstehen. Zoe sah ihn mit ängstlichen Augen an. »Du willst echt da hoch?«

»Ja.«

»Okay, dann komme ich mit.«

Er versuchte zu lächeln. »Also gut. Dann zusammen.«

Gleich im ersten Stock wurden sie von einer mächtigen Schneewehe aufgehalten. Der Fensterladen hing zerbrochen in den Scharnieren und es blies ihnen ein kalter Wind entgegen. Ragnar stieg über den schmutzig weißen Haufen, der sich unter dem Fenster gebildet hatte, und lief weiter.

Sie folgte ihm.

Im zweiten und dritten Stockwerk dasselbe Bild. Marek hatte jedoch das Gefühl, dass das Schlimmste vorbei war. Es kam jedenfalls kein neuer Schnee hinzu.

Im vierten Stock wurde es besser. Das Fenster war intakt und es wurde langsam heller. Ragnar hatte angehalten. Über ihnen befand sich eine dunkel angelaufene Holzdecke.

»Wir sind oben«, sagte er. »Wenn wir diese Dachluke aufbekommen, können wir auf die Turmspitze klettern. Dort haben wir einen guten Rundumblick.«

Marek atmete schwer. »Worauf warten wir dann noch?«

»In Ordnung. Aber geht ein bisschen zur Seite. Es könnte da einiges runterkommen.«

Ragnar ergriff einen Stab, der in einem Haken endete, und

löste die Deckenverriegelung. Knarrend schwang die Luke auf. Ein Haufen Schnee rauschte auf sie herab und hüllte sie einen Moment lang in Nebel. Ragnar zog die hölzerne Leiter herab und kletterte nach oben. »Ich denke, die Lawine ist vorüber«, rief er ihnen zu. »Ihr könnt hochkommen.«

Marek zwinkerte Zoe zu, dann stieg er die Leiter hoch. Ein eisiger Wind pfiff ihm ins Gesicht. Hastig sah er sich um, ob nicht irgendwelche Vögel über ihnen kreisten. Über ihm knatterten einige Wimpel an der Fahnenstange.

Nachdem er sich vergewissert hatte, dass keine Gefahr drohte, half er Zoe beim Hinaufklettern. Dann traten sie gemeinsam an die Brustwehr und schauten sich um.

13

Leòd führte sie auf verschlungenen Pfaden durch das unterirdische Labyrinth. Die Wege und Gänge, denen sie folgten, schienen endlos zu sein. Von überall schimmerten Fackeln und Öllampen. Tageslicht existierte keines.

Ein Geräusch kam hinter ihnen aus dem Tunnel und schwoll unaufhörlich an. Ein seltsamer Laut. Dumpf, dröhnend, polternd. Wie ein Güterzug.

Lucie blieb abrupt stehen. Arthur, der nicht schnell genug abbremsen konnte, rannte prompt in sie hinein.

Überrascht sah er sie an. »He, was soll das? Warum hältst du an?«

»Pst. Hörst du das nicht?«

»Was ist das?«, flüsterte er.

»Keine Ahnung.« Ihr war nicht wohl bei dem Geräusch.

Als Leòd bemerkte, dass sie stehen geblieben waren, kam er zu ihnen zurück. »Was ist los? Was soll die Verzögerung?«

Lucie hielt einen Finger in die Höhe. »Hörst du das?«

Leòd lauschte. »Eine Lawine«, sagte er mit düsterem Ausdruck. »Eine ziemlich große, wie es scheint. Irgendetwas Übles geht da draußen vor. Seid froh, dass ihr in Sicherheit seid.«

Das trug nicht unbedingt zu Lucies Beruhigung bei. Was war da draußen los?

Der Weg, den sie genommen hatten, führte stetig bergab.

Leòd hatte ihnen erzählt, dass er sie in die Archive und Labore seines Vaters bringen wollte. Die Räume befanden sich in der Unterstadt und waren nach oben hin von massiven Felsüberhängen geschützt. Obwohl Lucie die gesamte Anlage immer noch rätselhaft war, hatte sie zumindest begriffen, dass nur ein Teil der Stadt auf außen liegenden Felsvorsprüngen errichtet worden war. Der Großteil der Wohnanlagen und Verbindungsgänge verlief unterirdisch. Das Netzwerk aus Stollen und Gängen erstreckte sich über die gesamte Bergflanke und reichte teilweise sogar bis tief unter die Erde. Ein richtiger Termitenbau, von dem sie noch nicht mal einen kleinen Teil erkundet hatten.

Lucie schauderte bei der Vorstellung, dass sie sich immer weiter den Bezirken der Trow näherten. Waren das wirklich Dunkelwesen? Aber so etwas gab es doch gar nicht, oder?

Gerade als sie dachte, ihre Wanderung würde kein Ende nehmen, zog Leòd einen Schlüssel aus der Tasche, steckte ihn in ein Schloss und drehte ihn herum. Knarrend schwang die Holztür auf.

»Da sind wir«, sagte er. »Wartet, ich mache kurz Licht.«

Lucie und die anderen warteten in der Dunkelheit. Schnuppernd hob sie die Nase in die Höhe. Ein seltsamer Geruch hing in der Luft. Eine Mischung aus Leder und Edelholzpolitur, verbunden mit etwas, das sie an Essigsäure erinnerte.

Leòd entzündete ein paar Petroleumlampen, dann zog er die Vorhänge von den Fenstern. Endlich wieder Tageslicht!

Sie traten in einen Raum von den Abmessungen eines Klassenzimmers, der bis unter die Decke mit Regalen, Schränken und Ablagen vollgestopft war. Auf einigen Tischen standen seltsame Apparaturen, die für sie keinen Sinn ergaben. Andere wiederum waren mit Büchern und zerfledderten Zeitschriften bedeckt. Rechts und links befanden sich Türen, durch die es in die angrenzenden Räume ging.

Trübes Licht strömte durch die Fenster. Die Welt draußen war in Nebel gehüllt. Er war so dicht, dass von der gegenüberliegenden Seite der Schlucht nichts mehr zu sehen war.

»Die Lawine muss ganz schön heftig gewesen sein«, sagte Leòd. »Passiert selten, dass sie das gesamte Tal einhüllt. Ich kann nur hoffen, dass nicht allzu viel Schaden angerichtet wurde.«

»Passiert so etwas denn öfter?«, fragte Olivia. »So ein Angriff, meine ich.«

»Ungefähr einmal im Jahr«, sagte Leòd. »Die Bestien scheinen uns stets daran erinnern zu wollen, dass sie die Herren der Berge sind. Als ob wir das je vergessen könnten. Aber so heftig war es schon lange nicht mehr. Setzt euch doch. Möchtet ihr etwas zu essen oder zu trinken?«

Sie lehnten dankend ab. Lucie war noch satt vom Frühstück, aber auch so hätte sie keinen Bissen hinunterbekommen. Der Gedanke an Jem schnürte ihr die Kehle zu. Hatte er irgendwo Unterschlupf finden können? War er in Sicherheit? Sie hatte die vage Hoffnung, dass der Vogelangriff sich auf die Zitadelle beschränkt hatte. Aber was war mit der Lawine? War sie nur auf ihrer Seite des Bergmassivs hinabgestürzt oder auch auf der gegenüberliegenden, auf der sie Jem vermutete? Die Fragen schossen Lucie nur so durch den Kopf, doch es gab niemanden, der ihr eine Antwort darauf geben konnte. Nur mit Mühe konnte sie sich davon abhalten, in Panik auszubrechen.

Leòd ging durch den Raum, als würde er etwas suchen. Ihn schienen weder der Vogelangriff noch die Lawine sonderlich zu beeindrucken. War das etwas so Alltägliches für die Burgbewohner? Lucie verstand es einfach nicht. Leòd blickte unter die Tische. »Ksss, ksss, Loki, wo steckst du?«

Statt einer Antwort huschte plötzlich ein schwarzer Schatten durch den Raum. Lucie fuhr zusammen. Der Schatten war groß gewesen. Groß und ziemlich haarig.

»Loki«, rief Leòd. »Komm, kleines Monster, es gibt etwas zu fressen.« Er schnappte sich einen Beutel und zog eine tote Ratte daraus hervor. Das arme Ding war halb vertrocknet und bestand nur noch aus Haut und Kochen. Lucie rümpfte die Nase. Kein Wunder, dass es hier so merkwürdig roch.

»Igitt, pack das sofort weg«, kreischte Katta. »Das ist ja ekelhaft!«

Am Schwanz baumelnd gab die Ratte ein ziemlich trauriges Bild ab. Trotzdem schob sich in dieser Sekunde ein schwarzer Umriss unter dem Tisch hervor.

Lucie staunte nicht schlecht. Das war bei Weitem die ungewöhnlichste Katze, die sie je gesehen hatte. Schwarz und kräftig wie eine französische Bulldogge und mit ebensolchen Fledermausohren waren es vor allem ihre Augen, die Lucie so faszinierten. Sie schimmerten in einem tiefen Bernsteinton, in dem etliche helle Funken tanzten. Ein tiefes Brummen drang aus der Kehle dieses Ungeheuers.

Unwillkürlich zog Lucie die Beine an.

Leòd legte die Ratte auf den Boden und es dauerte keinen Wimpernschlag, da hatte das Monstrum sie geschnappt und unter den Tisch gezerrt. Die Geräusche, die von dort an Lucies Ohren drangen, klangen ziemlich beängstigend.

»Das ist also Loki«, sagte sie ehrfürchtig. »Ragnar hat uns von ihm erzählt. Aber irgendwie hatte ich ihn mir anders vorgestellt.«

Arthur schien das Biest ebenfalls nicht ganz geheuer zu sein. »Ist Loki nicht der Name eines Gottes?«

»Des durchtriebensten aller Götter«, antwortete Leòd grinsend. »Sohn von Farbauti und Laufey, zwei Riesen. Ich fand ihn, als er noch ein kleines Kätzchen war.«

»Der war mal klein?« Lucie fiel es schwer, das zu glauben.

»Natürlich«, erwiderte Leòd. »Wir waren doch alle mal klein. Was Loki betrifft, muss ich euch warnen: Er ist ziemlich verschlagen. Mal will er schmusen, dann bekommt man plötzlich seine Krallen zu spüren. Kommt ihm also besser nicht zu nah.« Er breitete seine Arme aus. »Dann also herzlich willkommen in meinem Reich. Dies sind Erins und meine Privatgemächer, wobei ich Vater in letzter Zeit wenig zu Gesicht bekomme. Er ist meistens oben bei Nimrod und fertigt Abschriften für ihn an. Einen Teil davon könnt ihr hier sehen. Ein ziemlich aufwendiger Prozess. Wir stellen das Papier selbst her. Die Bögen werden auf Rosshaarschnüre gefädelt, danach geschlagen und geglättet. Wir ziehen sie durch Planierwasser – das ist eine heiße Lösung aus tierischem Leim und Alaun, die den Bildern und Schriftzeichen Tiefe und Leuchtkraft verleiht. Anschließend werden sie getrocknet und mit einem schweren Hammer geglättet. Hier auf den Tischen seht ihr einige unserer Experimente. Wärme, Licht, Feuer, Wasser. Nichts davon hat mit Zauberei zu tun, alles ist erklärbar. Vorausgesetzt, man macht sich die Mühe und forscht gewissenhaft.«

Lucie fand es irgendwie absurd, sich in aller Ruhe in Leòds Reich umzusehen, während draußen das Chaos tobte.

»Habt ihr auch Computer?«, fragte Olivia.

»Natürlich nicht«, erwiderte Leòd. »Das würde der Gode niemals gestatten. Es ist dunkle Technologie. Die Verwendung solcher Apparaturen wird streng bestraft. Es gab mal ein paar, doch die wurden vor langer Zeit verschrottet. Abgesehen davon, wüsste heute kein Mensch mehr, wie man sie in Betrieb nimmt. Mein Schatz sind Bücher. Aus ihnen ziehe ich mein ganzes Wissen und alle Informationen. Wir haben hier unten eine richtige Bibliothek. Wollt ihr sie sehen?«

»Klar, warum nicht?«, sagte Lucie, die merkte, wie wichtig Leòd das war. Was blieb ihr anderes übrig, als ihm zu folgen? Er hatte sie in Sicherheit gebracht und dafür musste sie ihm dankbar sein. Trotzdem machten sie der Gedanke an Jem und die Frage, was mit ihm geschehen war, beinahe verrückt.

»Wundervoll«, rief Leòd freudestrahlend. »Dann kommt mit. Ich zeige euch alles. Ich bin sicher, ihr werdet staunen.«

14

Der Blick über die Stadt war atemberaubend. Während ihrer ersten Führung hatte Ragnar ihnen den groben Aufbau der Festung beschrieben, doch jetzt sah Marek zum ersten Mal die gesamte Anlage.

Wenn er das richtig verstanden hatte, wohnten die Reichen ganz oben. Dort, wo es genügend Helligkeit, Luft und Wasser gab. In den mittleren Abschnitten befanden sich die Verteidigungsanlagen, die Verwaltung und der Palast, während das einfache Volk, die Handwerker, Künstler und Händler, die unteren Bezirke bewohnten. Der allerunterste Abschnitt der Schlucht, dort, wo kaum noch Tageslicht hinfiel, war den Verbrechern und sonstigem Abschaum vorbehalten. Hier hausten auch die Trow in ihren Höhlen aus Stein. Ragnars Beschreibung nach war es eine düstere, grausame Welt, die nur die Mutigsten betraten.

Marek blickte auf eine unwirkliche Szenerie. Das Ausmaß der Beschädigung war verheerend. Die Angreifer hatten wirklich ganze Arbeit geleistet.

Die Turmspitze eines Tempels lag zerschmettert im Innenhof. Dächer waren eingedrückt und Mauern umgestürzt. Besonders schlimm hatte es die höher gelegenen Gebiete erwischt, dort, wo die prächtigen Villen standen. Von den einstmals herrlichen Gärten war nicht mehr viel übrig.

Noch breitete der Dunst einen gnädigen Schleier über die Stadt, aber es wurde immer deutlicher, dass der Angriff viele Menschenleben gekostet hatte.

Ragnar stand zwischen Marek und Zoe an der Brustwehr und starrte fassungslos hinab. Marek konnte erkennen, dass der Krieger versuchte, sich nichts anmerken zu lassen, doch irgendwann brach es doch aus ihm heraus.

»Verdammte Schweinerei.« Er rammte seine Faust auf den harten Stein. »Diesmal haben sie es echt zu weit getrieben. Ich weiß nicht, warum sie so eine Wut auf uns haben, aber letztlich ist das auch egal. Jemand wird dafür bezahlen, das schwöre ich euch.«

»Sieh mal.« Marek deutete in die Höhe. »Ich glaube, die Vögel kommen wieder. Es ist noch nicht vorbei.«

»Mistviecher«, knurrte Ragnar. »Wollen immer noch nicht aufhören. Ist denn nicht genug Blut geflossen? Ich verstehe nicht, warum sie so hartnäckig sind.«

Marek schaute nach unten. In diesem Moment tauchte unten auf der Mauer die schlanke Gestalt von Alrik auf. Ängstlich und verloren sah er sich um. Marek tippte Ragnar an. »Kann es sein, dass dein Lehrling nach dir sucht? Vielleicht solltest du ihn besser warnen. Wegen der Vögel, meine ich …«

Ragnar beugte sich über die Brustwehr und kniff die Augen zusammen. Alrik stand immer noch an derselben Stelle und wirkte irgendwie ziemlich planlos.

Ragnar hob die Arme und winkte. »He, Alrik, mach, dass du zurück in Deckung gehst, aber ein bisschen plötzlich. Alrik, hast du verstanden?«

Das Geräusch einer weiteren Lawine übertönte seine Rufe. Marek bezweifelte, dass der Junge den Ruf gehört hatte. Er stand nur da und glotzte.

In diesem Moment zischte ein Raubvogel haarscharf an seinem Ohr vorbei. Zoe, die geistesgegenwärtig genug war und den Angriff hatte kommen sehen, riss einen Pfeil aus ihrem Köcher und erlegte das Tier auf seinem Weg in die Tiefe. Marek starrte empor. Ein ganzer Schwarm blutrünstiger Harpyien kreiste über ihren Köpfen.

Das sah nicht gut aus. Da konnte Zoe noch so viele Pfeile verschießen, es würden niemals genug sein. Es war ein Kampf gegen Windmühlen.

»Verdammt …« Ragnar stieß sich vom Geländer ab und rannte zur Luke. Im Nu war er verschwunden.

Marek und Zoe brachten sich ebenfalls in Sicherheit.

Die Leiter hinter sich lassend, rannten sie die Wendeltreppe hinunter. Die Stufen flogen nur so unter seinen Füßen dahin.

Als er und Zoe unten eintrafen, hatte Ragnar bereits den Riegel angehoben und die Tür geöffnet.

Die Stimmung draußen war bedrohlich. Ein wirbelnder Dunst aus Milliarden feinster Schneepartikel umgab sie. Wie die Seelen verstorbener Bergwanderer zogen Schleier über die Mauer und tauchten die Welt in gespenstisches Zwielicht. Dabei schluckten sie nicht nur das Licht, sondern auch die Geräusche. Eine unwirkliche Stille lag auf Mareks Ohren. Etwa zehn Meter entfernt sah er Ragnar stehen. Die Nebelfetzen umwehten ihn und es sah aus, als würde er ständig seine Form verändern.

»Alrik? Wo steckst du, Junge? Melde dich.« Seine Worte verhallten im Nebel.

Keine Antwort. Plötzlich erklang Alriks dünne Stimme.

»Ragnar?«

»Ich bin hier. Komm zu mir.«

»Wo seid ihr denn? Ich kann euch nicht sehen.«

»Wir waren oben auf dem Turm. Wieso bist du uns nicht gefolgt?«

»Ich dachte, ihr hättet euch in die Festung zurückgezogen. Ich habe dort nach euch gesucht.«

»Komm her«, rief Ragnar. »Wir warten hier. Und pass auf. Die fliegenden Bestien sind immer noch unterwegs.«

Marek kniff die Augen zusammen, konnte aber nichts erkennen. Zoe stand neben ihm. Die Sehne ihres Bogens summte erwartungsvoll. Ein leichter Wind hatte eingesetzt und trieb die Nebelfetzen davon. Durch die entstandenen Lücken strömte gleißendes Sonnenlicht. Es war eine ganz und gar unwirkliche Szenerie.

In diesem Moment sah er Alrik.

Der Junge war etwa fünfzig Meter entfernt. Fröhlich winkend kam er auf sie zu. Ein erleichtertes Lächeln lag auf seinem Gesicht. Doch da fegte plötzlich etwas Dunkles von rechts heran.

Es war so schnell, dass Marek ihn nicht mal warnen konnte. Ein schriller Schrei, ein dumpfer Einschlag, dann nahm das Unheil seinen Lauf. Der Adler schlug seine Krallen in Alriks Gesicht und riss ihn mit sich.

Der Junge taumelte, prallte gegen die Brustwehr, dann wurde

er darüber hinweggeschleudert. Im Nu war er hinter der Mauer verschwunden.

Der Adler stieß ein heiseres Krächzen aus und glitt auf breiten Schwingen davon. Marek erstarrte. Er sah noch, wie Ragnar vorsprang und versuchte, die Hand seines Schützlings zu packen. Er beugte sich über die Brustwehr und blickte nach unten. Beim Anblick des bodenlosen Abgrunds krampfte sich sein Magen zusammen. Ragnar hatte Alriks Schultergurt gepackt und versuchte, ihn zurück über die Mauer zu ziehen. Ein Keuchen drang aus seiner Kehle. »Nimm … mei … ne … Hand.«

Marek sah, wie Alrik seinen Kopf hob. Sein Gesicht war blutüberströmt. Seine Augen geblendet. Er konnte nichts sehen. Suchend tasteten die blinden Augen durch die Luft.

»Meine … Hand. Verdammt, nimm … sie …«

Marek überlegte, wie er den beiden helfen konnte, doch er war zu weit entfernt. Bis er dorthin gelangte, war die Entscheidung gefallen. Einen hoffnungsvollen Moment lang glaubte er, dass Ragnar es vielleicht noch schaffen würde, doch dann passierte es. Der Gurt riss. Mit einem panischen Schrei stürzte Alrik ab.

Er fiel und fiel.

Marek sah, wie der Körper auf einem Felsvorsprung aufschlug, wie er sich überschlug und sich dann im Nebel verlor.

Ein qualvoller Laut stieg aus Ragnars Kehle. Es klang wie der Ruf eines sterbenden Tieres. Über die Brustwehr gebeugt, stand er da und starrte in die Tiefe. Seine Hände waren ausgestreckt, so, als versuchte er, den Körper seines Lehrlings mit Gedankenkraft nach oben zu ziehen. Er bekam nicht mit, wie hinter ihm ein weiterer Adler mit gespreizten Krallen heranschwebte. Er bekam nicht mit, wie Zoe Pfeil um Pfeil in den herabstoßenden Greifvogel versenkte und ihm damit das Leben rettete. Er bekam auch nicht mit, wie Marek ihn packte und zurück in den Turm schleifte. Als die schwere Holztür hinter ihnen zuschlug, war Ragnar bereits auf dem Weg in tiefes Vergessen.

15

Lucie hörte weit entfernte Kampfgeräusche sowie das dumpfe Poltern und Donnern von Geröll. Der Boden unter ihren Füßen erzitterte. Da draußen schien ein schrecklicher Kampf zu toben. Sie kam sich so klein und hilflos vor. Zum Glück hatten sie Leòd, der sie mit seinen Erzählungen ablenkte. Das half ihr, ihre Sorgen zu bezwingen.

Das Nebenzimmer roch nach Leder, Papier und dunklen Geheimnissen. Ein Geruch, der Lucie sofort in den Bann zog. Im Zwielicht sah sie Regale, die wie Dominosteine gegeneinander lehnten. Sie waren angefüllt mit Artefakten aus vergangenen Zeiten. Bücher, Zeitschriften, Atlanten und Lexika, die nach unterschiedlichen Themen sortiert waren. Da gab es Ratgeber, Bildbände, Biografien und Erzählungen sowie jede Menge Bücher, deren Titel sie nicht erkennen konnte, die aber alte Erinnerungen in ihr weckten.

Leòd führte sie durch die Regale. »Hier bewahren wir die Bücher auf, die der Gode als zu minderwertig oder zu gefährlich erachtet hat«, erläuterte er. »Bücher über Geschichte, Wissenschaft, Politik und dunkle Technologie. Vermutlich würde er sie am liebsten alle verbrennen lassen, aber sie stellen die letzte Verbindung zur Vergangenheit dar und deshalb duldet er sie hier. Abgesehen davon hat Ragnars Vater in der Sache auch noch ein Wörtchen mitzureden und er steht der Forschung nicht unbedingt ablehnend gegenüber. Wobei ich nicht weiß, wie lange er noch den Einflüsterungen des Goden widerstehen kann. Zwischen den beiden ist ein Machtkampf im Gange und ich fürchte, dass der Jarl ihn wegen seiner angegriffenen Gesundheit verlieren wird.«

Lucie hob den Kopf. »Wenn das hier die verbotenen Bücher sind, was wird dann oben im Tempel aufbewahrt?«

»Die glaubenskonformen Werke. Die, die der Gode gutheißt und aus denen er gerne zu zitieren pflegt«, sagte Leòd. »Bücher über Kirche, Glauben und Abstammungslehre. Und außerdem ist da ja noch das eine Buch.«

»Welches eine?«

»Das Auge der Götter. Unser heiligstes Buch. Auf ihm beruht unser Glaube. Der Gode bewahrt es oben im Tempel auf.«

»Hast du es gelesen?«, fragte Katta. »Was steht denn drin?«

»Gelesen, ich? Himmel nein.« Leòd schüttelte energisch den Kopf. »Wer es berührt, riskiert sein Leben. Es liegt wohlverschlossen in einem Tresor aus Kristallglas und wird nur zu besonderen Anlässen hervorgeholt. Allerdings kenne ich eine Menge Ausschnitte. Nimrod liest bei seinen Andachten gerne daraus vor.«

»Dein Vater kennt es aber, oder?«

Leòd nickte. »Als Archivar obliegt es ihm, das Buch vor Schaden zu bewahren und darauf zu achten, dass niemand ihm zu nahe kommt. Außer Nimrod dürfte er so ziemlich der Einzige sein, der es jemals vollständig gelesen hat. Abgesehen davon muss er es ja kopieren. Wenn ihr mich fragt, ein ziemlich eintöniger Job. Vor allem, weil die Literatur hier unten so viel spannender ist.« Er strich sanft mit den Fingern über die Regale.

Lucie versuchte, einen Blick auf die Titel zu erhaschen, aber es war zu dämmerig, um etwas zu erkennen. »Darf man sie anfassen?«

»Besser nicht«, sagte Leòd. »Viele fallen schon vom bloßen Anschauen auseinander. Manche existieren nur noch in Form von Einzelblättern und selbst die sind brüchig. Ihr erkennt also, wie wichtig es ist, dass wir Abschriften davon anfertigen. Auch wenn ich gar nicht weiß, wie wir das alles bewältigen sollen. Vielleicht erlaubt der Jarl mir ja, dass ich euch als Gehilfen einstelle. Ihr könnt mir zur Hand gehen. Vielleicht würde euch das gefallen.«

»Ja, vielleicht.« Überlegte Leòd ernsthaft, ob er sie für sich arbeiten lassen sollte? Die Idee war vielleicht gar nicht mal uninteressant, aber im Moment konnte Lucie nicht darüber nachdenken. Sie war in Gedanken viel zu sehr bei ihren Freunden, die da draußen gerade um ihr Leben kämpften. Allen außer Leòd schien es ebenso zu gehen. Machte er sich gar keine Sorgen? Hatte er bereits so viele Angriffe erlebt, dass dies nur eine weitere Episode in einem nicht enden wollenden Krieg war?

Arthur räusperte sich. »Das sind doch gewiss nicht alle eure Bücher, oder? Habt ihr irgendwo noch ein anderes Archiv, ein größeres? So eine Art Zentralbibliothek.«

Leòd sah ihn an, als wüsste er nicht, wovon sein Gegenüber da sprach. »Eine Zentralbibliothek? Dies ist die Zentralbibliothek.«

»Was, das hier?« Arthurs Lächeln schwand. Auf seiner Stirn

entstanden tiefe Furchen. »Willst du damit sagen, mehr habt ihr nicht?«

»Abgesehen von den religionskonformen Büchern«, sagte Leòd. »Aber das sind nicht viele. Vielleicht fünfzehn oder zwanzig.« Er musterte Arthur kritisch. »Du scheinst nicht erfreut zu sein.«

»*Nicht erfreut* ist gar kein Ausdruck, ich bin entsetzt«, sagte Arthur. »Ist dir klar, dass dies vermutlich die letzten Bücher sind, die es auf der Welt noch gibt? Wie kann es sein, dass ihr nur so wenige gerettet habt?«

»Es ist viel Zeit vergangen, seit wir die Zuflucht unten im Berg aufgegeben haben«, sagte Leòd. »Eine Menge von Büchern sind über die Jahre zerfallen. Diese hier sind nur deswegen so gut erhalten, weil in diesen Räumen besondere Bedingungen herrschen. Hier ist es das ganze Jahr über kühl und Licht gibt es auch nur wenig. Beste Voraussetzungen also.«

»Was meinst du mit der Zuflucht unten im Berg? Sprichst du von den Bunkeranlagen? Von NORAD?«

»Pst.« Leòd blickte sich um, als ob sie belauscht würden. »Dieser Name darf nicht genannt werden. Es steht eine hohe Strafe darauf. Wir nennen ihn nur den *finsteren Ort.*«

»Den finsteren Ort«, sagte Lucie. »Dann hat Roderick also doch recht gehabt. NORAD war bewohnt. Aber warum seid ihr von dort weggegangen, was ist geschehen? Leben dort noch immer Menschen?«

»Nein ...«

Lucie hoffte auf eine ausführlichere Antwort, aber es kam keine. Leòd schien das Thema zuwider zu sein. Seine ganze

Aura drückte Ablehnung aus. Da sie keinen Streit mit ihm wollte, ließ sie es dabei bewenden. Nicht aber, ohne sich vorzunehmen, ihn zu einem späteren Zeitpunkt noch einmal darauf anzusprechen.

»Und dort, an diesem finsteren Ort, habt ihr die Bücher aufbewahrt?«, fragte Katta.

»Ja …«

»Aber wo die herkommen, gibt es doch vielleicht noch mehr«, hakte Arthur nach. »Damals, während der Katastrophe, als sich die Menschen unter den Berg retteten, haben sie doch bestimmt Tausende und Abertausende Bücher mitgenommen.«

»Warum ist dir das so wichtig?«

»Nun, weil es vielleicht unsere einzige Chance ist, weiteres Wissen zu erlangen. Wissen darüber, was mit dieser Welt geschehen ist. Wenn wir dort hinuntersteigen würden, könnten wir vielleicht nachsehen, ob …«

»Niemand steigt dort hinunter«, unterbrach Leòd ihn barsch. »Seit Hunderten von Jahren hat das niemand mehr getan. Der Berg ist versiegelt. Und auch auf die Gefahr hin, dich enttäuschen zu müssen, dies hier ist der Rest. Mehr Bücher gibt es nicht.«

»Versiegelt? Aber wieso? Vielleicht gibt es dort unten noch Strom. Generatoren, die man wieder in Gang setzen könnte. Computer und Datenbanken, auf denen das gesammelte Wissen gespeichert ist. Warum …?«

»Es gab Gründe«, fiel Leòd ihm ins Wort. »Schreckliche Dinge sind damals geschehen. Gräuel unvorstellbaren Ausmaßes.

Es gab einen Aufstand, eine Auseinandersetzung, die uns um ein Haar allen das Leben gekostet hätte. *Das Auge der Götter* berichtet darüber. Mehr möchte ich dazu nicht sagen. Außerdem finde ich, dass es langsam mal an der Zeit ist, dass ihr mir etwas über euch erzählt.« Er sah sie herausfordernd an. »Das in der Ratshalle gestern war ja gut und schön, aber ich bin sicher, dass das nicht die ganze Wahrheit war. Ich weiß, dass ihr etwas verheimlicht. Die Dinge, die eure Reise betreffen. Die Menschen, die ihr zurückgelassen habt, euer Wissen um die dunkle Technologie. Kommt schon, raus mit der Sprache. Woher stammt ihr wirklich, was seid ihr für Leute? Und kommt nicht auf die Idee, mich anzuschwindeln, das würde ich durchschauen.« Er nahm Loki auf den Arm und blickte die fünf Jugendlichen erwartungsvoll an.

Lucie tauschte einen kurzen Blick mit ihren Freunden und wusste sofort, dass alle das Gleiche dachten. Sie mussten Leòd die Wahrheit sagen. Wobei sie keine Ahnung hatte, wie er auf die Wahrheit reagieren würde. Ob er wohl gleich zu seinem Vater rannte und ihm erzählte, dass sie hier Menschen aus einer anderen Zeit aufgenommen hatten? Oder würde er sich an den Goden wenden? Sie spürte, dass sie ein großes Risiko eingingen, dass ihnen aber wohl keine andere Wahl blieb.

»Also gut«, sagte sie. »Vielleicht solltest du dich lieber setzen.«

16

Was passiert mmm‿mit DUNKEL?

Graufelle ihn ausfindig gemacht.
Doch sss‿sie nnn‿nicht sss‿sicher.
Verhielt sss‿sich artfremd.

Sss‿spezifizieren.

Er anders als andere Zzz‿zweibeiner. Passiv.
Bat um Verzeihung für toten Graufell.

Interessant. Wo ist DUNKEL jetzt?

Nnn‿nicht wissen. Im Nnn‿nebel verloren.

Finden. Wir wollen ihn lernen. Er nnn‿nicht nnn‿noch einmal entwischt.

17

Wie lange war er jetzt schon unterwegs? Zwei Stunden? Drei? Die Kälte kroch ihm in die Glieder. Jem fühlte seine Hände kaum noch. Seine Beine waren wie abgestorben. Was von seiner Konzentration übrig geblieben war, glomm mit der Kraft einer 15-Watt-Birne.

So langsam verblassten die Schrecken der vergangenen Stunden. Als wenn tollwütige Bären und blutrünstige Wölfe nicht schon schlimm genug gewesen wären, war auch noch der halbe Berg Richtung Tal gerutscht. Jem war etwa in der Mitte des Steilhangs gewesen, als es losging. Die Erde hatte gebebt. Staub und nadelfeiner Schnee hatten innerhalb weniger Minuten die Umgebung in eine gespenstische Nebelhölle verwandelt. Und dann diese Geräusche.

Jem wusste nicht, was schlimmer gewesen war: das Donnern der Felsbrocken oder die angsterfüllten Schreie der Stadtbewohner. Natürlich durfte er sich nicht die Ohren zuhalten, schließlich konnte er es nicht riskieren, den Halt zu verlieren. Das Einzige, was ihm übrig geblieben war, war die furchtbare Klangkulisse auszublenden und den letzten Rest seiner verbliebenen Konzentration auf die nächste Stufe zu richten. Dann auf die darauffolgende und die darauffolgende und immer so weiter. Eine nach der anderen.

Eine schier unlösbare Aufgabe, zumal er immerzu an Lucie

denken musste. Daran, dass sie jetzt mittendrin war in dieser Hölle aus Lärm und Gewalt. Ob sie sich in Sicherheit gebracht hatte? Ob es ihr gut ging? Er klammerte sich an den Gedanken, dass sie tief unter der Erde einen sicheren Unterschlupf gefunden hatte, wo sie zusammen mit den anderen den Angriff abwartete.

Deine Freunde haben zumindest Mauern um sich, sagte er zu sich selbst. *Du hingegen hockst hier draußen, während sich Hunderte wilder, mordlustiger Tiere auf den umliegenden Bergen verteilen.*

Wenn er nicht schnell einen Weg fand, ins Innere der Festung zu gelangen, war er geliefert, das spürte er. Eine weitere Nacht hier draußen würde er nicht überleben.

Zitternd arbeitete er sich weiter talwärts. Die Bewegung half ihm, nicht den Verstand zu verlieren. Das vordringliche Ziel – einen Weg nach Hause zu finden – schien entfernter denn je. Während die einen auf dem Airport von Denver festsaßen, strampelten die anderen um ihr Überleben auf irgendeiner abgelegenen Felsenfestung. Jeder Schritt, den sie vorangekommen waren, jede Aktion, jede Entscheidung hatten sie weiter von ihrem Ziel fortgetrieben. Wie eine Flaschenpost dümpelten sie auf hoher See, von dunklen Wellen über das noch dunklere Meer gepeitscht. Und kein Land in Sicht.

Jem trat auf die nächste Stufe und wäre dabei beinahe abgerutscht. Gerade rechtzeitig packte er einen kleinen Felsvorsprung und hielt sich fest. Wieso zum Geier wurde die Schneedecke hier unten immer dicker? Sie reichte jetzt schon bis an seine Knöchel. Nicht mehr lange und er würde bis zur Hüfte einsinken. Und was dann?

Er konnte nicht zurückkehren. Dort oben wartete der Tod. Wenigstens wurde das Gelände flacher. Die Gefahr, senkrecht in die Tiefe zu stürzen, nahm ab. Er marschierte noch ein paar Minuten, dann blieb er stehen. Der Pfad war verschwunden. Eine durchgehende Schneedecke breitete sich rings um ihn herum aus. Ihn umgab eine ebene Fläche, über die ein kalter Wind fegte. Die dahinströmende Luft trieb die Nebelschleier auseinander, verwirbelte sie zu gespenstischen Formen und riss sie auf.

Plötzlich tauchten Felsen auf. Abenteuerliche Klippen wuchsen säulenförmig in den Himmel. Rechts und links, vor ihm und hinter ihm – überall.

Jem hielt den Atem an.

Schlagartig wurde ihm klar, was das bedeutete: Er hatte die Talsohle erreicht. *Er war unten!*

Um ein Haar hätte er vor Freude laut geschrien, konnte sich aber im letzten Moment beherrschen. Nichts wäre idiotischer, als jetzt die Kontrolle zu verlieren. Sein Ruf würde im Umkreis von einem Kilometer jedes Raubtier auf ihn aufmerksam machen. Hier unten war er ein gefundenes Fressen.

Die Wolkenlücken erlaubten einen raschen Rundumblick. Über sich sah Jem den Pfad, der sich in steilen Windungen die Bergwand hinaufschlängelte. Wenn er davon ausging, dass die Schächte und Öffnungen, die er von oben gesehen hatte, ein gutes Stück talabwärts auf der anderen Seite gelegen hatten, war klar, dass er sich nach rechts wenden musste. Mit ein bisschen Glück würde er sie finden, ehe der Wind neuen Nebel herantrieb.

Er war erst ein paar Minuten gelaufen, als eine Reihe beängstigender Geräusche von oben erklangen. Erst das Prasseln herabpolternder Steine, dann ein furchtbarer Schrei.

Jem blickte hinauf, konnte aber nicht erkennen, was los war. Der Nebel war wieder dichter geworden.

Der Schrei hallte noch immer in Jems Erinnerung. So schrie nur jemand, der Todesangst hatte. Etwas Schreckliches ging da oben vor sich. Und es war noch nicht vorüber. Irgendwo vor ihm schlug etwas Schweres auf den Boden auf. Instinktiv blieb Jem stehen. *Bitte keine neue Lawine. Alles, nur das nicht.*

Doch nichts geschah. Weder prasselten Steine herab noch wurde er von dichten Schneewehen eingehüllt. Jem spürte, dass er am Ende seiner Kräfte war. Hierbleiben konnte er nicht und das Weitergehen fiel ihm mit jeder Minute schwerer. Aber was blieb ihm anderes übrig? Er musste weiter, wenn er in die Stadt wollte. Also wartete er noch einen Moment, dann setzte er seinen Weg fort.

Nach kurzer Zeit entdeckte er ein dunkles Bündel, das links von ihm auf einem der Felsen lag. Verdreht, gekrümmt und achtlos weggeworfen wie eine zerbrochene Puppe.

Jem stockte der Atem. Er brauchte nicht genauer hinzuschauen, um zu erkennen, dass es ein Mensch war. Vorsichtig näherte er sich und betete, dass es keiner seiner Freunde war, der dort lag. Der Anblick des zerschmetterten Körpers schnürte ihm die Kehle zu. Es war ein Junge, fast noch ein Kind. Er trug Kleidung aus Fell und Leder.

Obwohl es Jem widerstrebte, noch näher ranzugehen, konnte er nicht anders.

Der Bursche sah schrecklich aus. Ein gebrochenes Genick, ein eingeschlagener Schädel – der Tod musste unmittelbar erfolgt sein. Arme und Beine waren schlaff und standen in merkwürdigen Winkeln ab. Stammten die tiefen Schnittwunden in seinem Gesicht vom Sturz oder war da noch etwas anderes vorgefallen? Schlagartig fiel Jem der Angriff vor dem Bunker wieder ein. Der messerscharfe Schnabel, die dolchähnlichen Klauen – er fühlte, wie ihm flau im Magen wurde. Er musste sich abwenden. Was sollte er jetzt machen? Den Jungen einfach liegen lassen? Ausgeschlossen. Aber beerdigen konnte er ihn auch nicht, der Boden war hart gefroren.

Vielleicht konnte er ihn irgendwo an eine höhere Stelle befördern, wo er besser vor Raubtieren geschützt war, und ihn dort mit Steinen bedecken. In Geschichte hatten sie mal darüber gesprochen, dass die Menschen das früher auch so gemacht hatten. Obwohl er den Jungen nicht kannte, fühlte er sich ihm doch irgendwie verpflichtet.

Etwas weiter oben lagen eine Menge tellergroßer Steine, die sich für ein Grab eigneten. Während er den Körper hangaufwärts zog, fiel sein Blick noch einmal auf die Kleidung des Jungen. Das weite Hemd, die lederne Hose, das Schulterfell. Er hatte ein paar Waffen bei sich. Einen Dolch, ein zerbrochenes Beil und ein Schwert. Sollte Jem die Sachen an sich nehmen? Genau genommen brauchte der Tote sie ja nicht mehr. Der Gedanke behagte Jem zwar nicht, aber hier ging es ums Überleben. Mit den Klamotten des Jungen würde er weniger auffallen, wenn er die Stadt erreichte. Wenn es ihm nur einen minimalen Vorteil brachte, musste er es versuchen.

Mit zusammengepressten Lippen fing er an, die Leiche zu entkleiden. Zuerst die Stiefel, dann die Waffengurte, die Weste und den Überwurf. Am Schluss die Hose und das Hemd. Die Sachen waren so weit und unförmig geschneidert, dass Jem sie ohne Probleme über seine eigenen Klamotten ziehen konnte. Die Unterwäsche ließ er ihm natürlich. Als er fertig war, lag da ein blasser, dürrer Junge, dessen Körper über und über mit Schürfungen und Prellungen übersät war. Ein furchtbarer Anblick.

Dieser Junge, dessen Namen Jem nicht kannte, wäre unter anderen Umständen vielleicht sein Freund gewesen. Nun war er tot und lag hier zerschmettert auf dem kalten Steinboden. Bei der Vorstellung stiegen Jem Tränen in die Augen.

Diese verdammten Drecksviecher!

Warum hatten sie so einen Hass auf Menschen?

Dieses Morden widerte ihn einfach nur an.

In dem Moment, als Jem den Jungen auf die kalte Erde gleiten ließ, als er ihm die zerbrochene Axt auf die Brust legte und die Steine auf ihn bettete, spürte er eine neue Kraft in sich erwachen. Eine Kraft, die ihm helfen würde, auch noch das letzte Stück des Weges zurückzulegen.

18

Leòds Aura leuchtete in einem sanften Rosa. Lucie sah, dass er nicht verärgert, sondern überrascht war. Seine Erregung hatte nichts Negatives, vielmehr war sie Ausdruck einer brennenden Neugier. Dabei hätte er allen Grund gehabt, misstrauisch zu sein. Jeder normalen Person wäre es wie eine faustdicke Lüge vorgekommen, was sie ihm eben aufgetischt hatte. Doch Leòd schien ihnen die Story abzunehmen. Mehr noch: Er hatte sie mit einer Information überrascht, die ihnen allen den Boden unter den Füßen wegzog. Einer Information, mit der niemand gerechnet hatte.

Lucie starrte ihn mit offenem Mund an. »Sag, dass das nicht wahr ist«, flüsterte sie. »Sag, dass du nur einen Witz gemacht hast.«

»Ein Witz? Warum sollte ich darüber Witze machen? Es ist die Wahrheit.« Leòd sah sie mit offenem Blick an. »Ihr seid nicht die ersten Menschen, die durch die Zeit gesprungen sind. Vor euch gab es schon andere.«

Fassungsloses Schweigen breitete sich aus. Alle sahen sich an.

Zeitreisen, das war ein Konzept, das jemandem aus Leòds Welt eigentlich völlig fremd sein müsste. Es setzte ein tiefes wissenschaftliches Verständnis voraus. Eine Ahnung davon, dass Zeit nichts Feststehendes war. Und doch schien er genau zu wissen, wovon er sprach.

Lucie kam aus dem Staunen gar nicht mehr raus. »Kannst du uns das genauer erklären?«

»Klar. Ich meine, dass es das schon einmal gegeben hat«, sprudelte es aus Leòd heraus. »Vor langer Zeit. Es mag dreihundert Jahre oder so her sein. Ich kenne es nur aus alten Erzählungen. Im *Auge der Götter* steht etwas darüber zu lesen. Das Buch berichtet von Menschen, die mit einer Flugmaschine gekommen sind, so wie eure. Sie hatten keine Ahnung, in welcher Zeit sie sich befanden, und irrten ziellos durch die Gegend. Es gibt Aufzeichnungen darüber, alte Dokumente, oben in den Archiven des Tempels. Unser Volk lebte damals noch unter dem Berg. Eines Tages standen die Fremden vor der Tür und begehrten Einlass. Doch irgendwann kam es zu Streitigkeiten, die dazu führten, dass wir unseren unterirdischen Standort verlassen mussten. Ein düsteres Kapitel in unserer Geschichte. Aber ich bin kein wirklicher Experte. Wenn ihr mehr wissen wollt, müsst ihr meinen Vater fragen. Jedenfalls werden diese Fremden in den alten Dokumenten als Zeitspringer beschrieben.«

»Zeitspringer«, murmelte Lucie. Sie hatte plötzlich ein ganz komisches Gefühl im Bauch. Ein Kribbeln, als wären dort Hunderte von Ameisen. »Was ist mit ihnen geschehen? Leben ihre Nachfahren noch, und wenn ja, wo? Gibt es jemanden, der uns darüber berichten kann?«

»Ich weiß nicht …«, antwortete Leòd.

»Bitte versuch dich zu erinnern«, sagte Arthur. »Es ist äußerst wichtig, verstehst du? Wir müssen das wissen, wenn wir in unsere Zeit zurückkommen wollen.«

Leòd wiegte nachdenklich den Kopf. »Es gibt Gerüchte, dass sie weitergezogen sind. Nach Süden. Dort existiert ein Land, das wir *Muspelheim* nennen. Ein schrecklicher Ort, viel schrecklicher noch als dieser hier. Ein Land der ewigen Sonne und des Feuers. Ich weiß aber nicht, was aus den Menschen geworden ist und ob sie das Land überhaupt jemals erreicht haben. Da wir nie wieder etwas von ihnen gehört haben, mussten wir davon ausgehen, dass sie gestorben sind.«

»Oh, bitte nicht«, stieß Katta aus. »Sag, dass das nicht wahr ist.«

Leòd zuckte mit den Schultern.

»Dass ihr nichts von ihnen gehört habt, muss nicht zwangsläufig heißen, dass sie keine Nachkommen gehabt haben könnten«, sagte Arthur nachdenklich. »Es kann auch einfach nur bedeuten, dass sie nichts mehr mit euch zu tun haben wollten. Wir müssen unbedingt rauskriegen, was aus ihnen geworden ist.«

»Muspelheim liegt viele Hundert Kilometer entfernt«, sagte Leòd. »Die Reise ist weit und gefährlich. Ich selbst war nie dort und kenne auch keinen, der es jemals war.«

»Egal. Wir haben schließlich unseren Bus. Der trägt uns überallhin.« Arthur stand auf und fing an, auf und ab zu gehen. »Zuerst einmal müssen wir Informationen sammeln. Aufzeichnungen, Tagebücher – irgendwas. Ich muss an meinen Computer. Ich muss die Geräte wieder in Schwung bringen. Auch das *Holotalkie* und Roderick. Klar, wir haben M.A.R.S. verloren, aber die meisten Informationen befinden sich inzwischen ohnehin auf den beiden anderen Geräten. Mit ein bisschen Glück finden wir die fehlenden Teile und können so das Mosaik wieder zusammensetzen. Denkt ihr nicht auch?«

Lucie bewunderte Arthurs Optimismus. Wie er selbst in dieser Situation noch Pläne schmiedete, war einfach unglaublich. Auch Olivia schien einverstanden zu sein. In ihren Augen spiegelte sich das Licht des Tages.

Lucie lächelte. Dieser Moment war seit einer gefühlten Unendlichkeit der erste, in dem sie so etwas wie Hoffnung verspürte. Dass sie Überlebende gefunden hatten, war schon ein absolutes Wunder gewesen. Sie hatten Schutz und Unterkunft erhalten und mit ein bisschen Glück würden sie vielleicht auch Jem wiederfinden. Doch jetzt war auf einmal von Menschen die Rede, die ihr Schicksal teilten. Zeitspringer, so wie sie. Sie waren keine Ausnahmeerscheinung, es gab vielleicht irgendwo hier jemanden, der ihnen helfen konnte. Jemanden, der verstand, wie sie sich fühlten, der vielleicht eine Idee hatte, wie sie mit der Situation umgehen konnten.

Sollte es diesen Leuten tatsächlich gelungen sein, irgendwo zu überleben, so besaßen sie einen Wissensvorsprung von über dreihundert Jahren. Das war eine halbe Ewigkeit. Vielleicht hatten sie sogar längst einen Weg gefunden, wie man zurück in ihre Zeit gelangen konnte.

Lucie war so aufgeregt, dass sie schweißnasse Hände bekam. Es dauerte eine Weile, bis ihr auffiel, dass Leòds Laune sich verdüstert hatte. Als könne er ihre Begeisterung nicht teilen.

»Was ist denn los?«, fragte sie. »Warum ziehst du so ein Gesicht? Freust du dich denn gar nicht?«

»Leider kann euch die Tatsache, dass ihr Zeitspringer seid,

in gewaltige Schwierigkeiten bringen«, sagte er, die Stirn in Sorgenfalten gelegt. »Nimrod misstraut euch jetzt schon. Er hat euch von Anfang an misstraut. Euer Freund Marek ist der Einzige, von dem er etwas zu halten scheint. Was vielleicht damit zusammenhängt, dass er ihm einen Eid geschworen hat.«

»Marek hat was?«, rief Katta.

»Er hat ihm einen Treueeid geschworen, weil es ihm hier offenbar so gut gefällt. Weg will er jedenfalls nicht. Ich denke, er hat vor, schnell aufzusteigen.«

»Das ist ja interessant«, sagte Katta. »Das hat er uns gegenüber mit keiner Silbe erwähnt.«

»Ich habe es auch nur über Umwege erfahren«, meinte Leòd. »Seid besser vorsichtig, denn seine und eure Beweggründe sind andere. Ich habe das Gefühl, dass er nur seinem eigenen Vorteil folgt und dabei ziemlich rücksichtslos vorgeht.«

Mit dieser Beschreibung hat er Marek perfekt getroffen, dachte Lucie. Doch Leòd war noch nicht fertig. »Was ich aber eigentlich sagen wollte«, fuhr er fort. »Sollte Nimrod erfahren, dass ihr Zeitspringer seid, wird er euch über kurz oder lang aus dem Weg räumen.«

»Warum denn das?«, fragte Lucie entsetzt. »Was kann er denn gegen uns haben?«

»Ist das so schwer zu verstehen? Beim letzten Mal, als Leute wie ihr hier aufgekreuzt sind, hat es Krieg gegeben. Wir waren gezwungen, die unteren Gewölbe zu verlassen und hier raufzuziehen. Wir mussten völlig neu anfangen. Ich weiß nicht genau, worum es bei diesem Streit ging, aber ich habe von meinem Vater gehört, dass es etwas mit dem Konflikt Wissenschaft kontra Glaube zu tun hat. Wir ihr sicher wisst, sind wir eine streng religiöse Gemeinschaft ...«

»Ist uns nicht entgangen«, sagte Arthur spöttisch.

Lucie sah ihn tadelnd an. Sie wusste, dass er mit Religion nicht viel am Hut hatte, aber das sollte er hier besser nicht so raushängen lassen.

»Dann wisst ihr ja Bescheid«, sagte Leòd. »Unsere Tradition hat sich seit den dreihundert Jahren, die wir hier leben, nicht verändert. Genau genommen ist sie sogar noch strenger geworden. Diese Geschichte mit der Zeitreise ist selbst für mich schwer zu begreifen, obwohl ich mich als Naturwissenschaftler sehe. Ein Mann des Wissens.« Er kraulte Lokis Bauch, der das sichtlich genoss. »Die Tatsache, dass ihr hier seid, wirft wieder die alten Fragen auf. Woher kommen wir, was ist damals wirklich geschehen, und so weiter. Unbequeme Fragen. Fragen, die der Gode lieber nicht hören möchte. Er könnte auf den Gedanken kommen, dass der Angriff der Bestien etwas mit euch zu tun hat.«

»Mit uns?« Lucie riss die Augen auf.

»Ja, mit euch. Ist das so abwegig?« Leòd sah sie ernst an. »Ich habe schon ein paar Angriffe erlebt und immer hatte es vorher einen Anlass gegeben. Damals gingen wir noch auf Raubzüge. Die Angriffe waren stets eine direkte Antwort auf unser Verhalten. Seit wir dazu übergegangen sind, unsere Lebensmittel selbst anzubauen und auf Plünderungen zu verzichten, ist es viel friedlicher geworden. Dass die Bestien ausgerechnet jetzt angreifen, einen Tag nach eurer Ankunft, kommt mir sehr verdächtig vor. Ihr müsst etwas getan haben, das die Biester über die Maßen in Wut versetzt hat. Irgendeine Idee, was das sein könnte?«

»Nicht wirklich«, sagte Lucie. »Wir haben gedacht, das sei so eine Art Normalzustand. Seit wir in der großen Stadt im Norden gewesen sind, haben wir keine ruhige Minute mehr gehabt. Soweit wir in Erfahrung bringen konnten, stecken die Squids dahinter – die Brut der Midgardschlange. Irgendwie ist es ihnen gelungen, andere Tiere für ihre Zwecke einzusetzen und zu missbrauchen. Sie verwenden sie wie Waffen.«

»Seid ihr ihnen schon mal begegnet?«

»Wem, den Squids? Oh ja.« Arthur nickte düster. »Mehr als einmal. Wir haben zwei von den Biestern getötet. Einmal unbeabsichtigt, ein zweites Mal, weil wir neugierig waren. Wir konnten ihn nicht sehen, deshalb haben wir auf ihn geschossen. Aber ob das als Grund ausreicht?« Er zuckte die Schultern.

»Vielleicht hat es mit der Bücherei zu tun«, warf Katta ein. »Erinnert ihr euch? Kaum hatten wir das Gebäude verlassen, haben die Vögel angegriffen. So, als wollten sie uns den Rückweg abschneiden. Und bei dir war es doch auch nicht anders, Lucie. Du hast uns erzählt, wie du Connie im Baum gefunden hast. Ein Berglöwe hatte sie in den Wipfel gezogen.«

Lucie erschauderte und schlang die Arme um ihren Körper. Sie wollte nicht an dieses schreckliche Erlebnis erinnert werden.

»Was denn für eine Bücherei?«, fragte Leòd.

»Die *Denver Public Library«*, entgegnete Arthur. »Wir waren auf der Suche nach Antworten und sind dabei auf eine Datenbank mit verschlüsselten Informationen gestoßen. Wir haben den Mainframe angezapft und jede Menge Daten heruntergeladen. Ein bisschen was davon konnten wir schon knacken, aber vieles schlummert immer noch kryptografiert auf der Festplatte meines Laptops.«

»Zum Beispiel die Sache mit den Squids«, sagte Olivia. »Wir wissen immer noch nicht genau, woher sie kommen, was sie vorhaben und wieso sie uns Menschen so hassen. Ich denke, es wird höchste Zeit, dass wir mehr über diesen unsichtbaren Feind herausfinden.«

»Aber es sind doch nur dumme Tiere«, widersprach Katta. »Kraken und Tintenfische. Was können die schon groß für Gründe haben? Die gehören auf den Teller und sonst nirgendwohin.«

»Wenn du dich da mal nicht täuschst«, sagte Lucie nachdenklich. »Ich glaube inzwischen, dass die Squids viel intelligenter sind, als wir vermuten. Vielleicht sogar intelligenter als wir selbst.«

»Da stimme ich dir zu«, sagte Arthur. »Dass sie selbst keine Technologie besitzen, heißt noch lange nicht, dass sie dumm sind. Ich glaube, sie wissen, dass wir uns für sie interessieren und dass wir Informationen gefunden haben, die zu einem Problem für sie werden könnten.«

Leòd nickte nachdenklich. »Mag sein, dass sie euch deswegen angegriffen haben. Zumindest ist das der einzige Grund, den ich mir im Moment vorstellen kann. Und das ist auch der Grund, warum ihr euch vor Nimrod hüten solltet. Der Gode traut euch nicht, so viel ist sicher. Wenn er jetzt noch erfährt, dass ihr Zeitspringer seid, hängt euer Leben an einem dünnen

Faden. Man würde euch vierteilen und euch an die Raubtiere in den Bergen verfüttern. Das ist bei uns die übliche Strafe bei Hochverrat und Ketzerei. Wenn euch also euer Leben lieb ist, würde ich euch dringend empfehlen, mit niemandem auch nur ein Sterbenswörtchen darüber zu reden.«

19

Jem blickte hinauf zu den überhängenden Felsen. Die Öffnung lag genau über ihm. Ekelhaftes, faulig stinkendes Wasser tröpfelte daraus hervor und hinterließ eine braune Spur, die sich den Felsen hinabschlängelte. Zweifelsohne ein Kanalisationsschacht. Jede natürlich entstandene Höhle hätte besser gerochen als das hier.

»Na toll, mir bleibt aber auch nichts erspart«, murmelte Jem. »Jetzt darf ich auch noch in diesen Scheißkanal klettern. Als ob ich nicht schon genug Probleme hätte.«

Der Klang seiner Stimme verbesserte seine Lage zwar nicht, half ihm aber, nicht durchzudrehen. Er hatte festgestellt, dass Worte ihn beruhigten. Und es half ihm, Dampf abzulassen. Klar war das bescheuert, aber es hörte ihn ja niemand.

»Marek, du verfluchter Drecksack«, murmelte er, während er sich angewidert emporarbeitete. »Mögest du in der Hölle verrotten. Hast mich hier sitzen lassen. Wärst wohl froh darüber, wenn ich von dem Bären gekillt worden wäre oder in den Bergen erfroren. Aber noch bin ich nicht tot. Noch habe ich genug Kraft, dir gehörig in den Arsch zu treten.«

Mit geballten Fäusten starrte er nach oben. Sein Kampfgeist war neu entfacht und er war sicher, dass er alles überstehen konnte.

Die trübe Brühe, die aus der Öffnung hervorsuppte, barg

auch einen Hoffnungsschimmer. Wo die herkam, da lebten Menschen. Er hatte sich nicht getäuscht. Er würde den Weg in die Stadt finden.

Mit dem Fell über seinen Schultern, den ledernen Stiefeln und Handschuhen kam er sich vor wie eine Ratte auf dem Weg in die Kanalisation. Nach dem, was er auf die Entfernung gesehen hatte, entsprach dies der üblichen Kleidung in der Stadt. Er hatte die Hoffnung, damit etwas weniger aufzufallen. Der Dolch und das Schwert an seiner Seite verliehen ihm Selbstvertrauen.

Entschlossen griff er nach oben, packte einen Felsvorsprung und zog sich hoch.

Inzwischen fühlten sich seine Muskeln wie aus Gummi an. Das Aufschichten der Steine hatte ihn völlig ausgelaugt. Aber er hatte es tun müssen. Für den Jungen. Aus irgendeinem unerfindlichen Grund war es wichtig für ihn gewesen, den mageren, kleinen Kerl zu bestatten. Vielleicht, weil er sich selbst in ihm wiedererkannt hatte. Als jemand, dessen normales Leben viel zu früh geendet hatte. Wobei Jem in jeder Hinsicht besser dran war. Er atmete und sein Herz schlug. Für ihn bestand noch Hoffnung.

Verbissen arbeitete er sich weiter voran. Er hielt sich links. Bloß nicht in diese braune Schmierzone geraten. Ein beherzter Griff nach oben, dann zog er den Fuß nach. Das Gestein war ziemlich rutschig. Wäre er nicht ein so erfahrener Kletterer gewesen, hätte ihm der kurze Aufstieg sicher Probleme bereitet. Die Handschuhe des verunglückten Jungen waren jedoch ziemlich hilfreich.

Jem bewältigte den Anstieg und befand sich wenige Augenblicke später auf Augenhöhe mit der Öffnung.

Das Loch war etwa anderthalb Meter hoch und stank einfach nur widerlich. Jem riss einen schmalen Streifen seines Leinenhemdes ab, band ihn sich über Mund und Nase und hoffte, dadurch dem Erstickungstod zu entgehen. Dass es kein Licht gab, war ein ernsteres Problem.

Er besaß weder eine Fackel noch eine Taschenlampe oder eine andere Lichtquelle. Nur Connies Feuerzeug. Aber das kleine Ding würde kaum genug Licht spenden, um etwas zu sehen. Und dass er hier drinnen etwas Brennbares fand, bezweifelte er. Jem kramte in seiner Tasche und holte es hervor. Einmal hatte das kleine Ding ihm schon das Leben gerettet. Er schüttelte es. Schwer zu erkennen, wie viel Gas da noch drin war. Er ließ den Feuerstein schnippen und sofort entstand eine kleine, flackernde Flamme. Sollte er es riskieren, damit ins Herz des Berges vorzudringen?

War er erst mal drin und das Gas ging aus, wäre er geliefert. Aber welche Wahl hatte er? Kurzentschlossen packte er das Schwert und betrat die Öffnung.

*

Lucie beobachtete Leòd, als er zu einem Tisch hinüberging, zwei eckige Gegenstände hochhob, die in schweres Tuch eingeschlagen waren, und wieder zu ihnen zurückkam. Als er den Stoff zur Seite schlug, stieß Arthur einen Freudenschrei aus.

»Mein Laptop! Und das Holotalkie. Alles noch da.«

»Mein Vater hat sie gleich nach eurer Ankunft einkassiert«, sagte Leòd. »Als Gelehrter gehört er zu den wenigen, die sich mit dunkler Technologie befassen dürfen. Aber nachdem er es ein paarmal versucht hat und nichts passiert ist, hat er sie wieder weggelegt.«

»Darf ich mal?«, fragte Arthur. »Vielleicht bekomme ich sie wieder in Gang.«

»Klar, versuch's ruhig.«

Arthur betätigte die Schalter an den Geräten, öffnete die Gehäuse, nahm die Akkus raus und wärmte sie, doch nichts passierte. Die Displays blieben schwarz.

Lucie spürte, wie sich die Enttäuschung in ihr breitmachte. Keine Nachrichtensprecherin, die ihnen einen Guten Morgen wünschte, und auch kein Roderick, der sie begrüßte.

»Leer«, sagte Arthur zerknirscht. »Ihr habt nicht zufällig irgendwo ein Gerät, mit dem wir sie aufladen können, oder?« Er sah Leòd hoffnungsvoll an.

»Aufladen? Was meinst du damit?«

»Um sie in Betrieb zu nehmen, benötigen wir Strom. *Elektrizität.* Die Energie in ihrem Inneren ist aufgebraucht und muss erst wieder aufgeladen werden.«

»Warum?«

»Begreifst du denn nicht? Dies ist unsere Art einer Bibliothek. Hier drin bewahren wir unser gesamtes Wissen auf. Das Wissen, das wir in der Zentralbibliothek heruntergeladen haben.«

»Hm, ich verstehe. Wie habt ihr denn das mit dem Aufladen bisher gelöst?«

»Da hatten wir noch unser Fahrzeug. Es ist wie eine fahrende Stromquelle. Lädt sich permanent selbst auf. Wenn wir dort rankämen, könnten wir die Geräte wieder zum Leben erwecken. Vorausgesetzt natürlich, dass er bei dem Angriff nicht völlig zerstört wurde.«

Leòd schüttelte den Kopf. »Selbst wenn der Bus noch unversehrt ist, sie würden euch nicht mal in seine Nähe lassen. Ein Handel ist ein Handel.«

»Wo ist er denn gerade?«

»Er steht drüben bei den Eisengießern und wird gerade für den Umbau vorbereitet. Gibt es noch eine andere Methode?«

»Ich weiß nicht ...«, sagte Arthur und blickte sich um. »Wir benötigen eine Stromquelle. Ich nehme nicht an, dass ihr hier so etwas habt, oder?«

Leòds Gesicht hellte sich auf. Er hob Loki von seinem Schoß und setzte ihn auf den Boden. Der Kater brummte ungehalten. Der Sohn des Archivars ging hinüber zu einem Labortisch, zog ein grobes Tuch weg und enthüllte eine eigenartige Konstruktion. Auf Lucie wirkte die Apparatur wie eines von den Dingern, mit denen Baron Viktor Frankenstein sein berühmtes Monster zum Leben erweckt hatte.

»Was ist das?«, fragte sie.

Leòd strahlte. »Ihr sagtet, ihr braucht Elektrizität. Hier ist Elektrizität. Ein Gerät, mit dem man Blitze erzeugen kann.« Er drehte an der Kurbel. »Es besteht aus zwei gegensätzlich rotierenden Scheiben, die man mittels einer Handkurbel betreiben kann, seht ihr? Wenn sie erst mal richtig in Fahrt sind, entwickeln sie eine merkwürdige Kraft, die in alten Büchern als Elektrizität beschrieben wird. Sie schlägt Funken und man kann damit die Haare zu Berge stehen lassen.«

»Eine Influenzmaschine«, sagte Arthur. »So ein Ding hatten wir mal in unserem Physiksaal stehen.«

»Die ist immer noch da. Schrödinger hat sie nur eingemottet«, sagte Olivia.

Lucie blickte verblüfft auf das vorsintflutliche Teil. »Ihr wisst, was das ist?«

»Aber ja«, sagte Arthur. »Ein Gerät zum Verständnis von elektrischen Ladungen. Leider ist dieses Ding völlig ungeeignet, um damit einen Computer aufzuladen.«

»Warum das?« Leòds Lächeln schwand.

»Nun, das ist ziemlich technisch«, sagte Arthur. »Jedenfalls brauchen wir mehr Strom, als dieser kleine Apparat erzeugen kann. *Viel mehr.* Und vor allem brauchen wir ihn gleichmäßig und ausdauernd. Über mehrere Stunden hinweg.«

Enttäuscht ließ Leòd die Schultern sinken. Schweigsam blickte er auf seinen Blitzmacher. »Dann kann ich euch leider nicht helfen«, sagte er. »Das war das Einzige, was ungefähr eurer Beschreibung entsprach.«

»Bleibt also nur eine Lösung«, sagte Arthur leise. »Wir müssen zurück zu unserem Bus. Wie stehen die Chancen, dass wir uns unbemerkt dorthin schleichen können?«

»Schlecht«, sagte Leòd. »Ihr würdet viel zu sehr auffallen. Wenn überhaupt, dann kommen nur Ragnar oder ich an das Ding heran ...«

»Echt? Das würdest du für uns tun?« Katta lächelte ihn an.

Lucie sah, wie ein rosiger Schimmer über Leòds Wangen

huschte. Ihr war vorhin schon aufgefallen, dass er Katta immer wieder verstohlene Blicke zuwarf. Es war ziemlich eindeutig, dass er auf sie stand. Ob das umgekehrt auch der Fall war, daran hatte Lucie so ihre Zweifel. Leòd mit seiner Brille und den abstehenden Ohren entsprach bestimmt nicht Kattas Bild von einem attraktiven Typen, in den sie sich verliebte.

Leòd räusperte sich. »Nun, hm. Ich denke …«

»Wunderbar«, hauchte sie. »Danke, dass du uns hilfst. Das ist wirklich superlieb von dir. Du musst mir aber versprechen, dass du kein Risiko eingehst, okay?« Sie berührte seine Hand. Leòds Ohren glühten wie zwei Feuermelder.

Lucie verdrehte die Augen. Sie hasste es, wenn Mädchen so eine billige Masche abzogen, und Leòd tat ihr fast ein bisschen leid, aber in diesem Fall war es wahrscheinlich gar nicht mal so schlecht.

Leòd knickte ein. Das dämliche Grinsen auf seinem Gesicht sprach Bände. Katta hatte ihn da, wo sie ihn haben wollte.

Loki gab einen komischen Laut von sich und entschwand ins Nebenzimmer.

»Also gut«, sagte Lucie. »Da das ja jetzt geklärt ist, könnten wir anfangen, Pläne zu schmieden. Hat jemand einen Vorschlag?«

20

Es war schlimmer, als Jem es sich vorgestellt hatte. Die sumpfige, stinkende Kloake war so ekelerregend, dass sich nicht mal Ratten hierher verirrten. Sein Schwert hätte er also ruhig im Waffengurt stecken lassen können.

Die offene Flamme seines Feuerzeugs barg ein gewisses Risiko, jedenfalls bildete Jem sich das ein. So, wie es hier stank, gab es bestimmt Methangas, und das war – sie hatten das in Bio gelernt – explosiv. Eine Grubenexplosion hätte ihm jetzt gerade noch gefehlt.

Von Angst und Ekel getrieben, eilte er vorwärts. Die Flamme fing bereits an zu zucken. Wasser tropfte von oben herab. Ein Tropfen landete auf seiner Hand und augenblicklich erlosch die Flamme. Wie betäubt stand er da und versuchte, das Licht wieder zu entzünden. Doch es ging nicht, der Feuerstein war feucht geworden. Vorsichtig blies Jem – vielleicht konnte er ihn so wieder trocknen.

Mit dem Verlust des Lichts schien der Gestank augenblicklich intensiver geworden zu sein. Jem zwang sich, nur noch durch den Mund zu atmen. Gefühlte fünf Minuten stand er so da und betätigte den Zündfunken, ehe die Flamme wieder ansprang. Erleichtert seufzte er auf. Er atmete ein paarmal durch, dann schlappte er mit platschenden Schritten vorwärts.

In regelmäßigen Abständen tauchten jetzt Öffnungen in der

Seitenwand auf, durch die braunes Wasser heraussickerte. Die Löcher waren zu klein, als dass man hindurchkriechen konnte, weshalb Jem seine Richtung beibehielt und auf das Beste hoffte.

Nach etwa fünfzig Metern machte der Schacht einen Knick nach links. Jem folgte ihm und versuchte, sich zu orientieren. In diesem Moment hauchte das Feuerzeug sein letztes Gas aus und die Flamme verlosch mit einem kleinen Puffen.

Schlagartig war alles um ihn herum wieder stockdunkel. Trotzdem glaubte Jem, noch immer eine Momentaufnahme seiner Hand zu sehen. Ganz unzweifelhaft ein Nachhall auf seiner Netzhaut. Oder?

Das Bild wollte nicht verschwinden. Er sah die Hand mit dem Feuerzeug und er sah, wie sie sich bewegte. Das Bild nahm sogar an Deutlichkeit zu.

Bildete er sich das nur ein?

Wenn die Flamme erloschen war, woher stammte dann das Licht?

Er hob den Blick und sah sich um. Die Wände schienen zu glimmen. So, als hätte jemand dort Leuchtfarbe hingeschmiert.

Er trat einen Schritt näher und legte seine Hand darauf. Als er sie wegnahm, sah er einen deutlichen Abdruck. Kein Zweifel: Die Wände leuchteten. Schwach und unregelmäßig, aber klar erkennbar. Das Licht reichte aus, um sich zu orientieren. Wie Nordlichter waberte es entlang der Seiten und über die gewölbte Decke.

Waren das Algen oder Pilze? Jedenfalls erfüllten sie den Kanal mit einem schwachen grünlichen Licht, das eigenartig lebendig wirkte. Ein faszinierender Anblick, der ihn fast den bestialischen Gestank vergessen ließ. *Fast.*

So könnte es gehen, dachte er und setzte seinen Weg fort.

Nach ein paar Minuten endete der Gang unerwartet an einer Stahltür. Jem blieb stehen und schätzte die bisherige Entfernung. Sie mochte vielleicht dreihundert Meter betragen. Er musste sich jetzt unterhalb der Stadt befinden.

Mit banger Erwartung legte er die Hand auf die Klinke und drückte. Verschlossen. *War ja klar.* Wie hätte es auch anders sein können? Das Unglück klebte wie Pech an seinen Fersen. Andererseits war er noch am Leben und das war, angesichts der Umstände, ein kleines Wunder.

Noch einmal betätigte er die Klinke, drückte und zog. Keine Chance. Das Ding saß bombenfest. Ob von Rost oder weil die Tür zugesperrt war, ließ sich nicht sagen. War eigentlich auch egal.

Obwohl …

Er kramte in seiner Hose und zog sein Taschenwerkzeug heraus. Zu seiner Verteidigung hatte es nicht viel beigetragen, aber vielleicht ließ sich das Schloss damit öffnen. Er tastete die Öffnung ab. Nichts Modernes. Ein antikes Türschloss.

Er wählte ein hakenartiges Instrument mit langem Steg und schob es tief in die Öffnung hinein. Er musste ein bisschen experimentieren, doch dann spürte er den Widerstand. Vermutlich war die Verriegelung seit Urzeiten nicht mehr benutzt worden und total verrostet. Aber auf einen Versuch konnte er es ja mal ankommen lassen. Zur Not musste er eben …

Klick!

Jem erstarrte.

Das hatte sich so angefühlt, als ob …

Er drückte die Klinke und zog. Quietschend ging die Tür auf. Ein Schwall frischer, feuchter Luft schlug ihm entgegen.

Jem konnte sein Glück kaum fassen. Die Tür war offen, er konnte in die Stadt! Und das Beste: Er würde endlich aus diesem Gestank herauskommen.

Er spannte seine Muskeln an und zog. Offenbar hatten sich in der Bodenregion Ablagerungen gebildet, die ihm Widerstand leisteten. Jem versuchte es mit Gewalt. Die Aussicht, endlich am Ziel zu sein, setzte ungeahnte Kräfte in ihm frei. Er stemmte seinen Fuß gegen die Wand und zog, bis seine Arme schmerzten. Ächzend ging die Tür noch ein bisschen weiter auf. Als der Spalt breit genug war, schlüpfte Jem hindurch.

Vor ihm ragte eine Steigleiter aus der Wand. Die Sprossen führten senkrecht in die Höhe. Der Schacht schien recht lang zu sein, denn das Ende war nicht abzusehen. Egal, Hauptsache, er kam hier endlich raus.

Er drückte gegen die Tür und versperrte sie wieder. Nur kein unnötiges Risiko eingehen. Er hatte keine Lust, dass ihm am Ende doch noch irgendwelche Viecher aus der Kanalisation folgten. Gesehen hatte er zwar keine, aber das hieß nicht, dass es sie nicht gab.

Er prüfte den Sitz seiner Waffen, dann ergriff er die Sprossen und kletterte hoch.

Das Metall war feucht und glitschig. An einigen Stellen wucherten dicke Algenpolster, die sich eklig anfühlten. An einigen Stellen war das Eisen so durchgerostet, dass Jem jede

Sprosse zweimal prüfte, ehe er sie mit seinem vollen Gewicht belastete.

Nach einer Weile konnte er das Ende des Schachtes erkennen. Die Leiter mündete in einer kleinen Plattform, die mit verrosteten Bodenblechen bedeckt war. Überall waren Löcher, wodurch die Eisenplatten wie vergammelter Käse aussahen. Eine Panzerluke, wie Jem sie aus U-Boot-Filmen kannte, versperrte ihm den Weg. Er legte die Hände auf das eiserne Rad und versuchte, es zu bewegen. Das Rad drehte sich um wenige Millimeter. *Eingerostet,* dachte er. Keuchend probierte er es noch einmal. Er rutschte ab und schlug mit der Hand gegen eine der Speichen.

»Scheiße!«

Stöhnend steckte er seine Finger in den Mund. Es tat höllisch weh. Und Schmerzen machten ihn immer wütend. Fluchend packte er noch einmal das Rad. Er spannte sämtliche Muskeln an und legte sein volles Gewicht in die Drehung. Ein paar Sekunden hörte er nichts außer seinem eigenen Keuchen. Er hatte das Gefühl, dass er kurz vor einer Muskelzerrung stand. Dann plötzlich ertönte ein hässliches Quietschen. Es war so unangenehm, dass es ihm durch Mark und Bein ging. Aber das Rad war um gut einen Zentimeter weitergerutscht. *Es hat sich bewegt!*

Jem zog die Handschuhe stramm und packte noch einmal zu. Tatsächlich gelang es ihm, die Sperre um ein weiteres Stück zu drehen. Ab dann ging es leichter.

Jem drehte und drehte, bis die Luke endlich mit einem Knacken aufsprang. Rost blätterte ab und rieselte zu Boden. Vor ihm lag eine zugewucherte Treppe, die steil nach oben führte. Und von dort kam Licht. Warm und hell.

Tageslicht!

Die Stufen waren so mit Müll und Pflanzen bedeckt, dass es keinen Zweifel daran gab, dass sie seit Jahrzehnten nicht benutzt worden waren. Jem wurde auf einmal klar, dass er sich überhaupt keinen Plan zurechtgelegt hatte. Er musste seine Freunde finden, doch das war leichter gesagt als getan.

Er kroch bis zur Öffnung und streckte vorsichtig den Kopf nach draußen. Das Licht blendete ihn, sodass er die Augen für einen Moment schließen musste. Als er sie wieder öffnete, sah er zwei Beine, die direkt über ihm aufragten.

21

DUNKEL immer nnn‿noch nnn‿nicht gefasst?

Nnn‿nein. Zzz‿zu klug.

ES ssss‿spürt sss‿starken Willen in ihm.

Wir ebenfalls.
Angriff erfolgreich. Schaden beträchtlich.

Gut. Zzz‿zweibeiner beschäftigt.

Warum nnn‿nicht töten?
Ssss‿sie nur Schwierigkeiten.

ES denkt im Voraus. ES hat Pläne. Nicht an uns zzz‿zu fragen.
Inzwischen weiter beobachten. DUNKEL sss‿suchen.

22

Lucie erschrak. Die Tür flog mit einem Knall auf und zwei staubige und angeschlagene Gestalten taumelten in den Raum.

Zoe und Ragnar.

Der blonde Krieger wirkte geschwächt. Zoe hatte ihren Arm um ihn gelegt und stützte ihn. Sie selbst schien außer ein paar kleinen Blessuren keine ernsthaften Verletzungen davongetragen zu haben. Er hingegen hatte einige Blutflecken auf der Rüstung. Woher die stammten, würde sie hoffentlich gleich erfahren.

»Was ist passiert?« Lucie sprang auf und eilte zusammen mit den anderen auf die beiden zu. Zoe deutete nach rechts. »Macht ihr mal bitte die Bank da frei? Leòd, bringst du uns etwas Wasser und Verbandszeug?«

»Soll ich nicht lieber gleich den Medicus holen?«

»Nur Wasser«, keuchte Ragnar.

Sie halfen Zoe, Ragnar auf die Bank zu legen, und schoben ihm ein Kissen unter den Kopf. Lucie fiel auf, dass nicht nur sein Gesicht, sondern seine gesamte Aura blass war. Wie Wasser, das durch einen Rinnstein floss. Da schwebte etwas Düsteres in ihm, das alles andere überschattete. War das nur wegen des Angriffs oder war da noch mehr vorgefallen?

»Wo ist Marek?«, fragte sie.

Zoe runzelte die Stirn. »Ist er noch nicht wieder hier?«

»Wir haben ihn seit dem Angriff nicht mehr gesehen«, antwortete Lucie. Bei Zoes und Ragnars Anblick bekam sie ein richtig schlechtes Gewissen. Während sie sich hier mit Leòd und den anderen in aller Seelenruhe die Bibliothek angeschaut hatte, hatten die beiden draußen die Stellung gehalten.

»Dann weiß ich auch nicht, wo er ist«, meinte Zoe. »Er ist während des Angriffs abgeschwirrt. Hat uns einfach hängen lassen.«

»Er ist zu Nimrod«, stieß Ragnar aus. Seine Stimme klang heiser und rau. »Hab gesehen, wie einer seiner Diener ihn angesprochen und mitgenommen hat. Vermutlich erstattet er ihm jetzt direkt Bericht.«

»Ich frage mich, was das zu bedeuten hat«, sagte Olivia. »Dass Marek jetzt der neue beste Freund des Goden ist, gefällt mir überhaupt nicht.«

»Mir auch nicht«, sagte Katta mit düsterer Miene. »Ich kann nur hoffen, dass er nicht wieder irgendeinen Scheiß macht. Das mit dem Bus war dreist genug.«

In diesem Moment kam Leòd mit einer Karaffe und zwei Tonkrügen wieder. Er reichte sie den Neuankömmlingen. Loki, der das Geschehen ganz genau beobachtete, sprang auf die Bank und legte sich zu Ragnars Füßen. Als dieser den Kater bemerkte, huschte ein mattes Lächeln über seine Lippen.

»Na, kleines Monster? Komm her zu mir.«

Loki kam schnurrend herbei und rollte sich vor Ragnars Brust ein.

»Was ist passiert?«, fragte Olivia. »Was wir gehört haben,

klang furchtbar. Es sieht aus, als wärt ihr durch die Hölle gegangen.«

»Kann man so sagen«, sagte Zoe. »Der halbe Berg ist auf uns runtergekommen. Hat große Teile der Stadt verwüstet. Überall Tote. Und es hat Alrik erwischt.«

»Was sagst du da?« Lucie erinnerte sich an den kleinen, mageren Kerl. Er war wie ein Schatten gewesen, immer an Ragnars Seite. Fast noch ein Kind. Sie schluckte. In ihrem alten Leben war sie nie mit dem Tod in Berührung gekommen. Und hier? Hier wurde sie nicht verschont. Sie hatten Connie verloren, ihren Piloten Bennett und den Sky-Marshal Jaeger. Und jetzt Alrik. Sie schüttelte betreten den Kopf.

»Ist von der Klippe gefallen, vor unseren Augen«, berichtete Zoe. »Ein Adler hat ihn über die Mauer gestoßen.« Sie leerte ihren Krug in einem Zug. »Es ging alles so verdammt schnell. Ich habe das Biest nicht kommen sehen. Der Adler hat ihn gepackt und ...« Ihr Blick wanderte hinüber zu Ragnar und sie verstummte. Sein Gesicht war aschfahl. Sie legte ihre Hand auf seine und schenkte ihm ein warmes Lächeln. Es lag ein honiggoldener Schimmer in ihren Augen. Lucie hatte diesen Blick schon früher bemerkt, aber noch nie so intensiv. Empfand sie etwas für Ragnar?

Lucie wurde ganz schlecht bei der Vorstellung, dass sie selbst dem Vogelangriff nur um Haaresbreite entkommen war. Sie griff nach einem der klapprigen Holzstühle, zog ihn zu sich heran und setzte sich. »Erzählt uns, was da draußen vorgefallen ist«, sagte sie. »Eins nach dem anderen. Und lasst nichts aus.«

Zoes Bericht nahm Lucie ganz schön mit. Vor allem, weil sie sah, wie schwer es ihr fiel, darüber zu sprechen. Zoes Hände zitterten und Tränen rollten über ihre Wangen.

Lucie hätte sie gerne in den Arm genommen und getröstet, aber Zoe war nicht der Typ dafür. Auch Ragnar wirkte ziemlich angeschlagen. Er schien sich selbst die Schuld für den Tod seines Lehrlings zu geben. Aber hätte er denn mit so etwas rechnen können? Es war eine Verkettung unglücklicher Umstände gewesen, für die niemand etwas konnte. Lucie sagte ihm das, doch er schüttelte nur den Kopf. »Alrik war mein Schutzbefohlener«, entgegnete er mit rauer Stimme. »Ich habe seinem Vater einen Eid geschworen, dass ich stets auf ihn aufpassen würde – dass ich mein Leben opfern würde, damit ihm nichts geschieht. Doch jetzt ist genau das eingetreten. Noch heute muss ich seine Eltern aufsuchen und ihnen die Nachricht vom Tod ihres Sohnes überbringen.«

»Wenn du willst, komme ich mit.« Zoe berührte ihn sanft am Arm. Er lächelte. »Danke, aber das muss ich alleine erledigen.«

Lucie musste sich immer wieder klarmachen, dass Ragnar kaum älter als sie selbst war. Vielleicht zwei oder drei Jahre. Doch zwischen ihnen lagen Welten. Sie fand es ziemlich heftig, dass junge Leute schon so viel Verantwortung hatten.

»Was wirst du jetzt tun?«, fragte sie vorsichtig.

Ragnar zuckte müde die Schultern. »Was soll ich schon groß tun? Weitermachen wie bisher, schätze ich. Die Lande sichern, meinem Vater beim Älterwerden zusehen und mich darauf vorbereiten, irgendwann seinen Platz einzunehmen. Vorausgesetzt, Nimrod reißt nicht vorher die Macht an sich – was ich ihm durchaus zutraue. Mein Leben ist ein steiniger Weg ohne Kurven und er führt stetig bergab.«

»Das muss nicht so sein«, sagte Leòd und setzte sich neben seinen Freund. »Ich habe heute etwas erfahren, was alles in einem neuen Licht erscheinen lässt. Ich verwende bewusst nicht das Wort *Wunder,* obwohl es mir fast so vorkommt.«

Ragnar sah ihn schräg von der Seite an. *»Wunder?* Wovon sprichst du?«

Leòd schien seine Worte genau abzuwägen. Vermutlich, um seinen Freund nicht zu überfordern. »Erinnerst du dich an die Geschichten, die man uns früher erzählt hat? Die Geschichten von Männern und Frauen, die zu uns kamen und die behaupteten, sie stammten aus einer anderen Welt?«

»Redest du von den Zeitspringern? Ja, ich erinnere mich. Lange her, dass ich davon gehört habe. Eine nette Geschichte.«

Leòd faltete die Hände. »Was würdest du dazu sagen, wenn ich dir erklärte, dass an diesen Geschichten vielleicht doch ein Fünkchen Wahrheit ist? Würdest du das für möglich halten?«

Ragnar sah ihn verwundert an. »Wie kommst du jetzt plötzlich darauf? Ich denke, wir haben gerade ganz andere Sorgen als irgendwelche alten Legenden.«

»Ich werde es dir verraten, wenn du mir versprichst, nicht wütend zu werden oder mir den Kopf abzureißen«, sagte Leòd mit schiefem Grinsen. »Vor allem versprich mir, niemandem davon zu erzählen. Tust du das?«

»Du machst es aber mächtig spannend.«

»Versprich es mir.«

»Na gut. Von mir aus. Also, was ist los?«

Leòds Stimme wurde so leise, dass Lucie sie fast nicht mehr hören konnte. »Es ist wahr«, sagte er. »Alles. Jedes einzelne Wort.« Er beugte sich vor und berichtete seinem Freund in knappen Worten, was Lucie und die anderen ihm erzählt hatten. Von der Reise mit dem Flugzeug, von den Lichterscheinungen, der Landung auf dem völlig verwahrlosten Denver International Airport. Er berichtete von der Expedition in die Stadt, dem Besuch in der Bibliothek, dem Angriff der Tiere und ihrer Flucht in die Berge. Ja, er erwähnte sogar den Angriff vor dem Bunkerportal und die dramatische Fahrt hinauf zur Zitadelle. Er sprach leise und gefasst, aber Lucie spürte, wie es unter seiner Oberfläche brodelte. Leòd stand kurz davor zu explodieren.

Noch während er erzählte, beobachtete Lucie immer wieder Ragnar. Auf ihn schienen die Worte keinerlei Wirkung zu haben. Berührten sie ihn nicht oder war es ihm egal? Ragnar verstand es wie kein Zweiter, seine Gefühle vor ihr zu verbergen.

Irgendwann kam Leòd zum Ende und alle Blicke richteten sich auf Ragnar. Jeder wollte wissen, was er von der Sache hielt. Die Zeit verging in quälender Langsamkeit.

Endlich sprach er. »Ihr wollt mich auf den Arm nehmen, oder?«, sagte er. »Ihr erlaubt euch einen Scherz mit mir. Ich muss euch warnen, ich bin nicht in der Stimmung für Späße.« Seine Augen waren schmal und kalt.

»Das ist kein Spaß«, sagte Lucie ernst. »Was dein Freund dir erzählt hat, ist wahr. Jedes Wort.«

»Dann soll ich euch also glauben, dass ihr Zeitspringer seid? Für wie blöd haltet ihr mich? Das ist doch alles Unsinn.«

»Warum sollten wir uns so etwas ausdenken?«, fragte Arthur. »Hast du dich nicht selbst schon gefragt, was mit uns los ist? Gibt es nichts, was dir an uns seltsam vorkommt?«

»Da gibt es eine ganze Menge«, sagte Ragnar. »Aber nichts, was mich auf die Idee bringen könnte, ihr würdet aus einer anderen Zeit stammen. Euer seltsames Verhalten kann doch auch andere Gründe haben. Ihr sagtet, ihr kämt aus einem anderen Land. Sehr wahrscheinlich herrschen dort andere Sitten und Gebräuche.«

»Zum Beispiel? Dass wir uns auf den Umgang mit dunkler Technologie verstehen, dass wir einen Bus umgebaut haben, um damit zu euch zu gelangen, oder dass sich Computer in unserem Besitz befinden?«

»Die könnt ihr euch auch in einer der verlassenen Städten besorgt haben.«

»Möglich, ja. Aber wieso könnten wir sie bedienen? Wieso wissen wir so viel über weit zurückliegende Jahrhunderte, aber so wenig über die jüngere Vergangenheit?«

Ragnars Augen wurden schmal. »Was soll das werden, eine Fragestunde?«

»Ich verspreche dir, es gibt keinen Grund, an unseren Worten zu zweifeln«, sagte Lucie. »Wir haben dir immer die Wahrheit gesagt. Warum glaubst du uns nicht? Dein Freund Leòd hat es auch getan.«

»Leòd ist leicht zu beeindrucken. Er liebt alte Geschichten und ist nur allzu gerne bereit, sich von ihnen einwickeln zu lassen. Er würde jede Sage glauben, wenn sie nur schön abenteuerlich und aufregend ist.«

»Jetzt tust du mir aber unrecht«, erwiderte Leòd in gespielter Empörung. »Klar liebe ich gute Geschichten, aber deshalb nehme ich sie doch nicht gleich für bare Münze. Ich kann dir versichern, dass ich diese hier einer gründlichen Prüfung unterzogen habe. Auch wenn immer noch viele Fragen unbeantwortet sind, so steht für mich doch inzwischen fest, dass unsere Freunde hier nicht aus unserer Zeit stammen können. Ihre Wissenslücken sind einfach zu groß. Sie haben uns versprochen, Beweise für ihre Behauptungen zu liefern.«

»Genau«, sagte Arthur und schob seine Brille zurück. »Das fängt bei unserem Computer an. Wenn wir den wieder zum Laufen kriegen, werden wir euch Dinge zeigen, bei denen euch die Augen übergehen. Also, was meinst du: Können wir mit deiner Unterstützung rechnen?«

Ragnar war tief in Gedanken versunken. »Zeitspringer, hm? Vielleicht erzählt ihr mir ein bisschen etwas darüber. Wie ist eure Zeit denn so? Leben die Menschen dort so ähnlich wie wir hier heute?«

Lucie sah ihre Freunde an. Was sollte sie antworten? Dass die Menschheit binnen der letzten fünfhundert Jahre komplett den Bach runtergegangen war? Dass die Spezies *Homo sapiens* kurz vor dem Untergang stand und dass die wenigen, die noch lebten, sich in einem Zustand der Barbarei und Rückständigkeit befanden? Wie verpackte man das, ohne dass man den anderen beleidigte?

»Es war damals ... *voller«*, sagte sie vorsichtig. »Tausende von Autos auf den Straßen. Flugzeuge am Himmel. Alles wurde von Maschinen geregelt. Und die Städte waren nicht verlassen wie heute, sondern dicht bevölkert. Es war laut, die Luft war schlecht und die Menschen gingen sich teilweise ziemlich auf die Nerven ...«

Lucie verstummte. Sie musste an ihre Eltern denken, ihre Oma – die Menschen, die sie über alles liebte. Ihr Hals fühlte sich plötzlich sehr trocken an und sie spürte, dass ihr eine Träne über die Wange kullerte.

Ragnar sah sie aufmerksam an. Auch wenn ihre Geschichte ihn nicht überzeugte, die Träne schien etwas in ihm zu bewirken.

Er beugte sich vor. »Es ist Hunderte von Jahren her, dass die letzten Zeitspringer hier waren«, sagte er. »Ihr habt erzählt, dass ihr auf der Suche nach ihnen seid, dass ihr euch Antworten von ihnen erhofft. *Antworten worauf?«*

»Vor allem auf die Frage, was aus ihnen geworden ist und wie wir wieder zurückkommen«, sagte Arthur leise. »Denn das ist unser größter Wunsch: heimzukehren zu unseren Familien und Freunden.«

»Kann ich verstehen«, sagte Ragnar. »Ich habe aber Zweifel, ob ihr damit Erfolg haben werdet. Vorausgesetzt, es hat diese Menschen wirklich gegeben, so halte ich es für ausgeschlossen, dass sie noch leben. Es ist viel zu viel passiert seit den Tagen, als sie damals zu uns kamen.«

»Leòd hat uns davon berichtet«, sagte Lucie. »Er hat uns von den Auseinandersetzungen erzählt und dem Krieg. Er hat uns auch erzählt, dass ihr diese Gewölbe damals verlassen habt, um hierher in die Berge zu ziehen und die Zitadelle zu bauen.«

»Dann wisst ihr ja, dass die Zeitspringer nach Süden gezogen sind.«

»In die Wüste, ja«, murmelte Lucie. »Und vielleicht sind sie dort noch immer.«

»Ja«, sagte Katta und strich sich ihre blonden Haare hinter die Ohren. »Vielleicht haben sie sich dort niedergelassen und Kinder bekommen. Immerhin ist euch das ja hier auch gelungen.«

Ragnar kniff die Augen zusammen. »Was willst du damit sagen?«

»Was Katta damit andeuten will«, sagte Olivia, »ist, dass die Tatsache, dass ihr Babys zeugen könnt, der Beweis ist, dass die Krankheit, die die Menschen damals ausgerottet hat, nicht mehr existiert. Es wäre also möglich, ...«

»Was für eine Krankheit?«, unterbrach sie Ragnar. »Wovon sprichst du? Jedes Kind weiß, dass die Menschheit von der Brut der Midgardschlange vernichtet wurde. So steht es im *Auge der Götter.*«

»Man muss nicht alles glauben, was in alten Büchern steht«, sagte Arthur mit schmalem Lächeln. »Häufig genug findet man darin viel Unsinn.«

»Du redest hier vom *Auge der Götter.*«

»Na und?« Arthur zuckte die Schultern. »Deinem Freund glaubst du nicht, aber was irgendjemand vor Urzeiten in ein seltsames Buch gekritzelt hat, das nimmst du für bare Münze. Ich muss mich doch sehr wundern.«

»Gib acht, was du sagst, du Brillenwurm«, zischte Ragnar. »Ich werde mir hier keine Beleidigungen von dir gefallen lassen.«

»Ich wollte dich auch nicht beleidigen«, erwiderte Arthur unbeeindruckt. »Ich wollte dir nur vor Augen führen, wie sehr wir alle an das glauben, was gedruckt auf Papier steht. Es mag sein, dass die Geschichte so in eurem Buch zu lesen ist, aber sie stimmt nicht. Aus den Informationen, die wir inzwischen erlangt haben, geht hervor, dass winzig kleine Lebewesen für den Untergang der Menschheit verantwortlich waren. Sie sorgten dafür, dass wir keine Kinder mehr bekamen. Diese kleinen Mistviecher drangen über das Wasser und die Luft in unsere Körper und führten zur Kinderlosigkeit. Im Jahre 2035 kam der Komet herunter. Binnen der nächsten fünfzig Jahre wurde die Luft mit kleinen Krankheitserregern verseucht. Ihr hier, die ihr unter dem Berg gelebt habt, wurdet davon verschont, weil ihr euch rechtzeitig in Sicherheit gebracht hattet und die Bunkeranlagen luftdicht abgeschlossen waren. Wärt ihr draußen gewesen, es wäre euch ebenso ergangen wie all den anderen.«

»Aber was war, als wir die dunklen Gewölbe verlassen haben und zur Zitadelle hinaufgezogen sind? Hätten unsere Vorfahren da nicht erkranken müssen?«

»Da waren bereits mehr als hundert Jahre vergangen«, sagte Arthur. »Die Krankheit war abgeklungen, die Luft wieder sauber.« Er lächelte verlegen. »Bitte verzeih, wenn ich dir zu nahe getreten bin. Das wollte ich nicht.« Er streckte seine Hand in einer Geste der Versöhnung aus, doch Ragnar ignorierte sie. Finster starrte er auf den gemaserten Holzboden.

Lucie konnte nicht mal ansatzweise nachvollziehen, was in ihm vorging. Aber er schien ins Grübeln gekommen zu sein. Sie spürte, dass es wichtig war, jetzt nicht nachzugeben, sondern die Geschichte zu Ende zu erzählen. »Ich weiß, dass es schwer für dich zu verstehen sein muss«, sagte sie, »aber ich versichere dir, dass wir dich nicht anschwindeln. Leòd hat uns davor gewarnt, mit dieser Information leichtfertig umzugehen, aber dir können wir vertrauen. Das hoffen wir jedenfalls ...« Sie sah ihn aufmerksam an. Sie spürte, dass die Mauer aus Argwohn bei ihm zu bröckeln begann.

Eine ganze Weile saß Ragnar stumm da und starrte nach unten. Als er wieder zu sprechen begann, wirkte seine Stimme gefasster. »Ganz schön viel, was ihr mir da abverlangt. Ihr werft gerade meine gesamte Weltsicht über den Haufen, wisst ihr das?«

»Dessen sind wir uns bewusst«, sagte Arthur grinsend.

Ragnar seufzte. »Gesetzt den Fall, ihr lügt mich nicht an – warum erzählt ihr mir das alles? Was habt ihr vor, wie sehen eure Pläne aus?«

Lucies Finger waren feucht vor Aufregung. Sie strich sie am Stoff über den Oberschenkeln ab. »Wie es aussieht, haben wir das Gleiche erlebt wie die anderen Zeitspringer«, sagte sie. »Es ist also mindestens zweimal passiert. Wir sind hier gestrandet und wissen nicht, wie wir zurückkehren sollen oder ob überhaupt eine Möglichkeit besteht zurückzukehren. Was wir brauchen, sind Informationen. Unser Computer muss aufgeladen werden, dafür brauchen wir Strom. Der einzige Strom, den es hier gibt, befindet sich in unserem Bus.«

»Ihr wollt an euer Fahrzeug?«

Sie nickte.

»Und ihr wollt, dass ich euch dabei helfe?«

Noch heftigeres Nicken.

Ragnar stieß ein Seufzen aus. »Ich wünschte, ich hätte mich

niemals auf euch eingelassen. Seit wir uns am Stadttor begegnet sind, hatte ich keine ruhige Minute mehr. Ich habe das Gefühl, dass seither nur noch Katastrophen über mich hereingebrochen sind.«

Leòd legte eine Hand auf die Schulter seines Freundes. »Glaub mir, mir geht es genauso. Andererseits liegt eine große Chance darin. Wenn es stimmt, was sie sagen, dann müssen große Teile unserer Geschichte neu geschrieben werden. Dieses Wissen könnte helfen, die Macht des Goden zu brechen und unser Land wieder in einen Zustand des Friedens und der Stabilität zurückzuführen.«

»Ja, vielleicht«, sagte Ragnar. »Es könnte aber auch genauso gut einen Bürgerkrieg auslösen. Ich weiß nicht, ob ich das verantworten kann.« Er knetete seine Finger. Lucie sah, wie es in ihm arbeitete.

»Na gut«, sagte er nach einer Weile. »Heute Nacht. Nur Leòd und ich. Eine Stunde, nicht mehr. Ich betrachte das als einen Test für eure Glaubwürdigkeit. Und wehe, ihr wollt mich hinters Licht führen. Ich spüre es, wenn ihr mir etwas verschweigt. Ihr werdet mich über alles informieren, was ihr in Erfahrung bringt. Haben wir uns verstanden?«

Zoe beugte sich zu ihm hinunter und gab ihm einen Kuss auf die Wange.

23

Der Nachtrufer hatte soeben die zwölfte Stunde verkündet, als Ragnar und Leòd in gebückter Haltung zu den Werkstätten hinüberliefen. Der Ort, an dem das gelbe Monstrum repariert und wiederhergestellt wurde, lag hinter einem gut befestigten Zaun.

Ragnar hielt Arthurs Umhängetasche fest unter den Arm geklemmt und versuchte, nicht daran zu denken, was geschehen würde, wenn man sie erwischte. Nimrod hatte befohlen, dass niemand sich dem Bus nähern durfte. Das galt für jeden. Ohne Ausnahme.

Alriks Tod lastete schwer auf seiner Seele. Die Trauer hatte etwas in Gang gesetzt, von dem er noch gar nicht wusste, wo es enden würde. Ragnar spürte, dass er keinen ruhigen Schlaf finden würde, bis er alle Antworten erhalten hatte. Er tat das hier also nicht nur um seinetwillen, sondern vor allem für Alrik. Er war es ihm schuldig.

Lucie hatte recht gehabt. Ihn dürstete nach Erkenntnis. Und wenn dieser Computer die einzige Möglichkeit darstellte, an Informationen zu kommen, so war es Grund genug, sich über die Verbote des Goden hinwegzusetzen.

»Leise«, flüsterte er in Leòds Richtung und deutete um die nächste Häuserecke. »Wir sind da.«

Die Werkstätten lagen etliche Stockwerke unter dem Vorplatz. Sie waren durch einige Felsvorsprünge vor herabfallenden Steinen geschützt, was ein Segen war, bedachte man, wie leicht der Bus bei dem heutigen Angriff hätte zerstört werden können.

Ragnar hielt die Nase in die Höhe und schnupperte. Zu dem Geruch nach schwelenden Feuern und Glut gesellte sich ein anderer hinzu. Sehr charakteristisch und nicht unbedingt angenehm.

Leòd schien das ebenfalls zu bemerken und rümpfte angewidert die Nase. »Die Kanalisation«, flüsterte er. »Irgendwo hier müssen die Belüftungsschächte sein. Erinnert mich daran, dass ich schon lange nicht mehr in diesem Viertel gewesen bin.«

»Ich auch nicht«, flüsterte Ragnar. »Und wenn ich das so rieche, weiß ich auch warum.«

Wie man diesen Gestank Tag für Tag aushalten konnte, war ihm ein Rätsel. Andererseits waren die Bewohner dieser Viertel auch nicht besonders wählerisch. *Trow,* was konnte man von denen schon erwarten? »Komm«, flüsterte er. »Die Luft ist rein.«

Mit schnellen Schritten eilten sie über den mondbeschienenen Platz hinüber zum Zaun. Meister Sven und seine Gehilfen hatten das Tor mit einem schweren Vorhängeschloss gesichert. Nach einem kurzen Blick in die dahinterliegende Schmiede war Ragnar sicher, dass keine Gefahr drohte. Sie waren allein.

»Los, rüber da«, flüsterte er. »Steig hoch, ich mache eine Räuberleiter für dich.«

Leòd kletterte über den Zaun, wobei er sich ziemlich ungeschickt anstellte. An der höchsten Stelle blieb er mit dem Hosenboden hängen und musste sich erst umständlich befreien. Ragnar schüttelte ungehalten den Kopf. Höchste Zeit, dass sein Freund anfing zu trainieren. Vielleicht sollte er ihn mal zu Schildübungen mitnehmen.

Als Leòd auf der anderen Seite war, legte Ragnar den Taschengurt über die Schulter, packte die Gitterstäbe und kletterte ohne große Anstrengungen über den Zaun. Die Tasche wieder unter den Arm geklemmt, näherte er sich dem Bus. Das Fahrzeug wirkte im blassen Licht des Mondes wie ein schlafender Riese. Ragnar meinte sogar, ein leises Schnaufen zu hören.

Meister Sven hatte bereits damit begonnen, die beschädigten Blechteile geradezubiegen und das fehlende Metall durch eine Konstruktion aus Metallstreben und Holzlatten zu ersetzen. Das sah zwar nicht besonders hübsch aus, war aber bestimmt recht stabil. Alles, was Sven anpackte, war stabil – einschließlich seiner Frau Hilda und seiner beiden Söhne Carl und Rolff. Die waren zwar erst zehn und zwölf, aber wie man so hörte schon jetzt der Schrecken des Viertels.

Ragnar schüttelte den Kopf. Er sollte sich auf die Arbeit konzentrieren. Er winkte Leòd zu sich.

»Du wartest hier draußen und passt auf, dass keiner kommt. Ich werde solange dieses Ding hier anschließen. Solltest du irgendetwas Verdächtiges bemerken, klopfst du dreimal gegen das Blech, verstanden?«

Leòd nickte. Er sah schrecklich bleich aus. Wahrscheinlich dachte er daran, was Nimrod mit ihm machen würde, sollte er sie hier entdecken. Doch Ragnar hatte nicht vor, sich erwischen zu lassen, und für einen Rückzieher war es längst zu spät. Er legte seine Hand auf die Metallplatte.

Zischend ging die Tür auf.

Ragnar wartete einen Moment, dann stieg er ein.

Er griff in seine Tasche und holte einen gefalteten Zettel hervor. Arthur hatte ihm eine Zeichnung angefertigt, auf der zu erkennen war, was man wo hineinstecken musste, damit der Ladevorgang beginnen konnte.

Ganz wohl war Ragnar bei der Sache nicht, schließlich handelte es sich um dunkle Technologie. Doch er merkte, dass er inzwischen deutlich entspannter damit umging. Maschinen schienen nicht *per se* böse zu sein, sondern waren nur der verlängerte Arm ihres Herren. Genau wie Werkzeuge und Waffen. Was damit getan wurde, bestimmte der Mensch.

Er kauerte sich neben das Lenkrad und fuhr mit dem Finger über die Konsole. Tatsächlich, da war ein schmaler Schlitz, direkt unter der Geschwindigkeitsanzeige.

Er holte den Laptop raus, steckte das eine Ende des Kabels in den Computer und das andere in den Schlitz. Dann hielt er die Luft an.

Ein leises Piepen ertönte. Ein rotes Licht leuchtete auf.

Genau, wie Arthur ihm gesagt hatte.

Er wartete noch eine Minute, doch als nichts weiter geschah, entspannte er sich wieder. Schien, als ob alles seine Richtigkeit hatte. Er blickte hinauf zum Mond. Eine Stunde hatte er Arthur versprochen, nicht länger. Er setzte sich mit dem Rücken zur Wand, faltete die Hände und wartete.

Er hatte das Gefühl, dass kaum Zeit vergangen war, als ihn ein seltsames Geräusch auffahren ließ. Hastig blickte er sich um. War er etwa eingeschlafen? Nicht möglich.

Als er nach oben schaute, bemerkte er, dass der Mond ein gutes Stück weitergezogen war. Mindestens eine Stunde, vielleicht sogar mehr. Er hatte tatsächlich geschlafen. Was war er nur für ein Idiot. Höchste Zeit, die Biege zu machen.

»Leòd?«

Keine Antwort. Da er nicht herumbrüllen wollte, erkundigte er sich erst mal nach dem Ladestand des Computers. Das Licht hatte von rot auf grün gewechselt. Wenn er Arthur richtig verstanden hatte, war das ein gutes Zeichen. Rasch stöpselte er alles aus, verstaute die Sachen in der Tasche und verließ den Bus.

Sein Freund war nirgends zu sehen. Aber Leòd war schlau. Bestimmt hatte er sich irgendwo versteckt.

»Verzeih, dass ich eingepennt bin«, flüsterte Ragnar. »Das Gerät scheint geladen zu sein. Wir können los.«

Nichts.

»Leòd? Verdammt, wo steckst du?«

In diesem Moment sah er drüben am Zaun eine gebeugte Gestalt stehen. Sie stand einfach nur da und blickte zu ihm herüber. Befand sie sich vor oder hinter dem Zaun?

Ragnar neigte den Kopf und kam zu dem Schluss, dass das nicht Leòd war. Zu klein. Zu dunkel von der Kleidung. Der Neuankömmling grüßte nicht, er winkte nicht, er stand nur da und glotzte. Ein Kind?

Eigenartig. Es gefiel ihm gar nicht, beobachtet zu werden.

Ragnar überlegte, wie er vorgehen sollte, als er hinter sich ein Knirschen hörte. Er wollte sich umdrehen, da spürte er, wie jemand den Arm um seinen Hals schlang und ihn nach unten drückte. Der Angriff erfolgte so plötzlich, dass Ragnar keine Chance hatte, sich zu wehren. Strampelnd und würgend wurde er zu Boden gerungen. Seine linke Gesichtshälfte lag auf dem steinigen Untergrund, während jemand ihm sein Knie ins Genick presste.

Ragnar keuchte vor Schmerz. Durch den aufgewirbelten Staub sah er die gebeugte Gestalt vom Zaun auf sich zu rennen.

»Das Seil, Nisha. Schnell«, zischte sein Peiniger.

Die kleine Gestalt warf ein Bündel durch die Luft und der Kerl fing es locker auf.

Als Nächstes spürte Ragnar, wie seine Hände nach hinten gerissen und verknotet wurden. Der Druck auf sein Genick ließ nach und endlich wagte er wieder, sich zu bewegen.

»Verdammt noch mal, was soll das?«, zischte er. »Wisst ihr, wer ich bin? Na wartet, ich werde euch …«

»Schnauze, Bürschchen«, erklang eine dunkle Stimme. »Ich werde dich jetzt hochziehen und du machst keinen Mucks, verstanden? Du willst doch nicht, dass die halbe Nachbarschaft auf euren kleinen Einbruch aufmerksam wird.«

Es war eine junge Stimme, wenn auch mit einem Akzent, den Ragnar nicht recht einordnen konnte.

Noch immer hatte er seinen Peiniger nicht zu Gesicht bekommen. Wen er dafür umso besser sehen konnte, war das Mädchen, das vor ihm aufgetaucht war. Die Kleine vom Zaun. Zuerst dachte er, sie hätte eine Behinderung, doch dann fiel ihm auf, dass sie einen Sack über der Schulter trug, in den sie in aller Eile Dinge aus der Werkstatt stopfte. Werkzeuge, Blechteile, Schrauben und Nägel. Eine verdammte Diebin. *Eine Trow.*

Die Kleine machte einen mächtig zufriedenen Eindruck. »Du hast ihn geschnappt«, sagte sie mit breitem Grinsen.

»Natürlich habe ich ihn geschnappt«, erwiderte der Kerl hinter Ragnar. »Was hast du denn gedacht? War ein Kinderspiel.«

Der Entführer riss ihn auf die Füße.

Ragnar fuhr wütend herum – und erstarrte.

Er hatte sich ein paar gepfefferte Worte zurechtgelegt, die ihm aber allesamt im Halse stecken blieben. War das ein Mensch oder ein Tier?

Er musste ein paarmal blinzeln, bis er erkannte, dass es ein Mensch war. Auch er besaß dunkle Haut. Ein ungegerbtes Wolfsfell, an dessen Zotteln noch getrocknetes Blut klebte, hing über seinen Schultern. Außerdem stank er wie ein Iltis. Die Klinge eines Schwertes war auf Ragnars Kehle gerichtet. Ein Schwert der Stadtwache. Genauso eine Klinge hatte Alrik besessen. Wie kam sie in diese schmutzigen Hände?

Er spürte, wie es in ihm brodelte.

»Wo ist Leòd?«, knurrte er. »Was habt ihr mit ihm gemacht?«

»Der Strubbelkopf, den du vor dem Bus abgestellt hast?« Der Fremde lächelte und deutete hinüber zur Schmiede. »Wir haben ihn wie ein Päckchen verschnürt und ihm einen Knebel verpasst. Aber keine Sorge, ihm geht's gut. Sobald du uns ein paar Antworten gegeben hast, darfst du zu ihm.«

»Versuch's ruhig«, sagte Ragnar grimmig lächelnd. »Aus mir bekommst du nichts raus.«

»Wir werden sehen. Was machst du hier bei meinem Bus?

Warum befindet er sich überhaupt hinter diesem Zaun? Und vor allem: Warum schleppst du Arthurs Tasche mit dir herum?«

»Arthurs ...?« Ragnar kniff die Augen zusammen. »Moment mal«, stieß er aus. »Du bist der, den sie in den Bergen zurückgelassen haben. Der mit dem Bär.«

Der Fremde senkte das Schwert und kam näher. Im Licht des Mondes waren seine Gesichtskonturen gut zu erkennen. Er war etwa in Ragnars Alter, vielleicht ein kleines bisschen jünger. Etwas größer als er selbst und, wie es schien, ziemlich kräftig. Das Auffälligste aber waren seine Zähne. Als das Lächeln breiter wurde, strahlten sie im Licht des Mondes wie Perlen. Kein Trow besaß solche Zähne.

»Mein Name ist Jem.«

24

Lucie wurde unsanft aus dem Schlaf gerüttelt. Eben noch war sie im Garten ihres Hauses in Köln gewesen, hatte mit ihren Eltern Picknick gemacht und den Sonnenschein genossen, als plötzlich ein heftiger Sturm aufzog und alles durcheinandergerüttelt hatte. Das schöne Bild löste sich auf wie ein Haufen Blätter, durch den der Herbststurm fuhr.

Zurück blieb nur Dunkelheit.

Heftig atmend und mit klopfendem Herzen lag sie da und starrte in die Nacht. Zoes Gesicht ragte über ihr auf, gelb beleuchtet von einer Kerze.

»Was ist denn?«

»Zieh dich an«, flüsterte Zoe. »Wir müssen los.«

»Hä?« Irritiert sah Lucie sich um. Die Strohmatten waren leer. Wo waren Olivia und Katta?

Zoe hatte sich bereits angezogen. Dunkle Hose, schwarzes Hemd, dazu Lederstiefel und Gürtel. Die Kleidung der Stadtwache. Ragnar hatte ganz offensichtlich seinen Wetteinsatz eingelöst.

»Ich sagte, du sollst dich beeilen. Die anderen sind schon los.«

»Wohin? Es ist mitten in der Nacht.«

»Jem ist wieder da.«

»Jem …?« Lucie zuckte zusammen. Jetzt war sie wach.

»Wie? Wo? Warum …?«

Zoe streckte die Hand aus und zog sie auf die Füße. Die Luft war schneidend kalt. Durch das halb geöffnete Fenster schimmerten die schneebedeckten Hänge im Mondlicht.

»Er ist unten bei Leòd. Komm schon. Aber leise, wir dürfen die Hausmutter nicht aufwecken.«

Lucie streifte ihre Sachen über und eilte hinter Zoe her. Die Schuhe hatte sie vergessen. Barfuß über den kalten Steinboden rennend, folgte sie Zoe ins untere Stockwerk. Bei dem Gedanken an Jem fing ihr Herz heftig an zu pochen. Sie hatte geahnt, dass er noch lebte, aber die Nachricht, dass es wirklich stimmte, traf sie völlig unvorbereitet. Einerseits freute sie sich riesig über diese Neuigkeit, denn sie hatte Jem unendlich vermisst. Mit ihm würde es viel leichter werden, das alles hier durchzustehen, davon war sie überzeugt. Andererseits war sie immer noch in großer Sorge um ihn. Ob es ihm gut ging, ob er verletzt war?

Der Weg kam ihr viel kürzer vor als beim letzten Mal.

Gefühlte zehn Minuten später standen sie vor der Tür des Archivs und klopften zaghaft an. Leòd ließ sie rein.

»Da seid ihr ja endlich«, sagte er und streckte den Kopf zur Tür hinaus, um sich umzusehen. »Ist euch jemand gefolgt?«

»Nein«, sagte Zoe. »Und hier, ist die Luft rein? Was ist mit deinem Vater?«

»Schläft oben im Tempel, wie die meiste Zeit. Kommt rein.«

»Sorry für die Verspätung. Es war gar nicht so leicht, unsere kleine Schlafmütze hier zu wecken.« Sie zwinkerte Lucie zu.

Lucie bekam von alldem kaum etwas mit. Noch immer hämmerte ihr Herz. Ob vor Freude oder Anstrengung wusste sie nicht.

Ihre Freunde standen drüben am Fenster. Sie hatten sich um eine einzelne Person geschart, die augenscheinlich auf einer Holzbank saß. Ragnar stand daneben, die Arme vor der Brust verschränkt. Er wirkte wütend, auch wenn Lucie nicht wusste, warum.

Als die Freunde ihre Ankunft bemerkten, wichen sie auseinander.

Ein seltsamer Geruch stieg Lucie in die Nase. Nicht unbedingt der Duft von Rosen. Der Gestank ging zweifelsohne von dieser zotteligen Gestalt aus, die da auf der Bank hockte. War das ein Mensch? Geruch und Aussehen erinnerten jedenfalls an ein wildes Tier. Und wo war Jem?

Die Gestalt hob den Kopf.

Lucie glaubte, das Herz müsse ihr in der Brust zerspringen.

»Mein Gott …«

Er war es – und doch wieder nicht. Seine Aura war unverwechselbar. Orangerot – wie damals, als sie sich kennengelernt hatten. Doch da war noch etwas anderes. Wellen von dunklem Violett brandeten von den Seiten heran. Wie Wogen, die einen einsamen Felsen umspülten. Was sein Äußeres betraf, so hätte sie ihn vermutlich nicht wiedererkannt, doch seine Aura war unverwechselbar. Kerzenlicht flackerte über sein Gesicht. Er lächelte. Als er sie sah, sprang er auf.

»Lucie!« Er schloss sie in die Arme. Sie ignorierte den Gestank und erwiderte die Umarmung. Unter den Schichten aus

Kleidung konnte sie fühlen, wie er zitterte. Nicht vor Kälte, sondern vor Aufregung und Entkräftung.

Tränen schossen ihr in die Augen. »Wo warst du? Was ist geschehen und wonach zu Teufel riechst du?«, fügte sie naserümpfend hinzu.

»Das willst du nicht wissen, Süße.« Ein gequältes Lächeln erschien auf seinem Gesicht. »Sorry, Leute, ich muss mich für mein Äußeres entschuldigen. Die letzten paar Stunden gehören nicht gerade zu den Highlights meines Lebens. Ich habe echt nicht damit gerechnet, euch jemals wiederzusehen. Wo ist Paul?«

»Oben im Lazarett«, sagte Olivia. »Ein paar gebrochene Rippen, ein verstauchtes Handgelenk. Nichts, was die Heiler nicht wieder hinbekommen.«

»Gut zu hören. Und Marek?« Sein Blick verfinsterte sich.

»Den haben wir seit dem Angriff gestern nicht mehr zu Gesicht bekommen«, sagte Zoe. »Ist einfach abgeschwirrt. Wir vermuten, dass er mit seinem neuen besten Freund, einem Priester, abhängt.«

»Besser für ihn, dass er nicht hier ist«, sagte Jem. »Ich hätte da noch das eine oder andere mit ihm zu klären.«

»Bitte halte dich zurück, wenn du ihm begegnest«, sagte Olivia. »Was wir jetzt am allerwenigsten gebrauchen können, ist Ärger.«

Jem nickte. »Ja, Ragnar hat mir alles erzählt. Wir haben uns getroffen, als er Arthurs Laptop aufgeladen hat.«

»Getroffen, so könnte man es auch nennen«, sagte Ragnar grimmig. »Euer Freund hat mir fast das Genick gebrochen.«

»Sorry, dass ich dich so hart rangenommen habe«, sagte Jem. »Hätte ich gewusst, dass du mit ihnen befreundet bist, wäre ich freundlicher gewesen.«

Ragnar strich über sein verschrammtes Gesicht. »Wer war die Kleine an deiner Seite?«

»Nisha?« Jem lächelte. »Sie gehört zu der Familie, bei der ich Unterschlupf gefunden habe. Herzensgute Menschen, das darfst du mir glauben. Sie hat mich entdeckt, kaum, dass ich meinen Kopf aus der Kanalisation gesteckt hatte. Als sie sah, dass ich einer von ihnen bin, hat sie mich mitgenommen und mich ihren Eltern vorgestellt.«

»Du hast bei den Trow Unterschlupf gefunden?«

»Den *was?«*, fragte Jem. »Aber ja, es stimmt. Ich war dort und ich muss dir sagen, dass ich es ziemlich übel finde, unter welchen Bedingungen diese armen Menschen leben müssen. Warum gibt es dort kein fließendes Wasser, warum keine Toiletten oder Waschräume? Ich konnte mir nicht mal den Dreck von der Haut waschen, sondern musste mit dem vorliebnehmen, was von oben an den Felsen herunterfließt. Als sie mir erzählt haben, dass direkt nebenan unser Bus umgebaut wird, musste ich einfach einen Blick riskieren. Dabei sind wir uns begegnet.«

»Woher hast du das Schwert?«

»Das willst du nicht wissen.«

Ragnar trat vor. Lucie konnte sehen, dass er seine Wut nur mühsam zügeln konnte. »Und ob ich das will. Das ist ein Schwert der Stadtwache. Genau wie die Handschuhe, die du da trägst, und der Waffengurt. Also, woher hast du die Sachen?«

»Von einem Jungen«, sagte Jem. »Einem toten Jungen. Ich

hab seinen zerschmetterten Leichnam unten in der Schlucht gefunden.«

»*Was sagst du da?*« Ragnar kam mit gesenktem Kopf auf Jem zu. Seine Fäuste waren geballt. Schnell ging Lucie dazwischen.

»Du hast Alrik gefunden?«, fragte sie.

Jem runzelte die Stirn. »Ihr kanntet den Jungen?«

»Allerdings«, sagte Lucie. »Er wurde bei einem Angriff von der Mauer gestoßen. Was hast du mit ihm gemacht?«

»Ich habe ihn beerdigt.« Jem schüttelte betrübt den Kopf. »Ich konnte ihn ja schlecht den Wölfen überlassen. Deshalb hab ich ihn zu einer höher gelegenen Stelle gezogen und Steine über ihm aufgeschichtet. Allerdings habe ich vorher noch ein paar Dinge an mich genommen, die er nicht mehr brauchte. Ich hoffe, das war in Ordnung.«

Ragnar schwieg. Einen Moment lang wirkte sein Ausdruck verbittert, dann trat er auf Jem zu, nahm seine Hand und drückte sie. Lucie konnte ein paar Tränen in seinen Augen glitzern sehen.

»Danke«, sagte er. »Danke, dass du ihn bestattet hast. Und bitte verzeih meine Reaktion. Der Junge, den du da gefunden hast, war mein Schutzbefohlener. Es war meine Schuld, dass er ums Leben gekommen ist.«

»War es nicht«, flüsterte Zoe und legte ihre Hand auf Ragnars Schulter. Er ließ sie gewähren.

Ragnar sah Jem an. »Würdest du mir irgendwann sein Grab zeigen? Ich würde mich gerne noch selbst von ihm verabschieden und bei der Gelegenheit auch seinen Eltern die Stelle zeigen.«

»Aber natürlich.«

Ragnar versank einen Moment lang in Gedanken, dann schenkte er Jem ein grimmiges Lächeln. »Du hast einen verdammt harten Griff, weißt du das? Ich bin sicher, es wird Marek nicht gefallen, dass du wieder da bist. Er hält dich für tot.«

»Vielleicht lassen wir ihn noch ein Weilchen in diesem Glauben«, schlug Katta vor. »Zumindest so lange, bis wir wissen, wo er steht.«

»Absolut deiner Meinung«, sagte Arthur. »Dass Jem wieder da ist, dürfte eine Menge Fragen aufwerfen. Und es könnte zu ziemlichen Problemen führen.«

»Ich kann auch wieder verschwinden, wenn ihr wollt«, sagte Jem lächelnd.

»So ein Quatsch«, sagte Arthur grinsend. »Wir freuen uns alle, dass du noch lebst. Aber wahrscheinlich hast du schon mitbekommen, dass Menschen mit dunkler Hautfarbe hier wie Sklaven gehalten werden. Ganz schön heftig. Wenn man dich hier erwischt, könnte dir das eine Menge Schwierigkeiten einhandeln.«

Lucie griff nach Jems schmutziger Hand und hielt sie fest. Sie würde nicht zulassen, dass er wieder ging.

Arthur sah Leòd und Ragnar an. »Ohne euch zu nahe treten zu wollen, Freunde, aber euer geistiger Führer – dieser Nimrod – hat einen mächtigen Sprung in der Schüssel. Wenn er erfährt, dass Jem hier ist, könnte uns das zum Verhängnis werden.«

»Ich stimme dir zu«, sagte Leòd. »Ragnar ist Nimrod ein Dorn im Auge. Auf keinen Fall wird er abwarten, bis die Insignien des Vaters an den Sohn übergehen. Nimrod versucht schon seit geraumer Zeit, Einfluss auf Fürst Ansgar auszuüben, damit dieser die Verfassung ändert. Er würde nämlich selbst gerne die Herrschaft antreten. Noch steht ihm das Gesetz dabei im Weg, doch das kann sich schnell ändern.« Er senkte seine Stimme. »Aber solche Dinge spricht man besser nicht laut aus, wenn einem das eigene Leben lieb ist. Jedenfalls sollten wir Jem verstecken und zusehen, dass wir mit unserer Informationsbeschaffung weiterkommen. Wenn wir etwas wirklich Handfestes finden, könnte das die Macht des Goden vielleicht schwächen.«

Zoe streckte sich und gähnte. »Abgemacht. Allerdings wird uns das kaum gelingen, wenn wir morgen unausgeschlafen sind. Ich für meinen Teil gehe jetzt wieder ins Bett. War genug Aufregung für eine Nacht.«

»Finde ich auch«, sagte Katta und fuhr sich durch die Haare. »Ich brauche meinen Schönheitsschlaf. Wenn das so weitergeht, bekomme ich noch Falten unter den Augen.«

»Einverstanden«, sagte Jem. »Und ich werde zu Nisha und ihrer Familie zurückkehren. Ich habe mit ihnen vereinbart, dass ich mich melde, sobald ich mit euch gesprochen habe. Ich höre dann von euch, okay?«

Lucie hielt seine Hand. Sie wollte ihn nicht schon wieder gehen lassen sollte. Aber es musste sein. Die Gefahr, dass man ihn hier entdeckte, war einfach zu groß. Wenigstens wusste sie ja jetzt, dass er am Leben war und dass es ihm gut ging.

25

Lucie zählte vierhundertfünfzig Stufen. Wer zum Tempel hinaufwollte, musste eine gute Kondition besitzen. Abgesehen davon musste er schwindelfrei sein, denn die Treppe wand sich in einem sehr steilen Winkel nach oben. Lucie war weder das eine noch das andere, allerdings wurde sie mit einer Aussicht entschädigt, die mit jedem Absatz spektakulärer wurde.

Der Tempel lag am höchsten Punkt der Stadt, am Ende einer langen Flucht von Treppen. Leòd hatte ihnen gesagt, dass kein Weg daran vorbeiführte, wenn sie einen Blick in das Heilige Buch werfen wollten.

Von hier oben waren die Schäden an der Stadt deutlich zu erkennen. Lucie sah eingestürzte Dächer, beschädigte Mauern und verwüstete Gärten. Am schlimmsten hatte es den Tempelturm erwischt. Ein Großteil der grün lackierten Kacheln war heruntergestürzt und hatte das raue, unansehnliche Mauerwerk entblößt. Zwischen den Dachschindeln waren metergroße Löcher entstanden, durch die der Wind fegte.

»Ziemlich übel, findest du nicht?« Olivia kam hinter Lucie die Treppe emporgeschnauft. Ihre Kondition war tatsächlich noch schlechter. »Die Stadt, meine ich.«

»Allerdings«, erwiderte Lucie. »Allerdings scheint es hauptsächlich die reicheren Viertel erwischt zu haben. Die werden sich den Wiederaufbau schon leisten können.« Ihr Blick streifte Ragnar und Zoe, die sich ein gutes Stück unter ihnen befanden. Es war offensichtlich, dass sie alleine sein wollten.

Olivia bemerkte ihren Blick und grinste. »Meinst du, das wird was mit denen? Ich habe da so meine Zweifel. Sie sind doch sehr unterschiedlich.«

Lucie zuckte die Schultern. »Warum nicht? Zumindest können beide gut schießen. Außerdem scheinen sie sich zueinander hingezogen zu fühlen. Das ist doch schon mal was.«

»Du bist aber bescheiden.« Olivia grinste. »Was ist denn mit dir und Jem?«

Lucie zuckte zusammen. »Wieso, was soll mit uns sein?«

»Na komm schon. Sieht doch ein Blinder mit Krückstock, dass da etwas zwischen euch läuft. Brauchst es gar nicht zu leugnen.« Sie zwinkerte ihr zu.

Lucie seufzte. »Um ehrlich zu sein, ich weiß es nicht«, sagte sie. »Irgendwie ist das alles ziemlich kompliziert. Jedenfalls bin ich froh, dass er am Leben ist und dass es ihm gut geht. Ob sich da noch etwas entwickelt, wird sich zeigen.«

»Aber du hättest nichts dagegen, oder?«, hakte Olivia nach.

Ehe Lucie darauf antworten konnte, kam ihr Lèod dazwischen. Der Sohn des Archivars stand auf dem obersten Absatz und wirkte etwas genervt. Vermutlich, weil sie hier so langsam vorankamen.

»Na los, haltet durch«, rief er. »Nur noch eine Kehre, dann haben wir es geschafft.«

»Ich verstehe das nicht«, rief Olivia. »Warum habt ihr den Tempel so unerreichbar weit oben gebaut?«

»Wegen der Nähe zu den Göttern«, erwiderte Leòd. »Je höher der Tempel, desto kürzer der Weg zum Himmel. Ist das bei euch anders?«

»Nicht wenn man auf die oberste Domspitze gelangen will«, räumte Olivia ein. »Da war ich einmal, das hat mir schon gereicht. Aber um eine Kirche zu betreten, muss man bei uns nicht so viele Stufen emporsteigen. Vor allem, weil ja doch viele ältere und gebrechliche Menschen dabei sind.«

Leòd zuckte die Schultern. »Vor den Erfolg haben die Götter nun mal den Schweiß gesetzt. Eine solche Anstrengung kann durchaus eine spirituelle Erfahrung sein. Nimrod sagt immer, dass es den Geist aufnahmebereiter macht, wenn man sich vorher seiner eigenen Endlichkeit bewusst wird.«

»Euer Gode scheint zu allem einen schlauen Spruch zu haben«, sagte Olivia schnaufend. »Wenn es nach mir ginge, könntet ihr ruhig so etwas wie eine Seilbahn oder einen Aufzug erfinden.« »Der Haupttempel ist nur für die Stärksten bestimmt«, sagte Leòd. »Für die anderen gibt es unten in der Stadt einen kleineren. Wir haben aber eigentlich kaum alte Menschen. Und Behinderte gibt es im Prinzip überhaupt nicht. Manchmal ist einer verletzt, aber sonst ...«

»Was ist mit Menschen, die missgebildet auf die Welt kommen?«, fragte Lucie. »So etwas passiert doch auch hin und wieder mal. Was macht ihr mit denen?«

»Sie werden gleich nach der Geburt getötet. Die Hebammen erledigen das still und leise.« Leòd sagte das mit einer Selbstverständlichkeit, als würde er über das Wetter reden.

Lucie glaubte, ihren Ohren nicht zu trauen. *»Was?«*

»So lautet das Gesetz. Nur die Kräftigsten und Stärksten erreichen das erste Lebensjahr. Die anderen sterben. Und was die Alten betrifft: Kaum jemand wird hier älter als sechzig Jahre. Krankheiten, Kälte, die Anstrengung – es gibt viele Gründe, früh zu sterben.«

Lucie schüttelte den Kopf. »Es ist eine ziemlich harte Welt, in der du lebst, Leòd, Sohn von Erin. Ich weiß nicht, ob ich auf Dauer hierbleiben möchte.«

»Wir haben uns diese Welt nicht ausgesucht. Wir versuchen lediglich, unseren Platz darin zu finden und irgendwie zu überleben.« Er deutete nach vorne. »Kommt, wir sind da.«

Der Tempel war mehrere Stockwerke hoch und in den Felsen hineingehauen worden. Säulen, Dächer, Fenster, Götterstatuen – alles bestand aus dem massiven Felsgestein. Lucie hatte mit ihren Eltern mal Felsengräber in Jordanien besucht, die ähnlich aussahen. Einzig der Turm stand völlig frei. Zoe und Ragnar waren ebenfalls eingetroffen.

»Da wären wir«, sagte Leòd. »Ich hätte euch den Tempel gerne gezeigt, aber er darf nur zu Gebetszeiten betreten werden. Das Archiv ist dort drüben. Es ist rund um die Uhr frei zugänglich. Hier entlang.« Er steuerte auf eine kleine Tür zu, durch die ein schwacher Lichtschein fiel. Sie traten ein.

Stickige Luft schlug ihnen entgegen.

Lucie hielt sich dicht hinter Leòd und nutzte die Gelegenheit, sich ein bisschen umzusehen. Ein Duft von Weihrauch und Myrrhe umfing sie. Sie durchquerten einen niedrigen Gang und betraten eine Halle, die komplett aus dem Felsgestein herausgemeißelt worden war. An den Wänden sah sie Regale mit alten Folianten, während in Glasvitrinen die besonders wertvollen Stücke aufbewahrt zu werden schienen. Es gab Lesepulte, Tische und Stühle, auf denen aber niemand saß. Offenbar war es noch zu früh am Morgen.

Bei den meisten Büchern schien es sich um handschriftliche Kopien zu handeln. Lucie erkannte es daran, dass sie einzeln gebunden und mit schweren Metallbügeln gesichert waren. So etwas kannte sie eigentlich nur aus Museen.

Durch zwei schmale Fenster im oberen Drittel strömte sanftes Tageslicht herein. Die hinteren Bereiche des Raumes wurden durch Schalen erhellt, in denen kleine Ölfeuer brannten. Lucie kam sich vor wie in einem Mittelalterfilm. All das war so unwirklich, dass sie sich immer noch dabei ertappte, wie sie nach versteckten Kameras Ausschau hielt.

Leòd trat in die Mitte der Halle und erhob seine Stimme. »Vater, ich bin's. Ich habe ein paar Freunde mitgebracht. Wir würden gerne mit dir reden.«

Ein Klappern ertönte. Aus einem Nebenzimmer trat eine dunkel gekleidete Gestalt. Lucie hatte den Archivar einmal kurz während der Audienz gesehen. Er besaß eine Halbglatze, stechende Augen sowie eine Brille mit dicken Gläsern. Kein angenehmer Mann. Auch jetzt fiel die Begrüßung sehr frostig aus.

Erin sah sie über den Rand seiner Brille hinweg streng an und als er sprach, klang seine Stimme wie das Krächzen eines Raben.

»Du bringst deine neuen Freunde mit, hm? Ich dachte schon, du wärst vielleicht gekommen, um mir zur Hand zu gehen.«

»Wenn du möchtest, helfe ich dir nachher«, sagte Leòd. »Doch zuvor wollte ich dich um einen Gefallen bitten. Es ist wichtig.«

»Das bezweifele ich.« Erins Augen funkelten. »Aber gut, ich wollte ohnehin gerade eine kleine Pause einlegen. Ich muss meinen ermatteten Augen ein wenig Ruhe gönnen.« Der Vorwurf triefte aus jedem Wort. »Setzen wir uns dort drüben hin.« Er deutete auf eine Reihe kahler Holzstühle, die vor einem noch kahleren Tisch standen. »Leòd, sei so gut und bereite uns einen Tee zu. Du weißt ja, wo alles steht.«

Leòd nickte und verschwand dann durch eine kleine Tür auf der linken Seite. Erin nahm umständlich Platz und warf ihnen weiterhin argwöhnische Blicke zu. Lucie fühlte sich unwohl in ihrer Haut.

»So, ihr wolltet also mit mir sprechen. Was gibt es denn so Wichtiges, dass es nicht bis abends Zeit hätte?«

Ragnar räusperte sich. »Es ist uns eine große Ehre, dass Ihr Euch Zeit für uns nehmt, Meister Erin. Wir wissen, dass Ihr ein viel beschäftigter Mann seid, weswegen unser Dank an Euch umso größer ist.« Er neigte den Kopf. »Habt Ihr den Angriff gut überstanden? Ihr seht müde aus.«

»Wie könnte ich nicht müde sein, mein Junge? Ich habe die letzte Nacht kaum ein Auge zugetan. Zum Glück wurde außer dem Turm nichts beschädigt. So viel Arbeit und täglich wird es mehr. Ich bräuchte dringend ein paar junge Hände, die mir zur Hand gehen, aber heutzutage will jeder nur noch auf die Mauer oder in die Wildnis. Abenteuer, Gefahren, heldenhafte Erlebnisse – für Bücher und Wissen ist dies eine dunkle Zeit.

Nichts gegen dich, Ragnar, du bist ein tapferer Mann, aber von meinem Sohn hätte ich etwas mehr Begeisterung für unseren Berufsstand erhofft.«

»Leòd ist ein begeisterter Student«, verteidigte Ragnar seinen Freund. »Er lernt alles, was es zu lernen gibt, und …«

»Leòd verfolgt seine eigenen Interessen. Er ist kein Kind mehr. Ich kann ihm keine Befehle mehr erteilen. Seit er vierzehn geworden ist, entfernt er sich mehr und mehr von mir. Ich weiß nicht, was in dem Kopf dieses Jungen herumspukt. Vielleicht könntest du ihm etwas Verstand einbläuen. Er muss erkennen, dass er eine große Verantwortung trägt. Ich brauche ihn hier.«

»Ich werde mit ihm reden, Meister Erin. Versprochen.«

Lucie lauschte dem Gespräch mit gespanntem Interesse. Ihre eigene Welt und die der Zitadelle unterschied sich in so vielem. Und doch gab es Gemeinsamkeiten. Zum Beispiel das gespannte Verhältnis zwischen Vätern und Söhnen.

»Ja, tu das.« Um den Mund des Bibliothekars spielte ein kleines Lächeln. »Doch ich bin sicher, dass ihr nicht gekommen seid, um mit einem alten Mann Süßholz zu raspeln. Also, raus mit der Sprache. Was führt euch hierher?«

»Erkenntnis«, sagte Ragnar mit erhobenem Kopf. »Das Wissen der Götter.«

»Ah.« Erins Brauen wanderten nach oben. »Das ist gut, sehr gut. Dann seid ihr genau an der richtigen Stelle. Wer nichts aus der Vergangenheit lernt, für den wird die Zukunft auf ewig versperrt bleiben.«

Leòd kam mit dem Tee zurück. Er stellte Kanne und Becher

vor ihnen ab und begann, reihum einzuschenken. Lucie stieg der betörende Geruch von Lavendel in die Nase.

»Es geht um *das* Buch, Vater«, sagte er so beiläufig wie möglich. »Das *Heilige Buch.* Würdest du unseren Gästen gestatten, kurz mal einen Blick hineinzuwerfen?«

Erins Kopf zuckte empor. »Was soll ich?«

»Nur ganz kurz. Es muss ja auch niemand erfahren.«

Erin sah seinen Sohn an, als habe dieser den Verstand verloren. Lucie bemerkte eine dunkelrote Aura, die urplötzlich von ihm aufstieg. »Bist du von Sinnen? Du weißt doch, dass das unmöglich ist. Wie kannst du mich mit einer solchen Frage behelligen?«

»Aber ich dachte ...«

»In aller Deutlichkeit: nein! Du kennst die Gesetze. Es ist mir schleierhaft, wie du auf den Gedanken kommst, ich könnte einem solchen Ansinnen wohlwollend gegenüberstehen.« Kopfschüttelnd griff zur Tasse und trank einen Schluck.

»Bitte, Vater. Es gibt wichtige Gründe, warum wir dich aufsuchen. Ich dachte mir ...«

»Das Denken scheint nicht gerade deine Stärke zu sein«, unterbrach ihn der Archivar. »Manchmal muss ich mich doch sehr wundern. Habe ich da einen Trottel großgezogen? Niemand außer mir und Nimrod öffnet dieses Buch. Nicht mal Fürst Ansgar, obwohl er der Einzige ist, der in besonderen Fällen sogar die Befugnis dazu hätte. Aber er wäre viel zu höflich und respektvoll, um mich danach zu fragen. Anders als mein Sohn, dem scheinbar nichts mehr heilig ist.« Erin trank den Rest des Tees mit einem Schluck leer, knallte den Becher auf den Tisch und wandte sich an Lucie und ihre Freunde. »Es tut mir leid, wenn mein Sohn euch Hoffnungen gemacht hat. Das war dumm von ihm. Ihr habt den Weg umsonst angetreten.«

»Dürfen wir nicht wenigstens einmal hineinschauen?«, fragte Zoe. »Wir sind auch ganz vorsichtig.«

»Hast du mich nicht verstanden, junge Dame? *Ausgeschlossen.*«

»Und wenn Sie uns einfach sagen, was drinsteht? Wir interessieren uns für das Kapitel über die Zeitspringer. Wir haben gehört, das Buch enthalte einige Passagen, die etwas Licht in das Mysterium bringen könnten.«

»Die Zeitspringer?« Erin runzelte argwöhnisch die Stirn. »Warum wollt ihr das wissen?«

»Nun, wir ...«

»Leòd hat uns von eurer Geschichte erzählt«, fiel Lucie ihr ins Wort. Sie spürte, dass Zoe kurz davor stand, sich zu verplappern. »Er erzählte uns von den Vorfällen unten im Berg und warum ihr den finsteren Ort verlassen habt.«

»Da hat er euch mehr erzählt, als ihm zusteht. Dieses Thema ist nichts, worüber man mit Fremden sprechen sollte.« Erin schüttelte vorwurfsvoll den Kopf. »Mit solchen Geschichten schürst du nur den Zweifel und den Unfrieden, Leòd. Seit dieser dunklen Zeit sind dreihundert Jahre vergangen. Schlimme Dinge sind damals geschehen und wir haben unsere Lehre daraus gezogen. Der Glaube ist jetzt unsere neue Ordnung. Der Glaube an die Götter und die ewigen Wahrheiten des Heiligen Buchs. Und jetzt habe ich wirklich genug geredet. Das Thema ist beendet. Ich wünsche, an meine Arbeit zurückzukehren, und hoffe, dass ich diesen unangenehmen Besuch baldmöglichst vergessen kann.« Er stand auf und schlurfte mit wackeligen Schritten hinüber zu seinem Arbeitszimmer.

Lucie hatte den Eindruck, dass er in den letzten Minuten erheblich gealtert war. Oder war er betrunken? Er war doch vorhin nicht so wackelig gewesen. Irgendetwas stimmte nicht mit ihm. Sie sah, wie er zu einem der Tische wankte, auf einen Stuhl rutschte und sich an der Tischkante festhielt. Dann fiel sein Kopf vornüber.

26

Marek wischte seine Hände an der Hose ab. Sie waren feucht vor Anspannung und Nervosität. Dabei durfte er kein Zeichen von Schwäche zeigen. Er hatte eine folgenschwere Entscheidung getroffen und musste jetzt standhaft bleiben.

Jem war zurückgekehrt und das bedeutete Ärger. Seine Anwesenheit konnte sie alle in Schwierigkeiten bringen.

Marek hatte es erst nicht geglaubt, aber als er ihm gefolgt war und seinen Unterschlupf bei den Trow gesehen hatte, war ihm alles klar geworden. Ziemlich schlaues Kerlchen, dieser Jem. Dort fiel er nicht auf, schließlich sah er selbst aus wie einer von ihnen. Dieselbe Hautfarbe, dieselben schmutzigen Klamotten. Ja, er roch sogar wie ein Trow.

Marek war rein zufällig auf seine Spur gestoßen, als er beobachtet hatte, wie die Gruppe heimlich und mitten in der Nacht in Richtung der Quartiere des Archivars abgeschwirrt war. Neugierig war er ihnen gefolgt und Zeuge eines geheimen Treffens geworden, in dessen Verlauf Pläne geschmiedet wurden. Finstere Pläne. *Dumme Pläne.*

Er hatte es schon immer gewusst: Dieser Typ brachte nur Ärger. Kaum war er wieder aufgetaucht, liefen die Dinge aus dem Ruder. Seine Freunde waren kurz davor, etwas zu tun, was sie alle – ihn eingeschlossen – den Hals kosten konnte. Als Einziger von ihnen, der klarsah, konnte er nicht danebenstehen und tatenlos zusehen, wie Jem sie alle in ihr Unglück führte.

Die Tür ging auf. Ein Wachtposten erschien und sah ihn mürrisch an. »Du kannst jetzt reinkommen. Der Fürst und der Gode erwarten dich.«

Marek nahm seinen ganzen Mut zusammen, schluckte den Kloß in seinem Hals runter und trat ein.

Die Ratshalle war leer, sah man mal von Ansgar, Nimrod, sowie drei Mitgliedern der Leibwache ab. Es war ein Treffen unter Ausschluss der Öffentlichkeit, genau wie Marek es gewünscht hatte.

Als Nimrod ihn kommen sah, winkte er ihn herbei. Ansgar saß auf seinem Thron wie eine argwöhnische Krähe und starrte ihn unter gesenkten Augenbrauen an. »Du sagtest, du hättest uns etwas Wichtiges mitzuteilen? Ich hoffe, du verschwendest nicht unsere Zeit.« Er mochte Marek nicht besonders und er machte keinen Hehl daraus.

»Bestimmt nicht, mein Fürst.« Marek verbeugte sich.

»Warum hast du um diese Audienz gebeten?«

»Es geht um meine Freunde«, sagte Marek. »Ich glaube, sie stehen im Begriff, etwas sehr Dummes zu tun. Ich hielt es für das Beste, Euch darüber zu informieren, ehe noch größerer Schaden entsteht.«

Der Gode trat vor. Sein blindes Auge sah aus wie eine gekochte Zwiebel. »Schaden? Wovon sprichst du?«

Marek blickte zu den Wachen hinüber. Die Männer taten so, als blickten sie stur geradeaus, dabei waren ihre Ohren gespitzt wie die von Fledermäusen. Er senkte seine Stimme. »Ob es wohl möglich wäre, dass wir das unter sechs Augen besprechen? Ich möchte nicht …«

»Meine Leibgarde bleibt, wo sie ist«, sagte Ansgar. »Du magst dir zwar ein gewisses Vertrauen erschlichen haben, aber so weit, dass ich dir mein Leben anvertraue, sind wir noch nicht.«

Nimrod legte Marek eine Hand auf die Schulter. Er war jetzt so nah, dass Marek seinen Atem riechen konnte. »Ich denke, du wirst das verstehen. Du bist neu hier und obwohl du gute Ansätze erkennen lässt, bist du immer noch ein Fremder. Dein Verhalten wird zeigen, ob du dir das erforderliche Vertrauen erwerben kannst. Ich persönlich hege keinen Zweifel daran, aber du musst auch den Fürsten verstehen …«

»Das tue ich«, sagte Marek, dachte aber im Stillen, dass es vielleicht doch ein Fehler gewesen war herzukommen.

Nimrod, der seine Gedanken zu erahnen schien, sagte lächelnd: »Würdest du gerne eines Tages zum engeren Kreis gehören? Würdet du gerne meine rechte Hand werden?«

»Das würde ich«, sagte Marek. »Sehr gerne sogar.«

»Siehst du, Ansgar? Ein junger Mann mit großen Ambitionen. Ich habe es dir gesagt. Doch jetzt zur Sache. Was hast du uns zu berichten?«

Marek schluckte. »Ehe ich es Euch erzähle, möchte ich gerne, dass Ihr mir etwas versprecht. Ihr dürft meinen Freunden kein Haar krümmen. Von mir könnt Ihr sie eine Weile ins Gefängnis stecken, aber Ihr müsst ihr Leben verschonen. Kein Todesurteil.« Er wählte seine Worte mit Bedacht, allerdings fiel es ihm immer noch schwer, sich so geschwollen auszudrücken wie die Zitatellen-Bewohner. Doch wenn er etwas erreichen wollte, musste er sich zusammenreißen und das irgendwie hinkriegen. Seine Kumpels zu Hause hätten sich wahrscheinlich schlappgelacht, ihn so reden zu hören.

»Du machst es ja sehr spannend …«, meinte Nimrod.

»Es ist wichtig, dass darüber zwischen uns Einigkeit besteht …«

»Ein Verräter mit einem Gewissen«, sagte Ansgar mit grimmigem Lächeln. »Wann hat man so etwas schon gesehen?«

»Sind wir uns einig?«

»Das sind wir«, erwiderte Nimrod und wedelte mit der Hand. »Solange bisher kein Mensch zu Schaden gekommen ist, dürfte das kein Problem sein.«

»In Ordnung.« Marek senkte seine Stimme. »Ich wurde heute in aller Frühe Zeuge eines Gespräches zwischen meinen Freunden Arthur, Katta und Paul.«

»Der fette Junge? Ist der nicht im Haus der Heilung?«

»Nicht mehr. Die anderen haben ihn abgeholt. Sie brachten ihn in die Räumlichkeiten des Archivars. Da sie sehr langsam gingen, hatte ich Zeit genug, ihnen unauffällig zu folgen und das Gespräch zu belauschen. Sie sprachen über einen speziellen Gegenstand. Ich konnte nicht verstehen, ob sie ihn tatsächlich stehlen wollten oder ob es nur darum ging, ihn sich anschauen. Jedenfalls wollten sie ihn von seinem angestammten Platz entfernen und darin lesen.«

»Bei den Göttern!« Nimrod kniff sein gesundes Auge zusammen. »Du redest von dem Heiligen Buch, oder?«

Marek senkte den Blick und biss sich auf die Unterlippe. Jetzt war es raus.

Der Gode war sprachlos. »Das ist ja ... Wer ist daran beteiligt?«

»Meine Freunde Arthur, Paul, Zoe, Katta, Olivia und Lucie. Außerdem noch der Sohn des Bibliothekars ... und Ragnar.«

Dass Jem ebenfalls zu der Verschwörung gehörte, verschwieg Marek bewusst. Er wollte sich diesen Teil für später aufheben.

Ansgar sah in ungläubig an. »Du behauptest, mein Sohn wäre in dieses Komplott verwickelt? Das ist eine ungeheuerliche Anschuldigung. Er wäre niemals so dumm, das Heilige Buch zu entwenden. Jeder hier in der Stadt kennt die Strafe, die darauf steht.«

»Ich kann nur wiederholen, was ich gehört habe«, sagte Marek. »Und ich weiß, dass sie in diesem Moment dorthin unterwegs sind.«

»Ich verstehe das nicht«, polterte der Fürst. »Ein derartiger Versuch ist doch von vornherein zum Scheitern verurteilt. Das Buch ist gut verwahrt. Erin hütet den Schlüssel. Er lässt ihn keine Sekunde aus den Augen. Warum sollten deine Freunde so etwas Dummes wagen?«

»Ich weiß es nicht. Es ging ihnen, glaube ich, um eine Information, die dort zu finden ist. Ich konnte nicht verstehen, was sie meinen, deswegen bin ich gleich zu Euch gekommen.«

»Rätselhaft«, murmelte Nimrod. »Das ergibt doch überhaupt keinen Sinn ...«

»Sei's drum, wir müssen der Sache nachgehen. Sollte es stimmen, was dieser junge Mann behauptet, machen sie sich eines schweren Verbrechens schuldig.« Ansgar richtete sich auf. »Männer, alarmiert die Stadtwache. Ich will, dass eine Gruppe bewaffneter Krieger hinauf zum Tempelberg geht und die Aussage überprüft. Nehmt jeden gefangen, der sich dort unrechtmäßig aufhält. Und beeilt euch. Jede Minute ist kostbar. Ich kann nur hoffen, dass du dich verhört hast.«

»Das hoffe ich auch«, sagte Nimrod und warf Marek dabei einen schwer zu deutenden Blick zu. »Um euer aller Willen hoffe ich das auch.«

27

Ohne großes Interesse verfolgte Katta, wie Arthur und Paul ihren Laptop hochfuhren. Sie war hiergeblieben, weil sie nicht die geringste Lust verspürt hatte, sich den ganzen Weg hinauf zum Tempel zu quälen. Wenn sie unterwegs wenigstens mit Zoe hätte quatschen können, wäre es sogar gegangen. Aber die hatte ja nur Augen für Ragnar und da hätte sich Katta nur wie das fünfte Rad am Wagen gefühlt. Dann schon lieber mit den beiden Nerds abhängen und ihnen bei der Arbeit zuschauen.

Wobei – so besonders prickelnd war das auch nicht. Viel Technikgequatsche, das sie nicht verstand.

»Was ist denn nun?«, fragte sie. »Funktioniert das Teil jetzt oder nicht?«

»Abwarten.« Arthur beobachtete gebannt, wie der Rechner ein paar Fehlermeldungen ausspuckte. Doch nachdem er einige Einstellungen verändert und ihn neu gestartet hatte, funktionierte es besser.

»Ha, jetzt läuft's«, rief er. »Endlich komme ich wieder an meine Daten.« Er hämmerte ein paar Befehle in die Tastatur. Immer neue Seiten sprangen auf. Datenpaket für Datenpaket wurde entschlüsselt und aufbereitet. Es war, als würde man der Errichtung eines Gebäudes im Zeitraffer zuschauen.

»Ich glaube, hier ist etwas«, stieß Arthur aufgeregt aus. »Der

Beweis, wer oder was die Squids ursprünglich waren und wo sie herkamen. Seht ihr, hier steht es schwarz auf weiß.«

Katta nahm sich einen Stuhl und rückte näher. »Was für ein Beweis?«

»Dass die Squids *nicht* am Untergang der Menschheit schuld waren. Dies hier sind verschlüsselte Aufzeichnungen des Ministeriums für Forschung und Technik. Hier liefen damals sämtliche Forschungsergebnisse zusammen.« Er öffnete eine Weltkarte, auf der die veränderten Küstenregionen gut zu erkennen waren. Es war wirklich erstaunlich, wie sehr sie sich von denen unterschieden, die Katta noch in Erinnerung hatte. Es hätte genauso gut ein anderer Planet sein können. Nichts stimmte mehr überein.

»Die Squids tauchen in der Geschichtsschreibung erst relativ spät auf«, fuhr Arthur fort. »Zu dieser Zeit war das Wetter bereits warm und feucht. In den neu entstandenen Flachwasserzonen vermehrten sich die Kopffüßer prächtig. Sie drangen offenbar vom Meer aus in die Sümpfe und Küstenregionen ein und eroberten von dort aus systematisch das Land. Und zwar in ungeheuer kurzer Zeit …«

»Und die Menschen konnten das nicht verhindern?«, fragte Paul.

Arthur schüttelte den Kopf. »Die Menschheit war zu diesem Zeitpunkt bereits stark dezimiert. Viren und Krankheiten hatten ihnen mächtig zugesetzt. Am schlimmsten aber war die Kinderlosigkeit. Große Teile der Städte waren bereits geräumt worden und lagen brach. Den Squids gefielen die überwucherten Behausungen und sie zogen dort ein. Die Stockwerke und

Wohnungen erinnerten sie wohl an die Meereshöhlen, in denen sie bis vor Kurzem noch gelebt hatten.«

Paul nickte. »Kraken und andere Kopffüßer gelten ja als Superhirne auf acht Beinen. Ihr Lernverhalten ist enorm. Abgesehen davon sind sie völlig friedlich.«

»Zumindest bis man sie angreift. Dann setzen sie sich natürlich zur Wehr.«

»Was genau ist denn geschehen?«, fragte Katta, die das Thema plötzlich doch sehr faszinierte. Kraken, die das Land eroberten – das musste man sich mal vorstellen.

»Die Sache fing an, unschön zu werden«, sagte Arthur. »Die letzten Überlebenden sahen in ihnen eine Bedrohung. Warum auch immer.«

»Das wiederum finde ich ziemlich einfach zu erklären«, sagte Paul. »Sie sehen unheimlich aus, sie benehmen sich unheimlich und haben unheimliche Eigenschaften. Denk nur an ihren Tarnmodus.«

Katta ging näher heran. Auf einem der Fotos war eine oktopusartige Kreatur, neben der ein menschlicher Umriss als Maßstab abgebildet war. Das Vieh musste mindestens drei Meter groß sein. Obendrein sah es anders aus als jeder Oktopus, den sie bisher in Tierfilmen und Dokumentationen gesehen hatte. Nicht so weich und schleimig wie seine Brüder aus dem Meer. Stattdessen besaß er einen kräftigen Schuppenpanzer, der ihn wie einen mittelalterlichen Ritter aussehen ließ. Sie schauderte.

»Schaut euch das an«, sagte sie. »Irre, oder?«

»Vielleicht als Schutz gegen die Austrocknung«, sagte Arthur. »An den Enden seiner Arme hat er Haken, mit denen er sich selbst an senkrechten Wänden hochziehen kann, seht ihr?«

Katta schluckte. Bei dieser Kreatur wusste man ja nicht mal, wo vorne und wo hinten war.

»Hier steht, dass die Überlebenden die Squids mit allem bekämpft haben, was ihnen noch geblieben ist – vor allem mit Feuer«, fuhr Arthur fort. »Man fing an, sie systematisch auszuräuchern, weil man in ihnen den Urheber allen Übels sah.«

»Was aber gar nicht stimmte, oder?«

»Ganz und gar nicht«, erwiderte Arthur. »Hier steht, dass sich die Squids anfangs vollkommen friedlich verhielten. Aber die Menschen fingen an, in ihnen einen Feind zu sehen, und machten unbarmherzig Jagd auf sie.«

»Und dann schlugen sie zurück«, sagte Paul düster.

»Du sagst es.« Arthur tippte auf das Display. »Dies hier sind die letzten überlieferten Aufzeichnungen der Datenbank aus Denver. Leider sind sie ziemlich lückenhaft. Aber es zeigt, wie die Squids erbarmungslos verfolgt und getötet wurden. Zuerst traten sie den Rückzug an, doch dann setzten sie sich zur Wehr. Und zwar, als sie anfingen, mit anderen Spezies zu kommunizieren.«

»Wie?«, fragte Katta.

»Keine Ahnung. Aber hier steht, dass sie richtige Kommunikationsgenies sind. Sie reagieren offenbar äußerst empathisch auf andere Lebensformen.«

Katta verstand nicht ganz, was er damit meinte. »Willst du damit sagen, dass sie Gedanken und Gefühle lesen können?«

»Genau das. Vielleicht sogar noch mehr.«

»Noch mehr?«

Er nickte. »Ich bin mir nicht ganz sicher, aber hier steht, dass sie wohl auch die Gedanken anderer Lebewesen manipulieren können.«

»Wie, *manipulieren?«,* fragte Paul. »Redest du etwa von Telepathie?«

»Möglich, ja.« Arthur hatte seinen Blick auf den Monitor geheftet. Das Display spiegelte sich in seinen Brillengläsern. »In der Evolutionsforschung existiert schon lange die Theorie, dass eines Tages Lebensformen auf unserer Erde erscheinen könnten, die sich nur noch mittels Gedanken verständigen werden. Es ist eine Frage der Gehirnkapazität und der Größe des neuronalen Netzwerks. Wenn die Intelligenz eine bestimmte Schwelle überschreitet, ist die Telepathie keine reine Theorie mehr. Scheint, als hätten die Squids diesen Sprung geschafft.«

Paul wiegte den Kopf. »Was ich aber nicht verstehe: Die Größe eines Kopffüßergehirns entspricht doch in etwa dem von Wirbeltieren. Wie konnten sie dann so klug werden?«

»Das kann ich dir sagen«, erläuterte Arthur. »Ich habe erst kürzlich etwas darüber gelesen. Nach Schätzung der Wissenschaftler enthält das Gehirn dreihundert Millionen Neuronen. Die Arme des Kraken aber enthalten zusätzliche einhundertsiebzig Millionen Nervenknoten. Das liegt daran, dass ihre Arme eigenständig bewegt werden können.«

»Ihre Arme können denken?« Katta verzog angewidert das Gesicht.

»Na ja, nicht unbedingt denken, aber doch reagieren. Vergiss nicht, wir haben es hier nicht mit normalen Kraken zu tun. Die Squids sind Superkraken, die mit ihren Armen andere Lebewesen manipulieren können. Siehst du, hier steht's.« Er deutete auf das Display. »Sie können Tieren Befehle erteilen und sind offenbar sogar in der Lage, Pflanzen zu beeinflussen. Die Forschung zu dem Thema geriet allerdings ins Stocken, weil nichts mehr funktionierte. Ohne Strom kannst du keine Computer in Gang halten.«

»Oh Mann.« Katta knabberte an ihrer Unterlippe.

»Das Ende kam dann ziemlich schnell«, las Arthur weiter vor. »Die Squids drangen in die Städte ein, töteten die wenigen noch verbliebenen Menschen und teilten das neu eroberte Land unter sich auf. Sie waren die neuen Herren der Welt. Und das binnen eines Zeitraums von nicht mal einhundert Jahren.«

»Unfassbar«, sagte Katta. Sie fühlte sich wie elektrisch aufgeladen. Als hätte sie drei Tassen Kaffee getrunken. »Glaubst du wirklich, dass sie …?«

Bumm. Bumm. Bumm.

Von der Tür war schweres Hämmern zu hören.

»Im Namen von Jarl Ansgar aufmachen!«

Paul, Arthur und Katta sahen einander erschrocken an.

»Aufmachen, habe ich gesagt!«

Arthur presste den Zeigefinger an seine Lippen. Er klappte den Laptop zusammen und sprang auf. »Kommt«, zischte er und deutete in den Nebenraum. »Weg hier.«

Paul hinkte, so schnell er konnte, hinter ihm her. Katta folgte ihm.

Bumm. Bumm. Bumm.

»Zum letzten Mal. Aufmachen oder wir brechen die Tür auf.«

»Hier rüber, schnell.«

Arthur hatte einen verborgenen Winkel hinter einem der Bücherregale ausfindig gemacht und wedelte hektisch mit der Hand. Paul war schon verschwunden.

Katta hatte gerade den Rücken krumm gemacht und war in die Dunkelheit abgetaucht, als ein furchtbares Krachen und Splittern ertönte. Schwere Stiefel stampften über den Holzboden.

»Hallo, ist hier jemand?« Die Stimme klang rau und hart.

Katta sah die angstgeweiteten Augen der beiden Jungs in der Dunkelheit schimmern.

»Scheint niemand da zu sein, Kommandant«, sagte eine andere Stimme. »Nimrod meinte, sie wären alle oben im Tempel.«

»Ich weiß, was er gesagt hat. Trotzdem müssen wir nachsehen. Los jetzt, ausschwärmen!«

Katta duckte sich. Plötzlich spürte sie etwas Weiches, Warmes an ihren Beinen. Zuerst zuckte sie zurück, doch dann wurde ihr klar, dass das Loki war. Er war so schwarz, dass er praktisch unsichtbar war.

»Na, du kleines Monster«, flüsterte sie. »Willst wohl auch nicht entdeckt werden, oder?«

Loki wandte ihr den Kopf zu und sah sie an. Seine Augen leuchteten wie glühende Kohlen. In ihnen lag keine Freundlichkeit. Und dann – auf einmal – fing der Kater an, lautstark und durchdringend zu miauen.

28

Besorgt beobachtete Lucie, wie der Bibliothekar sich zu seinem Arbeitstisch schleppte, auf seinen Stuhl sackte und vornüberkippte. Ein tiefes Schnarchen drang aus seiner Kehle.

»Was ist denn mit deinem Vater los, geht es ihm nicht gut?« Sie begriff nicht, was hier los war.

Leòd ging zu seinem Vater, entfernte dessen Halskette, an der ein kleiner, kompliziert aussehender Schlüssel baumelte, und nahm sie an sich. »Dem geht's bestens. Er hält nur ein kleines Nickerchen.«

»Was ist mit ihm? Eben war er doch noch hellwach.«

Leòd zuckte die Schultern. »Ein bisschen Laudanum, ein bisschen Zucker, das war's. Er war ohnehin schon müde, das konnte ich sehen. Ich habe geahnt, dass er euch die Hilfe verweigern würde.«

Sie hob ihre Brauen. »Du hast deinen eigenen Vater betäubt? Bist du verrückt geworden?«

»Was sollte ich denn machen? Ich habe versprochen, euch das Buch zu zeigen, und ich halte mein Versprechen. Mit etwas Glück wird er es nicht mal merken. Vorwärts jetzt, wir müssen uns beeilen. Der Schrein, in dem das Werk aufbewahrt wird, befindet sich im hinteren Teil der Bibliothek. Kommt. Aber bitte erschreckt nicht. Der Anblick ist nichts für schwache Nerven.«

Sie betraten den hinteren Teil der Kammer.

In der Gewölbedecke über ihnen befand sich eine kreisrunde Öffnung, durch die fahles Tageslicht fiel. Im Schein der hereinströmenden Helligkeit sah Lucie einen riesigen Bergkristall, in dem sich ein einzelnes Buch befand. Es ruhte auf einem Sockel aus Totenschädeln, in deren leeren Augenhöhlen gähnende Finsternis herrschte.

Der Bergkristall selbst war ausgehöhlt, sodass er seinen wertvollen Inhalt wie einen Tresor beschützte. Von seinen zahlreichen Flächen wurde das Licht spiegelartig in alle Richtungen geworfen, wodurch Szenen aus der Mythologie der Menschheit an den Wänden sichtbar wurden.

Lucie musste kurz warten, bis sich ihre Augen an die schlechten Lichtverhältnisse gewöhnt hatten. Dann erschienen erste Details. Sie trat näher. Ein Schauer kroch wie Spinnenbeine über ihren Rücken. Was sie da sah, wirkte ziemlich albtraumhaft. Vielarmige Monstrositäten, die alles zerstörten, was nicht niet- und nagelfest war. Autos, Gebäude, ganze Städte. Menschen rannten panisch schreiend zwischen den Tentakeln herum, wurden gepackt, in die Luft geworfen, zerrissen oder zertrampelt. Sie hatten gegen diese Ausgeburten der Hölle keine Chance.

Es waren grausame Szenen, die an Details nichts zu wünschen übrig ließen. Aber ob das alles wirklich so stimmte? Die Bilder kamen ihr doch ein bisschen übertrieben vor. Schauernd ging Lucie weiter.

Sie blieb bei einer Darstellung stehen, auf der ein leuchtender Komet zu sehen war, der wie ein Hammer zur Erde niederfuhr. *Thor,* schoss es ihr durch den Kopf. Der Komet, mit dem alles anfing. Inzwischen war dieser dämliche Schneeball also zur Grundlage einer ganzen Religion geworden. Hätte er sich wahrscheinlich auch nicht träumen lassen.

Ein anderes Bild zeigte die Zitadelle, die wie ein Leuchtfeuer aus der dunklen Welt herausragte. Fehlte nur noch, dass Allvater Odin seine schützende Hand darüber ausbreitete.

»Verrückt, oder?« Olivia hatte sich zu Lucie gesellt und betrachtete ebenfalls die Bilder. »Sieht aus, als wären die alten Götter auf die Erde herabgestiegen. Als hätten sie das Ende der Menschheit eingeläutet.«

»So ein Unsinn«, sagte Lucie. »Aber gruselig sind die Bilder schon. Ich bin allerdings auch ein ziemlicher Schisser. Ich finde es schon unheimlich, wenn ich nur ein Glas Marmelade aus dem Keller holen muss.«

»Ich find's cool.« Olivia bekam beim Betrachten der Abbildungen glänzende Augen. Ihr schienen diese Bilder wirklich zu gefallen. »Ich frage mich, ob es unter den Squids wirklich so große Exemplare gibt. Schau dir mal den hier an. Der muss doch fünf Meter groß sein. Riesenkalmare wären die einzigen, die solche Dimensionen erreichen, aber ich wage zu bezweifeln, dass sie in der Lage sind, das Wasser zu verlassen.«

»Wer weiß«, sagte Lucie nachdenklich. »Der Evolutionsschub war doch ziemlich heftig. Aber wer sagt denn, dass diese Darstellungen der Wahrheit entsprechen?«

»Meinst du nicht?«

»Sieh dir doch mal die Zerstörung auf den Bildern an. Autos platt gewalzt, Häuser halb niedergerissen. Hast du davon etwas mitbekommen? Wir waren doch in Denver und da haben wir uns noch darüber gewundert, dass alles so intakt war.«

»Stimmt allerdings ...«

Sie gingen ein Stück weiter und betrachteten die anderen Bilder. An manchen Stellen war Lucie dankbar für die Dunkelheit. Auf einmal hörten sie Leòds Stimme.

»Kommt ihr mal bitte? Ich könnte hier etwas Hilfe gebrauchen.«

Leòd stand drüben beim Kristall und versuchte, ihn zu öffnen. Er hatte bereits das Schloss geöffnet und die beiden Haltebügel gelöst, die den vorderen Teil des Kristalls festhielten. Das Material war massiv und ziemlich schwer. Lucie fasste mit an und gemeinsam gelang es ihnen, das schwere Stück zur Seite zu legen. Beschädigen wollten sie hier schließlich nichts.

Vor ihnen lag das Heilige Buch aufgeschlagen auf dem Schädelsockel. Das Papier wirkte brüchig und überaus empfindlich. Es war alt, schien aber nicht aus der Zeit vor der Katastrophe zu stammen. Lucie erinnerte sich, dass Leòd von einer Kopie gesprochen hatte. Das Original war wohl schon vor vielen Jahrhunderten zerstört worden. Es schien sich um Pergament – also getrocknete Tierhaut – zu handeln. Die Buchstaben sorgfältig mit einer Feder geschrieben und die Seiten mit Bildern verziert. Gebunden war es in dunkles Leder, das von zwei starken Eisenbändern gehalten wurde.

Leòd wuchtete es aus dem Schrein, hob es an und brachte es mit einiger Anstrengung hinüber zu einem massiven Eichenholztisch. Dort legte er es ab, zog Stoffhandschuhe über und schlug vorsichtig die Seiten auf. Alle beugten sich vor.

Der Autor war ein gewisser Howard Malcolm Phillips und der Titel lautete: *Das Auge der Götter.*

Leòd hatte gerade damit begonnen, die Seiten umzublättern, als er von Olivia aufgehalten wurde. Sie sah aus, als hätte sie ein Gespenst gesehen. »Warte mal kurz«, sagte sie. »Bitte blätter noch mal zurück. Den Titel. Ich will den Titel sehen. Lass mich mal …«

Sie nahm Leòd die Handschuhe ab und drängte ihn zur Seite. Er war viel zu erstaunt, um zu protestieren. Vorsichtig blätterte sie zum Anfang. In der Art, wie behutsam sie dabei vorging, erkannte Lucie, dass Olivia nicht das erste Mal ein so wertvolles Buch in den Händen hielt. Vielleicht besaßen ihre Eltern ja ebenfalls eine Bibliothek.

»Das Auge der Götter«, murmelte Olivia.

»Was ist denn los?«, fragte Lucie. »Du sagst das fast so, als hättest du davon schon mal gehört.«

»Ich glaube, das habe ich auch«, erwiderte Olivia. »Ist allerdings schon Ewigkeiten her. Ein Klassiker der Fantasyliteratur. Es handelt von einem mysteriösen Leuchten in den Tiefen des Meeres und von einer Zitadelle hoch in den Wolken, in die sich die letzten Vertreter eines erlauchten Volkes zurückgezogen haben.« Sie überflog die Kapitel. »Doch, es stimmt, ich habe mich nicht geirrt. Ich habe es nur nicht sofort erkannt, weil dies hier keine Originalausgabe, sondern eine Abschrift ist. Der Roman basiert auf der Edda, der skandinavischen Götter- und Heldensage. Hier, seht euch die Kapitelnamen an: *Yggdrasil, Hvergelmir* und *Surtr, Sleipnir, Hel* und *Nidhöggr* – alles dabei.« Sie blätterte weiter.

»Mein Vater hat diese Abschrift angefertigt, als er noch sehr jung war«, sagte Leòd. »Auf Wunsch von Nimrods Vater wurden weitere Kapitel eingefügt. Zum Beispiel ein Kapitel über unsere Flucht aus den Tiefen des Berges sowie die Abschnitte über die Zeitspringer.«

Olivia hob eine Braue. »Ihr habt einfach neue Kapitel in ein bereits existierendes Werk eingefügt?«

»Ja. Na und?«

»Ziemlich ungewöhnlich. Andererseits meine ich mich zu erinnern, dass es bei der Bibel und dem Koran genauso gemacht wurde. Egal, erzähl weiter.«

»Na ja, wie du schon sagtest, es gibt viele Übereinstimmungen«, sagte Leòd. »Der Fall von Thors Hammer, Ragnarök, der Untergang der Menschheit, die Brut der Midgardschlange, die Zitadelle – es stand alles bereits drin. Wir haben nur hier und da ein wenig ergänzt.«

»Und dass das nur Zufall sein könnte, ist euch nicht in den Sinn gekommen?«

»Zufälle? Nein.«

Olivia lächelte wissend, ging aber nicht näher darauf ein. Vorsichtig blätterte sie weiter. »Was ist aus dem Original geworden?«

»Zerstört«, sagte Leòd. »Vermutlich beim großen Brand in den unteren Gewölben. Es hatte dort jahrelang unbeachtet herumgestanden, bis irgendjemand sich daran erinnerte, es hervorholte und die Übereinstimmungen feststellte. Na ja, den Rest kennt ihr ja.«

Lucie wippte ungeduldig mit der Fußspitze. »Leute, ich will

ja nicht nerven, aber sollten wir nicht langsam mal nach dem Kapitel mit den Zeitspringern suchen? Deswegen sind wir doch hier, oder?«

Olivia nickte. »Du hast recht. Je eher wir hier wieder raus sind, desto besser.« Sie zog die Handschuhe stramm. »Ich habe vorhin im Kapitelverzeichnis einen Hinweis gefunden. Wartet mal, ich glaube, hier ist es.« Sie schlug die entsprechende Seite auf und drehte das Buch so, dass alle einen guten Blick darauf hatten.

Lucie zog die Stirn in Falten. Irgendwie hatte sie mit einer kunstvoll ausgeschmückten, mittelalterlichen Handschrift gerechnet, doch was sie sah, war eine technische Karte sowie eine Menge schematischer Zeichnungen. Die Schrift wirkte wie mit dem Computer geschrieben und war nicht einfach zu entziffern. Ein Begriff stand dort zu lesen: *Los Alamos National Laboratory.*

Verwundert hob sie den Kopf. »Ein Kernforschungszentrum? Ich verstehe nicht ganz ...«

»Das *Manhattan-Projekt.«*

»Das *was?«*

Olivia sah sie ernst an. »Robert Oppenheimer. Los Alamos. Die Entwicklung der Atombombe.«

Lucie hielt den Atem an. *Aber natürlich.* Wieso war ihr das nicht gleich eingefallen? Sie hatten doch erst kürzlich das Buch im Deutschunterricht gelesen. *In der Sache J. Robert Oppenheimer* von Heinar Kipphardt. Über den deutsch-jüdischen Physiker, der als Erfinder der Atombombe galt. Die beiden Bomben, die Ende des Zweiten Weltkriegs auf die japanischen Städte

Hiroshima und Nagasaki fielen, wurden von ihm entwickelt. *In Los Alamos.*

Aber wieso fand sich eine Beschreibung dieses Ortes in einem Buch über nordische Göttersagen?

»Etwa dreitausend Menschen forschten damals daran«, murmelte Olivia, die bereits damit begonnen hatte, die eingeklebten Artikel zu überfliegen. »Es war die tödlichste Waffe, die die Welt je gesehen hatte.«

»Die Seiten sehen ziemlich alt und verwittert aus«, stellte Lucie fest. »Älter jedenfalls als der Rest. Täusche ich mich oder wurde da was eingeklebt?«

»Nein, das stimmt«, sagte Leòd. »Die Bilder stammen noch aus den alten Dokumenten, die unten in den Katakomben aufbewahrt wurden. Da sie zu schwierig zu kopieren waren, wurden sie kurzerhand eingefügt. Mein Vater hat sie mir vor langer Zeit gezeigt, ich konnte mir allerdings nie einen Reim darauf machen. Habt ihr eine Ahnung, worum es dabei geht?«

»Vielleicht«, sagte Olivia vorsichtig. »Was ihr hier seht, sind Darstellungen von Versuchseinrichtungen. Von Reaktoren, Teilchenbeschleunigern und vielem mehr. Man errichtete sie absichtlich in einer so menschenleeren Gegend, weil die Forschungen hochgradig gefährlich waren. Viele Menschen kamen im Zuge dieser Forschungen ums Leben, weil sie nicht ausreichend gegen die starke radioaktive Strahlung geschützt waren. Damals wurden in dieser Gegend auch erste Atombombentests gemacht. Los Alamos liegt im Süden, im damaligen New Mexico. Dort ist es viel heißer und trockener als hier.«

»Eine Wüste«, flüsterte Lucie und sah die anderen aufgeregt

an. »Das Land des Feuers – Muspelheim!« Ihr Herzschlag beschleunigte sich, denn langsam passten alle Teile dieses Puzzles zusammen.

»Seht mal, hier steht etwas darüber.« Olivia deutete auf eine Textstelle weiter unten. *»Und so zogen sie fort nach Süden, hin zu dem Ort, an dem die Zeit keine Rolle spielt, wo heute morgen und morgen gestern ist. Wo die Sonne die Erde zum Leuchten bringt, wo Hitze das Leben auslöscht und Licht zu ewiger Erkenntnis führt.«*

»Klingt ganz nach einem Ort, der für die Zeitspringer interessant gewesen sein könnte«, sagte Lucie. »Der Text sagt, sie suchten nach Erkenntnis.«

»Erkenntnis worüber?«, fragte Zoe. »Da unten gibt es doch nichts außer Hitze, Sonne und verstrahlter Erde.«

»Wartet mal«, sagte Olivia und blätterte ein paar Seiten zurück. »Hier war doch irgendwo von einem Atomreaktor die Rede, einem Kernforschungszentrum. Ah, genau, hier.« Sie tippte auf einen Zeitungsausschnitt. »Hier steht's: *Los Alamos beherbergte eines der größten Institute für theoretische Forschung auf der Welt und hatte zu seiner Blütezeit mehr als sechstausend Mitarbeiter. Die Einrichtung liegt abgelegen auf einem Hochplateau, etwa sechzig Kilometer nordwestlich von Sante Fe. Im Jahre 2008 wurde dort der weltbeste Supercomputer in Betrieb genommen, der IBM Roadrunner. Kurz darauf erzeugte eine Forschergruppe das stärkste stabile Magnetfeld mit einer Flussdichte von 92,5 Tesla.«* Sie pfiff durch die Zähne. *»Zweiunddreißig Jahre später gelang dort die Erzeugung des ersten Gravitons.«*

»Graviton, was ist denn das schon wieder?« Lucie verstand mal wieder nur Bahnhof.

»Aus dem lateinischen *Gravitas* für Schwere«, murmelte Olivia. »Die Gravitation ist eine der Grundkräfte der Physik und beruht darauf, dass Massen sich anziehen. Warum sie das tun, war lange nicht klar. Massen sind ja weder magnetisch noch elektrisch geladen. Im Jahre 2013 aber konnte man das Higgs-Boson nachweisen, das sogenannte *Gottesteilchen*. Dieses Teilchen ist es, das aller Materie Masse verleiht. Von hier bis zur Entdeckung des Gravitons war es nur noch ein kleiner Schritt. Gravitonen breiten sich wie Licht wellenförmig aus und sind die einzigen Teilchen, die das Raum-Zeit-Gefüge durchdringen können. In größerer Menge sind sogar temporale Verschiebungen möglich. Aber wie gesagt: nur auf dem Papier.«

»Temporale Verschiebungen.« Lucie war auf einmal sehr hellhörig geworden. »Sprichst du etwa von Zeitreisen?«

»Zuerst mal spreche ich nur von theoretischer Physik«, erwiderte Olivia. »Es ist schon ein Unterschied, ob du ein subatomares Teilchen durch die Zeit schickst oder einen Menschen.«

»Trotzdem.« Lucie bekam feuchte Hände. Temporale Verschiebungen – Zeitreisen? Sie waren hier einer ganz heißen Sache auf der Spur. Ob das der Grund gewesen war, warum es die Zeitspringer zu diesem entlegenen Ort gezogen hatte? Glaubten sie, dort eine Quelle für Gravitonen zu finden, die sie zurück in ihre Zeit bringen würden?

Das Mosaik fing an, sich wie von selbst zusammenzusetzen. Es war mehr als nur eine vage Theorie, es war Hoffnung. Zum ersten Mal, seit sie den Flughafen verlassen hatten, spürte Lucie, dass es voranging.

»Süden«, murmelte sie. »Knapp fünfhundert Kilometer. Nicht gerade wenig. Und dann noch durch feindliches Gebiet.«

»Du vergisst, dass wir den Bus haben«, sagte Olivia. »Wir könnten ihn stehlen und dann …« Sie brach ab.

Von nebenan aus dem Archiv waren plötzlich Geräusche zu hören. Schatten huschten über die Wände. Ein Windzug ließ die Kerzen flackern. Es wurde geflüstert, schwere Stiefel polterten über den Boden, dann riss jemand den Türvorhang zur Seite.

Nimrod. Sein Gesicht war rot vor Zorn. Hinter ihm stand eine Abordnung seiner besten Krieger.

»Sofort die Hände hoch. *Alle.* Niemand rührt sich vom Fleck. Kommandant, nehmen Sie diese Leute fest.«

Lucie stand da wie eingefroren. Sie war unfähig, auch nur einen klaren Gedanken zu fassen. Neben ihr versuchte Leòd, das Heilige Buch mit seinem Körper zu verbergen. Doch er wurde weggezerrt und von einem der Wachtposten brutal zu Boden geschlagen.

Ragnar ging dazwischen. »Schluss damit. Cederic, lass meinen Freund in Ruhe.«

»Oder was?« Der Krieger war kaum älter als Ragnar. Er besaß eine Aura, die Lucie überhaupt nicht gefiel. Schwefelgelb mit Sprengseln von schimmeligem Grün. Seine Stimme klang näselnd und auch sonst wirkte er ziemlich arrogant. »Nur weil du der Sohn des Jarls bist, gelten für dich keine Extraregeln.«

»Das ist leider nur allzu wahr«, sagte Nimrod, der im Schutz einiger Wachen zu ihnen trat. Lucie schrak zusammen, als sie den geflügelten Mann aus dem Schatten treten sah.

»Genau genommen macht es die Sache nur noch schlimmer. Her mit euren Waffen.«

Ehe sie etwas unternehmen konnten, wurden Lucie und ihre Freunde gefesselt und abgeführt. Ragnar half Leòd noch auf die Füße, dann ereilte ihn dasselbe Schicksal. Der Sohn des Archivars blutete aus der Nase. Nimrod nahm das Heilige Buch und stellte es vorsichtig wieder an seinen Platz. Dann verschloss er den Kristall und steckte den Schlüssel ein. Mit spitzen Speeren ließ er die Gefangenen aus der Kammer treiben.

Draußen trafen sie auf Erin. Der Archivar war aus seinem Schlummer erwacht und hielt sich den Schädel. Offenbar litt er unter ziemlichen Kopfschmerzen. Als er sie kommen hörte, hob er den Kopf und starrte sie an. Den Blick, den er seinem Sohn zuwarf, war einer der traurigsten, die Lucie jemals gesehen hatte.

29

Von der Tempelglocke schlug es drei Uhr. Die Ratshalle war bis auf den letzten Platz besetzt. Die ganze Stadt schien der Verhandlung beiwohnen zu wollen. Da der Saal zu wenig Raum für so viele Menschen bot, ging das Gedrängel draußen auf den Treppen und dem Vorplatz weiter.

Katta spürte die Fesseln in ihre Handgelenke schneiden. Sie wollte gar nicht wissen, was diese groben Stricke ihrer zarten Haut antaten.

Das Verfahren wurde in der Öffentlichkeit verhandelt und das Prinzip war einfach. Ragnar hatte es ihnen erklärt. Abgestimmt wurde mittels Handzeichen zwischen den drei Mitgliedern des Hohen Rates. Der *Thing*, wie der Hohe Rat auch genannt wurde, bestand aus Nimrod, Fürst Ansgar und einem Mann namens Harad, dem obersten Richter. Er war es auch, der die Anklageschrift verlas.

Die drei alten Männer saßen oben auf der Empore auf ihren Stühlen und warteten. Neben ihnen befand sich ein hölzerner Sockel, auf dem Arthurs Laptop und das Holotalkie lagen. Katta war sicher, dass sie im Laufe des Prozesses noch eine Rolle spielen würden. Hinter den Männern wartete eine Reihe schwer bewaffneter Stadtwachen darauf einzugreifen, sollte die Situation außer Kontrolle geraten.

Katta sah die blank polierten Waffen und schauderte. In was

waren sie da nur hineingeraten? Bis vor wenigen Stunden hatte alles noch so gut ausgesehen, doch das Schicksal hatte ihnen einen üblen Streich gespielt.

Links von Katta stand Lucie, die kein einziges Wort mehr gesprochen hatte, seit die Wachen sie aus ihrer Zelle gezerrt hatten. Sie hielt den Blick auf den Boden gerichtet und war vollkommen in sich gekehrt. Olivia hingegen schien total nervös zu sein, es machte Katta schier wahnsinnig, wie sie permanent von einem Fuß auf den anderen trippelte.

Ihr Blick wanderte erst zu Zoe, die sich nicht anmerken ließ, wie sie sich fühlte, und dann zu Marek. Mit ausdrucksloser Miene stand er auf der rechten Seite und beobachtete das Geschehen aus angemessener Entfernung. Als er bemerkte, dass sie ihn ansah, wandte er sich ab.

Was war nur in ihn gefahren? Wie konnte er seine eigenen Freunde ans Messer liefern? Sein Verhalten ließ Kattas Wut hochkochen. Sie hätte gerne noch ein Wörtchen mit ihm geredet, doch man hatte sie nicht zu ihm vorgelassen. Nun war er der Einzige ihrer Gruppe, der nicht unter Anklage stand.

Dreckiger Verräter!

Vom nahe gelegenen Turm erklang der letzte Glockenschlag. Schlagartig wurde es still. Der oberste Richter erhob sich mühsam aus seinem Stuhl, stützte sich auf seinen Stab und trat an die vordere Kante des Treppenabsatzes. Dort blieb er stehen und klopfte dreimal auf den Boden.

»Verehrte Anwesende, hochgeschätzte Ratsmitglieder.« Er räusperte sich umständlich. »Heute früh, kurz vor der Morgenandacht, ereignete sich am Tempel ein folgenschwerer Vorfall. Fünf Personen drangen in die Bibliothek ein, betäubten unseren geschätzten Archivar und betraten die geheime Kammer. Sie verschafften sich Zutritt zum Allerheiligsten, öffneten den Kristall und entnahmen ihm das Heilige Buch.«

Ein Raunen ging durch die Reihen. Wie es schien, wussten etliche gar nicht, worum es in diesem Prozess ging.

»Wenn ich hier hinunterschaue, sehe ich acht Verbrecher vor mir stehen. Junge Männer und Frauen, die sich für den Vorwurf des Hochverrats zu verantworten haben. Drei von ihnen befanden sich zum Zeitpunkt des Diebstahls in den Privaträumen des Archivars, wo sie sich mit dunkler Technologie befassten.«

Wieder ertönte ein Raunen.

»Die beiden Vorfälle stehen in engem Zusammenhang. Aus diesem Grund ist der Thing zu der Auffassung gekommen, dass es ratsam wäre, sie gemeinsam zu verhandeln. Sechs der Angeklagten stammen aus den Reihen der Neuankömmlinge, zwei aus unseren eigenen. Sie alle werden sich für ihre Tat zu verantworten haben.«

Vereinzelt erklangen Zwischenrufe. Sie forderten eine sofortige Hinrichtung.

Hinrichtung? Katta lief ein kalter Schauer über den Rücken. Harad ließ seinen Stab auf den Boden donnern. »Ruhe! Meine Ratskollegen und ich haben lange darüber debattiert, wie wir mit den Fremden verfahren sollen. Einerseits stammen sie nicht aus unserem Kulturkreis, andererseits sind sie alt genug, um zu wissen, dass sie eine kriminelle Handlung begangen haben. Eine schwierige Entscheidung. Meine verehrten Ratskollegen und ich haben uns während der letzten Stunden eingehend beraten und sind zu einem Schluss gekommen. Hört nun unsere Urteilsverkündung.«

»He, Moment mal«, rief Arthur. »Keine Anklage, keine Verteidigung, was für eine Verhandlung ist das hier?« Er wollte einen Schritt vortreten, wurde aber von den Wachen zurück in die Reihe gezwungen.

Harad beachtete ihn gar nicht, sondern humpelte zu seinem Platz zurück und ließ sich umständlich darauf nieder.

Katta presste die Lippen zusammen. Arthur hatte recht, diese Verhandlung war ein Witz. Drei alte Männer, von denen nur einer im Vollbesitz seiner körperlichen und geistigen Kräfte war. Das war die Führungselite dieser Stadt, die über sie richten würde. Die Aussichten konnten kaum düsterer sein.

»Ich verstehe das nicht«, protestierte Arthur. »Wir wurden ja noch nicht mal zu den Vorfällen angehört. Ich denke doch, dass wir das Recht haben sollten, uns ...«

»Du hast hier keinerlei Rechte, Unwürdiger«, sagte Harad mit kalter Stimme. »Du solltest deinem Schöpfer danken, dass du noch am Leben bist.« Er deutete auf Marek. »Ohne die Fürsprache deines Freundes wärst du vermutlich schon tot. Also sei still und stell dich dem Urteil wie ein Mann.« Noch einmal stieß er seinen Stab auf die Erde. »Schreiten wir nun zur Urteilsverkündung.«

Doch Arthur wollte nicht klein beigeben. Katta hatte ihn noch nie so wütend erlebt. Mit hochrotem Kopf schrie er: »Ich pfeife auf die Urteilsverkündung. Ich will hier weg.« Er zerrte an seinen Fesseln und starrte die drei Männer wütend an.

»Keine zwei Sekunden bleibe ich länger in diesem Drecksloch. Meine Freunde und ich wurden von Anfang an gegen unseren Willen hier festgehalten. Ihr habt zwar so getan, als würdet ihr uns Unterschlupf gewähren, doch in Wirklichkeit wolltet ihr nur Informationen aus uns herauspressen. Ich verlange, freigelassen zu werden, und zwar sofort. Und du, Marek …«, er drehte sich um und starrte ihn wütend an, »… du solltest besser aufpassen, dass wir uns nicht alleine im Mondschein begegnen. Es könnte sonst schnell passieren, dass ich …«

Weiter kam er nicht. Seine Stimme wurde abgeschnitten. Eine der Wachen war hinter ihn getreten, hatte ihm einen Knebel in den Mund gestopft und ihn mit einem Tuch fixiert. Arthur schrie und tobte, doch es war sinnlos. Er wurde auf die Knie gezwungen und musste unten bleiben. Olivia schluchzte laut auf. Wenn sie sich nicht zusammenriss, würde sie als Nächste einen Knebel verpasst bekommen, da war sich Katta sicher.

Jetzt erhob sich Nimrod. Sein blindes Auge glitzerte wie Gletschereis. »Möchte sich sonst noch jemand zu Wort melden? Vielleicht können wir dann endlich fortfahren. Diese Verhandlung steht unter einem düsteren Vorzeichen. Unsere Stadt wurde angegriffen, und zwar interessanterweise genau zu dem Zeitpunkt, als ihr hier eingetroffen seid. Glaubt nicht, dieses Faktum wäre mir entgangen. Ich weiß zwar noch nicht, wie diese beiden Ereignisse zusammenhängen, aber ihr dürft sicher sein, dass ich es herausfinden werde.« Er blickte gebieterisch über die Menge.

Katta konnte sich nicht erinnern, dass sie sich jemals so klein und unbedeutend vorgekommen war. Ihr fror und sie fühlte sich wie betäubt.

»Ihr alle solltet froh und dankbar sein, dass ihr in Marek einen so treuen Fürsprecher habt«, sagte der Gode mit etwas sanfterer Stimme. »Er hat sich für euch eingesetzt und dafür gesorgt, dass das Strafmaß gemäßigt ausfallen wird. Ich kann euch die gute Nachricht verkünden, dass niemand mit dem Tode bestraft wird.«

Aus den Reihen hinter Katta klang enttäuschtes Murmeln. Einige Buhrufe wurden laut.

»Arthur und Paul, ihr werdet eine einjährige Haftstrafe in unseren Verliesen verbringen. Danach erwartet euch ein weiteres Jahr in einer einfachen Arbeitseinrichtung. Bei fleißiger Arbeit und guter Führung kommt ihr nach verbüßter Strafe wieder auf freien Fuß und habt die Möglichkeit, Teil unserer Gemeinschaft zu werden. Ihr dürft einen Beruf wählen, heiraten und eine Familie gründen. Eine milde Strafe, gemessen an den Verbrechen, die ihr begangen habt.«

Milde? Katta war schockiert. Wenn die beiden wegen so einer Kleinigkeit wie der Inbetriebnahme ihres Computers schon mit zwei Jahren Freiheitsentzug und Arbeitsdienst bestraft wurden, was würde dann wohl den anderen blühen? Immerhin hatten sie ein Kapitalverbrechen begangen.

»Die Strafe für die weiblichen Angeklagten fällt sogar noch milder aus«, fuhr Nimrod fort. »Einer öffentlichen Züchtigung auf dem Marktplatz folgt eine kurze Ausbildung als Dienstmagd. Während dieser Zeit werdet ihr alle wichtigen Dinge lernen, die eine Frau zu beherrschen hat. Nähen, kochen, putzen, dem Mann zu Diensten sein und natürlich die Geburt und Erziehung der Kinder, die ihr gebären werdet. Danach werdet ihr verheiratet. Ich denke, es gibt hier viele junge Männer, die sich glücklich schätzen werden, für euch auf unserem monatlich stattfindenden Heiratsmarkt Höchstpreise zu bieten. Eine große Ehre, für die ihr …«

»*Was?*« Diesmal war es Katta, die aufschrie. Sie hatte es nicht verhindern können, das Wort war einfach so aus ihrem Mund gefahren. Und es folgten weitere. »Ihr wollt uns verheiraten, ihr wollt uns *verkaufen?* Aber das ist Sklaverei. Ich heirate doch nicht irgendeinen dahergelaufenen Dorftrottel, nur weil er tief in seine Geldbörse gegriffen hat. Das könnt ihr vergessen. Das ist menschenverachtend. Ich verlange …«

Grobe Hände packten sie, rissen ihr den Kopf zurück und stopften ihr einen stinkenden Lappen in den Mund.

Tränen stiegen ihr in die Augen. Tränen der Wut, des Schmerzes und der Enttäuschung. Warum sagte Lucie nichts? Oder Zoe? Wollten sie dieses Urteil einfach so hinnehmen? Wollten sie sich allen Ernstes verheiraten lassen?

»Es wird so geschehen, wie ich es gesagt habe«, setzte Nimrod seine Urteilsverkündung ungerührt fort. »Ihr werdet Kinder gebären und auf diese Weise euren Beitrag für unsere Gemeinschaft leisten. Gemessen an dem, was ihr getan habt, ist dies eine milde Strafe. Im Übrigen darfst du dich glücklich schätzen. Dein Ehemann steht bereits fest. Es ist jemand, den du nur allzu gut kennst und der Wert darauf gelegt hat, dass du in seine Hände kommst.« Er zwinkerte Marek zu.

Katta blickte zwischen den beiden hin und her. Sie tobte, sie schrie, aber durch den Knebel kam nichts durch.

»Könnt ihr uns nicht einfach gehen lassen?«, fragte Paul mit

Tränen in den Augen. »Wir wollten doch nichts Böses tun. Was ist denn schon groß passiert? Wenn Ihr uns nicht bei Euch behalten wollt, verstehen wir das. Wir würden dann einfach unseren Bus nehmen und von hier verschwinden. Wir bereuen ja auch, was wir getan haben.«

»Du willst gehen?« Nimrod lächelte schmallippig. »Ihr alle wollt gehen? Na gut. Dort ist die Tür. Es steht euch jederzeit frei, unsere Burg zu verlassen.«

»Im Ernst?« Paul versuchte, ein Schluchzen zu unterdrücken. Er tat Katta leid. Er war von ihnen allen der Zartbesaitetste.

»Aber natürlich«, erwiderte Nimrod. »So lautet unser Gesetz. Wem es bei uns nicht gefällt, der darf gehen. Zu Fuß, ohne Verpflegung, Proviant oder Waffen. So, wie er hier steht. Akzeptiere das Angebot oder lass es sein.«

»Ohne Waffen?« Paul wischte sich die Tränen weg. »Aber ... aber wir würden keinen Tag da draußen in der Wildnis überleben.« Ihm schien gerade erst klar geworden zu sein, dass er damit einen ziemlich schlechten Tausch machen würde.

»Nicht unser Problem«, erwiderte Nimrod ungerührt.

»Vielleicht, wenn wir unseren Bus bekommen könnten ...«

»Das Fahrzeug ist nicht länger euer Eigentum. Wir haben bereits damit begonnen, ihn für unsere Zwecke umzufunktionieren. Ein gnädiger Tausch, wie ich finde.«

»Gnädig?« Paul schien einem Nervenzusammenbruch nahe zu sein. »Und was ist mit unseren Geräten? Dürfen wir die wenigstens ...«

»Oh ja, eure Geräte. Danke, dass du mich daran erinnerst.«

Der Gode ging hinüber zu dem hölzernen Sockel, auf dem Laptop und Holotalkie lagen, packte einen Schmiedehammer und ließ ihn mit voller Wucht auf die Geräte niedersausen. Die Gehäuse zerbarsten in tausend Stücke. Schwarze und rosafarbene Splitter flogen durcheinander. Aus der Menge kamen Rufe des Entsetzens. Die Menschen wichen zurück. Noch einmal holte der Gode aus und zermalmte auch den Rest.

Als das Werk vollendet war, wurden die Bruchstücke von Dienern zusammengekehrt und weggeschafft. Nimrod stellte den Hammer wieder ab. »Gibt es sonst noch Fragen? Nein? Gut, dann kommen wir nun zur letzten und entscheidenden Urteilsverkündung. Dies war für uns der schwerste Fall, denn sie betrifft zwei Söhne aus unserer Mitte. Zum einen den Sohn von Meister Erin, unserem geschätzten Archivar, zum anderen den Jarlsson persönlich. Leòd und Ragnar, tretet vor.«

Katta sah, wie die beiden mit gesenkten Köpfen seiner Aufforderung folgten. Leòd wirkte wie ein Häuflein Elend. Was sie umso bedauerlicher fand, als er eigentlich ganz niedlich war. Katta mochte seine bescheidene, zurückhaltende Art. Außerdem besaß er eine angenehme Stimme und warme, freundliche Augen.

Die drei Ratsmitglieder standen auf und traten nach vorne. Harad hob sein Kinn. »Leòd, Sohn des Erin, Hüter der Bücher, und Ragnar, Sohn des Ansgar, hört nun unser Urteil. Durch einstimmigen Ratsbeschluss werdet ihr aus unserer Stadt verbannt. Ihr werdet vor die Stadtmauer treten und eure Reise in die wilden Lande antreten. Ihr werdet zu Fuß gehen, ohne Verpflegung, Proviant oder Waffen. Und ihr werdet nie wieder zurückkehren. Dies ist der einstimmige Beschluss des Hohen Rates und der Wille der Götter …«

Der Rest seiner Worte ging im Geschrei der Menge unter, als die Menschen aufsprangen, erregt mit den Armen in der Luft herumfuchtelten und wild durcheinanderredeten.

30

Es war Abend, als das Urteil vollstreckt wurde. Mitglieder der Stadtwache schoben den Riegel des Burgtors zurück und drückten die Flügel auseinander. Durch die entstandene Öffnung wehte ein kühler Ostwind. Die Gesichter der Anwesenden waren ausdruckslos. Wie aus Stein gemeißelt.

Viele der Männer waren gestern noch Ragnars Freunde gewesen, heute taten sie so, als kannten sie ihn nicht. Dass er kürzlich noch die Stadt gegen die Angreifer verteidigt hatte – Schnee von gestern. Das Gedächtnis der Menschen war kurz.

Ragnar atmete tief ein und hielt die Luft an. Die rostigen Ketten der Zugbrücke pendelten leise klirrend im Wind.

Über dem Rundbogen, der das Tor überspannte, stand die Abordnung der Stadt. Der oberste Richter, Nimrod, Fürst Ansgar sowie andere hohe Würdenträger. Auch Marek befand sich unter ihnen und starrte auf sie herab. Wie es schien, hatte er bereits Ragnars Platz eingenommen. Hatte ja nicht lange gedauert. Wie all die anderen war auch er in rotes Tuch gehüllt, ganz wie es die Tradition verlangte.

Alles war still, niemand sprach ein Wort.

Ragnar senkte seinen Blick. Mit zusammengepressten Lippen fragte er sich, was die Zukunft wohl für ihn und Leòd bereithalten mochte. Hatte er richtig gehandelt, als er den Neuankömmlingen geholfen hatte? Ja, das hatte er. Vielleicht nicht besonders klug, aber menschlich und richtig. Auch wenn ihre Chancen gleich null standen, so würde er vermutlich beim nächsten Mal genau gleich entscheiden.

Ihr Leben lag in der Hand der Götter und die waren noch nie besonders barmherzig gewesen.

Sein Freund neben ihm wirkte ruhig und gefasst, doch Ragnar spürte, wie es unter der Oberfläche brodelte.

Tausend Fragen kreisten ihm im Kopf herum. Was würde geschehen, wenn sie fort waren? Was hatten Nimrod und Marek vor? Was würde aus den Zeitspringern werden? Insbesondere Zoe war ihm in den letzten Tagen sehr ans Herz gewachsen und er hätte sie gerne noch ein wenig näher kennengelernt. Sie war nicht nur eine gute Bogenschützin, sondern ein warmherziger Mensch mit wunderschönen dunklen Augen. Er hoffte, dass es ihr nicht schlecht erging und dass sie einen anständigen Mann bekam.

Doch viel mehr beschäftigte Ragnar die Frage, was mit seinem Vater geschehen würde. Ansgar war ein kranker Mann. Er brauchte jemanden, der sich um ihn kümmerte, jemand, dem er vertrauen konnte. Doch der Einzige, der jetzt noch übrig geblieben war, war Nimrod, und der würde Ansgar bei nächster Gelegenheit das Messer zwischen die Rippen stoßen.

Ragnar hätte sich gewünscht, dass er helfen konnte, aber ihm waren die Hände gebunden. Das Schicksal all dieser Menschen lag nicht länger in seinen Händen. Er hatte es versucht und war auf ganzer Linie gescheitert. Jetzt war es an der Zeit, an sich selbst zu denken. Der Wind frischte auf und zerrte an seiner Kleidung. Die Kälte kroch seine Beine rauf.

Was würde sie da draußen erwarten? Wie lange würden sie durchhalten, bis Wind, Wetter oder wilde Tiere ihnen den Garaus machten? Wenn sie Glück hatten, würden sie die Nacht überstehen, aber wie würde es morgen weitergehen? Wohin sollten sie sich wenden? Vielleicht in Richtung der großen Stadt im Norden, von wo die Zeitspringer gekommen waren? Zumindest wussten sie, dass dort am Flughafen noch andere Menschen wohnten. Gab es dort eine Zukunft für sie? Auf absehbare Zeit war es die beste Option, aber der Weg war weit und gefährlich. Zwanzig Tagesmärsche sicherlich.

Zumindest würden Leòd und er ausreichend Gelegenheit haben, sich zu unterhalten. Reden, in Bewegung bleiben und so schnell wie möglich Waffen organisieren, das waren ihre Möglichkeiten.

Aus Leòds Umhängetasche blickte ihn ein finsteres Gesicht an. Immerhin hatten sie seinem Freund den Kater gelassen. Vermutlich nicht aus Gnade oder Nächstenliebe, sondern weil niemand Lust hatte, sich um das Vieh zu kümmern.

Mit Loki waren sie nun zu dritt, als sie das Tor durchquerten. Sie setzten ihren Fuß auf die Brücke und schritten darüber hinweg. Vor ihnen lag die Straße, die in die Wildnis führte. Stetig mäandernd verlor sie sich in weiter Ferne im Dunst.

Der Wind fegte die Wolken von Osten heran. Nicht mehr lange, dann würde es zu regnen beginnen.

Ragnar schaute missmutig nach oben, schlug den Kragen hoch und zog die Fellkapuze über den Kopf. Nur mit seinem Büßerstab bewaffnet, schritt er aus. »Komm«, sagte er zu Leòd. »Wir sollten irgendwo einen Unterstand finden, ehe es richtig zu schütten anfängt.« Er drehte sich ein letztes Mal um. Die Wachen hatten die Brücke bereits wieder hochgezogen. Die Menschen auf den Mauern begannen sich zu zerstreuen und niemand verschwendete auch nur noch einen Gedanken an sie.

Verbittert wandte er sich ab und ging die Straße hinunter.

*

Jem fuhr von seinem Lager auf. Nisha hatte die Tür geöffnet und war in die Kammer gestürzt. Atemlos riss sie die Fensterläden auf. Trübes Licht strömte herein.

»Sie sind verurteilt worden«, stieß sie atemlos aus. »Alle.«

Er rieb sich die Augen. »Wie spät ist es?«, murmelte er.

»Wie spät? Später Nachmittag. Du hast den ganzen Tag verpennt. Komm schon. Wenn du dich beeilst, kannst du sie noch sehen.«

»Wen? Von wem redest du? Wer ist verurteilt worden?«

»Deine Freunde. Alle bis auf diesen Marek. Aber schließlich war er es auch, der sie ans Messer geliefert hat.«

»Moment mal, langsam. *Was?*« Jem ging das entschieden zu schnell. Er stand auf und suchte seine Anziehsachen zusammen. Verblüfft stellte er fest, dass sie zum Teil durch andere Teile ersetzt worden waren. Durch Sachen, die weniger stanken. Rasch schlüpfte er hinein. Nisha stand am Nordfenster und blickte hinaus. Ihre Zöpfchen glänzten wie Perlenschnüre.

»Da, schau«, sagte sie.

Die Sonne ging tatsächlich bereits hinter den Hügeln unter. Jem sah ein paar schroffe Bergflanken, graue Wolken und einen schmalen Ausschnitt der Straße. Zwei winzige Punkte waren darauf zu erkennen, die langsam nordwärts in Richtung der Ebene wanderten. Stirnrunzelnd sah er Nisha an.

»Das sind Ragnar und Leòd«, sagte die Kleine mit ernstem Gesicht. »Sie wurden verbannt. Der Gode hat erreicht, was er wollte. Nun gibt es niemanden mehr, der sich ihm in den Weg stellen wird.«

Jem spürte, dass es ihm noch immer schwerfiel, ihr zu folgen. Lag vielleicht daran, dass er noch ziemlich geschafft war und sich sein Körper nur langsam von den Strapazen erholte. Dennoch hatte er Glück gehabt. Ihm war eine Unterkunft angeboten worden, er hatte Nahrung und Schutz erhalten und wurde auch sonst gut behandelt. Und das Beste: Die Leute stellten nicht allzu viele Fragen. Dass er einer von ihnen war, schien ihnen als Erklärung zu genügen.

Es dauerte etwas, bis Nishas Neuigkeiten durch Jems Hirnwindungen gedrungen waren. Ehe er dazu kam, weitere Fragen zu stellen, wurde die Tür erneut aufgestoßen und Nishas Vater trat in die Kammer.

Romero war ein Riese. Muskulös, breitschultrig und so groß, dass er den Kopf einziehen musste, um nicht an die Decke zu stoßen.

»Komm«, sagte er mit tiefer Stimme. »Die Älteste will dich sehen.« Er warf Nisha einen liebevollen Blick zu, dann nahm er sie bei der Hand und führte sie aus der Kammer. Die Kleine wehrte sich, doch sie hatte keine Chance. Sie versank förmlich in Romeros Pranke.

Jem zog rasch seine Jacke über und folgte ihnen. Er wollte

Romero nicht warten lassen. Er und seine Frau hatten ihn bei sich aufgenommen, als Nisha ihn, halb verhungert, zerschunden und stinkend, angeschleppt hatte. Sie hatten seine Wunden gepflegt, ihm zu Essen gegeben und ein Schlaflager angeboten. Es bestand zwar aus Stroh und war hart wie ein Brett, aber er schlief darauf besser als in jedem Himmelbett. Sie hatten das alles für ihn getan, obwohl sie selbst kaum etwas besaßen. Ihre Unterkunft war arm, genau wie all die anderen heruntergekommenen Behausungen in diesem Viertel.

Jem musterte den großen Mann, während er ihm folgte. Für seine fünfunddreißig Jahre wirkte Romero bereits erschreckend alt. Die Haare fingen an den Schläfen an, grau zu werden, und seine Haut sah aus wie die eines Krokodils. Auf Nacken und Schultern waren kreuzförmige Narbenmuster zu erkennen. Vermutlich von Peitschenhieben. Jem konnte sich nicht mal ansatzweise vorstellen, was dieser Mann in seinem Leben schon alles erlebt hatte. Trotzdem war er freundlich und hilfsbereit – so wie alle, die hier unten lebten.

Nisha blickte immer wieder zu Jem zurück, während sie an der Hand ihres Vaters durch die Straßenschluchten eilte. Jem hatte keine Ahnung, wohin Romero ihn führte, aber das Wort *Älteste* jagte ihm einen Schauer über den Rücken.

Sie gelangten zu einem kleinen Platz, der als einziger in diesem Stadtviertel nicht bebaut war. Unterhalb einer steil aufragenden Felswand befand sich eine runde Öffnung, in der etliche Kerzen flackerten. Viele Menschen hatten sich im Inneren versammelt.

»Wir sind da«, sagte Romero. »Die Älteste erwartet dich.«

Jem atmete einmal tief durch und trat ein. Ein merkwürdiger Geruch entströmte den Tiefen des Berges. Kerzen und Fackeln beleuchteten die Wände. Auf einem Altar an der gegenüberliegenden Wand waren Opfergaben ausgelegt worden. Kleine Figuren aus Stroh, bemalte Holztafeln, Tierklauen, Federn und Ähnliches.

Als sie seine Ankunft bemerkten, unterbrachen die Menschen ihre Gebete und Gesänge und sahen ihn an. In ihren Blicken lagen Neugier und Argwohn. Es kam ihm vor, als wüssten alle über ihn Bescheid. Seine Geschichte musste in Windeseile die Runde gemacht haben.

Nisha schüttelte die Hand ihres Vaters ab und trat an Jems Seite. Ihre Augen funkelten vor Aufregung.

»Keine Angst, ich bin bei dir.«

»Was passiert hier?«, fragte er flüsternd. »Ich hoffe doch, ihr habt nicht vor, mich zu opfern oder so.« Er grinste schief.

»Wer weiß«, sagte Nisha ernsthaft. »Du wirst der Ältesten vorgestellt, da kann alles Mögliche passieren. Dein Schicksal liegt jetzt in ihren Händen. Aber mach dir keine Sorgen, ich pass schon auf dich auf.«

Jem wusste nicht, ob ihn das trösten sollte. Irgendwie klang das alles nicht vertrauenerweckend.

In der Öffnung hinter dem Altar war eine Bewegung zu erkennen. Ein flackerndes Licht erschien und wurde langsam größer. Jemand kam näher. Nicht nur eine Person, sondern zwei. Ein junges Mädchen, etwa in Nishas Alter, das in ein weißes Gewand gekleidet war und eine Kerze in der Hand trug. Dahinter erschien eine bucklige alte Frau mit langen weißen

Haaren. Sie war winzig und Jem konnte sich nicht erinnern, jemals ein so faltiges Geschöpf gesehen zu haben. Sie war im wahrsten Sinne des Wortes eine Älteste.

Bei ihrem Eintreten bildeten die versammelten Menschen ehrfürchtig eine Gasse, durch die die beiden Frauen zum Altar gelangten. Das Mädchen stellte die Kerze ab und führte ein paar rituelle Handlungen durch. Das Licht war zu schwach, als dass Jem erkennen konnte, was die Alte da tat, aber sie arbeitete konzentriert und methodisch.

Ihm wurde mulmig zumute.

Das Gefühl wurde stärker, als sie ihr Werk vollendete und sich umdrehte. Ihre Hände waren voller Blut. Es stammte aber nicht von ihr, sondern von dem toten Hahn, der hinter ihr auf dem Altar lag. Sie musste das Tier unter den Falten ihres Gewands versteckt haben. Das Blut des Tieres bedeckte jetzt große Teile des steinernen Schreins. Sie hatte den Altar förmlich damit gestrichen.

In ihren blutigen Händen sah Jem mehrere Knochen, die seltsam geformt waren. Manche spitz, manche rund und alle mit Runen oder anderen mystischen Symbolen bedeckt.

Er wich einen Schritt zurück.

»Bleib stehen«, zischte Nisha. »Du darfst keine Angst zeigen.«

Jem biss die Zähne zusammen. Leichter gesagt als getan. Die Veranstaltung hier behagte ihm überhaupt nicht. Was war das? Voodoo? Und warum nur starrten ihn alle so an? Was hatte er getan?

Die Alte war auf Armlänge herangekommen, als sie Nisha

mit einer kleinen Kopfbewegung zu verstehen gab, dass sie verschwinden solle. Jem war jetzt völlig ihrem Blick ausgesetzt. Er fühlte, wie die Angst ihm die Kehle zuschnürte. Ihre Augen wirkten seltsam jung in diesem runzeligen Gesicht.

»Danke, dass du meiner Einladung gefolgt bist«, sagte sie mit rauer Stimme. »Setz dich, damit wir reden können.« Sie deutete auf den Boden.

Jem nahm im Schneidersitz Platz, während die Frau sich einen Schemel reichen ließ. Der Raum schien größer zu werden. Die Wände wichen zurück und das Licht nahm ab. Von den anderen Menschen bekam Jem kaum noch etwas mit. Es gab nur noch ihn und diese seltsame Frau, die vor ihm hockte und anfing, mit ihrem knöchernen Stab Kreise in den Sand zu malen.

»Wie geht es dir, Jem? Ich darf dich doch Jem nennen, oder?«

»Ja …«

»Mein Name ist Aza. Ich bin die Älteste. Ich fühle, dass du einen weiten Weg gekommen bist. Einen *sehr* weiten Weg. Du bist über die Abgründe von Raum und Zeit zu uns gekommen. Du bist weit gereist und noch ist deine Reise nicht zu Ende. Hat Nisha dir erzählt, was geschehen ist?«

Jem nickte. »Sie hat mir erzählt, dass meine Freunde in Gefahr sind. Ich muss ihnen helfen. Auf keinen Fall darf ich zulassen, dass sie …«

»Sssch!« Aza erhob ihre Hand und schnitt das Wort in der Luft ab. Der Anblick ihrer blutigen Hände ließ Jem sofort verstummen.

»Große Veränderungen stehen bevor«, sagte die alte Frau. »Die Welt ist im Wandel. Das Auge der Götter ist auf dich gerichtet. Es sieht die Vergangenheit und die Zukunft. Es spürt deine Nähe. Es verlangt nach Antworten. Du wirst sie ihm geben.«

Sie breitete ihre Hände vor ihm aus. Jem spürte instinktiv, dass es Knochen waren, die sie da mitgebracht hatte. *Menschenknochen.* Ihn schauderte.

»Wasser und Wüste«, sagte sie. »Berg und Tal. Die Zukunft, die Vergangenheit – all das hat keine Bedeutung. Nur das Schicksal kann uns sagen, was geschehen wird.« Sie warf die Knochen in den Staub.

Jem starrte darauf. Ein merkwürdiges Muster hatte sich gebildet. Die Stege und Bögen wirkten wie ein weit aufgerissenes Auge. Aza hob den Kopf. In ihrem Blick lag ein goldener Schimmer. So, als würden Hunderte kleiner Funken umeinander tanzen. »Du bist der Befreier.«

Jem runzelte die Stirn. *»Befreier?* Warum nennst du mich so?«

»Weil es so ist. Du bist der Auserwählte. Der, auf den wir so lange gewartet haben. Du wirst uns in die Freiheit führen.«

Jem musste sich zwingen, nicht zu kichern. Das wäre in dieser Umgebung bestimmt nicht gut angekommen.

»Verzeiht, wenn ich Euch widerspreche, aber ich wüsste nicht, was weniger auf mich zuträfe«, erwiderte er kleinlaut. »Ich kann mich ja noch nicht mal selbst befreien, wie sollte es mir da mit euch gelingen?«

»Es wird dir gelingen. Du wirst einen Weg finden, es steht hier geschrieben.«

»Ich finde nicht, dass ...«

»Du wirst uns aus der Knechtschaft erlösen. Die Knochen

sagen es und die Knochen lügen nie. Es ist der Wille des allsehenden Auges.«

Jem zog skeptisch eine Braue in die Höhe. »Und ich nehme mal an, dass sich das Auge der Götter niemals irrt, nicht wahr?«

Ein geheimnisvolles Lächeln erschien auf Azas Gesicht. »Niemals.«

Jem seufzte. Vermutlich war Aza die Einzige, die die Botschaft zu deuten vermochte. So gesehen hätte sie alles in die Knochen hineininterpretieren können. Andererseits war sie etwas Besonderes. Jem spürte eine ungeheure Kraft, die von ihr ausging. Was zum Geier sollte er jetzt bloß tun?

Sie sah ihn an und zwinkerte. Sie schien erraten zu haben, was er gedacht hatte. Lächelnd sagte sie: »Du musst fliehen. Du und deine Freunde. Noch heute Nacht. Und wir werden euch dabei behilflich sein.«

31

Die Nacht hüllte die Burg in ein kaltes Kleid. Die schweren Wolken waren davongezogen und hatten einem sternenklaren Himmel Platz gemacht. In der südlicher Hemisphäre steckte die Mondsichel wie ein gekrümmter Säbel im Mount Cheyenne. Schnee glitzerte auf den Dächern.

Soeben hatte der Nachtrufer die dritte Morgenstunde verkündet. Noch immer wartete Jem auf das vereinbarte Zeichen. Die Kälte kroch ihm in die Glieder. Gemeinsam mit Romeros Bruder wartete er hinter einer Häuserecke auf das vereinbarte Signal.

Die Stille zerrte an seinen Nerven. Er konnte seine eigenen Zähne klappern hören. Seit seiner Ankunft waren in der Stadt immer irgendwelche Geräusche zu hören gewesen, aber der heftige Regen, gepaart mit dem schneidenden Wind, hatten die Menschen frühzeitig in die Betten getrieben. Zufall oder ein kleiner magischer Trick von Aza, um ihnen die Durchführung ihres Plans zu erleichtern?

Jem war normalerweise nicht abergläubisch, aber diese Frau war eigenartig. Was hatte ihr Gerede von einem Befreier zu bedeuten? Sie konnte das doch unmöglich ernst gemeint haben. Und was meinte sie, wenn sie von dem *Auge der Götter* sprach? Ein Talisman, ein Sternzeichen, eine Weissagung? Alles sehr merkwürdig. Doch es war ihm alles recht, wenn er nur seinen Freunden helfen konnte. Vor allem Lucie. Er vermisste sie so. Ihre roten Haare, die Sommersprossen in ihrem Gesicht …

Er spürte eine warme Hand auf seiner Schulter. »Da oben«, flüsterte eine dunkle Stimme.

Jem spähte hinauf Richtung Oberstadt. Von einer der Mauerzinnen wehte eine kleine weiße Fahne.

»Das ist unser Signal. Komm.«

Geduckt liefen er und Romeros jüngerer Bruder Raoul hinüber zum Zaun, hinter dem der Bus stand. Mit Schrecken bemerkte Jem, dass der Schmied bereits damit begonnen hatte, das Fahrzeug zu demontieren. Das Dach war entfernt worden und es fehlten sämtliche Fenster. Anscheinend sollte dort eine besser befestigte Holzverschalung angebracht werden. Ob die Verantwortlichen sich wohl darüber im Klaren waren, dass die Stromversorgung des Busses dadurch erheblich beeinträchtigt wurde?

»He, was ist los? Träumst du?« Raoul hielt seine Hände zu einer Räuberleiter gefaltet. »Mach, dass du rüberkommst.«

Jem stieg auf die Handflächen und schwang sich über den Zaun. Raoul machte sich daran, das Vorhängeschloss zu knacken. Er hatte einen Bolzenschneider organisiert und an die Kette angesetzt.

»Hilf mir mal«, zischte er von der anderen Seite des Zauns. »Nimm den Lappen und wickele ihn darum. Wir dürfen keinen Lärm machen.«

Jem zog den dreckigen Lappen, den sie mitgenommen hatten, aus der Hosentasche, wickelte ihn um Kette und Bolzenschneider und zog ihn fest. Dann packte er durch die Gitterstäbe und gemeinsam drückten sie die Hebel. Anfangs tat sich überhaupt nichts, doch dann sprang das Kettenglied mit laut hörbarem Knacken auseinander.

Jem hielt erschrocken inne und lauschte in die Nacht. Die Fenster über der Werkstatt blieben dunkel. Zum Glück schienen der Schmied und seine Lehrlinge einen gesegneten Schlaf zu haben. Doch der würde vermutlich nicht lange andauern. Nicht bei dem, was sie vorhatten.

»Komm schon, hilf mir, den Platz von störenden Metallteilen, Holzkeilen und was sonst noch so herumliegt zu befreien. Aber sei leise. Wenn wir erwischt werden, ist der ganze Plan umsonst.«

Jem legte los. Ihm fiel ein, dass er nicht mal mehr Zeit gehabt hatte, sich von Nisha zu verabschieden. Das Mädchen wollte unbedingt bei der Befreiungsaktion dabei sein, doch Romero hatte es ihr verboten, worauf sie sich beleidigt verkrochen hatte. Natürlich hatte Romero Angst um seine Tochter. Welcher Vater hätte das nicht? Aber Jem bedauerte es doch sehr, der Kleinen nicht mal mehr Tschüss sagen zu können.

Romeros jüngster Bruder hatte aufgehört zu arbeiten und spähte in die Nacht. »Ich glaube, sie kommen«, flüsterte er. »Dort drüben, siehst du?« Er deutete nach Westen.

Jem benötigte eine Weile, bis er sie sah. Wie Schatten bewegten sie sich zwischen den Gebäuden. Die Gruppe von Menschen lief geduckt und wie auf Samtpfoten durch die Nacht.

Unter ihnen entdeckte er einen Schopf langer roter Haare. Sein Herz schlug ihm bis zum Hals. *Lucie!*

»Komm schon«, zischte Raoul. »Mach den Bus startklar, es muss jetzt schnell gehen.«

Jem stieg ein und nahm auf dem Fahrersitz Platz. Sämtliche Bänke im Fahrgastraum waren entfernt worden. Der Bus war nicht mehr als ein karges Gerippe. Hoffentlich hatte sich der Schmied nur auf die Karosserie beschränkt und Elektrik und Motor verschont, sonst waren sie erledigt.

Vorsichtig umfasste er die Metallkontakte am Lenkrad mit beiden Händen und trat auf die Bremse. Sekundenlang geschah nichts, doch dann spürte er das vertraute Kribbeln in den Fingern. Ein dumpfes Summen ertönte. Gleichzeitig leuchteten die Symbole auf der Fahrzeugkonsole auf.

Der Motor war angesprungen!

Jem schickte ein Stoßgebet zum Himmel, drückte den Hebel auf R, schlug das Lenkrad ein und setzte vorsichtig zurück. Die Reifen verursachten ein knirschendes Geräusch auf dem sandigen Untergrund. Doch darüber konnte er sich gerade keine Gedanken machen.

Vorsichtig steuerte er den Bus durch das Tor, schlug hart ein, fuhr ein Stück vorwärts und parkte dann mit der Nase in Richtung Nordtor. Was für ein Glück, dass Elektrofahrzeuge so leise waren. Ein Verbrennungsmotor wäre in der halben Stadt zu hören gewesen.

Angeführt von Nishas Vater, eilten seine Freunde über den Platz. Paul, der immer noch angeschlagen wirkte, wurde von Romero einfach huckepack mitgeschleppt. Nishas Vater lief dabei so leichtfüßig, als würde der Junge auf seinem Rücken nichts wiegen. Jem wusste nicht, wie es Romero und den anderen gelungen war, seine Freunde zu befreien, aber ganz ohne Gewalt war es vermutlich nicht abgelaufen. Jem hoffte, dass sie ihre Spuren gut verwischt hatten.

Als Erste stiegen Arthur, Katta, Zoe und Olivia ein. Niemand traute sich, ein Wort zu sagen, aber in ihren Augen leuchtete die Wiedersehensfreude.

Als Lucie an ihm vorbeiging, hüpfte sein Herz vor Erleichterung. Sie tauschten ein kurzes Lächeln. Für mehr blieb ihnen in diesem Augenblick keine Zeit.

Raoul, der die Szene beobachtet hatte, grinste breit. Dann folgte Paul und als Letzter Romero. Der große Mann klopfte Jem auf die Schulter. »Hat denn alles geklappt?«

Jem nickte.

»Gut, dann los.«

Jem schaltete auf D, trat vorsichtig aufs Gas und fuhr über den Platz. Eines der Seitenbleche war locker und schepperte, doch Arthur drückte es geistesgegenwärtig fest.

Romero zeigte Jem, wie er fahren musste, um aus der Stadt zu kommen. Da viele der Straßen nicht die nötige Breite besaßen, waren sie gezwungen, einen kleinen Umweg in Kauf zu nehmen. Doch das war nicht weiter schlimm. Sie hätten die Wohngebiete ohnehin umfahren müssen. Die Gefahr, einem angetrunkenen Bewohner zu begegnen, war viel zu groß. Die Handelsviertel hingegen waren wie ausgestorben und so gelangten sie unbehelligt auf den Vorplatz, wo weitere Freunde von Romeros Familie sie bereits erwarteten. Hinter ihnen schraubte sich der *Shrine Of The Sun* wie ein silbernes Werkzeug in den Himmel.

»Sieh mal.« Arthur konnte die Begeisterung in seiner Stimme nur mit Mühe zügeln. »Das Tor steht ja offen.«

»Und nicht nur das«, flüsterte Lucie verblüfft. »Es sind auch keine Wachen auf der Mauer.« Sie drehte sich zu Romero um. »Wie ist euch das gelungen?«

»Stellt nicht so viele Fragen. Nur so viel: Aza versteht sich hervorragend auf das Brauen von Schlaftränken. Wenn die Mitglieder der Nachtwache morgen früh ihre Strafe kassieren, werden sie vermutlich ziemliche Kopfschmerzen haben.« Seine Zähne leuchteten wie Perlen im Mondlicht. »Wir mögen dumme Trow sein, aber mit uns muss man rechnen. Vergiss uns nicht, wenn du dem *allsehenden Auge* gegenübertrittst, hörst du? Es ist wichtig, dass du ihm von uns erzählst.«

»Das werde ich, mein Freund«, versprach Jem, bezweifelte jedoch stark, dass es dieses Auge überhaupt gab. »Und du, gib Nisha einen Kuss von mir, wenn du sie das nächste Mal siehst. Sag ihr, dass ich sie lieb habe. Ich werde euch immer in Erinnerung behalten. Vielleicht sehen wir uns eines Tages wieder.«

»Das werden wir, da kannst du sicher sein. Und jetzt beeilt euch. Lebt wohl, meine Freunde. Unsere Gebete begleiten euch.«

Jem hatte einen Kloß im Hals, als er auf das Gaspedal trat und hinaus in die Nacht fuhr.

32

Mmm_meldung an ES. Ausbruch am Großen Sss_stein.

ES weiß Bescheid. Wurde bereits informiert.

Und?

Sss_sagt: abwarten.

Abwarten? Wieso nnn_nicht zzz_zuschlagen?

Intuition. Lasst Flüchtige in Ruhe.
Nnn_nicht angreifen. Beobachten.
Könnte sss_sein, dass DUNKEL und
ROT Veränderung bewirken.

33

Marek schreckte aus dem Schlaf hoch. Sein Atem ging stoßweise. Er hatte geträumt. Irgendetwas mit einer Wüste. Er hatte von gelbem Sand geträumt, von einem gnadenlos blauen Himmel und sengender Hitze. Noch immer meinte er, die Sonne zu spüren, die auf ihn herunterbrannte.

Seine Kehle war wie ausgedörrt.

Er blinzelte aus dem Fenster. Drüben, hinter den Bergen, war bereits ein rosiger Schimmer zu sehen. Nicht mehr lange, dann würde die Sonne aufgehen.

Er strampelte die Decke von seinen Beinen. Obwohl die Luft kühl war, schwitzte er wie ein Schwein. Musste die Aufregung sein. Heute war der große Tag. Der Tag, der alles veränderte.

Seine Freunde traten ihre Strafe an und er begann sein neues Leben als rechte Hand des Goden. Was für eine Karriere! Er war selbst erstaunt darüber, wie schnell sein Ehrgeiz und sein unerschütterlicher Überlebenswille ihn nach vorne gebracht hatten. Nach so kurzer Zeit hier in der Festung war er von einem Niemand zu einer wichtigen Person aufgestiegen. Zu jemandem, über den man sprach. Es war genau, wie sein Vater immer gesagt hatte: *Streng dich an, nimm auf niemanden Rücksicht und verfolge unbeirrt dein Ziel, dann kannst du es weit bringen.* Und genau das hatte er vor. Natürlich sorgte er sich ein bisschen, ob seine Freunde die Strafen gut wegstecken würden, aber auf lange Sicht würden sie sich bestimmt in die Gemeinschaft einfinden. Er hatte getan, was möglich gewesen war, der Rest lag bei ihnen. Und Katta konnte ihm dankbar dafür sein, dass sie ihr Leben nicht an der Seite irgendeines dahergelaufenen Bauern verbringen musste.

Jetzt gab es nur noch ein Problem: *Jem!*

Bisher hatte Marek die Existenz seines Erzfeindes vor Nimrod geheim gehalten. Er hatte gute Gründe dafür gehabt. Erstens, weil das Auftauchen einer weiteren Figur zusätzliche Konfusion bedeutet hätte, und zweitens, weil klar war, dass Jem Marek schaden würde, wo er nur konnte. Ohne seine Freunde war er jetzt ganz auf sich gestellt. Marek hatte alle Zeit der Welt, ihn ausfindig und unschädlich zu machen. Und vielleicht konnte er seine Position an Nimrods Seite festigen, wenn Jem ihnen ins Netz ging. Es kam nur darauf an, dass er es richtig anstellte.

Plötzlich waren draußen Schreie, Fußgetrappel, das Klirren von Waffen und Rüstungen zu hören. Was war denn das für ein Lärm? In diesem Moment polterte es laut an seine Tür. *»Kommandant?«* Die Tür flog auf und Cederic stürmte herein.

Marek richtete sich bolzengerade in seinem Bett auf.

Als er sah, dass Marek noch nicht angezogen war, senkte Cederic verlegen den Kopf. »Verzeiht, Kommandant. Eure Anwesenheit wird benötigt. Es ist etwas geschehen.«

»Was ist los?«

»Das solltet Ihr Euch lieber selbst ansehen. Ich warte unten im Hof auf Euch.«

»Halt, warte ...«

Doch die Tür war schon wieder zu.

Fluchend sprang Marek aus dem Bett und schlüpfte in seine Klamotten. Was immer da draußen los war, es hatte etwas mit seinen Freunden zu tun, das spürte er. Rasch noch die Stiefel angezogen, die Schnürbänder festgezurrt, dann war er so weit. Gurtzeug und Waffen konnte er noch unterwegs anlegen. Er riss beides von der Wandhalterung, dann stürmte er aus der Kammer.

Der Hof wurde von einer Vielzahl von Fackeln beleuchtet. Marek sah, dass Nimrod auch schon da war. Der Gode fuchtelte wutschnaubend mit seinem Stab herum und sandte Boten in alle Bereiche der Stadt. Die Wachen schwärmten in verschiedene Richtungen aus. Zwei von ihnen standen vor dem geöffneten Burgtor und starrten fassungslos nach draußen.

»Wie konnte das passieren?«, schrie Nimrod einen der Männer an. »Wie konnte es geschehen, dass die gesamte Nachtwache von diesem Vorfall nichts mitbekommen hat? Antworte mir gefälligst, wenn ich dich etwas frage.«

Der Angesprochene blickte betreten zu Boden. Marek erkannte ihn als einen der niederen Offiziere. Vermutlich einer von denen, die heute Nacht Wache gehabt hatten.

»Ich ... ich weiß es nicht, Hochwürden. Ich vermute, uns wurde etwas ins Wasser geschüttet. Schlafpulver vielleicht ...«

»Schlafpulver, so, so. Und dass es vielleicht etwas zu viel Wein gewesen war?« Nimrod deutete auf die Krüge, die noch von gestern Abend hier herumstanden. Marek erinnerte sich daran, dass er fast über einen gestolpert war.

»Äh, nein, Hochwürden. Die Krüge sind leer. Wir ...«

Weiter kam er nicht. Nimrod hatte ihm mit voller Wucht

ins Gesicht geschlagen. Mit dumpfem Stöhnen taumelte der Hauptmann nach hinten und fiel rücklings zu Boden. Nimrods Auge flackerte dämonisch. Sein Gesicht war zu einer Maske aus Wut verzerrt.

»Moment mal …«, der Hauptmann hob protestierend die Hand. »Das könnt Ihr doch nicht mir allein zur Last legen. Alle hier waren beteiligt. Ich verlange …«

Nimrods Stab zuckte vor und traf den Mann frontal vor die Stirn. Ein hässliches Knacken war zu hören. Marek sah, wie die Augen nach hinten rollten, bis nur noch das Weiße zu sehen war. Kein schöner Anblick. Der Körper des Mannes fiel um wie ein nasser Sack. Blut sickerte aus dem Krater in seiner Stirn.

»So viel zu deiner Unfähigkeit«, knurrte Nimrod. »Und nun zu euch …« Er wandte sich dem Rest der Stadtwache zu. »Ihr könnt von Glück sagen, wenn ich euch nicht öffentlich auspeitschen lasse. So etwas wie heute habe ich überhaupt noch nicht erlebt. Und jetzt geht mir aus den Augen.«

Nimrod riss einem der verwirrt dreinblickenden Krieger eine Fackel aus der Hand und eilte Richtung Tor. Die Flügel standen offen und die Zugbrücke war heruntergelassen worden.

Marek folgte ihm. Als er an dem unglücklichen Hauptmann vorbeikam, bemerkte er den eingedrückten Stirnknochen. Kein Zweifel, der Mann war tot.

Marek schluckte. Aber wenn er hier etwas werden wollte, durfte er kein Mitleid zeigen. Er verstand noch immer nicht, was vorgefallen war. Beim Tor holte er den Goden ein. »Was ist denn los?«, fragte er atemlos. »Wieso ist das Tor offen? Was soll dieser Aufruhr?«

Nimrod warf Marek einen Blick zu, der diesen zurückfahren ließ. Auf keinen Fall wollte er diesem Stab zu nahe kommen.

»Siehst du das?«, knurrte Nimrod und deutete auf den Boden. »Kannst du das sehen? Und jetzt frag mich noch mal, warum hier so ein Aufruhr herrscht.«

Marek begriff nicht, was den Goden so aus der Fassung brachte – bis er die Abdrücke erkannte. Das Muster war so alltäglich und vertraut, dass er ihre Bedeutung anfänglich nicht begriff. Doch dann wurde ihm klar, dass die Reifenspuren frisch waren. Keine zwei Stunden alt.

»Ach du Scheiße.«

Schlagartig wurde ihm bewusst, dass er ein mächtiges Problem hatte. »Stammen die etwa …?«

»Von eurem Bus, ganz recht«, entgegnete Nimrod grimmig. »Oder sollte ich sagen: *von meinem* Bus? So lautete schließlich die Vereinbarung, nicht wahr?« Er ließ Marek stehen und ging weiter.

Außerhalb der Burg wurde es noch deutlicher. Die Spuren zogen sich durch Schneematsch, Pfützen und Schlamm und verloren sich in der Ferne. Nimrod stand auf seinen Stab gestützt und spähte in die Ferne. »Sie sind fort«, stieß er aus. »Geflohen. Unter den Augen meiner Männer.«

Marek war jetzt hellwach. Das Adrenalin pulsierte nur so durch seine Adern. »Wie kann das sein?«, murmelte er. »Ein so großes Fahrzeug kann doch nicht unbemerkt aus der Stadt entkommen. Das ist unmöglich.«

»Sollte man annehmen«, sagte der Gode. »Trotzdem ist es ihnen irgendwie gelungen. Alleine konnten sie das nicht bewerkstelligen, sie müssen Hilfe gehabt haben. Aber von wem? Hast du eine Ahnung?« Er warf Marek einen prüfenden Blick zu.

Marek erschrak. Wusste der Gode von Jems Existenz? Hatte er Marek im Verdacht, ihm etwas verschwiegen zu haben? Er musste jetzt sehr vorsichtig sein. Die nächsten Minuten musste er sich ganz auf seine Schauspielkunst verlassen.

»Keine Ahnung«, murmelte er. »Wer sollte ihnen dabei geholfen haben? Es ist unmöglich. Es sei denn …«

»Was?«

Marek schüttelte den Kopf. Er tat so, als wäre ihm soeben ein ungeheuerlicher Gedanke gekommen.

»Nun?« Nimrods forschende Augen bohrten sich in Mareks. »Dich beschäftigt doch etwas, ich sehe es dir an. Weißt du, wer dahintersteckt? Raus mit der Sprache.«

»Möglich«, flüsterte Marek. »Aber es ist nur ein vager Verdacht.«

»Wer?«

»Jemand, von dem ich geglaubt hatte, dass er längst tot wäre …«

»Wer?« Die Stimme des Goden bekam etwas Drohendes.

»Ein Trow. *Unser* Trow.« Marek hob den Kopf. Es war Zeit, die Bombe platzen zu lassen.

»Jem.«

34

Ihre Flucht war tatsächlich geglückt. Sie waren noch am Leben. Trotz des eisigen Fahrtwinds schwitzte Jem unter seiner Jacke. Vermutlich vor Stress und Aufregung. Drüben, hinter den Hügeln, wurde es langsam heller.

Bisher keine Spur von irgendwelchen Verfolgern, und das Schönste war, er hatte Lucie wieder. Sie kauerte neben ihm am Boden und plauderte wie ein Wasserfall. Angefangen von ihrer Flucht aus den Frauenhäusern, von den Diebstählen in der Vorratskammer, bis hin zu dem Moment, wo sie auf Romero trafen und er sie in die Unterstadt gebracht hatte. Sie redete und redete und Jem genoss jede Minute. Jetzt aber schien ihr bewusst zu werden, dass er noch kein einziges Wort gesagt hatte, und sie sah ihn neugierig an.

»Seid ihr euch wirklich sicher, wo es langgeht?«, fragte sie. »Ich meine, es ist ein ganz schönes Stück bis runter nach New Mexico.«

»Aber ja«, entgegnete Jem zuversichtlich. »Wir haben uns den Weg genau eingeprägt *und* wir haben Pauls Karte wiedergefunden. Stell dir vor, sie war immer noch hinter der Innenverkleidung.«

»Da, wo ich sie versteckt hatte«, rief Paul nach vorne. »Schade nur, dass ich den Schokoriegel, den ich dazugesteckt habe, bereits aufgegessen habe. Darauf hätte ich gerade richtig Bock.«

Jem sah sein breites Grinsen im Rückspiegel. Oh ja. Einen Schokoriegel hätte er jetzt auch gerne gehabt. Wie lange war das her?

Es gab zwar keine Sitzbänke mehr im Bus, aber seine Freunde waren so klug gewesen, Decken und zusätzliche Kleidung mitzunehmen. Auch der Proviant war beruhigend. Wasser, trockene Haferkekse, Weizenfladen, Käse und Dörrobst. Damit konnten sie ein paar Tage durchhalten. Wobei Jem jetzt wirklich verdammt gerne ein Stück Schokolade gehabt hätte. *Danke, Paul.*

Seine Freunde hockten wie in einem Matratzenlager auf hoher See und rutschten bei jeder Kurve hin und her. Ihrer guten Laune tat das keinen Abbruch.

Mehr als die Hälfte der Talfahrt lag bereits hinter ihnen. So langsam wurde die Luft wieder wärmer. Jem umrundete eine weitere Serpentine. Er achtete darauf, den schroffen Felsen auf der rechten Seite nicht zu nahe zu kommen. Ein geplatzter Reifen war das Letzte, was sie jetzt gebrauchen konnten. Da keiner von seinen Freunden angeschnallt war, trug er jetzt eine doppelte Verantwortung. Er überlegte gerade, dass es vielleicht ganz klug wäre, ein rotierendes System für seine Ablösung vorzuschlagen, als plötzlich etwas im Lichtkegel seiner Scheinwerfer über die Straße huschte. Eine bleiche Erscheinung, die ihre Arme in die Höhe riss und gleich wieder verschwand.

»Halt an!«, schrie Lucie.

Jem trat hart in die Eisen. Die Reifen knirschten über das steinige Geröll. Von hinten drang lautes Poltern nach vorne und Katta kreischte laut auf. Lucie hatte sich zum Glück rechtzeitig festhalten können und auch den anderen schien nichts passiert zu sein.

»He, was soll der Scheiß?«, schrie Arthur. »Willst du uns umbringen? Kannst du uns nicht vorwarnen, ehe du so hart abbremst?«

Jem kümmerte sich nicht um ihn, sondern starrte in die Nacht hinaus. Sein Atem kondensierte zu weißen Wölkchen. Wer immer ihm da gerade vor die Kühlerhaube gesprungen war, jetzt war er weg. Hatte er ihn etwa überfahren? Aber nein, dann wäre doch ein Aufprall zu hören gewesen.

In diesem Moment klopfte es rechts von ihnen ans Blech. »Anhalten. Tür aufmachen.«

Jem fuhr herum. *Diese Stimme.* Er kannte diese Stimme.

Er wandte sich zur Seite. Vom indirekten Licht der Scheinwerfer schwach beleuchtet, standen zwei junge Männer am Hang. Einer von ihnen war blond und trug zahlreiche Tätowierungen, der andere hielt einen fetten schwarzen Kater im Arm. *Ragnar und Leòd!*

Jem lachte laut auf. »Ihr!«

»Hallo zusammen«, sagte Ragnar und grinste dabei über beide Ohren. »Ihr scheint es ja ziemlich eilig zu haben.« Er klopfte gegen das Blech. »Ein beeindruckendes Fahrzeug habt ihr da. Ziemlich ramponiert, aber heutzutage darf man ja nicht wählerisch sein. Hättet ihr eventuell noch Platz für zwei Mitfahrer?«

»Ob wir …? Aber natürlich. Macht, dass ihr reinkommt. He, Leute, rückt mal etwas zusammen. Unsere Gruppe ist gerade um zwei Mitglieder gewachsen.« Er nickte zufrieden. Ragnar und Leòd schienen zwei kluge Köpfe zu sein und das war etwas, was sie im Moment gut brauchen konnten. Je größer ihre Gruppe, desto größer ihre Chance zu überleben. Das Universum schien in diesem Moment ein Einsehen mit ihnen zu haben und ihnen nicht noch weitere Knüppel zwischen die Beine werfen zu wollen.

Er wartete, bis alle saßen, dann trat er aufs Gas.

35

Der Morgen graute bereits, als endlich die Pferde gesattelt und die Reiter zum Aufbruch bereit waren. Marek trieb seinen Knecht zur Arbeit an, aber es ging ihm immer noch nicht schnell genug. Es war nicht zu glauben, wie langsam die hier waren. Auf dem Gestüt in Refrath, auf dem seine Eltern zwei Reitpferde stehen hatten, waren die Abläufe deutlich schneller.

Warum sein Vater damals überhaupt Pferde angeschafft hatte, war Marek bis heute ein Rätsel, eigentlich hatte er nie wirklich einen Draht zu den Tieren gehabt. Aber er war wohl der Meinung gewesen, dass Pferde eine gute Möglichkeit boten, Kontakte zu knüpfen und Kunden an Land zu ziehen.

Marek hingegen mochte Pferde, er hatte schon immer ein gutes Verhältnis zu ihnen gehabt. Es gefiel ihm, dass sie auf alles reagierten, was er tat, und dass sie auf seine Anweisungen hörten. Ganz anders als Menschen.

Das Pferd, das er sich ausgesucht hatte, besaß wache, lebendige Augen und sein Stockmaß betrug etwa ein Meter siebzig. Vermutlich waren seine Vorfahren mal American Quarter Horses gewesen, wobei Marek sich mit amerikanischen Pferderassen nicht so gut auskannte. Der Hengst hörte auf den Namen Roan und schien noch nicht besonders gut eingeritten zu sein. Doch das würde Marek schon hinkriegen.

Der Stallbursche hatte die Gurte zu locker eingestellt, was wiederum zu einem ungenauen Sitz führte. Das Pferd scheute.

»Lass mich mal«, sagte Marek. »Ich zeige dir, wie man das macht. Die Tiere mögen es, wenn alles schön stramm sitzt, siehst du? Allerdings nicht zu stramm, es soll ihnen schließlich nicht wehtun. Du musst ein Pferd spüren lassen, wer der Herr ist. Wenn du zögerst oder gar Angst hast, reagieren Pferde mit Nervosität, verstanden? So, jetzt sitzt alles. Führ ihn in den Hof, ich warte dort auf dich.«

Auf dem Vorplatz herrschte bereits reger Betrieb. Pferde wurden herausgeführt, gesattelt und beladen. Taschen mit Proviant wurden befestigt, ebenso Decken und die Halterungen für die Waffen. Das Verfolgerkommando bestand aus sechs Kriegern, Marek eingeschlossen. Cederic war einer von ihnen, die anderen vier kannte er nicht. Doch es waren grimmige und zu allem entschlossene Kämpfer. Ein Jäger und Fährtensucher war ebenfalls mit dabei. Seine Kleidung bestand aus eigens für ihn zusammengeflickten Wolfsfellen, was ihm ein ziemlich verwegenes Aussehen verlieh. Sein Name war Edgar.

Marek spürte, wie die Aufregung in seinen Schläfen pochte. Die Idee, an dem Kommando teilzunehmen, war ihm urplötzlich gekommen. Und je länger er darüber nachdachte, desto besser fand er sie. Klar war die ganze Aktion nicht ohne. Da draußen lauerten Tiere, gefährliche Tiere, die nur darauf warteten, dass ein ahnungsloses Opfer vorbeikam. Mit einem kurzen Schaudern dachte er an den Vogelangriff vor ein paar Tagen zurück. Andererseits war das Mareks Chance, Nimrod zu beweisen, dass er nichts mit dem Ausbruch zu tun hatte und dass sich der Gode ganz auf ihn verlassen konnte. Nimrod war gerade in einer seltsamen Stimmung. Es war schwer einzuschätzen, was er als Nächstes tun würde. Ein bisschen Abstand war da vielleicht ganz hilfreich. Abgesehen davon brannte Marek darauf, seine alten Weggefährten noch einmal wiederzusehen. Es gab da nämlich noch eine Rechnung, die beglichen werden musste.

Sie alle hatten ihn verraten. Hatten ihn links liegen lassen und ausgespuckt wie saure Milch. Nicht einer hatte es für nötig befunden, ihn in ihre Pläne einzuweihen oder ihn gar zu fragen, ob er vielleicht auch von hier verschwinden wollte. Natürlich wollte er nicht, aber er hätte es fair gefunden, wenigstens gefragt zu werden.

Und das nach allem, was er für sie getan hatte.

Je länger er darüber nachdachte, desto wütender machte ihn das. Sie hatten ihm deutlich zu verstehen gegeben, dass er nicht mehr zu ihnen gehörte. Klar, von Jem oder den drei Nerds hätte er nichts anderes erwartet, aber was war mit Zoe? Was mit Katta?

Es war ihnen scheißegal, was aus ihm wurde. Das konnte er nicht auf sich sitzen lassen.

Der Stallbursche führte Roan an der langen Leine auf den Hof hinaus. Der Hengst war sichtlich erregt. Er peitschte mit dem Schweif und legte die Ohren an.

»Lass gut sein«, sagte Marek. »Ich übernehme ab hier. Sieh zu, dass die Satteltaschen ordentlich gepackt sind und nichts vergessen wurde.«

»Jawohl, Kommandant.«

Marek grinste. *Kommandant.* An diesen Klang konnte er sich wirklich gewöhnen.

Er trat in den Steigbügel, packte den Sattelknauf und zog sich mit einem Schwung hoch. Roan gab leicht unter seinem Gewicht nach. Er schnaubte und machte einen Schritt nach hinten.

»Hey«, sagte Marek und zog die Zügel stramm. »Ganz ruhig. Ich mache das nicht zum ersten Mal. Bei mir kannst du dich sicher fühlen. Tu einfach das, was ich sage, dann werden wir zwei gut miteinander auskommen.«

Marek fühlte, wie sich der Hengst beim Klang seiner Stimme entspannte. Er schnalzte und das Pferd setzte sich in Bewegung. Ein behutsamer Druck mit dem linken oder rechten Schenkel, ein leichter Zug am Zügel, schon änderte das Tier die Richtung. Marek lächelte zufrieden. Es würde keine Probleme geben.

Er ritt zu den Stallungen zurück, damit der Bursche die Satteltaschen befestigen konnte. In diesem Moment verließ Nimrod das Haupthaus und steuerte auf ihn zu.

Der Gode klopfte dem Hengst auf den Hals. »Wie ich sehe, habt ihr beide euch schon angefreundet«, sagte er. »Dann bist du also entschlossen, das Kommando zu begleiten?«

»Mehr denn je.«

»Gut. Sehr gut sogar. Dieser Ausbruch hat meinem Ansehen schweren Schaden zugefügt. Deine Freunde haben mich zum Gespött der Leute gemacht. Gewiss, Fürst Ansgar ist auch betroffen, aber in erster Linie geht es gegen mich. Weißt du, welchen Spottnamen man mir inzwischen gibt?«

»Nein …«

»Nimrod der Gnadenvolle, Nimrod der Milde. Ich will, dass du diese Sache für mich erledigst. Bring mir die Flüchtigen zurück, hörst du?«

»Jawohl, Hochwürden.«

Nimrod zögerte. Da war er wieder, dieser forschende Blick.

»Gibt es ein Problem?«, fragte Marek.

»Ich finde dein Verhalten sehr mutig.«

»Danke.«

»Es ist nur so, dass ich mich ständig frage, ob du der Aufgabe wirklich gewachsen bist.«

»Ihr zweifelt? Ihr habt doch selbst gesehen, dass ich kämpfen kann. Mit Pferden umgehen kann ich auch. Vermutlich besser als jeder andere in dieser Stadt.«

»Das meine ich nicht«, sagte Nimrod. »Es geht mir darum, wie du reagieren wirst, wenn du auf deine Freunde triffst.«

»Meine *ehemaligen* Freunde …«

»Na schön, deine ehemaligen Freunde. Was wirst du tun, wenn sie sich weigern, dich zu begleiten?«

»Das wird nicht passieren. Ich werde es nicht zulassen.«

»Und wenn doch?«

Marek zuckte die Schultern. Er hatte sich mit diesem Gedanken noch nicht näher beschäftigt. Für ihn stand fest, dass er sie zurückbringen würde.

Nimrod bemerkte sein Zögern. »Was, wenn sie partout nicht wollen? Wenn sie alles daransetzen, sich dir entgegenzustellen und dir keine andere Möglichkeit zu lassen? Was wirst du dann tun?«

Marek spürte, dass diese Frage eine Prüfung war. Vielleicht sogar die eine ultimative Prüfung. Er durfte jetzt nicht zögern. Er hob den Kopf. »Dann werden sie sterben«, sagte er voller Überzeugung.

Der Gode sah ihn an, ohne dabei mit der Wimper zu zucken. Sein Auge war wie eine Klinge, die sich direkt in sein Herz bohrte. Was er sah, schien ihn zufriedenzustellen.

»Gut«, sagte er. »Das war, was ich hören wollte.«

36

Mmm_meldung an ES: Großer Sss_stein verlassen. Bewegung in Richtung totes Land.

Zzz_ziel?

Unklar.

Kzzz_

Anweisungen?

Besser sss_stoppen. Zzz_zugriff totes Land eingeschränkt.

Einverständnis. Errichtet Barriere. Befragung sss_steht unmittelbar bevor. Informiert ES.

Zzz_zu Befehl. Diesmal keine Fehler. Erfolg.

37

Lucie saß hinter dem Lenkrad und blickte konzentriert geradeaus. Am Anfang war es ein etwas mulmiges Gefühl gewesen und sie hatte eine Weile gebraucht, bis sie all das, was Jem ihr erklärt hatte, auch verinnerlicht hatte. So viele Dinge, die man gleichzeitig beachten musste. Aber sie hatte keine andere Wahl gehabt. Jem waren zwischendurch schon fast die Augen zugefallen, sodass er dringend abgelöst werden musste. Und da von den anderen auch noch nie jemand Auto gefahren war, hatte sie sich bereiterklärt. Schwierig war es eigentlich nicht. Gas geben, bremsen, lenken – den Rest erledigte das Fahrzeug. Es gab allerdings ein Problem. Da die Schmiede die Dachkonstruktion entfernt hatten, fehlte dem Bus Power. Zwar wurde noch immer ausreichend Strom über die Seitenteile produziert, aber längst nicht mehr so viel wie zuvor. Das bedeutete, dass sie nicht mehr so schnell vorankamen. Andererseits war die Fahrbahn so voller Pflanzenbewuchs, dass sie ohnehin nicht mit Vollgas hätten fahren können. Je weiter sie nach Süden kamen, desto zugewucherter wurde das Gelände. Jem hatte ihr geraten, möglichst langsam und gleichmäßig zu fahren und keine unnötigen Brems- und Beschleunigungsmanöver auszuführen, um die Akkus zu schonen. Genau das tat sie und fuhr mit konstant fünfundzwanzig Stundenkilometern durch die Ebene.

Es war ein herrlicher Tag. Die Sonne schien von einem wolkenlosen Himmel herunter und sorgte für ausreichenden Stromfluss. Gleichzeitig brachte der Fahrtwind ein wenig Abkühlung.

Hoch konzentriert manövrierte Lucie das Fahrzeug um umgestürzte Baumstämme, Felsbrocken, Schlaglöcher und sonstige Hindernisse herum, wobei sie sich bemühte, keine Fehler zu machen. Sie wollte, dass Jem stolz auf sie war. Und sie schien Erfolg damit zu haben.

»Ich finde, du machst das ganz hervorragend«, sagte er. »Du hast ein echt gutes Gefühl für das Fahrzeug bekommen. Als hättest du noch nie in deinem Leben etwas anderes getan. Ein wahres Naturtalent.«

»Ich habe eine guten Lehrer«, sagte sie strahlend. Sie freute sich, dass es ihm wieder gut ging. Als sie ihn gestern in Leòds Räumen gesehen hatte, hatte sie echt Angst bekommen, so schlecht hatte er ausgesehen. Doch jetzt schien er vor Kraft und Energie geradezu zu explodieren. Seine Wangen glänzten und er lächelte.

»Weißt du eigentlich, dass alle hier dich für einen Helden halten?«

»Unsinn …«

»Stimmt aber«, sagte sie. »Sogar Ragnar, und der ist mit Lob und Komplimenten echt sparsam. Du hast uns alle gerettet.«

Jem winkte ab. »Das hätte doch jeder an meiner Stelle getan. Ich habe einfach eine Chance gesehen und sie genutzt. Ohne Nisha und die Trow hätte ich es niemals geschafft.« Er wurde still. »Ich hoffe, dass sie wegen uns keine Schwierigkeiten bekommen. Romero und seine Familie haben ziemlich viel riskiert, um uns zu helfen.«

»Mach dir keine Sorgen«, sagte Lucie. »Romero ist ein guter und umsichtiger Anführer. Er hat bestimmt Sicherheitsvorkehrungen getroffen.«

»Das hoffe ich«, sagte er. »Weißt du eigentlich, dass sie in mir einen Befreier sehen? Sie sind fest der Meinung, dass ich eines Tages zurückkehren und ihnen die Freiheit schenken werde.«

»Im Ernst? Das hast du uns ja noch gar nicht erzählt.«

»Ich dachte, es wäre nicht so wichtig. Aber jetzt merke ich, dass mich das die ganze Zeit beschäftigt.«

»Wie kommen sie denn auf so eine Idee?«

»Frag mich was Leichteres. Hat was mit einer Prophezeiung zu tun. Aza, die Älteste, hat es aus irgendwelchen Knochen herausgelesen. Eine ziemlich schräge Veranstaltung, das kannst du mir glauben. Und auch wenn es total bescheuert klingt, aber ich fühle mich ihnen gegenüber verpflichtet. Ich kann sie nicht einfach ihrem Schicksal überlassen, verstehst du das?«

»Und ob ich das tue.« Sie streckte ihre Hand aus und berührte sanft seinen Arm.

Jem hatte es verdient, glücklich zu sein. Ihm hatten sie es zu verdanken, dass sie wieder ein kleines bisschen Hoffnung schöpfen konnten. Natürlich wusste niemand von ihnen, ob sie ihr Ziel jemals erreichen würden. Sie mussten jederzeit damit rechnen, von irgendwelchen Tieren angegriffen zu werden. Vielleicht hatten Nimrod oder der Jarl auch einen Suchtrupp ausgeschickt, der sie zurück zur Festung bringen sollte. Beim Gedanken daran lief ihr gleich ein kalter Schauer über den Rücken. Freiwillig würde sie nie wieder dorthin zurückkehren. Aber was würde sie im Süden erwarten? Würden sie wirklich auf die Nachfahren der Zeitspringer treffen?

Sie blickte in den Rückspiegel und sah Leòd neben Katta sitzen, Ragnar neben Zoe und Olivia neben Arthur und Paul. Unter anderen Umständen hätte man meinen können, sie wären ein paar Freunde auf Tour, die den Sommer ihres Lebens genossen.

»He Leute, hört mal auf zu reden. Ich glaube, ich habe etwas gehört.« Ragnar war aufgestanden und spähte nach hinten. »Ich sagte, ihr sollt mal mit dem Geplapper aufhören.«

»Was ist denn los?«, fragte Zoe. Sie schob Leòds knurrigen Kater zur Seite, der das mit einem übellaunigen Geräusch quittierte.

»Schhhh ...«

Die Gespräche verstummten. Lucie blickte wieder in den Rückspiegel. »Was ist denn los?«

»Halt mal an.«

»Ich soll ...?«

»Nun mach schon.«

Lucie sah Jem an und er nickte. »Fahr da rüber, da wächst das Gras etwas weniger dicht.« Er deutete auf eine freie Stelle, an der früher vielleicht mal ein Parkplatz gewesen war. Ein paar verbogene Laternenmasten und ein halb zerfallenes Klohäuschen standen dort.

Lucie zog den Bus rüber, ging vom Gas und ließ ihn sanft ausrollen. Dann standen sie. Die Fahrgeräusche erstarben und wurden ersetzt von exotischem Insektengesumm und dem

Zwitschern fremdartiger Vögel. Ringsumher breiteten sich Wälder und dichte Sumpfgebiete aus.

Jem stand auf. »In Ordnung, wir haben angehalten«, sagte er. »Jetzt erzähl mal, was du gehört hast.«

»Spitzt doch mal die Ohren«, sagte Ragnar. »Hört ihr das nicht?«

Lucie lauschte. Das Metall des Busses knackte. Vermutlich wegen der Hitze. Aber da war noch etwas anderes. Ein dumpfes Klopfen.

»Es kommt von hier hinten«, rief Paul und deutete auf die Bodenplatten. »Ist das der Motor?«

»Quatsch«, entgegnete Arthur. »Der Motor ist vorne. Das muss etwas anderes sein.«

»Hier ist eine Luke«, sagte Zoe und versuchte, sie mit ihren Fingern zu öffnen. »Scheint sich aber verklemmt zu haben.«

»Warte.« Jem zog ein Brecheisen aus dem Werkzeugfach und ging nach hinten. Er setzte den Stahl an, drückte nach unten und die Klappe sprang mit lautem Scheppern auf.

Lucie stand ebenfalls auf und trat näher. Aus der Tiefe der Ladeluke blickte ihnen ein dunkles Gesicht entgegen. Große runde Augen und ein Mund, der sich zu einem breiten, wenn auch entschuldigenden Lächeln verzog. Weiße Zähne schimmerten ihnen entgegen.

»Hallo«, sagte eine hohe Mädchenstimme.

Jem sah aus wie vom Blitz getroffen. Er wich zurück, als hätte er ein Gespenst gesehen.

»Nisha!«

38

Nisha plapperte wie ein Wasserfall.

Sie erzählte von ihrer Flucht, von ihrem Plan, Jem zu begleiten, davon, sich unbemerkt in den Bus zu schmuggeln, von dem Missgeschick, als plötzlich die Ladeluke zugefallen war, und von ihrer Erleichterung darüber, dass sie endlich wieder an der frischen Luft war. Sie schien überhaupt kein schlechtes Gewissen zu haben, sondern hielt das Ganze für ein großes Abenteuer.

Lucie konnte sich ein Grinsen nicht verkneifen. Sie hatte von Jem schon einiges über seine kleine Retterin erfahren, sie aber live zu sehen, war noch mal etwas vollkommen anderes. Die Kleine war wie ein glühender Lavastein.

»Da unten war es echt eklig«, fuhr Nisha fort. »Es hat gestunken, es war heiß und es gab nichts, woran ich mich festhalten konnte. Ich bin dauernd hin- und hergeflogen. Ich hatte wirklich Angst, irgendwann ersticken zu müssen. Ihr habt mich ja nicht gehört! Aber das ist ja nun nicht mehr schlimm, denn jetzt bin ich ja da und ich freue mich, dass wir schon so weit gekommen sind. Wie weit ist es noch? Sind wir bald da? Habt ihr etwas zu trinken? Und Hunger habe ich auch.« Sie hörte erst auf zu reden, als Katta nach hinten griff und ihr ein paar Haferkekse und Wasser gab.

»Aber … aber warum?«, stieß Jem aus. »Und was ist mit deinen Eltern? Was ist mit Romero? Weiß er von der Sache? Bestimmt nicht. Er wird sich schreckliche Sorgen machen.«

»Ich habe ihm einen Zettel geschrieben. Ich kann nämlich schreiben, wisst ihr? Ziemlich gut sogar, sagt meine Lehrerin. Also habe ich ein Stück Holzkohle genommen, einen Zettel geschrieben und ihn auf den Küchentisch gelegt. Dort werden sie ihn bestimmt finden. Sie werden es verstehen«, sagte sie achselzuckend.

Jem schüttelte entschieden den Kopf. »Das ist Unsinn und das weißt du auch. Für deine Eltern ist das ein Albtraum. Das war unverantwortlich von dir. Dir hätte da unten sonst was passieren können, da ist alles voller Stromleitungen. Und was, wenn Ragnar dich nicht gehört hätte? Du hättest da unten verdursten und verhungern können.«

Nishas gute Laune begann zu bröckeln. Ihre Unterlippe schob sich vor. Offenbar hatte sie sich die Begrüßung anders vorgestellt. »Mir geht's doch gut. Was regst du dich so auf?«

»Du bringst uns alle in Schwierigkeiten, deswegen rege ich mich auf.«

»Pffft.« Sie verschränkte die Arme vor der Brust. »Ich kann gut auf mich selbst aufpassen. Vergiss nicht, wer dich aus dem Loch gezogen und dir geholfen hat. Und außerdem dachte ich, du magst mich.« Die Unterlippe bebte jetzt.

Jem ging auf die Knie und umarmte sie. »Natürlich mag ich dich. Aber es führt kein Weg daran vorbei, wir müssen zurück.«

»Was?« Nisha stieß ihn von sich weg. »Ich will nicht wieder zurück.«

Lucies Pulsschlag beschleunigte sich. War das Jems Ernst? Sie waren schon so weit gekommen und jetzt sollten sie wieder zurück in die Höhle des Löwen?

»Die Gefahr, dass man uns erwischt, ist viel zu groß«, sagte Ragnar, als hätte er ihre Gedanken gelesen. »Abgesehen davon sind garantiert irgendwelche Verfolger hinter uns her. Ich habe keine Lust, denen in die Arme zu laufen.«

»Wie wollen sie uns denn einholen?«, fragte Zoe. »Zu Fuß?«

»Du vergisst die Pferde«, antwortete Ragnar.

»Die sind doch längst nicht so schnell wie der Bus.«

»Nun ja ...« Arthur räusperte sich verlegen. »Ich will ja kein Spielverderber sein, aber bei unserem Schneckentempo kann ein durchtrainiertes Pferd durchaus mithalten.«

»Ich kann nicht schneller fahren«, protestierte Lucie. Sollte er sich doch selbst hinters Steuer setzen, wenn er es besser konnte.

»Das weiß ich doch. Es sollte auch kein Vorwurf sein. Was für ein Tempo hatten wir durchschnittlich drauf?«

Lucie zuckte die Schultern. »Um die fünfundzwanzig Stundenkilometer.«

»Und ein Pferd läuft dauerhaft wie viel? Zwanzig? Ihr seht, worauf ich hinauswill.«

»Aber sie können doch nicht wissen, wo wir hinwollen«, sagte Jem. »Es weiß doch niemand, dass wir den Zeitspringern folgen wollen.«

»Ähem, ich fürchte doch ...« Leòd senkte verlegen den Kopf. »Mein Vater. Ich habe ihm gegenüber ein paar Andeutungen fallen lassen. Dass wir in das Buch Einsicht genommen haben, gibt ihm sicherlich zu denken. Er wird eins und eins zusammenzählen.«

»Sie wären uns ohnchin gefolgt«, sagte Ragnar. »Unter uns Jägern gibt es ein paar ganz ausgezeichnete Spurenleser und dieser Bus hinterlässt eine Fährte, die so breit ist, dass selbst ein Blinder sie finden würde.«

»Aber das ist ja furchtbar«, sagte Paul. »Wir müssen doch zwischendurch mal Pause machen. Etwas essen und trinken. Schlafen.«

»Das sehe ich auch so«, sagte Leòd. »Unser Proviant ist irgendwann aufgebraucht. Außerdem kann ich nicht den ganzen Tag Kekse und Fladenbrot essen.«

»Ich auch nicht«, sagte Ragnar. »Das Zeug hängt mir jetzt schon zum Hals raus. Paul hat recht. Lasst uns hier und jetzt eine kleine Pause einlegen. Ein paar von uns organisieren frisches Wasser, Zoe und ich werden auf die Jagd gehen. Ich weiß, dass das gefährlich ist und die Bestien wieder gegen uns aufbringen könnte, aber ich sehe keine andere Möglichkeit. Irgendetwas müssen wir essen. Was denkt ihr darüber?«

»Ich denke, du hast recht«, sagte Jem. Er überlegte kurz. »Ist ja auch nicht so, dass sie untereinander völlig friedlich wären. Ein Wolf wird nach wie vor ein Kaninchen oder eine Maus fressen, wenn sie ihm begegnen. In der Höhle des Bären habe ich zum Beispiel etliche Knochen gefunden. Wir können ja auch nicht nur Beeren essen.«

Ragnar nickte zufrieden. »Dann ist das also besprochen. Ich kenne mich ein bisschen mit Fährtenlesen aus und du bist eine gute Schützin …« Er warf ihr einen vielsagenden Blick zu. »Ihr anderen könnt nach Nüssen, Beeren oder anderen essbaren Dingen Ausschau halten. Nehmt mit, was ihr finden könnt. Leòd und ich werden hinterher aussortieren, was essbar ist und was nicht. Entfernt euch nicht zu weit vom Bus und trödelt nicht rum, verstanden?«

Lucie tastete nach Jems Hand. Für sie stand fest, dass sie keinen Moment von ihm getrennt sein wollte. Wenn Ragnar und Zoe alleine sein konnten, so konnten sie das auch.

39

Der Wald war voller fremdartiger Geräusche und schriller Farben. Jem kam es so vor, als badete er in einem Seerosenteich. Als würde er hinab zu einem Korallenriff tauchen, dessen bizarre Formen und Farben ihn einhüllten. Bei aller Schönheit spürte er aber auch, dass sie sehr vorsichtig sein mussten. Diese Welt war fremder als alles, was er sich bisher vorgestellt hatte.

Lucie hielt noch immer seine Hand. Ihre Finger waren weich und warm. Als er sie ansah, lächelte sie.

Jem spürte ein warmes Gefühl in seinem Bauch. Ja, dachte er. Dies ist genau der richtige Ort und Zeitpunkt. Er beugte sich zu ihr und sah sie an. Sie schien genau zu wissen, was er vorhatte. Und sie hatte nichts dagegen einzuwenden.

Als ihre Lippen sich berührten, war es, als würde die Zeit stillstehen. Er selbst hielt den Atem an und mit ihm die Welt.

»He, seid ihr zwei etwa verliebt?«

Er fuhr herum.

Nisha stand nur drei Armlängen entfernt und sah sie neugierig an. Er hatte sie überhaupt nicht gehört. Wie sie sich anschleichen konnte, ohne dass er es bemerkte, war ihm schleierhaft.

Ein rosafarbener Schimmer huschte über Lucies Wangen. Kichernd zog sie ihre Hand zurück. »Erwischt.«

Jem versuchte, möglichst cool zu wirken.

»Was machst du hier?«, zischte er. »Ich hab dir doch gesagt, du sollst beim Bus bleiben. Paul wartet auch dort. Hier ist es zu gefährlich für dich.«

»Pfft, langweilig. Ich will lieber bei euch bleiben. Aber nur, wenn ihr aufhört zu knutschen. Echt peinlich so was.«

Jem wusste nicht, was er dazu sagen sollte. Nisha stand da und grinste ihn breit an.

Auch Lucie lachte. »Tja, wie mir scheint, hast du jetzt eine kleine Schwester. Viel Spaß.«

»Sie ist aber nicht meine Schwester.«

»Bin ich wohl«, sagte Nisha. »Und du meine.« Sie ergriff Lucies Hand. »Ich mag deine Haare. Ich wünschte, meine wären auch so rot.«

»Echt?« Lucie zog eine Strähne in die Länge. »Ich hätte viel lieber schwarze Haare wie du. Aber wir können uns unser Äußeres eben nicht aussuchen, nicht wahr?«

Nisha schien darüber nachzudenken, dann schüttelte sie ernsthaft den Kopf. »Nein, das können wir nicht. Wo geht ihr denn hin?«

»Wir schauen uns ein bisschen um«, sagte Jem. »Beeren, Nüsse und Wasser suchen.«

»Prima, darin bin ich gut.« Nisha strahlte.

Jem überlegte einen Moment, dann knickte er ein. Er konnte die Kleine jetzt ohnehin nicht mehr guten Gewissens alleine zurückschicken. Viel zu gefährlich. Ihm blieb wohl nichts anderes übrig, als sie mitzuschleppen.

»Na schön, dann komm eben mit«, grummelte er. »Mit der

trauten Zweisamkeit ist es dann jetzt wohl vorbei. Aber wehe, du machst uns Schwierigkeiten, hörst du? Vor allem musst du jetzt ganz leise sein.«

Nisha machte eine Geste, als würde sie ihren Mund zuschließen.

»Eine richtig kleine Familie«, sagte Lucie kichernd. »Hast du dir das so vorgestellt?«

Jem schüttelte mürrisch den Kopf. Das Leben besaß schon eine besondere Art von Humor.

Einige Hundert Meter weiter stießen sie auf ein höher gelegenes Gelände, das weniger sumpfig und dafür trockener war. Dicke Moospolster bedeckten den Waldboden wie ein Teppich. Hier und da wucherten Pilze aus den halb vermoderten Baumstümpfen empor. Da weder er noch Lucie oder Nisha sich mit Pilzen auskannten, ließen sie sie lieber stehen. Dafür fanden sie aber etwas anderes. »Schaut mal«, rief Nisha. »Hier sind jede Menge Beeren. Blaubeeren.«

Jem blickte skeptisch. Er war auch kein Spezialist in Sachen Beeren. »Bist du sicher? Die sehen mir fast ein bisschen groß aus.«

»Blaubeeren können so groß werden. Aber wenn dir unwohl ist, können wir sie auch stehen lassen.«

»Wenn du dir sicher bist, ist das okay für mich. Ich will nur hinterher keine Bauchschmerzen bekommen.«

»Ganz sicher.« Ehe er noch etwas sagen konnte, hatte Nisha eine davon gepflückt und in den Mund gesteckt. Genießerisch schloss sie die Augen. »Mmh, köstlich. Probiert selbst.«

Jem und Lucie versuchten es und tatsächlich: Die Beeren waren zuckersüß und lecker. Jem stopfte sich gleich noch ein paar mehr davon in den Mund. Nichts, was so gut schmeckte, konnte wirklich giftig sein. Himmlisch. Die Dinger machten süchtig und außerdem hatte er einen Bärenhunger.

Während er noch kaute, ließ er seinen Blick schweifen. Wie still es hier war. Keine Grillen, kein Froschgequake, selbst von den Vögeln war nichts mehr zu hören. Dabei waren sie vorhin richtig laut gewesen. Er stellte das Kauen ein und sah sich um.

»Was ist los?«, flüsterte Lucie.

»Pst.« Er hob den Finger. »Hörst du das?«

Fragend sah sie ihn an. »Was denn? Da ist doch nichts.«

»Eben.« Er drehte sich im Kreis. Sehen konnte er nichts, aber das musste nichts heißen. Er spürte, wie sich seine Nackenhaare aufrichteten.

»Ich denke, wir sollten uns aus dem Staub machen«, flüsterte er.

»Und die Beeren?«, fragte Nisha enttäuscht. Von ihren Mundwinkeln tropfte blauer Saft.

»Keine Zeit.« Er packte ihre Hand und wollte sie gerade hinter sich herzerren, als er sah, dass Lucie immer noch zwischen den Blaubeeren stand.

»Nun komm schon«, zischte er.

Doch sie ignorierte ihn. Wie damals im Flugzeug, als er sie aufgefordert hatte, sich hinzusetzen. Stattdessen starrte sie auf den dichteren Teil des Waldes.

»Was hast du?«

»Da ist etwas«, flüsterte sie. »Dort, zwischen den Bäumen.«

Er kniff die Augen zusammen, konnte aber nichts erkennen. »Bitte komm doch. Ich habe da ein ganz komisches Gefühl ...«

Plötzlich bemerkte er eine Bewegung. Einer der Stämme krümmte sich – als wäre er aus Gummi. Oder war das eine optische Täuschung? Ein seltsames Zwitschern ertönte. Nicht von Vögeln. Es klang eher wie ein schlecht geöltes Scharnier. Jem erstarrte. Er hatte das schon einmal gehört. Dann drang ihm ein Geruch in die Nase. Säuerlich-faulig. Genau wie vor dem Brillengeschäft in Denver.

40

Plötzlich war die Erinnerung wieder da. Lucie hatte alles genau vor Augen: die leblos baumelnden Arme, der kopfüber herabhängende Körper, die schrecklichen, blutgetränkten Klauen. Es war, als würde sie wieder vor dem Baum stehen, auf den der Berglöwe Connie gezerrt hatte.

Gehe deinen Weg. Sss…singe dein Lied, tanze deinen Tanz. Die Worte hallten in Lucies Kopf und sie presste die Hände gegen ihre Schläfen, um sie zu verdrängen. Sie musste sich zwingen, im Hier und Jetzt zu bleiben und sich nicht komplett von den Erinnerungen vereinnahmen zu lassen.

Da war etwas im Baum.

Etwas Lebendiges.

Etwas Fremdes.

Farben umstrahlten den unscharfen Fleck. Ein diffuses Wabern aus roten und gelben Tupfern, immer wieder durchbrochen von Sprengseln aus Blau und Grün. Was immer das war, es hatte Angst. Vielleicht genau so viel wie sie selbst. Vermutlich war das der Grund, warum sie immer noch hier stand.

Aus der Ferne drangen Rufe an ihr Ohr. Nisha und Jem.

Sie beachtete sie nicht, sondern ging auf den verwaschenen Farbklecks zu.

»Du brauchst keine Angst zu haben«, sagte sie, wobei sie nicht wusste, ob sie das nicht nur zu sich selbst sagte.

»Dir passiert nichts. Wir wollten hier nur ein paar Beeren pflücken und dann sind wir wieder weg.«

Ihre Worte fanden Gehör. Sie erkannte es daran, wie sich die Farben veränderten. Sie wurden ruhiger und weniger grell.

Ihr Herz schlug immer noch rasend schnell, nur langsam verblassten die Bilder von Connie. Behutsam sprach sie weiter.

»Ich habe noch nie einen wie dich gesehen. Genau genommen sehe ich dich auch jetzt nicht, aber das würde ich gerne. Meinst du, du könntest deine Tarnung ablegen? Nur für einen Moment?«

Ein sanftes Rosa antwortete ihr.

Das Wesen schien sich zu beruhigen. Trotzdem blieb es unsichtbar. Es traute ihr offensichtlich nicht genug, um vollständig auf seinen Schutz zu verzichten. Wenig verwunderlich, schließlich waren diese Kreaturen jahrzehntelang von Menschen verfolgt und getötet worden. Bis sie dann zurückgeschlagen hatten. Arthur hatte ihr die Geschichte erzählt.

Ihr kam ein verrückter Gedanke. Sie streckte die Hand aus und machte einen Schritt vorwärts. Nichts passierte.

Sie machte noch einen.

Und noch einen.

Der Baumstamm war jetzt weniger als eine Armlänge entfernt. Was immer sich darauf befinden mochte, befand sich in unmittelbarer Nähe.

Und dann berührte sie es.

Ihre Finger ertasteten etwas Warmes, Weiches. Es fühlte sich an wie die Wärmflasche, die Lucie als Kind so geliebt hatte. Außerdem passierte noch etwas anderes. Farben zuckten auf. Ein

Regenbogen von Gefühlen und Emotionen. Das Spektrum war sensationell. Eine Sinfonie aus Lavendel, Minze und Taubenei, die vielleicht Neugier, Angst und Überraschung bedeuten mochten. Lucie war sich nicht sicher. Die Emotionen waren zu fremd und zu intensiv.

Sie zuckte zurück.

Sie spürte ihren Puls flattern. Ihre Atmung setzte aus.

Für einen kurzen Moment hatte sie sich selbst gesehen. Auch Nisha und Jem hatte sie gesehen, beide hatten etwa zwanzig Meter hinter ihr gestanden und sie mit großen Augen angestarrt. Das Bild war gekrümmt gewesen, so als hätte sie in einen Zerrspiegel geschaut.

»Das gibt's doch nicht«, flüsterte sie. »Das ist doch nicht möglich. Ich kann mit deinen Augen sehen.«

Die Farbe kippte von Taubeneiblau zu einem hellen Gelb.

Und dann passierte es: Aus dem gallertartigen, durchsichtigen Klumpen löste sich ein einzelner dünner Arm. Er krümmte und wand sich, als würde er nach etwa tasten. Dann legte er sich auf ihre Schulter.

41

Jem hielt den Atem an. Wo eben noch ein Moospolster gewesen war, sah er plötzlich einen Strudel aus optischen Verzerrungen und Formen, der immer größer wurde. Die Baumrinde veränderte ihre Gestalt, wurde plastisch und weich.

Dann tauchte etwas daraus hervor.

Nisha stieß einen leisen Schrei aus. Er hielt ihr die Hand vor den Mund und versuchte, sie zu beruhigen. Normalerweise hätte er sofort die Beine in die Hand genommen und wäre weggerannt, aber er konnte Lucie unmöglich alleine lassen. Nicht jetzt. Nicht hier.

»Geht's wieder?«, flüsterte er Nisha zu.

»Was ist das?«

»Weiß ich nicht genau ...«

»Ist es eine Midgardschlange?«

»Möglich.«

»Sieht voll eklig aus.«

»Bleib stehen.«

»Was hast du vor?«

»Na, was denkst du wohl? Ich muss zu Lucie.«

»Dann komme ich mit.«

»Nein, du bleibst hier. Das ist ein Befehl, hörst du?«

Ohne auf eine Antwort zu warten, stapfte er los.

Er war ein paar Schritte gegangen, als er vorsichtshalber

nach hinten schaute. Nisha war natürlich nicht stehen geblieben, sondern folgte ihm auf dem Fuß. Mit zusammengepressten Lippen stand sie da. Seufzend nahm er sie an der Hand. Wieso hörte hier eigentlich niemand auf ihn?

Argwöhnisch zuckte sein Blick hinauf zu den Bäumen. Durchaus möglich, dass das Ding nicht allein war. Ein Artgenosse vielleicht. Vielleicht aber auch irgendwelche Tiere, die von ihm kontrolliert wurden. Im Geiste sah er sich schon von Wölfen umringt. Sehen konnte er allerdings nichts. Noch immer herrschte tiefstes Schweigen im Wald.

»Lucie«, flüsterte er. »Kannst du mich hören?«

»Klar höre ich euch. Wahrscheinlich weiß bald der halbe Wald, dass ihr hier seid.«

Sie sprach, ohne sich dabei umzusehen. Seltsam, sie schien überhaupt keine Angst zu haben.

Mit Schaudern bemerkte Jem den Tentakel, der auf ihrer Schulter lag. Er windete und krümmte sich, als würde er ein unsichtbares Orchester dirigieren.

Das Wesen selbst hatte entfernte Ähnlichkeit mit einem Oktopus, auch wenn seine Haut deutlich fester und schuppiger aussah. Seine Oberfläche schimmerte wie Buntglas und gab bei jeder Bewegung leise, klirrende Geräusche von sich. Eigentlich ein sehr hübscher Anblick.

Verglichen mit dem Exemplar, das sie versehentlich überfahren hatte, war es klein. Der Körper selbst war etwa so groß wie eine Grapefruit, seine Arme kräftig und kurz. Viel kürzer, als Jem das von der meeresbewohnenden Verwandtschaft kannte. Er erinnerte sich, vor einiger Zeit mal eine Fernsehdokumentation über Oktopoden gesehen zu haben. Damals hatte der Kommentator gesagt, Kopffüßer seien neben Menschenaffen und Delfinen die intelligentesten Wesen auf diesem Planeten. Sie verfügten über ein beachtliches räumliches Gedächtnis, ein gutes Orientierungsvermögen und eine herausragende Technik beim Fangen von Beute. Doch dieser Oktopus hier war aufgrund des Evolutionssprungs viel weiter entwickelt. Auch Roderick hatte davon gesprochen. Es war, als würde man ein Totenkopfäffchen mit einem Schimpansen vergleichen.

Lucie stand immer noch auf derselben Stelle. Jem konnte sehen, wie sie ihr Gegenüber mit den Fingerspitzen berührte. Es sah aus, als würden die beiden miteinander kommunizieren.

»Was tust du denn da?«

»Kommt näher«, flüsterte sie. »Er ist ganz friedlich.«

»Er ist ein Squid.«

»Ja und?«

»Die Dinger sind gefährlich!«

»Dieser hier nicht. Er will nur reden.«

»Reden?« Jem traute seinen Ohren nicht. Lucie schien nicht alle Tassen im Schrank zu haben. Zu allem Überfluss ließ jetzt auch noch Nisha seine Hand los.

»Komm zurück«, zischte er.

Mal wieder wurde er nicht beachtet.

»Vorsichtig«, flüsterte Lucie Nisha zu. »Du darfst ihn nicht erschrecken.«

Die Kleine trat neben Lucie und tippte mit der Fingerspitze auf die schillernden Schuppen.

»Hihi, das kitzelt.«

Der Squid veränderte seine Struktur. Feine Wellenmuster huschten über seinen Rücken. Er gab Geräusche von sich, die ein bisschen an das Grunzen von Ferkeln erinnerten.

Lucie grinste. »Ich glaube, er mag dich.«

»Ich mag ihn auch. Er ist süß.«

Jem verdrehte die Augen. Mädchen!

»Kommt jetzt weg da«, zischte er. »Was, wenn er giftig ist?«

»Er ist nicht giftig und er will sich mit uns unterhalten. Er ist neugierig.«

»Er? Ich dachte die Viecher wären Zwitter.«

»Das hast du mit Schnecken verwechselt.« Lucie zwinkerte.

»Woher willst du wissen, dass es ein Junge ist?«

»Er hat es mir gesagt.«

»So, so, gesagt hat er dir das. Weißt du was? Ich habe jetzt echt genug. Ich mach mich vom Acker.«

Lucie schenkte ihm ein verständnisvolles Lächeln und streckte die Hand nach ihm aus. »Sei nicht so ein Schisser. Fass ihn doch mal an. Er tut dir nichts, ich verspreche es dir.«

»Ich soll *was?«* Hatten denn hier alle den Verstand verloren?

Sie zwinkerte ihm zu. »Sag bloß, Nisha ist mutiger als du.«

»Das hat doch mit Mut nichts zu tun ...«

Während er sprach, streckte der kleine Oktopus einen Arm nach ihm aus. Es war ganz klar, dass er Kontakt aufnehmen wollte.

»Sieh mal, er möchte dich kennenlernen«, sagte Lucie. »Nun sei nicht so ein Sturkopf und tu ihm doch den Gefallen.«

»Damit er seine Artgenossen rufen und mir den Kopf abreißen kann. Ja, ja ...«

Trotz seiner Abneigung streckte er seine Hand aus. Ein Ärmchen kam herangeschwebt und legte sich sanft wie eine Feder auf seine Fingerspitzen. Die Haut fühlte sich ganz warm und fest an. Längst nicht so glitschig und schleimig wie bei seinen Verwandten aus dem Meer. Ein Kitzeln durchströmte Jem, als würde er die Pole einer schwach geladenen Autobatterie berühren.

Er zuckte zurück. Doch als er merkte, dass nichts Schlimmes geschah, traute er sich noch einmal.

Seltsam, die Berührung löste etwas in ihm aus. Eine Flut von Gefühlen und Bildern schwappte über ihn hinweg. Zu diffus und unklar, um sie richtig einsortieren zu können, aber definitiv nicht seine eigenen. Hatte er gerade die Gedanken des Squids empfangen?

»Mann, das gibt's doch nicht«, flüsterte er. »Ich habe gerade wirklich so etwas wie einen elektrischen Schlag bekommen. Das waren irgendwelche Gefühle, ich konnte sie nur nicht richtig zuordnen.«

»Weil du sie nicht entschlüsseln kannst«, sagte Lucie. »Ich schon. Verstehst du jetzt, warum ich wollte, dass du ihn berührst? Außerdem ist das kein Ding. Es ist ein Junge.« Lucie lächelte. »Er hat mir sogar gesagt, wie er heißt. Aber der Name war für mich unaussprechbar, daher werde ich ihn einfach *Quabbel* nennen.«

»Quabbel?« Jem schüttelte den Kopf. »Du hast ein Rad ab, weißt du das?«

»Fällt dir das erst jetzt auf?« Sie sah ihn mit einem breiten Grinsen an.

Sofort begann das Ding im Baum, in den schillerndsten Farben zu leuchten. »Schau mal«, sagte Jem. »Ich glaube, er reagiert auf uns.«

»Aber natürlich. Er ist hochsensibel. Ich glaube sogar, dass er unsere Gedanken lesen kann.«

»Ist das dein Ernst?«

Lucie nickte. »Ich bin mir nicht sicher. Zumindest spürt er, was wir fühlen, und kann umgekehrt seine Gefühle auf uns übertragen. Als ich ihn das erste Mal berührt habe, hab ich gemerkt, dass er Angst hat. Mittlerweile weiß er, dass wir ihm nichts tun und mindestens so viel Angst vor ihm haben wie er vor uns.« Sie sprach leise und konzentriert. »Er kommuniziert mit Farben und Berührungen. Das ist viel unmittelbarer als Sprache und Gesten. Es wäre ohnehin viel einfacher, wenn man verstünde, was der andere fühlt. Erstens wüsste man sofort, woran man ist, zweitens könnte man auf diese Weise Missverständnissen vorbeugen. Die Squids beherrschen diese Technik offenbar. Und wie es scheint so gut, dass sie sogar mit anderen Spezies kommunizieren können.«

Jems Atem ging so schnell, als wäre er gerade die Hundertmeter in Bestzeit gelaufen. »Wir müssen zurück und den anderen«, keuchte er. »Das müssen wir ihnen unbedingt erzählen.«

»Vielleicht sollten wir damit noch etwas warten. Es gibt nämlich noch eine Sache, die du wissen solltest. Quabbel hat eine Bitte.«

»Eine Bitte?« Jem konnte kaum glauben, was er da hörte. Entweder Lucie bildete sich das alles nur ein oder sie war das verdammt größte Genie auf diesem Planeten. »Und was?«

Lucie lächelte unschuldig. »Er möchte uns begleiten.«

42

Was für eine Hitze. Marek hatte sich in den letzten Tagen so an die Berge gewöhnt, dass er die sommerlichen Temperaturen hier unten fast schon unangenehm fand. Die drückende Schwüle schlug ihm aufs Gemüt. Ganz zu schweigen von diesen nervtötenden Grillen, deren Zirpen wie Zahnarztbohrer klang.

Überraschenderweise hatten sie bisher noch keine Probleme mit irgendwelchen angriffslustigen Biestern gehabt. Sei es, dass der Bus alle Aufmerksamkeit auf sich gelenkt hatte, sei es, dass die Jagd für die Squids uninteressant geworden war – für Marek und das Verfolgerteam war das nur von Vorteil. Sie mussten sich nicht verteidigen und kamen auch noch deutlich schneller voran. Trotzdem sollten sie nicht unaufmerksam werden. Dies war das Reich der Squids und ihr Glück konnte jederzeit umschlagen.

Die Jäger ritten schweigend hintereinander her. Angeführt wurden sie von Edgar. Der Jäger bahnte ihnen den Weg durch das wilde Land, wobei selbst ein Blinder mit Krückstock die Spur gefunden hätte. Platt gedrücktes Gras, Reifenprofile, eingesunkene Stellen und verschobene Steine wiesen ihnen den Weg. Man musste kein Spezialist sein, um die Fährte zu erkennen. Trotzdem war es gut, einen Spurensucher dabei zu haben, denn das Gelände würde vermutlich nicht immer so bleiben.

Edgar hob die Hand und deutete nach rechts. Er schien etwas entdeckt zu haben. Marek griff nach seinem Schwert. Er gab das Signal nach hinten weiter und ritt zu Edgar hinüber, der abgestiegen war und den Boden untersuchte.

»Irgendetwas gefunden?«

»Scheint, als hätten sie hier Rast gemacht«, sagte er. »Eine Feuerstelle, seht ihr? Und das Gras ist ringsherum zu Boden getreten.«

»Ziemlich riskant, in einer solchen Gegend ein Feuer zu machen. Hatten die dann gar keine Angst, entdeckt zu werden?«

»Offensichtlich nicht. Oder sie waren einfach zu dumm, um die Gefahr richtig einzuschätzen. Übrigens gibt es auch Trittspuren. Ein paar führen links in den Wald, ein paar nach rechts. Offensichtlich wollten sie ihre Nahrungsvorräte auffrischen.«

Marek beugte sich vor. »Ja, hier sind ein paar Reste von Blaubeersträuchern. Kein Zweifel, sie waren hier.«

Er klaubte eine der Beeren vom Boden und steckte sie in den Mund. Sie war himmlisch saftig und süß. »Wie viel Vorsprung haben sie noch?«

Edgar prüfte die Glut und schnupperte an einem angekohlten Ast. »Etwa zwei Stunden.«

»Das heißt, wir holen auf«, sagte Cederic. »Wenn wir auf die Pausen verzichten, könnten wie sie einholen.«

»Das sehe ich auch so«, sagte Edgar. »Aufgesessen und weiter geht's. Spätestens bei Anbruch der Nacht haben wir sie.«

43

Problem.

Sss—sprecht.

Jungform hat KONTAKT aufgenommen. Wir glauben, dass Zzz—zufall.

KONTAKT? Zzz—zu wem?

ROT und DUNKEL. Vielleicht Befehl nnn—nicht verstanden.
Vielleicht unerfahren.

Nnn—nicht gut. Gar nnn—nicht gut.
Unerwünschter Informationsfluss. Vor allem,
wenn ROT tatsächlich über FÄHIGKEIT verfügt.

Mmm—müssen abwarten. Mmm—müssen wissen, was es gesagt.

Wir erfahren. Korridor bereits eingerichtet.
Entkommen unmöglich.
Diesmal kein Entkommen.

44

Das Land fing an, sich zu verändern. Lucie spürte es mit jedem Kilometer deutlicher. Wasserflächen schrumpften, das Gelände wurde trockener und grasiger. Steppenartige Ebenen lösten sumpfige Tümpel ab. Die Bäume wurden zurückgedrängt, verloren an Höhe und gruppierten sich zu kleinen Wäldchen, die wie Inseln aus der Graslandschaft ragten.

Sie waren jetzt vierzehn Stunden unterwegs. Der Tag neigte sich dem Ende zu. Die Dämmerung hatte eingesetzt. Das Licht wurde weicher und blaue Schatten krochen unter den Büschen hervor.

Lucie war todmüde. Inzwischen hatte Arthur das Steuer übernommen, während Lucie, Jem und Nisha sich in den hinteren Teil zurückgezogen hatten. Sie taten so, als wollten sie ein bisschen Ruhe haben, doch in Wirklichkeit hatten sie ein ganz anders Problem. Ein Problem mit acht Armen.

Lucie öffnete die Tasche einen Spalt. Quabbel hockte zusammengerollt am Boden der Tüte und blickte mit großen Kulleraugen zu ihr empor.

»Er hat Angst«, flüsterte sie. »Ich glaube, er bereut seine Entscheidung schon wieder. Vermutlich hat er sich unser Zusammentreffen etwas anders vorgestellt.«

»Kann ich verstehen«, sagte Jem. »Ich würde auch nicht gerne gefangen in einer Plastiktüte vor mich hin vegetieren und nicht wissen, was mit mir passiert.«

»Er versteht nicht, warum wir ihn versteckt halten.«

»Warum nehmen wir ihn nicht einfach raus und zeigen ihn den anderen?«, fragte Nisha. »Er ist doch völlig harmlos.«

»Bist du wahnsinnig?!«, stieß Jem flüsternd aus. »Was meinst du, wie Ragnar reagiert, wenn er das Tier bei uns sieht? Für ihn waren die Squids von klein auf Feinde. Glaub mir, der fackelt nicht lange.«

»Du meinst, er würde Quabbel töten?«

»Natürlich würde er ihn töten. Quabbel ist ein Squid.«

»Reg dich bitte ab«, flüsterte Lucie. »Quabbel ist wahnsinnig empfänglich für Gemütsregungen.«

»Wie soll ich das denn machen?«, fragte Jem. »Wenn ich meine Emotionen unterdrücke, merkt er das doch auch, oder? Das ist wirklich eine bizarre Art der Kommunikation. Quabbel kann man nichts vormachen!«

Lucie lächelte. »Da hast du wohl recht.«

»Trotzdem müssen wir eine Entscheidung treffen, was wir mit ihm machen sollen«, fuhr Jem fort. »Ihr werdet euch erinnern, dass ich dagegen war, ihn mitzunehmen. Vielleicht sollten wir ihn bei nächster Gelegenheit einfach wieder rauslassen.«

Nisha signalisierte ihnen, still zu sein. Sie deutete auf Loki. Der Kater stromerte gerade vom vorderen Teil des Busses nach hinten und wieder zurück.

»Ich mag diesen Kater nicht«, flüsterte Jem. »Es kommt mir vor, als würde er uns beobachten.«

»Tut er auch«, sagte Nisha. »Erinnert euch nur daran, was

Katta, Arthur und Paul erzählt haben, wie sie von diesem Vieh verraten wurden. Ich verstehe nicht, warum Leòd ihn unbedingt mitnehmen musste.«

»Sentimentale Gründe, wer weiß?« Lucie zuckte die Schultern. »Er hängt nun mal an dem Tier, warum auch immer. Vielleicht erinnert er ihn an zu Hause, vielleicht liegt es aber auch daran, dass er ihn von klein auf großgezogen hat. Es steht uns nicht zu, ihn dafür zu kritisieren.«

»Wenn dieser Kater Quabbel verpfeift, steht uns das sehr wohl zu«, sagte Jem. »Auf jeden Fall werde ich ihn nicht an den Squid heranlassen. Das endet in einer Katastrophe.«

»Käme auf einen Versuch an ...«, sagte Lucie nachdenklich.

Jem hob eine Braue. »Wie meinst du das?«

»Ich weiß nicht. Ist so ein Instinkt. Ich glaube ohnehin, dass er Quabbel schon bemerkt hat.«

»Du willst doch die beiden nicht aufeinander loslassen, oder? Das wird bös enden, ich sage es dir.«

»Zumindest sollten wir das nicht ohne sein Einverständnis tun. Ich werde Quabbel fragen.« Sie steckte ihre Hand in die Tüte und schloss die Augen.

Sofort wurde sie wieder in diesen Strudel aus Farben, Gedanken und Gefühlen gerissen. Sie hatte festgestellt, dass sie mit Abstand den besten Kontakt zu dem blinden Passagier herstellen konnte. Nisha und Jem spürten seine Emotionen und Gedanken zwar auch, doch längst nicht in der Klarheit und Stärke wie Lucie. Was vermutlich mit ihrer besonderen Eigenart zu tun hatte. Sie konnte erkennen, dass Quabbel keine Angst vor der Katze hatte und die Idee sogar gut fand.

»Er meint, es ist okay«, sagte sie. »Wenn Loki will, darf er zu uns kommen.«

Jem runzelte die Stirn. »Und was, wenn die zwei sich verbünden? Wenn Quabbel Loki gegen uns aufhetzt?«

»So ein Quatsch ...«

»Überleg doch mal. Die Squids stecken mit den Tieren irgendwie unter einer Decke. Sie können aus ihnen willenlose Marionetten machen. Willst du das?«

»Was soll denn schon groß passieren? Er ist nur ein Kater. Ich glaube, du tust den Squids unrecht. Sie machen keine *willenlose Marionetten* aus ihnen. Sie überzeugen sie. Mit Gedanken und Gefühlen. Die Tiere tun das freiwillig.«

»Und dein Erlebnis mit Connie? Erinnere dich an das, was vor dem Bunker passiert ist, oder auf der Passstraße oder in der Zitadelle. Jeder dieser Angriffe hätte uns um ein Haar das Leben gekostet. Willst du echt so ein Risiko eingehen?«

Lucie presste die Lippen zusammen. Er hatte ja recht. Wenn sie an das zurückdachte, was sie schon alles erlebt hatten, schnürte sich ihre Kehle zu. Wieder versuchte sie, die Erinnerung an Connies Hinrichtung durch den Berglöwen weit von sich zu schieben.

»Das hier ist anders«, sagte sie leise. »Zum ersten Mal während der ganzen Reise haben wir direkten Kontakt zu einem von ihnen. Wir müssen versuchen, irgendwie eine Vertrauensbasis herzustellen. Wer weiß, wie viel Zeit uns noch bleibt.«

»Auch wieder wahr«, knurrte Jem. »Aber ausgerechnet Loki. Der ist doch ohnehin so unausstehlich.«

»Ja, eben«, sagte Lucie. »Viel unausstehlicher kann er nicht werden. Nun komm schon. Betrachten wir es als Test. Schau mal, er kommt von ganz alleine.«

Loki hatte sie schon die ganze Zeit im Visier. Mit seinen kalten Augen beobachtete er jede ihrer Bewegungen. Vorsichtig pirschte er sich heran. Sein Blick drückte Argwohn aus.

Zwei Meter entfernt blieb er stehen. Sein Fell war gesträubt, seine Augen zu Schlitzen verengt.

Lucie hielt den Atem an.

Was dann geschah, sah ziemlich lustig aus. Während die vordere Hälfte der Katze Richtung Beutel strebte, richtete sich die hintere auf Flucht ein. Es wirkte, als würde Loki wie ein Gummiband von einer unsichtbaren Kraft in die Länge gezogen. Als er etwa einen halben Meter entfernt war, neigte Lucie die Tüte, sodass Quabbel und Loki Blickkontakt aufnehmen konnten.

Das Ergebnis war verblüffend.

Es war, als würde Loki zu Stein erstarren. Er gefror regelrecht. Quabbel fuhr einen Tentakel aus und berührte den Kater an der Nasenspitze. Dieser ließ das widerspruchslos zu. Er fuhr die Krallen ein und begann zu schnurren. Und auf einmal war er ganz entspannt.

»Schaut euch das an«, flüsterte Nisha.

»Ich sehe es, ich sehe es«, sagte Jem. »Scheint, als hätten sie Kontakt aufgenommen.« Er hatte sich mit dem Rücken in Fahrtrichtung gesetzt, damit die anderen nichts von ihrem kleinen Experiment mitbekamen. »Man könnte glatt meinen, er würde es genießen.«

»Als wären die beiden die dicksten Freunde und würden sich schon ewig kennen«, ergänzte Nisha grinsend.

»Tja, ich weiß auch nicht«, murmelte Jem. »Irgendwie traue ich dem Frieden nicht. Aber da wir schon mal so weit sind, können wir auch abwarten, was passiert.«

Sie brauchten nicht lange zu warten. Es mochten etwa drei oder vier Minuten verstrichen sein, als Quabbel seinen Tentakel wieder einzog und in seine Tüte zurückrutschte.

Loki richtete sich auf, reckte sich und säuberte dann gewissenhaft sein Fell. Dabei schnurrte er wie ein Traktor. Als er mit seiner Toilette fertig war, lief er hocherhobenen Schwanzes zu Leòd zurück. Der schien von der ganzen Sache nichts mitbekommen zu haben.

»War's das jetzt?«, fragte Jem.

»Ich glaube, ja«, sagte Lucie.

»Auf jeden Fall wirkt er deutlich freundlicher als vorher«, sagte Nisha.

»Und er hat uns nicht verraten«, sagte Lucie. »Ich frage Quabbel mal, was passiert ist. Habt einen Moment Geduld.« Sie steckte die Hand in die Tüte.

Wieder stürmten Bilder und Gefühle auf sie ein, doch diesmal war sie darauf gefasst. Es gelang ihr schon viel besser, sie zu deuten. Die Bilder sprachen eine eindeutige Sprache.

»Das ist ja ein Ding«, murmelte sie. »Ich glaube, ich verstehe jetzt ...«

»Was denn?« Jem rückte näher heran. »Nun lass dir doch nicht jedes Wort aus der Nase ziehen.«

»Ich glaube, ich kenne jetzt Lokis Geheimnis«, sagte sie. »Er ist der letzte Überlebende seines Wurfes. Er hatte sechs Geschwister, doch die wurden alle ersäuft.«

»Was? Wie schrecklich«, sagte Jem. »Die armen Katzen.«

»Das ist doch nichts Ungewöhnliches«, sagte Nisha. »Es gibt zu viele Katzen in unserer Stadt. Sie fressen die ganzen Ratten und Mäuse.«

»Das ist doch gut«, meinte Jem.

»Ist es nicht. Wir leben von ihnen.«

Jem zuckte zurück. »Moment mal: Ihr esst Ratten und Mäuse?«

»Aber natürlich.« Nisha grinste. »Mausgulasch ist eine beliebte Delikatesse. Die Knochen sind so winzig, dass man sie sehr gut mitessen kann, wenn man den Eintopf lange genug über den Herd zieht.«

»Und Ratten?«

»Aus denen machen wir Spießchen. Oder wir füllen sie und servieren sie als Sonntagsbraten. Lecker. Dir hat es auch ziemlich gut geschmeckt.«

»Was denn, ich habe auch …?«

»Klar.« Nishas Grinsen reichte von einem Ohr zum anderen.

»Oh Mann.« Jem verzog angewidert das Gesicht. »Gut, dass ich nicht vorher gefragt hab.«

»Offensichtlich war Loki der Kleinste im Wurf«, sagte Lucie. »So ist es ihm gelungen, sich durch eine enge Öffnung am Ende des Sacks zu zwängen und davonzuschwimmen. Leòd fand ihn, wie er im Kanal trieb, rettete ihn und nahm das durchgefrorene, halb ersoffene Bündel bei sich auf. Er musste ihn ständig vor seinem Vater verstecken, denn der war gegen Haustiere. Erst sehr viel später, als Loki schon groß war, hat er ihn endlich geduldet. Vermutlich, weil Mäuse auch Papier nicht verschmähen und eine ständige Bedrohung für seine wertvollen Bücher darstellten. Aber wirklich akzeptiert hat er ihn nie. Im Gegenteil. Er hat Loki getreten und geschlagen, wo er nur konnte.«

»Eine harte Geschichte«, sagte Jem.

»Allerdings.« Lucie seufzte. »Zumal Loki auch von anderen nie Liebe erfahren hat. Außer von Leòd. Er ist sein einziger Freund.«

»Anscheinend hat er jetzt noch einen.« Jem blickte skeptisch auf den Beutel. »Und all das hat Quabbel dir erzählt? In so kurzer Zeit?«

»Nicht erzählt. Ich habe es *gesehen,* aus Lokis Sicht. Es war fast, als würde ich in seinem Kopf stecken, als würde ich die Welt mit seinen Ohren und Augen hören und sehen. Für einen kurzen Moment lang habe ich das Leben aus der Sicht einer Katze erfahren.«

»Ziemlich irre«, murmelte Jem.

»Ich will das auch können«, sagte Nisha. »Wieso klappt das bei mir nicht? Immer, wenn ich ihn anfasse, fühlt sich das an, als würde mir jemand auf die Finger hauen.«

»Lucie wurde mit einer besonderen Fähigkeit geboren«, erläuterte Jem. »Farben, Töne und Berührungen lösen bei ihr Gefühle aus. Sie spürt, was du denkst, und liest deine Worte. Deswegen ist sie die Einzige, die sich mit Quabbel unterhalten kann.«

»Schade.« Nisha schob ihre Unterlippe vor. »Ich wäre auch gerne mal eine Katze gewesen.«

»Vielleicht kommt das ja noch«, sagte Lucie tröstend. »Quabbel ist noch ein Kind. Wer weiß, was die älteren Exemplare so draufhaben. Durchaus möglich, dass ihr dann auch versteht, was sie sagen.«

»Hoffen wir, dass es nie dazu kommt«, sagte Jem. »Ehrlich gesagt ist mir immer noch etwas schwindelig vor Aufregung.« Er sah Lucie so intensiv an, dass ihre Knie ganz weich wurden. »Oder ist es wegen etwas anderem?«, fragte er leise und lächelte sanft.

Lucie dachte sofort wieder an ihren Kuss. Wäre die Zeit in genau diesem Moment stehen geblieben – sie hätte nichts dagegen gehabt. Echt schade, dass sie unterbrochen worden waren. Aber sie hoffte, dass es bald eine Gelegenheit zur Wiederholung gab.

Im Gegensatz zu vielen anderen hatte Jem sich nie über ihre Begabung lustig gemacht. Es tat gut, jemanden zu haben, dem man vertrauen konnte. Besonders jetzt, da sie auf sich allein gestellt waren.

»Wie dem auch sei«, sagte sie, »Loki hat jedenfalls einen neuen Freund gefunden. Und wir sollten auch langsam nach vorne zu den anderen gehen. Nicht dass noch jemand Verdacht schöpft.« Sie hauchte Jem einen Kuss auf die Wange und stand auf.

45

Jem fröstelte. Kalte Feuchtigkeit stieg aus der Erde und verbreitete sich rasch unter den Bäumen. Der flammende Sonnenuntergang war einer mondhellen Nacht gewichen, deren sternengesprenkeltes Firmament wie diamantenbesetzter Samt schimmerte.

Rasch entfachten Ragnar und Leòd ein Feuer und bereiteten eine karge Mahlzeit zu. Holzscheite knackten und Funken stoben auf. Es dauerte nicht lange und die hochlodernden Flammen hatten die Schatten zurück unter die Bäume gescheucht. In Decken gehüllt, saßen die Flüchtlinge um das Feuer und starrten in die Glut.

Das Feuer war gerade groß genug, um sicherzugehen, dass sie nicht entdeckt wurden. In einer Umgebung, in der kein künstliches Licht existierte, war Feuer zwangsläufig ein Fremdkörper. Wobei das natürlich keine Garantie war, nicht entdeckt zu werden. Die meisten Tiere konnten sehr gut riechen. Und noch besser konnten sie hören.

Es war schon merkwürdig, wie glatt bisher alles verlaufen war. Jem erinnerte sich, dass sie auf ihrer ersten Fahrt deutlich mehr Probleme gehabt hatten. Woran lag das? Vielleicht daran, dass sie einen von IHNEN dabeihatten?

Der Gedanke ließ ihn nicht los. Spürten die Tiere, dass hier ein Squid mit an Bord war? Verströmte er vielleicht unsichtbare Signale? Der Verdacht lag nahe, aber es war natürlich zu wenig, um mit seinen Freunden darüber zu reden. Sie würden ihn bestimmt auslachen.

Entgegen der Meinung Ragnars und aller anderen sagte ihm eine kleine Stimme tief in seinem Inneren, dass dieser Wald nicht sicher war. Vielleicht sollten sie lieber weiterfahren. Aber erst nach einer kurzen Pause.

»Wir sind heute recht gut vorangekommen«, sagte er. »Über zweihundert Kilometer. Das bedeutet, dass wir schon knapp die Hälfte hinter uns haben. Morgen noch mal den ganzen Tag durchfahren, dann müssten wir es eigentlich geschafft haben.«

»Ich frage mich, was wir dort finden werden«, sagte Lucie. »Oder wen.«

Jem packte den Stecken und wendete das Kaninchen.

Der Duft, der von dem gebratenen Fleisch aufstieg, war betörend. Risiko hin oder her, er konnte es nicht verhindern, dass ihm das Wasser im Mund zusammenlief.

Zoes Treffsicherheit hatten sie es zu verdanken, dass neben trockenen Keksen und Weizenfladen jetzt auch Fleisch auf der Speisekarte stand. Es war zu hoffen, dass das noch eine Weile so weiterging. Zwei Kaninchen und etwas, das aussah wie eine Mischung aus einem Fuchs und einem Biber, hingen auf Stäbe gespießt über dem Feuer und brutzelten langsam vor sich hin.

»Ich denke, so langsam dürften sie gar sein, oder?«, fragte Arthur.

»Sehe ich auch so, zumal wir zusehen sollten, dass wir bald weiterkommen«, entgegnete Jem. »Nehmen wir sie runter. Hat jemand von euch noch etwas Salz übrig?«

Leòd wühlte in seiner Tasche. Er zog einen groben Leinenbeutel heraus und warf ihn rüber. Jem schnappte ihn aus der Luft, griff hinein und verteilte ein paar Priesen über das Fleisch. Dann nahm er den Stecken aus der Glut, zog das geröstete Fleisch mit spitzen Fingern vom Holz und verteilte es an alle. Er selbst brach ein Stück vom Vorderlauf ab und fing an, daran herumzuknabbern. Zufrieden nickend sah er zu, wie die anderen reinhauten. Er war also nicht der Einzige, der Mordshunger hatte.

Dafür, dass sie mit so wenig zurechtkommen mussten, ging es ihnen eigentlich ganz gut. Ragnar hatte sogar ein paar Erdknollen ausfindig gemacht, die Ähnlichkeit mit normalen Kartoffeln hatten, dabei aber deutlich süßer und aromatischer schmeckten. Sie lagen in der Glut und würden ebenfalls bald fertig sein.

Lucie saß hinter Jem in seinem Schatten. Der Plastikbeutel lag direkt neben ihr. Sie ließ ihn keine Sekunde aus den Augen. Noch wusste keiner der anderen von dem aufsehenerregenden Inhalt, aber Jem spürte, dass Lucie kurz davor stand, es ihnen zu erzählen. Letztlich war das ihre Entscheidung, doch wenn es nach ihm ginge, würde sie das Geheimnis noch ein bisschen länger bewahren. Er hatte keine Ahnung, wie die anderen darauf reagieren würden, vor allem Ragnar und Leòd. Andererseits war der Zeitpunkt vielleicht gar nicht schlecht, jetzt, wo alle so entspannt waren.

Er rutschte ein bisschen nach hinten und flüsterte: »Hast du dir das wirklich gut überlegt?«

Sie nickte.

»Na schön. Dann wäre jetzt vermutlich ein guter Moment.«

Katta hatte sie bemerkt und zwinkerte ihnen zu. Auf ihren Lippen lag ein amüsiertes Lächeln. »Na, ihr beiden? Was habt ihr denn schon wieder zu tuscheln? Man könnte meinen, ihr wärt lieber allein.«

Jem zuckte die Schultern. »Keine Ahnung, was du meinst.«

»Ja ja, geschenkt.« Katta winkte ab. »Euer verliebtes Grinsen spricht Bände. Aber vorher solltet ihr mal von dem Biber probieren, der ist wirklich gut. Ist tatsächlich noch besser als die Karnickel. Viel saftiger und …«

Sie verstummte.

Alle verstummten.

Da lag ein Rauschen in der Luft wie von tausend Flügelschlägen. Gleichzeitig kam Wind auf. Es war, als wäre der Wald um sie herum plötzlich zum Leben erwacht.

Jem sah, wie die Baumstämme anfingen, sich zu bewegen.

Oh, mein Gott, dachte er. *Es ist so weit. Der Moment der Wahrheit ist gekommen. Du hast es doch die ganze Zeit gespürt. Warum hast du nichts gesagt? Warum hast du nicht gehandelt?*

Etwas Schlankes, Dünnes kroch auf Katta zu, umschlang ihren Oberkörper und hob sie hoch. Es presste ihre Arme an den Körper und zwang sie, das Fleischstück fallen zu lassen. Dann wurde sie nach hinten gezogen.

Sie schrie.

Schattenhafte Bewegungen erfüllten das Unterholz.

Jem sprang auf und griff nach seinem Messer. Im selben Augenblick spürte er, wie auch ihn etwas aus der Dunkelheit heraus ergriff und seine Arme packte.

Ein dünner, fester Arm umschlang ihn mit roher Gewalt und riss ihn in die Höhe. Jem schnappte nach Luft. Zappelnd und keuchend versuchte er, sich zu befreien, doch sein Gegner war viel zu stark. Auch die anderen hatte es erwischt.

Lucie, Nisha, Olivia, Ragnar, Leòd, Paul und Arthur – sie alle wurden gepackt und in die Luft gehoben. Nicht einer von ihnen war verschont geblieben.

Der Druck auf Jems Brustkasten war unglaublich. Als hätte ihn eine Boa constrictor im Würgegriff. Stöhnend versuchte er, den Angreifer wegzustoßen. Immerhin lockerte sich der Griff ein bisschen, sodass er wieder atmen konnte. An Flucht war allerdings nicht zu denken. Und dann sah er sie.

Der Anblick ließ ihm das Blut in den Adern gefrieren. Aus der Dunkelheit glitten gewaltige, unförmige Leiber in den Schein der Flammen. Das Licht des Feuers schimmerte auf Armen, Körpern und Tentakeln. Es spiegelte sich in vielfarbigen Augen und Schuppen, während leises Atmen und das Knacken von Zweigen zu hören waren.

Squids!, dachte er. *Und zwar richtig große.*

Nicht so klein wie Quabbel oder das Ding, das sie versehentlich auf dem Weg nach Denver überfahren hatten.

Diese hier schienen ausgewachsen zu sein.

Jem musste sich zusammenreißen, nicht den Verstand zu verlieren. Sein Mut schrumpfte auf die Größe einer Erdnuss zusammen. Nichts hätte ihn jemals auf einen solchen Anblick vorbereiten können.

Die Dinger waren ja riesig.

Hoch aufgerichtet maß jedes von ihnen bestimmt vier Meter. Ihre Haut war runzelig und mit einer Vielzahl von Hornplatten überzogen, die wie bei der Rüstung eines Gürteltiers ineinandergriffen und bei jeder Bewegung leise klirrten. Die Augen waren von weiteren Hornplatten geschützt und saßen als argwöhnisch blickende Schlitze unterhalb des sackförmigen Atmungsorgans.

Der Arm, der Jem gepackt hielt, schwenkte herum und beförderte ihn direkt vor eines dieser Augen. Der Anblick war unbeschreiblich. Die vielfarbigen Netzhäute der Iris glommen wie Opale in der Dunkelheit. Tief in ihnen funkelte es wie in einer Höhle voller Smaragde. Neben den Augen befanden sich die Nasenlöcher, die seinen Geruch förmlich einzusaugen schienen. Die Atemluft, die ihm entgegenwehte, roch wie Lebkuchen am Strand.

Aus irgendeinem unerfindlichen Grund fing Jem an zu sprechen. Er tat das, ohne darüber nachzudenken. Vermutlich, um seine eigene Stimme zu hören.

»Wir … es tut uns leid, was geschehen ist«, stammelte er. »Es war ein Unfall, wirklich. Das mit dem Pfeil. Ein Riesenfehler, für den ich mich aus tiefstem Herzen entschuldige. Wir konnten euch nicht sehen und dachten uns …«

Ja, was hatten sie sich denn eigentlich gedacht? Nichts. Nur weil da etwas Unbekanntes war, konnte man ja mal darauf schießen. *Menschen halt.*

Plötzlich ertönte ein Rascheln.

Jem sah, wie in Lucies Plastiktüte Bewegung entstand. Dünne Ärmchen kamen heraus, gefolgt von einem sackförmigen Körper. Quabbel verließ sein Versteck. Er bewegte sich mit graziler Eleganz über den Boden, direkt auf seine großen Artgenossen zu. Jem beobachtete ihn und plötzlich durchzuckte ihn ein ungeheuerlicher Gedanke. Konnte es sein, dass …?

Nein. Oder doch?

Dieses kleine Mistvieh.

Verdammt sollte es sein.

46

Verräter. Verfluchter Squid!« Lucie zuckte zusammen. Die Worte trafen sie wie Peitschenhiebe. Was ging hier vor? Wieso wurden sie angegriffen? Und wessen Stimme war das, die da so kalt und grausam zischte?

Sie atmete ein paarmal tief ein und aus. Das half ihr, sich zu beruhigen und sich auf das Wesentliche zu konzentrieren.

Eben noch war alles gut gewesen. Sie hatten gegessen, getrunken, gelacht, sie hatten die Sterne bewundert und Pläne geschmiedet. Und auf einmal war die Welt ins Wanken geraten. Wie eine von diesen Schneekugeln, die man auf Weihnachtsmärkten schütteln konnte.

Ein Angriff. Von den Squids.

Mächtige, tonnenförmige Kreaturen, die sie packten und in enger Umschlingung hielten. In der Luft lag ein Geruch von Gewürzen und Meeresluft. Duftstoffe, die in Lucie eine Vielzahl von Gefühlen weckten. Ein paar davon gutartig, die meisten jedoch voller Wut und bodenlosem Zorn.

Und dann, als Lucie glaubte, ihr letztes Stündlein habe geschlagen, ging die Tüte auf und Quabbel kam hervorgekrochen.

Seine großen Augen schimmerten im Licht des Feuers. Sein Ausdruck war freundlich. Seine Arme waren in einer Geste der Unterwerfung erhoben. Er würde ihnen helfen. Bestimmt würde er ihnen helfen. Er …

»Ich hätte dir den Hals umdrehen sollen, als ich es noch konnte. Ach ja, ich vergaß: Du hast ja gar keinen Hals.«

Wieder zuckte Lucie zusammen. Sie traute ihren Ohren nicht. War das Jem, der da so sprach?

In seiner Stimme lag so viel Abscheu, dass sie ihn schier nicht wiedererkannt hatte.

Sie war entsetzt. Warum war er so wütend? Und wovon sprach er da? Glaubte er etwa, Quabbel wäre für dieses Chaos verantwortlich? Das konnte doch unmöglich sein Ernst sein. Wie kam er nur auf diese absurde Idee? Seine Wut machte alles nur noch schlimmer. Sie musste einschreiten. Sie musste ihn stoppen, ehe er sie alle ins Unglück riss.

*

Jem glaubte nicht an Zufälle, denn das Leben hatte ihn gelehrt, dass alles erklärbar war. Man musste nur genau genug hinschauen und man musste rechnen können. Eins und eins ergab zwei. Quabbels Neugier, seine Anhänglichkeit, die Tatsache, dass er sie unbedingt begleiten wollte – so verhielt sich nur ein Spion.

Sie waren so naiv gewesen.

Lucie hatte den Vorschlag gemacht, hier ihr Nachtlager aufzuschlagen. Und wer hatte ihr dazu geraten? Eben. Eins und eins. Da hatte jemand seine Finger im Spiel gehabt, der genau wusste, welche Knöpfe er zu drücken hatte.

Und kaum hatten sie es sich hier so richtig schön gemütlich gemacht, hatte der Kleine seine großen Brüder angelockt. Jem wusste nicht, wie Quabbel das genau angestellt hatte – ob mit

Duftstoffen, mit Gedankenwellen oder Tönen –, fest stand nur: Er hatte sie verraten.

Und jetzt hatte er sie da, wo er sie haben wollte, der dreckige Verräter.

*

In Lucie ging alles drunter und drüber. Sie wusste nicht, wie sie das Chaos in den Griff kriegen sollte. Das Flimmern erstickte jeden vernünftigen Gedanken. Sie hatte in Quabbels Gedanken geschaut. Sie hatte in ihm gelesen wie in einem Buch. Dort war keine Falschheit zu erkennen gewesen – es sei denn, er hätte sie bewusst an der Nase herumgeführt. Aber das erschien ihr unwahrscheinlich.

Andererseits: Was wusste sie schon über diese Kreaturen? Glaubte sie allen Ernstes, eine Squid-Expertin zu sein, nur weil sie ein paar Stunden mit ihm verbracht hatte? Lächerlich. Sie war ja noch nicht mal fähig, ihr eigenes Gefühlschaos unter Kontrolle zu bringen. Die Flut von Farben, die Gerüche und Emotionen überforderten sie schlichtweg.

Sie hatte das Gefühl, dass der Druck auf ihrem Brustkorb, den der Squid ausübte, etwas nachließ. Das konnte aber genauso gut Einbildung sein.

Ihr Blick wanderte hinüber zu der kleinen achtarmigen Kreatur. Quabbel hatte soeben die Tüte verlassen. *Wer bist du?*, dachte sie. *Kann ich dir trauen? Was hast du mir verschwiegen?*

Quabbels Farben signalisierten Verwirrung und Angst.

Sein Körper war aschfahl. Er schien zu schrumpfen. Graue

Zackenmuster liefen über seinen Rücken. Lucie spürte seine Verzweiflung beinahe körperlich.

Nein, dachte sie. Quabbel hatte sie nicht belogen. Er war genauso verwirrt und überrascht wie sie. Nicht nur vom plötzlichen Erscheinen seiner Artgenossen, sondern vor allem von Jems verletzenden Worten. Quabbel spürte die Wut, die Enttäuschung und den Hass.

Sie machten ihm Angst.

Lucie fühlte, dass sie ihren kleinen achtarmigen Freund beschützen musste. Aber wie sollte sie? Schließlich wurde auch sie festgehalten.

»Du irrst dich«, rief sie Jem zu. »Er ist unser Freund. Er will uns nichts Böses.«

»Bullshit«, erwiderte Jem. »Sieh dich doch mal um. Er hat uns verraten, raffst du das nicht?«

Sie sah, dass alle ihre Freunde gepackt worden waren. Nicht einer stand mehr auf dem Boden. Katta schien in Ohnmacht gefallen zu sein. Ihr Kopf hing schlaff nach vorne.

»Quabbel hat uns diese Kreaturen auf den Hals gehetzt. Sie sind seine Verbündeten.«

»Sind sie nicht!« Lucie war den Tränen nah. »Es ist ein Missverständnis. Ein schreckliches Missverständnis.«

»Dann hat er sich ausnutzen lassen. So oder so, jedenfalls hat er sie auf unsere Fährte geführt.«

»Moment mal«, schrie Ragnar. »Missverständnis? Verbündete? Was läuft hier eigentlich?«

»Sie hatte einen Squid in dem Beutel«, rief Leòd. »Sie hat ihn die ganze Zeit bei sich getragen.«

»Nicht die ganze Zeit, nur ein paar Stunden«, verteidigte sich Lucie. Das Sprechen fiel ihr schwer und sie wünschte, der Squid würde endlich von ihr ablassen. »Wir haben ihn im Wald gefunden. Er ist unser Freund, er will uns nichts Böses. Sein Name ist Quabbel.«

»Du hattest einen Squid bei dir? Und er hat einen Namen?« Ragnar schwollen vor Wut die Halsschlagadern. Er zog und zerrte an dem Tentakel, doch das mächtige Tier hielt ihn gefangen.

»Ich wollte euch früher davon erzählen, aber Jem meinte, das wäre keine so gute Idee«, schluchzte Lucie. »Wir hatten Angst, dass ihr total ausrastet, wenn ihr davon erfahrt.«

»Da lagt ihr verdammt richtig mit eurer Vermutung«, zischte Ragnar. »Ich hätte dieses Mistvieh zu Kleinholz verarbeitet, wenn ich es in die Finger gekriegt hätte. Ich hätte es an Loki verfüttert.«

»Aber er ist Lokis Freund«, rief Lucie. »Quabbel weiß alles über deinen Kater, Leòd. Er weiß zum Beispiel, dass er der Letzte von sieben ist und dass du ihn hochgepäppelt hast. Er weiß, dass dein Vater ihn nicht leiden konnte und du ihn jahrelang von allen anderen verstecken musstest. Der kleine Oktopus ist vollkommen friedlich. Er will uns kennenlernen, will wissen, wer wir sind, wie wir denken ...«

»Ja, damit er uns besser und effektiver töten kann«, stieß Ragnar aus. »Aber wie es aussieht, braucht er sich nicht mal selbst die Hände schmutzig zu machen. Er hat seine großen Brüder mitgebracht, die werden das jetzt für ihn erledi...« Seine Wut erstarb in einem Schmerzensschrei.

Der Squid zog die Tentakel um Ragnars Brustkorb zusammen. Lucie sah, wie der Krieger nach Luft schnappte, wie er blau anlief und dann leblos zusammensackte. Das war das Ende, dachte sie.

Jetzt werden wir alle sterben.

Dann schrie sie.

47

Lucies Schrei ging Jem durch Mark und Bein. Sie war außer sich vor Verzweiflung. »Hört auf, meinen Freunden wehzutun. Wir tun euch nichts.«

»Es stimmt«, mischte sich Paul ein. »Wir haben die Berichte gelesen. Wir haben gelesen, was euch die Menschen angetan haben. Dass sie euch verfolgt und bekämpft haben. Dass sie versucht haben, euch auszurotten. Aber diese Zeiten sind vorbei. Wir sind anders. Wir sind friedlich.«

Jem wusste nicht, ob Pauls Worte bei seinem Gegenüber ankamen, aber immerhin lockerte der Squid seinen Griff und ließ Ragnar zu Boden gleiten.

In diesem Moment geschah etwas Seltsames.

Loki trat wie aus dem Nichts auf die Bildfläche. Er umkreiste Quabbel und lehnte sich gegen ihn. Aus seiner Kehle stieg ein tiefes Schnurren. Quabbel berührte den Kater mit einem seiner Ärmchen und streichelte ihn. Es dauerte nicht lange, da änderte der Kater seine Haltung. Er stieß ein wütendes Fauchen aus und sprang einen halben Meter zurück. Wie von der Tarantel gestochen, wirbelte er herum und rannte auf den Squid zu, der Ragnar in seiner Gewalt gehabt hatte. Mit gesträubtem Fell und entblößten Zähnen hieb er dem riesigen Squid seine Krallen ins schuppige Fleisch, woraufhin dieser einen dumpfen Klagelaut ausstieß und zurückwich.

Jem verstand nicht, was da vorging. Es sah fast so aus, als würde der Kater den Menschen gegen das Ungetüm verteidigen. Was natürlich völlig sinnlos war. Der Squid hätte den Kater einfach mit seinen säulendicken Tentakeln zerquetschen können und vermutlich würde genau das jeden Moment geschehen. Doch es kam anders. Verblüfft wich der Squid vor dem erbosten Kater zurück.

So ungewöhnlich Jem das fand – der Kampf fiel eindeutig zu Lokis Gunsten aus. Jetzt gesellte sich auch Quabbel zu ihnen. In einer Mischung aus Laufen und Gleiten bewegte er sich geschmeidig über den Erdboden.

Was folgte, war eine Begegnung, wie sie Jem noch nicht gesehen hatte. Die drei so unterschiedlichen Lebewesen berührten sich und tauschten Gedanken und Gefühle aus. Jem erkannte es an der Art, wie sie mitten in der Bewegung erstarrten und die Augen geschlossen hielten. Im Gegensatz zu Lucie konnte er keine Farben sehen, aber es war auch so deutlich, dass hier etwas sehr Ungewöhnliches passierte.

Er war so gebannt, dass er für einen Moment sogar seine Panik vergaß. »Verstehst du, was da vor sich geht?«, flüsterte er Lucie zu. »Was tun die denn da?«

»Ich bin mir nicht ganz sicher«, erwiderte Lucie, die sich zum Glück wieder beruhigt zu haben schien. »Es sieht fast so aus, als würden Loki und Quabbel versuchen, mit dem Großen zu reden.«

»Meinst du?«

»Ich glaube schon. Sieh doch nur, wie Loki Ragnar verteidigt. Er stellt sich dem Squid sogar in den Weg.«

Jem schwieg. So langsam dämmerte ihm, dass er Quabbel vielleicht doch unrecht getan hatte.

*

Lucie kam es vor, als würde sie von einem warmen Wind erfasst. Wie ein Farbenspiel wogten die Gefühle zwischen dem großen und kleinen Squid hin und her. Wobei Quabbel ganz klar die aktivere Rolle einnahm. Er war der Wortführer, der den großen zunehmend in Erklärungsnot brachte. Der riesige Squid streckte einen seiner Tentakel aus und zog sie wieder zurück. Eine Geste der Entschuldigung?

»Du verstehst, was da abgeht, oder?«, flüsterte Jem.

»Ich glaube, ja. Ein bisschen jedenfalls«, erwiderte Lucie. Sie spürte, dass das Chaos in ihrem Inneren gezähmt war. Sie bekam die Emotionen jetzt besser in den Griff.

»Und?«

»Ich sehe ... *Verblüffung*. Es scheint, als würde Quabbel sich für uns einsetzen. Anscheinend berichtet er den anderen von unserer Reise. Woher wir kommen, was wir wollen und so weiter.«

»Woher will er das wissen?«

»Na, von mir. Vergiss nicht, dass wir ziemlich lange Kontakt hatten. Ich habe ihm alles erzählt. Deshalb weiß er, dass wir friedfertig und nur durch Zufall in diese Sache reingeschlittert sind. Loki wiederum hat ihm vom Leben und den Ereignissen in der Zitadelle berichtet. Von seiner Liebe zu Leòd, aber auch vom Tod seiner Geschwister. Er hat ihm erzählt, dass die Menschen nicht grundsätzlich böse sind, sondern dass sie auch gute Seiten haben. Ich glaube sogar, dass Loki uns inzwischen richtig gerne mag, auch, wenn er das nicht so offen zeigt. Alte Wunden verheilen eben nicht so schnell.«

Leòd hatte ihr Gespräch mitbekommen und riss vor Verblüffung die Augen auf. »Wie kannst du wissen, was Loki denkt? Bist du eine Hexe oder so was?«

»Natürlich bin ich keine Hexe«, erwiderte Lucie. »Es ist nur so, dass ich mit einer besonderen Gabe geboren wurde. Töne, Bilder und Worte erzeugen in mir unmittelbare Gefühle. Darin scheine ich den Squids zu ähneln. Ich kann ihre Gedanken lesen. Und mit ihnen all die Gedanken jener Geschöpfe, zu denen sie Kontakt haben.«

»Und wieso kannst ausgerechnet du das und niemand sonst?«

»Es würde zu lange dauern, euch das zu erklären, aber ich wurde so geboren. Farben, Klänge und Gerüche sind wie eine Sprache für mich. Eine universelle Sprache, die jedes Lebewesen auf diesem Planeten spricht. Musik zum Beispiel kann auch von kleinen Kindern verstanden werden, sogar, wenn sie noch im Mutterleib sind.«

»Dann hörst du also alles, was die da sagen?«

»Wie gesagt, *hören* ist nicht das richtige Wort, ich *fühle* es. Wobei ich bisher nur einen kleinen Teil fühle. Vieles bleibt mir noch verborgen.«

»Dann bist du zwar keine Hexe, aber eine Zauberin bist du allemal«, sagte Leòd ehrfürchtig.

Lucie lächelte. »Erinnere mich daran, wenn ihr mich oder Quabbel das nächste Mal als Verräter beschimpft.« Sie wandte sich wieder den Squids zu. Sie musste sich zwingen, langsam und gleichmäßig zu atmen. Das Farbenfeuerwerk brachte sie ziemlich aus der Fassung. Zu viele Informationen, zu viele Eindrücke. Sie musste lernen, besser zu filtern.

»Was geschieht jetzt gerade?«, flüsterte Jem.

»Ich weiß nicht genau«, erwiderte sie. »Ich fühle, dass sich unsere Situation zwar verbessert hat, aber immer noch nicht alle Zweifel aus dem Weg geräumt wurden. Die Worte von Quabbel und Loki scheinen die Squids nachdenklich gemacht zu haben. Wenn ich doch nur ...«

»Wenn du nur *was?«*

»Wenn ich doch nur meine Hände freibekäme.« Lucie zerrte, aber der Arm hielt sie immer noch fest umschlungen. »Ich glaube, es wäre viel einfacher, wenn ich selbst mit ihnen reden könnte.«

»Ich hätte da vielleicht eine Idee ...«

»Und welche?«

»Ist vermutlich eine blöde Idee, aber du könntest es ja mal versuchen.« Jem lächelte verlegen. »Ich habe festgestellt, dass Wut und Aggressivität bei den Squids zu einer entsprechenden Reaktion führen. Sie werden selbst wütend und aggressiv und halten uns dann noch enger gepackt.«

»Wie bei Ragnar.«

»Genau.«

»Und?«

»Vielleicht lösen positive Gefühle bei ihnen ja auch einen positiven Effekt aus. Ich denke, wenn wir ...«

»Jem, du bist ein Genie.«

»Bin ich?«

»Vielleicht. Ich werde das gleich mal ausprobieren.«

Sie schloss die Augen und dachte an Jem. Er hatte so viel Schreckliches durchgemacht, nur um sie zu retten. Das würde sie ihm nie vergessen. Sie konzentrierte sich und schickte ihm einen wunderbaren Gedanken voller Wärme und Liebe. Sie wusste nicht, ob er bei ihm ankam, aber es fühlte sich gut an. Sie erinnerte sich an die Wärme seiner Haut und sein tiefes Lachen, das irgendwo aus dem Bauch zu kommen schien. Dann dachte sie an den Kuss.

Im selben Moment spürte sie, wie der Arm lockerer wurde.

Sie riss die Augen auf. Verblüfft sah sie Jem an.

»Es klappt …«

»Echt?«

Sie versuchte es noch einmal. Irgendein wunderbarer Gedanke. Der Kuss. Wenn sie den doch nur noch einmal wiederholen könnte. Das Gefühl, Jems Lippen zu berühren, war unbeschreiblich.

Augenblicklich lockerte sich der Tentakel. Der Squid gab sie frei und wenige Augenblicke später hatte sie wieder Boden unter ihren Füßen. Das mächtige Wesen zog sich in die Dunkelheit zurück.

»Ich weiß, wie ihr freikommt«, rief sie. »Denkt an etwas Schönes. Denkt an eure Eltern, eure Freunde. Denkt an Liebe und Wärme und Lachen. Das scheint sie zu entspannen. Versucht es.«

Alle folgten ihrem Beispiel und tatsächlich: Einer nach dem anderen wurden sie zu Boden gelassen.

Der Schock über den Angriff saß immer noch tief, die Freunde sahen sich an, als wären sie gerade aus einem schrecklichen Albtraum erwacht. »Ist der Spuk jetzt vorbei?«, fragte Katta und blickte sich ängstlich um.

»Scheint so«, meinte Olivia und rieb sich die Arme. »Das gibt bestimmt schöne blaue Flecken.«

Zoe eilte zu Ragnar hinüber, der wieder zu Bewusstsein gekommen war. Sie bettete seinen Kopf auf ihren Schoß und küsste ihn auf die Stirn. Jem ging zu Quabbel und strich mit seiner Hand sanft über seinen Kopf. Rosa Farbschlieren liefen über den Körper des kleinen Squid.

Lucie war unendlich erleichtert. Doch entspannen konnte sie sich noch nicht. Ihr stand eine schwere Aufgabe bevor.

Sie atmete tief ein, dann drehte sie sich um.

Die massige Gestalt des Squid ragte im Schatten über ihr auf. Seine säulendicken Tentakeln ringelten wie Würgeschlangen über den Boden. Lucie überwand ihre Abneigung und trat einen Schritt auf ihn zu, streckte ihre Hände aus und legte sie auf die schuppige Oberseite seiner Haut. Dann schloss sie ihre Augen und ging eine Verbindung mit dem fremdartigen Lebewesen ein.

48

ES wartet ...
ES überlegt ...

Entscheidung?

Nnn‿nicht einfach. Leben ist Fluss. Nnn‿nichts geht verloren. Ungeahnte Mmm‿möglichkeiten. Sss‿sind Fremde Fluch oder Sss‿segen? Besteht Aussicht auf Harmonie und Einklang?

Risiko.

Was sss‿sagt ES?

Sss‿sagt ROT und DUNKEL geben Anlass zzz‿zur Hoffnung. Mmm‿möglichkeit, etwas über ENKLAVE herauszufinden.

Befehl?

Lasst sss‿sie zzz‿ziehen. Lasst sss‿sie ENKLAVE sss‿suchen.

Und Verfolger?

Aufhalten. Dürfen ROT und DUNKEL kein Leid zzz‿zufügen.

49

Rauch! Da brannte irgendwo ein Feuer in der Nähe. Marek war sich sicher: Jetzt hatten sie sie!

Der Geruch kam aus der Richtung, in die die Reifenspuren führten. Das niedergedrückte Gras war selbst im Mondschein gut zu erkennen.

Edgar hob die Hand und legte den Finger auf die Lippen.

Die Krieger stiegen von ihren Pferden, banden sie an und gingen mit gezogenen Waffen auf das Wäldchen zu.

Marek hielt sich dicht hinter Cederic. Hinter ihnen eilten Sven, Tinus und Finn durch die Nacht. Sie waren ein gut eingespieltes Team. Lautlos, schnell und tödlich. Wie ein Rudel Wildhunde.

Marek spürte, wie sich eine gewisse Unruhe in ihm breitmachte. War er wirklich fähig, seine Freunde zu töten, wie er es Nimrod versprochen hatte? Immerhin hatte er viel Zeit mit ihnen verbracht. Und selbst wenn sie sich gegen ihn gewandt hatten, so waren sie doch seine letzte Verbindung in die alte Welt.

Die Reifenspuren führten in einem weiten Halbkreis auf die andere Seite des Waldes, sodass der Bus vor ihren Blicken verborgen war. Edgar hatte entschieden, den direkten Weg einzuschlagen, und tauchte mit geladenem Bogen ins Dunkel ein. Marek und die anderen folgten ihm.

Schließlich erreichten sie eine kreisrunde Lichtung. Dünne

Rauchschwaden stiegen aus einem Feuer. Von den Flüchtigen fehlte jede Spur.

»Wo sind sie hin?«, fragte Marek.

»Nicht mehr da«, zischte Edgar. »Abgehauen. Als hätten sie geahnt, dass wir kommen.«

»Wie ist das möglich?«, fragte Cederic. »Waren wir nicht leise genug?«

»Ich glaube nicht, dass das etwas mit uns zu tun hat.« Edgar stocherte in der Glut. »Das Feuer ist noch nicht alt. Sie haben ihre Mahlzeit nur halb beendet. Wie es scheint, hatten sie zuerst vor, hier die Nacht zu verbringen, dann haben sie sich plötzlich anders entschieden.«

»Aus welchem Grund?«

»Ich bin Jäger, kein Hellseher.«

»Ist doch auch egal«, sagte Cederic. »Lasst uns die Verfolgung aufnehmen, ehe sie uns entwischen.«

»Die entwischen uns schon nicht«, sagte Edgar. »Erst will ich wissen, was hier passiert ist. Die Spuren sind ziemlich rätselhaft.« Er ging um das Feuer herum und stocherte mit dem Fuß hier und da in der Erde. »Sie haben sogar schon Schlafstellen eingerichtet, seht ihr. Zehn Stück, um genau zu sein.«

»Zehn?« Marek hob die Brauen. »Eigentlich müssten es sieben sein. Jem, Arthur, Paul, Olivia, Katta, Zoe und Lucie.«

»Die Spuren sind eindeutig. Ich frage mich ...« Edgar sah ihn scharf an. Beide schienen denselben Gedanken gehabt zu haben.

»Ragnar und Leòd.« Marek presste die Lippen zusammen. »Und noch eine Person.«

Edgar nickte. »Vielleicht erklärt das ihren schnellen Aufbruch. Ragnar kennt Nimrod gut genug, um zu wissen, dass er eine solche Demütigung niemals akzeptieren würde. Er wusste, dass mit Verfolgern zu rechnen wäre.«

»Vermutlich.« Marek untersuchte den Untergrund. Bei dem schwachen Licht war es fast unmöglich, Einzelheiten zu erkennen. Er hatte das Gefühl, dass das Gras an vielen Stellen übermäßig stark zu Boden gedrückt war. Teilweise war sogar die Grasnarbe verletzt worden. Braune Erde trat zutage. Es sah aus, als wäre etwas Schweres darübergeglitten.

»Sieh mal«, sagte Marek zu Edgar.

Der Jäger kniete sich hin, berührte die aufgewühlte Erde mit den Fingern und schnupperte daran. Dabei verzog er das Gesicht. Marek folgte seinem Beispiel. Der Geruch war seltsam, kam ihm aber irgendwie bekannt vor. Ein bisschen wie Anis und Seetang. Wo um alles in der Welt hatte er das zuletzt gerochen?

Sein Blick zuckte empor.

Der Unfall. Auf dem Weg nach Denver.

Der überfahrene Squid.

Marek durchfuhr ein Schreck. Was, wenn der Grund für den überhasteten Aufbruch nicht die Angst vor Verfolgern, sondern ein ganz anderer gewesen war?

Er riss sein Schwert aus der Scheide. Die Klinge funkelte milchig im bleichen Licht des Mondes.

»Wir müssen weg hier«, zischte er. *»Jetzt.«*

»Niemand verlässt die Lichtung, ehe ich es sage«, sagte Edgar grimmig. »Ich bin noch nicht fertig. Was soll die plötzliche Hektik?«

»Lieber hektisch als tot«, flüsterte Marek und starrte in alle Richtungen. Schrittweise zog er sich zurück, wobei er die Bäume keinen Moment aus den Augen ließ.

»Was soll das Theater?«, rief Edgar. »Wenn du etwas zu sagen hast, raus mit der Sprache.«

»Keine Zeit für Erklärungen. Weg hier oder wir sind alle tot.«

Irgendetwas musste in seiner Stimme sein, dass Edgar zur Einsicht brachte. »Na gut, lasst uns zu den Pferden zurückkehren.« Er stieß einen Pfiff aus und ließ seine Hand kreisen.

Marek konnte sich nicht erinnern, jemals ein solches Gefühl unmittelbarer Bedrohung empfunden zu haben. Seine Freunde hatten offensichtlich das Weite gesucht, doch das, wovor sie geflohen waren, war immer noch hier. Sein Puls raste. Irrte er sich oder war der Geruch nach Seetang stärker geworden? Immer weiter wich er zurück.

Plötzlich hörte er ein knackendes Geräusch aus dem Wald. Aus dem Augenwinkel nahm er eine Bewegung wahr. Ein schnelles Huschen, mehr nicht.

»Da drüben«, Marek deutete auf die Stelle. »Da war etwas. Ich habe es gesehen.«

Edgar nahm einen Zweig, stieß ihn in die Glut und hielt ihn hoch. Der Lichtkegel enthüllte eine fettglänzende, unförmige Masse, die wie ein gewaltiger Bienenstock an einem der Baumstämme klebte. Marek glaubte, sein Herz müsse stillstehen. Das Gebilde sah aus wie ein gewaltiges Schlangennest. Bis es sich plötzlich bewegte.

Zwei lange Extremitäten schossen aus der Hauptmasse, wurden länger und packten Sven.

Mit einem entsetzten Stöhnen wichen alle zurück.

»Was ist das im Namen der Götter?«

Statt einer Antwort zischte ein Pfeil durch die Luft. Edgar hatte Tinus die Fackel in die Hand gedrückt und einen Pfeil auf die Bogensehne gelegt. Marek hörte ein Zischen in der Dunkelheit, gefolgt von einem schmatzenden Aufprall. In Windeseile schickte Edgar zwei weitere Pfeile hinterher.

Das Ergebnis war gleich null. Die Pfeile blieben stecken, schienen aber keine Wirkung zu zeigen. Noch einmal schoss der Jäger auf die amorphe Masse.

Es zischte, als würde Wasser auf eine heiße Herdplatte tropfen. Tentakel wanden sich auf der Oberfläche der Kreatur. Einen Moment lang sah Marek bösartige Augen aufblitzen, dann verschwand das Wesen hinter dem Baum.

In diesem Augenblick brach um sie herum die Hölle los. Von beiden Seiten hatten sich unbemerkt weitere Kreaturen genähert. Jede von ihnen mindestens drei Meter hoch.

Gott, waren die riesig!

Marek stieß einen Schrei aus. Das war schlimmer als jeder Albtraum.

Er packte sein Schwert, rannte vor und hieb auf einen der Tentakel ein. Ein Squid hatte Cederic ergriffen und wollte ihn gerade in die Höhe heben, doch Mareks Angriff kam dazwischen. Die Klinge traf und riss einen tiefen Schnitt in das Muskelfleisch. Ein Zischen wie von tausend Schlangen erklang.

Marek stockte der Atem.

Eine riesige, unförmige Masse schob sich aus der Dunkelheit. Das Licht der Fackel offenbarte ein Knäuel sich windender und rankender Adern. Die Haut des Squids wirkte, als bestünde sie aus lebenden, atmenden Algen. Es war kaum möglich, einzelne Gliedmaßen in diesem Gewimmel zu erkennen. Marek war so paralysiert, dass er ganz vergaß, ein zweites Mal zuzuschlagen.

Die Kreatur stieß ein Keuchen aus, dann holte sie mit einer ihrer enorm langen Extremitäten aus und ging auf ihn los. Ein dumpfes Schwirren ertönte. Der Arm der Kreatur traf ihn mit voller Wucht vor die Brust. Er spürte den Schlag, hörte seinen eigenen Atem entweichen und sah sich durch die Luft fliegen. Es ging alles so schnell, dass er keine Chance hatte, sich abzurollen. Höchst unsanft landete er neben der Feuerstelle, die Glut nur wenige Zentimeter von seinem Gesicht entfernt. Benebelt kroch er aus dem Gefahrenbereich.

Wertvolle Sekunden, die das Wesen nutzte, um Tinus zu packen und ihn zu umschlingen. Marek hörte einen Schrei, gefolgt von einem ekelerregenden Knirschen. Es klang, als würde man einen trockenen Ast zerbrechen. Blut und Gedärme quollen zwischen den gewaltigen Fangarmen hervor.

Wie ein verletztes Tier kroch Marek durch das Gras. Nur weg von dem grauenhaften Kampf. Weg von dem Geschrei und dem furchtbaren Zischen. Es spürte, wie ihm etwas Warmes ins Gesicht spritzte. Mit hektischen Bewegungen wischte er es weg und robbte aus der Gefahrenzone.

Weg hier, nur weg.

Er war schon bei den Bäumen angelangt, als er sich umdrehte. Ein Inferno aus Licht und Schatten lag über dem Lager. Drei der Männer schienen bereits tot zu sein. Nur Cederic und Edgar standen noch.

»Rennt!«, schrie Marek. »Macht, dass ihr wegkommt. Diesen Kampf könnt ihr nicht gewinnen.«

Edgar hatte ihn gehört. Er packte Cederic auf die Schulter und zerrte ihn hinter sich her. Der Junge blutete aus einer Platzwunde am Kopf, schien aber trotzdem noch weiterkämpfen zu wollen. Edgar musste ihn mit aller Gewalt fortreißen.

Benommen taumelten die drei durch den Wald. Bei jedem Zweig, der ihnen ins Gesicht klatschte, mussten sie daran denken, was da hinter ihnen her war.

50

Gott sei Dank, die Pferde waren noch da. Marek sah ihre grünen Umrisse vor sich im Mondlicht. Er rannte, wie er noch nie zuvor in seinem Leben gerannt war. Durchs hohe Gras, in einen Matschtümpel und über ein paar umgestürzte Bäume. Auf den letzten Metern geriet er kurz ins Taumeln, fiel hin, rappelte sich aber wieder auf und lief weiter. Die Pferde sahen ihn mit großen Augen an. Hatten sie überhaupt keine Angst?

Mit zitternden Fingern löste er zuerst das Seil von Tinus' Pferd und band es an Roans Sattel. Dann wiederholte er den Vorgang mit den Pferden von Sven und Finn, die er jeweils bei Edgar und Cederic befestigte. Er hatte mit eigenen Augen gesehen, wie Tinus, Sven und Finn getötet worden waren. Sie brauchten ihre Pferde nicht mehr.

Dann war er fertig. Mit letzter Kraft schwang er sich in den Sattel. Die Lunge sprengte schier seine Brust. Er schmeckte Eisen auf seiner Zunge. Als würde er bluten.

Roan spürte seine Anspannung. Nervös riss der Hengst den Kopf zurück und schnaubte. Marek legte seine Hand auf den Hals des Tieres und tätschelte es beruhigend. Jetzt kamen endlich auch Edgar und Cederic. Sie saßen auf, der Jäger gab ein Handzeichen, dann sprengten sie los.

Marek warf einen letzten Blick über die Schulter. Keine Spur von den Squids, aber das musste nichts heißen. Schließlich konnten sich diese Dinger ja unsichtbar machen.

Wie sollte jemals jemand gegen einen solchen Gegner bestehen?

Marek kniff die Augen zusammen. Wind peitschte ihm ins Gesicht. Das Gras flog im Mondlicht wie Silberfäden an ihm vorbei. Roan schien seine Nervosität zu fühlen und beschleunigte auf ein halsbrecherisches Tempo.

Plötzlich bemerkte er etwas neben sich. Eine Spur. Genauer gesagt zwei. Er zog an den Zügeln. »Halt, wartet mal!«

Edgar und Cederic wurden langsamer, wendeten ihre Pferde und kamen zurück.

»Was ist los?«

»Ich habe Spuren gefunden. Reifenabdrücke.« Marek deutete auf den Boden.

»Ja und?«

»Es sind andere als vorhin. Sie verlaufen nach Süden, seht ihr?«

»Ich verstehe nicht ...«

»Wir reiten in die falsche Richtung. Wenn wir die Verfolgung fortsetzen wollen, müssen wir da lang.«

Edgar sah ihn an, als habe er den Verstand verloren.

»Die Verfolgung fortsetzen, bist du wahnsinnig? Wir haben die Hälfte unserer Männer verloren. Sven, Finn und Tinus sind tot, falls du das noch nicht mitbekommen hast. Unser Auftrag ist gescheitert.«

»Wer sagt das?«

»Wer das sagt ...? Ich sage das, zum Teufel noch mal«, schrie

Edgar. »Wir haben unseren Heiler und zwei gute Schwerter verloren. Was willst du denn jetzt noch ausrichten?«

»Wollt ihr etwa aufgeben? Nimrod reißt uns den Kopf ab, wenn wir unverrichteter Dinge zurückkehren.«

Edgar senkte die Stimme. »Du hast meinen Befehl gehört. Keine Diskussion. Und jetzt weiter. Wir werden geschlossen zurückreiten.«

Marek versteifte sich. »Du bist nicht mein Befehlshaber. Nimrod ist mein Herr. Ich werde tun, was er von mir verlangt hat. Er würde mit Sicherheit wollen, dass wir unsere Verfolgung fortsetzen.«

»Heißt das, du widersetzt dich meinen Anweisungen?«

»Wie gesagt, du bist nicht mein ...«

Edgar tastete nach seinem Bogen. Marek erstarrte.

Was sollte das? Hatte der Kerl etwa vor, ihn zu erschießen? Er zögerte keine Sekunde. Er riss die Zügel herum und ritt auf Edgar zu. Ehe der Jäger noch einen Pfeil auf die Sehne legen konnte, rammte Marek ihm seine Faust ins Gesicht. Er spürte, wie das Nasenbein brach. Blut sprudelte daraus hervor. Edgar gab ein dumpfes Grunzen von sich, dann fiel er vom Pferd.

Marek zog sein Schwert und richtete es auf den am Boden liegenden Jäger. »Tu, was du willst, ich werde meinen Auftrag vollenden. Ob mit dir oder ohne dich.«

»Fahr zur Hölle.« Edgar schnäuzte blutigen Rotz.

Marek drehte sich um. »Und du, Cederic?«

Der Junge blickte zwischen Edgar und ihm hin und her. Seine Tunika war voller Blut, trotzdem leuchtete noch so etwas wie Kampfeswillen in seinen Augen. »Ich komme mit«, sagte er.

»Gut.« Marek nickte. »Dann ist es entschieden. Zu zweit also. Komm, ein paar Kilometer schaffen wir noch, dann werden wir eine Pause einlegen. Und dir, Edgar, wünsche ich alles Gute. Ich bin gespannt, wie du das Nimrod erklären willst.«

Mit diesen Worten drückte er Roan die Fersen in die Flanken und ritt los.

51

Der Bus rumpelte wie auf einer schnurgeraden Linie durch die mondhelle Nacht. Die Straße verlor sich als silbriges Band in der Ferne, umrahmt von grasigen Ebenen und trockenen Steppen. Kilometer um Kilometer holperten sie weiter in den Süden.

Stunden waren vergangen. Der Morgen war jetzt nicht mehr fern.

Lucie konnte spüren, dass die Luft mit jedem Kilometer trockener wurde. Der Wind führte den Geruch von Gras und Staub mit sich. Sie hatten das Sumpfland hinter sich gelassen.

Jem saß hinter dem Lenkrad und steuerte das schwere Fahrzeug durch die Nacht. Er wurde dabei von Nisha unterstützt, die Augen wie eine Eule zu besitzen schien. Sie fuhren mit ausgeschalteten Scheinwerfern, um keine Aufmerksamkeit zu erregen.

Lucie versuchte, die Scherben dieser Nacht zusammenzukehren. So vieles war geschehen, das sie nicht verstand. Ihre Schultern schmerzten. Sie war vollkommen verspannt. Sie hätte dringend Schlaf benötigt, doch daran war im Moment nicht zu denken. Keiner von ihnen hatte bis jetzt ein Auge zutun können.

Sie hatten in Windeseile das Nachtlager abgebaut und waren losgefahren. Noch immer war sie vor Angst wie gelähmt, wenn sie nur daran dachte. Ein Wunder, dass der Bus noch fuhr. Die

Akkus hielten durch, aber wie lange noch? Ohne Sonnenenergie konnten sie jeden Moment ihren Geist aufgeben.

Lucie blickte in die fragenden Augen ihrer Freunde. Jetzt, da der Schrecken der Nacht in weiter Ferne lag, erwarteten alle eine Erklärung von ihr. Sie war noch nicht dazu gekommen, den anderen zu berichten, was sie erfahren hatte, doch jetzt war der Moment da.

»Ich weiß gar nicht, wo ich anfangen soll …«, murmelte sie.

»Am besten ganz am Anfang«, sagte Arthur. »Warum haben sie uns gehen lassen? Ich dachte echt, unser letztes Stündlein hätte geschlagen.«

»Ich auch«, sagte Zoe. »Diese Viecher waren riesig. Sie hätten uns mit einem Schlag töten können.«

Lucie spürte, dass es ihr guttat zu reden. »Ich war ebenfalls überzeugt, dass sie uns töten würden«, sagte sie. »Zumindest zu Beginn. Zuerst habe ich nur Zorn gespürt. Dann kam der Moment, als Loki Ragnars Squid angegriffen hat. Ab da begann die Stimmung zu kippen. Dass ein Vierbeiner sich für einen Zweibeiner einsetzte, das hatten die Squids wohl nicht erwartet.«

»Ja, mein Loki wird immer zu uns halten, nicht wahr, alter Brummbär?« Leòd kraulte seinem Kater über den Kopf. Der genoss es sichtlich, dass ihn auf einmal alle mochten.

»Und dann haben sie uns freigelassen«, sagte Katta. »Das bedeutet doch, dass sie uns jetzt vertrauen, oder?«

»Nicht so eilig«, entgegnete Lucie. »Sie haben uns einen gewissen Aufschub gegeben, das stimmt. Aber das heißt nicht, dass sie uns vertrauen. Sie können ihre Meinung jederzeit wieder ändern.«

»Immerhin haben sie uns vor den Verfolgern gewarnt«, sagte Olivia. »Sie haben Lucie berichtet, dass eine Gruppe von Reitern auf unserer Spur ist. Sie hätten das nicht tun müssen, wenn wir ihnen egal wären. Ich denke schon, dass das ein gutes Zeichen ist.«

»Möglicherweise.« Ragnar umspielte den Knauf seines Schwertes. »Was hast du ihnen alles erzählt, Lucie?«

»Alles, was ich wusste.«

»Und du fandest nicht, dass das sehr leichtsinnig war?«

Lucie zuckte die Schultern. »Das erschien mir als der einzige Weg, um ihr Vertrauen zu gewinnen. Ich musste mit offenen Karten spielen, es hätte sonst nicht funktioniert. Sie sind nur mit Ehrlichkeit zu überzeugen.«

»Dann wissen sie also auch, wohin wir fahren und was unser Ziel ist, oder?«

»Das tun sie.« Lucie fühlte den Argwohn in Ragnars Stimme. »Und ich glaube, genau das hat das Pendel zu unseren Gunsten ausschlagen lassen.«

»Erklär uns das.«

»Das kann ich leider nicht genau. Ich hatte auf einmal das Gefühl, dass sie ebenfalls an den Zeitspringern interessiert sind. Es kam mir fast so vor, als könnten sie mit dem Begriff etwas anfangen.«

»Im Ernst?« Arthur sah sie groß an. »Das ist wirklich hochinteressant. Das würde ja bedeuten, dass es diese Leute wirklich gegeben hat.«

»Sieht ganz so aus«, sagte Lucie. »Doch die Informationen scheinen alt zu sein. Mehr als eine vage Andeutung ist es nicht gewesen. Ein fernes Echo in ihrer Erinnerung. Wie etwas, das weit zurückliegt, aber immer noch aktuell ist. Könnt ihr euch einen Reim darauf machen?«

»Möglicherweise.« Arthur strich sich übers Kinn. »Ist natürlich nur eine Theorie, aber es würde zu dem passen, was wir bisher wissen.«

»Und das wäre?«, fragte Olivia.

»Nun, die Squids wissen von der Existenz der Zeitspringer, doch ihr Wissen ist lückenhaft. Entweder weil die Zeitspringer tot sind, oder weil sie sich in eine Gegend zurückgezogen haben, zu der die Kopffüßer keinen direkten Zugang haben. Ich rede von Orten, die aufgrund ihrer besonderen klimatischen Bedingung nicht von ihnen bewohnt werden können. Je lebensfeindlicher die Umgebung, desto schwerer ist es für sie, an Informationen zu gelangen. Sie müssen sich auf das verlassen, was andere Tiere ihnen berichten. Und wenn auch das begrenzt ist, haben sie ein Problem.«

»So wie in Wüsten«, stieß Paul aufgeregt aus. »Dort leben nur sehr wenige Tiere. Reptilien, ein paar Insekten, kaum Vögel.«

»Du sagst es. Erinnert euch, was im *Auge der Götter* zu lesen stand. *Muspelheim, das Land der Hitze und des Feuers.* Nur sehr wenige Tiere dürften in so einer lebensfeindlichen Umgebung überleben können.«

»Ob das der Grund war, warum sich die Zeitspringer dorthin zurückgezogen haben?«, fragte Katta.

»Von einem strategischen Gesichtspunkt aus betrachtet durchaus sinnvoll«, sagte Olivia. »Die Squids sind auf Boten aus dem Tierreich oder der Pflanzenwelt angewiesen. Extreme Orte wie Bergregionen, unterirdische Stollen oder Wüsten sind deswegen ein Problem für sie.«

»Das würde es erklären«, sagte Lucie. »Das würde auch mit dem übereinstimmen, was ich von ihnen erfahren habe. Einerseits glauben sie zu wissen, dass dort Menschen leben, andererseits können sie es nicht mit Bestimmtheit sagen. Ein sehr unbefriedigender Zustand für sie.«

Olivia runzelte die Stirn. »Das würde aber bedeuten, dass sie uns nur freigelassen haben, damit wir für sie herausbekommen, was dort los ist, oder irre ich mich?«

»So hab ich das verstanden, ja«, sagte Lucie. »Im Gegenzug haben sie uns versprochen, dass sie weder uns noch den Menschen am Flughafen ein Haar krümmen werden. Kein schlechter Handel, wie ich finde.«

»Kein schlechter Handel?«, fragte Ragnar abfällig. »Wir sollen spionieren, um unsere eigene Haut zu retten? Welcher Mann mit Ehre tut denn so etwas?«

»Ich finde spionieren ein zu hartes Wort«, sagte Lucie. »Zuerst mal müssen wir die Zeitspringer überhaupt finden. Und selbst wenn wir sie finden sollten, haben wir dann immer noch die Möglichkeit zu entscheiden, was wir tun. Ich denke, wir sollten es auf einen Versuch ankommen lassen.«

»Das finde ich auch«, sagte Zoe. »Lucie hat recht. Das Problem lässt sich in der Theorie nicht lösen. Im Moment ist es die beste Option, die wir haben. Ihr dürft nicht vergessen, dass wir immer noch Verfolger im Nacken sitzen haben. Wer weiß, was uns noch alles passiert. Ich sage: Spielen wir ihr Spiel erst mal mit. Sammeln wir so viele Informationen, wie es geht, dann fällen wir eine Entscheidung.«

Lucie schenkte ihr ein dankbares Lächeln. Zoes Wort hatte Gewicht in der Runde. Ihrem klaren, nüchternen Verstand vertrauten alle. Auch Ragnar ließ sich davon besänftigen.

»Also gut, einverstanden«, sagte er. »Aber was ist mit diesem Ding da? Das können wir doch unmöglich mitnehmen.« Er deutete auf Quabbel.

»Das ist kein Ding, sondern ein lebendes, atmendes Geschöpf«, protestierte Lucie. »Und falls du es immer noch nicht weißt, es bekommt mit, wenn du so über es redest.«

»Mir doch egal«, schnappte Ragnar. »Er ist einer von IHNEN. Ich würde davon absehen, ihm einen Namen zu geben. Du tust fast so, als wäre es ein Mensch.«

»Vielleicht kein Mensch«, entgegnete Lucie, »aber deswegen doch keinesfalls weniger wert als wir. Quabbel ist unser Freund. Er hat uns gerettet. Wenn er uns begleiten möchte, sollten wir das respektieren.« Sie wünschte, Jem wäre jetzt bei ihr und würde ihr beistehen. Aber der saß ja leider gerade vorne am Steuer.

»Mag sein«, sagte Ragnar. »Ich halte ihn trotzdem für gefährlich.«

»Wie kann man nur so verbohrt sein?« Lucie schüttelte den Kopf. Bisher war Ragnar ihr ganz sympathisch gewesen, doch in dieser Sache stellte er sich echt unmöglich an. »Alles, was ich über diese Lebewesen erfahren habe, sagt mir, dass sie friedlich sind und mit dem Rest der Natur in Harmonie leben«, erwiderte sie. »Etwas, was uns Menschen nicht gerade zu eigen ist.«

»Frieden und Harmonie?« Die Worte klangen bitter aus Ragnars Mund. »Ich weiß ja nicht, in welcher Welt du lebst, Mädchen, aber sieh dich doch mal um. Das Land ist verwüstet. Hier steht kein Stein mehr auf dem anderen. Die Kinder der Midgardschlange haben ganze Arbeit geleistet. Dies ist ihr Werk. Hast du denn immer noch nicht kapiert, dass sie unsere Feinde sind? Solange Menschen und Squids sich gegenüberstehen, wird es keinen Frieden geben.«

»Und da wunderst du dich, dass sie nicht gut auf uns zu sprechen sind?« Sie spürte, wie sie wütend wurde. Ein roter Vorhang senkte sich auf sie herab.

»Nicht sie haben diesen Krieg angezettelt, sondern wir. Wir Menschen halten uns immer für so klug und übermächtig und bezeichnen uns selbst als *Krone der Schöpfung*. Dabei sind wir nichts anderes als haarlose Affen. Das einzige Wesen auf diesem Planeten, das behauptet, einen Gott zu haben, aber auch das einzige, das sich so verhält, als hätte es keinen.

Nur weil die Squids für unsere Augen fremd und ungewohnt aussehen, haben wir doch nicht das Recht, auf ihnen herumzutrampeln. Bei anderen Tieren haben wir das jahrtausendelang recht erfolgreich getan, nur diesmal haben wir uns mit dem Falschen angelegt.«

»Lucie ...« Olivia sah sie überrascht an. Auch die anderen taten das. Vermutlich hatten sie ihr so einen Temperamentsausbruch nicht zugetraut. Aber es wurde höchste Zeit, dass ihnen mal jemand die Augen öffnete. Sie spürte nämlich, dass viele so dachten wie Ragnar.

»Die Squids wollten reden, aber sie sind immer nur auf taube Ohren gestoßen. Also haben sie sich gewehrt. Sie haben den

Menschen ihre Grenzen gezeigt. Und die Menschen haben einen Krieg angezettelt. Und warum? Nur weil die Squids keine zwei Arme und zwei Beine haben. Weil sie anders denken, anders fühlen und irgendwie fremd sind. Als wenn alles Fremde zwangsläufig immer böse sein muss.« Lucie war jetzt nicht mehr zu bremsen. Ihre aufgestauten Gefühle brachen nur so aus ihr heraus.

Warum zum Teufel verstanden die anderen sie nicht?

Zoe legte ihre Hand beruhigend auf Lucies Schulter. »Hör mal …«

»Nein, ihr hört mir jetzt mal zu.« Sie stand auf. Der Fahrtwind wehte ihr ins Gesicht. »Die Squids haben uns eine zweite Chance gegeben. Ich habe ihnen gesagt, dass wir nicht so wären wie die anderen. Jetzt müssen wir ihnen beweisen, dass wir besser sind als unsere Vorgänger. Mehr habe ich zu dem Thema nicht zu sagen. Lasst mich in Ruhe.«

Sie ging nach hinten, den Beutel mit Quabbel fest an ihre Brust gepresst. Sie wusste auch nicht, wieso sie so heftig reagiert hatte. Aber es schien das einzig Richtige gewesen zu sein. *Verdammte Ignoranten!*

Die betroffenen Blicke waren ihr egal. Sollten sie sich doch das Maul über sie zerreißen. Sie hatte gesagt, was es zu sagen gab. Und sie wusste, dass sie recht hatte.

Ihr Blick wanderte hinunter in die geöffnete Tüte.

Quabbel saß dort und blickte mit seinen unergründlichen Augen zu ihr empor.

52

Als Jem erwachte, war es bereits hell. Die Sonne schien von einem knallblauen Himmel. Die Temperaturen hatten mächtig angezogen. Das Schaukeln verriet ihm, dass sie noch immer unterwegs waren.

Er versuchte, sich aufzurichten, zuckte aber schmerzerfüllt zusammen. Seine Schultermuskulatur war hart wie ein Brett. Ein Wunder, dass er überhaupt geschlafen hatte bei dem harten Untergrund. Er wusste noch, dass er irgendwann in den frühen Morgenstunden so müde geworden war, dass er einfach eingenickt war und beinahe noch einen Unfall gebaut hatte. Wer nach ihm das Steuer übernommen hatte, daran konnte er sich schon nicht mehr erinnern.

Der Fahrtwind weckte seine Lebensgeister. Er blinzelte nach vorne. Arthur fuhr, während Paul die Rolle des Copiloten übernahm. Leòd und Ragnar saßen ebenfalls bei ihnen, weigerten sich aber immer noch standhaft, die teuflische Maschine zu bedienen.

»Hallo, du Langschläfer«, erklang Olivias Stimme.

Er drehte sich um und sie lächelte ihm zu. Ihre dunklen Locken flatterten im Fahrtwind. Ragnar und Leòd spähten aus dem Fenster, während Zoe und Katta noch schliefen. Ganz hinten lag Lucie, den Kopf auf einen alten Sack gebettet und ihre Hand auf Quabbels Wohntasche. Loki war ebenfalls dort. Eingerollt beobachtete er seine Umgebung aus schmalen Augenschlitzen.

»Wie spät ist es?« Jem streckte sich.

»Kurz nach zehn.«

Er richtete sich auf und blickte sich um. Die Erkenntnis traf ihn wie ein Schlag. »Mein Gott, wir sind ja in der Wüste!«

»Verrückt, oder?«, sagte Olivia lachend. »Was ein paar Hundert Kilometer doch ausmachen können.«

»Ein paar *Hundert* ...« Er schluckte. »Dann sind wir tatsächlich die ganze Nacht durchgefahren? Ich dachte, ich hätte das nur geträumt.«

»Nonstop.« Sie lachte. »Erst Arthur, dann Lucie und jetzt wieder Arthur. Die Fahrzeugbatterie hat überraschenderweise gut durchgehalten. Jetzt, da die Sonne wieder scheint, hat der Motor wieder Power und die Strecke ist sehr viel besser geworden.«

»Wer langsam fährt, kommt auch ans Ziel«, murmelte Jem.

»Da ist was dran.«

Er massierte seine Stirn. Er fragte sich, was aus der gras- und baumbestandenen Steppe geworden war. Wann genau war sie zu einer kargen Wüste geworden? Es fiel ihm schwer, das zu begreifen. Aber sein Gehirnkasten fuhr ja auch erst langsam hoch.

»Wo sind wir gerade? Ist es noch weit bis zum Ziel?«

»Eigentlich nicht«, sagte Olivia. »Genau genommen bist du genau zum richtigen Zeitpunkt wach geworden. Wir halten schon seit geraumer Zeit Ausschau. Allerdings bislang Fehlanzeige. Aber lange kann es nicht mehr dauern. Das Problem ist, dass Pauls Karte nicht so weit in den Süden reicht. Aber die Strecke ist denkbar einfach. Es geht ja einfach nur schnurstracks nach Süden. Wir haben sie uns vorher gut eingeprägt.«

»Ortsschilder?«

»Gibt es, aber längst nicht so viele, wie wir uns das gewünscht hätten. Immerhin wissen wir, dass dies der Highway 64 ist. Vorhin sind wir an zwei Orten mit den Namen *Eagle Nest* und *Angel Fire* vorbeigekommen. Dort war ein Schild zu sehen, auf dem stand: *Los Alamos 25 Meilen.* Das war vor ziemlich genau einer Stunde.«

Jem beschattete seine Augen mit der Hand und blinzelte in die gleißende Helligkeit. Die Sonne schien so grell, dass sie sich in seine hintersten Hirnwindungen brannte. Ein Kaffee wäre jetzt nicht schlecht gewesen. Und seine Sonnenbrille.

Wohin man blickte, Dünen, Sand und gelbes Geröll. Bestenfalls ein paar Dornbüsche und Joshua-Bäume, die Jem an Vogelscheuchen erinnerten. Felsbrocken von der Größe eines Einfamilienhauses wuchsen in mittlerer Entfernung aus dem Boden.

Der Highway flimmerte wie eine Fata Morgana. Das meiste war von Sand bedeckt. Nur an manchen Stellen schimmerte noch dunkel der Asphalt hervor. Den Verlauf der Straße konnte man eigentlich nur noch anhand schiefer Begrenzungspfeiler oder Leitplanken erkennen.

Der Anblick dieser Ödnis ließ seine Zunge am Gaumen kleben. Seine Kehle war trocken wie Sandpapier. *Muspelheim.* Das Land des Feuers und des Durstes. Kein schlechter Vergleich.

»Gibt's noch was zu trinken?«, fragte er.

»Klar. Ein bisschen haben wir noch.«

Olivia griff hinter sich und zog den Wasserschlauch hervor. Jem hielt ihn in die Höhe und schüttelte. Die gegerbte Ziegenhaut machte einen ziemlich schlaffen Eindruck. Er runzelte die Stirn. »Ist das alles?«

»Ich fürchte, ja.«

»Das sind bestenfalls noch zwei bis drei Liter. Wo ist denn der Rest geblieben?«

Sie zuckte die Schultern. »Getrunken, nehme ich an.«

»Was? Von wem?«

»Na, von uns allen. Die trockene Luft macht durstig. Ich habe vorhin auch ein oder zwei Schluck genommen.«

»Wir haben doch bestimmt noch irgendwo eine Reserve, oder?«

Olivia schwieg.

»Oder?«

»Also nicht dass ich wüsste …«

Jem riss die Augen auf. Jetzt war er wach. »Willst du damit sagen, dass ihr nicht mal irgendwo angehalten habt, um noch einmal nachzufüllen?«

»Da war nichts. Weder Teiche noch Bäche oder Quellen. Nicht, seit unserer Begegnung mit Quabbel.«

»Aber das ist ja … wir sind mitten in der Wüste und haben kaum noch Wasser. Na super!« Er gab Olivia den Schlauch zurück. Sie sah ihn verdutzt an. »Willst du denn nichts trinken? Ich dachte, du hättest Durst.«

»Der ist mir schlagartig vergangen.«

Er rappelte sich auf und ging schwankend nach vorne. Als Nisha ihn kommen sah, huschte ein Lächeln über ihr Gesicht.

»Hallo, großer Bruder. Wir dachten schon, du würdest nie mehr aufwachen.«

Er ignorierte sie. »Leute, wir haben ein Problem.«

Ragnar zog die Brauen zusammen. »Wovon sprichst du?«

»Na, von unseren Wasservorräten. Ist euch nicht aufgefallen, dass da kaum noch was drin ist?«

»Wissen wir«, sagte er. »Das hat heute Morgen schon zu einigen Diskussionen geführt. Eigentlich müssten wir mehr haben. Aber vielleicht hat der Beutel ein Loch. Wir arbeiten daran.«

»Und wie genau macht ihr das?«

»Indem wir nach Gebäuden Ausschau halten. Menschlichen Niederlassungen. Zur Not müssen wir eben einen Umweg über die Berge in Kauf nehmen.« Er deutete nach links. Dort trennte ein ausgezacktes Band den gelben Sand vom Blau des Himmels. »In Bergen kenne ich mich aus. In den Tälern oder Senken findet man eigentlich immer Wasser.«

»Aber wir sind hier in der Wüste.«

»Das ändert nichts. Berge sind Berge.«

Jem ließ das mal so stehen. Er vertraute auf Ragnars Überlebensinstinkte.

»Wie weit ist es noch bis Los Alamos?«

»Schwer zu schätzen, ohne Karte«, entgegnete Arthur. »Eigentlich müsste es jetzt hier irgendwo sein, wir haben nur weder Gebäude noch Schilder gefunden. Nichts, was irgendwie auf eine Forschungseinrichtung schließen lässt.«

»Vermutlich liegt sie nicht direkt an der Hauptstraße, sondern etwas hinter den Dünen versteckt«, gab Jem zu bedenken.

»Deswegen halten wir die ganze Zeit nach Antennen oder

ähnlichen Dingen Ausschau. Immerhin ist es auch möglich, dass die Einrichtung von Sand verschüttet wurde. Am besten, du setzt dich hin und schützt dich vor der Sonne. Es könnte noch ein bisschen dauern, bis wir fündig werden.« Er lächelte schief. »Nichts für ungut, aber ich denke, dass du uns hier vorne nicht viel helfen kannst. Vielleicht schaust du lieber mal nach Lucie.«

»Wieso? Was ist mit ihr?«

»Es gab gestern Nacht noch einen kleinen Streit«, sagte Ragnar leise. »Es ging um Quabbel und die Squids. Deine Freundin hat da einige recht merkwürdige Dinge gesagt.«

»Zum Beispiel?«

»Soll sie dir am besten selbst erklären. Sie ist übrigens gerade wach geworden.« Er deutete in den Rückspiegel.

Jem blickte nach hinten. Lucie saß aufrecht und blickte nachdenklich in die Ödnis. Irgendetwas schien sie zu beschäftigen. Er konnte förmlich sehen, wie es in ihr arbeitete.

»Wir sind etwas besorgt wegen ihr«, flüsterte Leòd. »Wir finden, dass sie zu viel Zeit mit dieser Kreatur verbringt. Ein zu enger Kontakt könnte gefährlich sein.«

»Unsinn …«

»Mir würde ein Stein vom Herzen fallen, wenn das nur Unsinn wäre. Aber ich würde da lieber auf Nummer sicher gehen. Du hast den besten Draht zu ihr. Rede mal mit ihr. Vielleicht täuschen wir uns ja.«

»Ich werde sehen, was ich tun kann.«

Die Andeutungen beunruhigten Jem mehr, als er sich eingestehen wollte. Die tiefe Verbundenheit zwischen Quabbel und

Lucie war ihm auch schon aufgefallen. Lucie hatte – was diesen kleinen Kerl anging – einen ziemlichen Beschützerinstinkt entwickelt. Durchaus möglich, dass sie sauer reagierte, wenn er nicht sensibel genug vorging.

Lucie hatte für sich und Quabbel im hintersten Abschnitt des Busses ein kleines Lager errichtet, das sie durch eine hervorstehende Wandverkleidung optisch abgetrennt hatte. Es war offensichtlich, dass sie allein sein wollte. Doch Jem ließ sich davon nicht abschrecken. Die Worte seiner Freunde gaben ihm zu denken. Er vermutete, dass die Squids einen ziemlichen Einfluss haben konnten, besonders auf jemanden, der so sensibel war wie Lucie. Während er nach hinten ging, bemerkte er, dass sie auf ihre geöffnete Hand starrte. Etwas Kleines, Stabförmiges lag darauf. Ein Stöckchen? Noch interessanter war, dass Lucie mit dem Ding zu reden schien.

Er verlangsamte seinen Schritt, dann blieb er stehen. Ganz klar, ihre Lippen bewegten sich. Quabbel, der aus seinem Beutel gekrochen war, saß auf ihrem Schoß. Einen seiner Tentakel hielt er nach dem Stäbchen ausgestreckt. Was sollte das?

Jem ging noch ein Stückchen näher heran. In diesem Moment fuhr das stabförmige Ding zwei Flügel aus und schwirrte davon.

Eine Heuschrecke!

Lucie erwachte wie aus einer Trance und sah ihn an. Sie schien ihn vorher gar nicht bemerkt zu haben.

»Hallo, Lucie«, sagte er und versuchte zu lächeln. Es fiel ihm schwer. »Was machst du da?«

»Ich? Nichts.«

Quabbel zog sich rasch wieder in seinen Beutel zurück. Es war eindeutig, dass die beiden etwas vor ihm verbargen. Das Gefühl der Beunruhigung wurde stärker.

»Darf ich mich setzen?«

»Klar.«

»Was war das da eben?«

»Was meinst du?« Sie sah ihn verwundert an.

»Na, die Heuschrecke. Was hat sie auf deiner Hand gemacht?«

»Auf meiner Hand?« Sie blickte nach unten. »Ich habe keine Ahnung, wovon du redest. Hier ist doch nichts.«

Okay, jetzt war er auch besorgt. Forschend sah er sie an. »Hast du gut geschlafen?«

»Geht so«, erwiderte Lucie. »Eigentlich sollte ich mich ja so langsam an die harten Untergründe gewöhnt haben, aber irgendwie klappt es nicht. Ich würde wirklich gerne mal wieder in einem richtigen Bett schlafen. Am besten in meinem eigenen, zu Hause.«

»Ich weiß genau, was du meinst«, sagte er. Er nahm neben ihr Platz. Es war eigenartig, wieder mal alleine mit ihr zu sein. Diese Momente waren leider viel zu selten. Wobei – so ganz allein waren sie nicht. Aus dem Augenwinkel konnte er sehen, dass Quabbel ihn beobachtete.

»Meine Nacht war ebenfalls nicht so besonders«, sagte er betont beiläufig. »Lauter wirre Träume. Und nach dem Aufwachen … na ja, das muss ich dir ja nicht erzählen.« Er deutete mit dem Kopf in Richtung Wüste. Die Berge waren näher gekommen. Wie Haifischzähne ragten sie in den Himmel. Was für ein lebensfeindlicher Ort. Genauso gut hätten sie auf dem Mars sein können.

»Verrückt, wenn man sich vorstellt, dass dort hinter den Bergen mal Las Vegas gelegen hat, findest du nicht?«

»Las Vegas, echt?« Sie blinzelte in die Helligkeit.

»Ja. Das Mekka der Glücksspieler und Vergnügungssüchtigen.«

Sie schwieg. Irgendetwas stimmte nicht, das spürte er.

»Du wirst lachen …«, sagte er, »ich hatte dir ja mal erzählt, dass ich gerne Flugsimulatoren am Computer spiele, oder?«

Sie nickte.

»Mein Traum war es immer, Pilot zu werden. Wie es der Zufall so will, gab es zu unserer Zeit in Las Vegas einige der besten Simulatoren der Welt. So richtig mit Cockpit, Anzeigen und Steuerknüppeln. Da spürst du sogar die Bewegung im Magen, wenn du in den Sturzflug gehst.«

»Echt?« Ihr Interesse war geheuchelt, das merkte er. Ob sie das Thema einfach nur langweilig fand oder ob es an etwas anderem lag, war ihm immer noch nicht ganz klar. Er nickte. »Seit ich davon erfahren habe, wollte ich dahin. Jetzt bin ich da, aber die Dinger funktionieren nicht mehr. Ist das nicht bescheuert?«

»Das nennt man Ironie, glaube ich.« Ihr Gesicht blieb ausdruckslos.

Er versuchte, ihre Hand zu berühren, doch sie zog sie weg.

»Ist wirklich alles okay bei dir?«, fragte er. »Ich habe gehört, es hätte gestern Abend noch Streit gegeben. Ich saß ja vorne und habe es nicht richtig mitbekommen. Wollte nur mal fragen, ob du eventuell drüber reden möchtest.«

»Da gibt es nichts zu reden. Es war ein Missverständnis, mehr nicht.«

»Ehrlich?«

»Ja.« Sie sah ihn lange an. Dann sagte sie: »Wer hat dir davon erzählt, Ragnar?« Sie blickte finster zu dem Krieger hinüber.

»Ist doch egal ...«

»Kannst es ruhig zugeben. Ich weiß es sowieso.«

»Und wenn schon.« Er knabberte an seiner Unterlippe. »Er macht sich eben Sorgen. Alle machen sich Sorgen. Weil du dich seit einiger Zeit so zurückgezogen hast.«

»Warum auch nicht?«, sagte Lucie. »Sie haben schlimme Dinge über Quabbel gesagt und das lasse ich nicht durchgehen. Schau ihn dir an. Er ist absolut friedfertig. Etwas, was man von einigen Insassen dieses Busses nicht sagen kann.«

Die Tüte, unter der Quabbel saß, war etwas zur Seite gerutscht. Der Oktopus blickte mit großen Kulleraugen zu ihm empor. Vermutlich begriff er, dass es in dem Gespräch um ihn ging. So, wie er da saß, sah er wirklich vollkommen harmlos aus. Die Idee, dass irgendetwas Böses von ihm ausgehen konnte, war lächerlich. Andererseits wusste Jem einfach viel zu wenig über diese Lebewesen, um entspannt mit der Sache umzugehen. Sein Gefühl aber riet ihm, wachsam zu bleiben.

»Du darfst das Ragnar nicht übel nehmen«, sagte er vorsichtig. »Seit er denken kann, sind die Squids seine Feinde. Ich glaube, er hat einfach richtig Schiss davor, dass du von dem kleinen Kerl da kontrolliert werden könntest.« Er senkte die Stimme. »Eine Angst, die ich übrigens teile.«

»Warum?«

»Komm schon. Du weißt doch, wozu sie in der Lage sind. Wie sehr sie Gedanken und Gefühle manipulieren können. Seit wir Quabbel gefunden haben, warst du keine Minute von ihm getrennt.« Einem spontanen Einfall folgend, sagte er: »Wie wär's, wenn ich ihn dir mal eine Weile abnehme? Du könntest in der Zwischenzeit nach vorne gehen und dich ein bisschen mit den anderen unterhalten. Ich bin sicher, dass sich alle darüber freuen würden.«

»Du willst, dass ich Quabbel hergebe …?«

»Nur für eine Weile. Ich könnte …«

»Auf keinen Fall.« Sie rückte ein Stück von ihm weg. »Ich verbringe so viel Zeit mit ihm, weil ich es möchte. Außerdem kann ich sehr gut unterscheiden, ob mich jemand kontrolliert oder ob ich freiwillig mit ihm zusammen bin.« Sie sah ihn durchdringend an. »Dass du so etwas nur denken kannst, finde ich unmöglich.«

»Komm schon, so war das doch gar nicht …«

»Vielleicht gehst du jetzt besser«, sagte sie entschieden. »Im Moment habe ich Quabbel lieber um mich als euch.«

Jem presste die Lippen aufeinander. Ragnar hatte recht gehabt. Da stimmte tatsächlich etwas nicht. Lucie hatte sich verändert.

»Das ist nur ein Squid«, sagte er vorsichtig. »Wir hingegen sind Menschen. Wir sind deine Freunde.«

»Schöne Freunde«, stieß sie aus. »Ihr denkt immer noch wie vor fünfhundert Jahren, vielleicht sogar noch schlimmer. Gerade von dir hätte ich das nicht erwartet.«

»Was habe ich denn gesagt?«

»*Nur ein Squid.*« Sie sah ihn wütend an. »Da ist es wieder. Das, was ich an den Menschen nicht ausstehen kann. Dieses Herunterblicken auf andere Geschöpfe, diese maßlose Arroganz. Wir halten uns immer noch für die Größten, nicht wahr?«

»Aber so war das doch gar nicht gemeint. Ich wollte nur …«

»Ja, ja. Immer den anderen die Schuld geben. Kein Wunder, dass die Menschheit nicht überlebt hat. Wenn wir doch einmal für unsere Taten die Verantwortung übernehmen würden. Nur ein einziges Mal – dann gäbe es vielleicht noch Hoffnung für unsere Spezies. Aber solange wir uns nicht ändern, bleibt alles beim Alten. Dann war's das für uns auf diesem Planeten. Und jetzt geh. Bitte, ich meine es so: Lass mich alleine.«

Jem verstummte. Woher hatte sie diese Einsichten? Lucie hatte doch früher nicht so geredet. Aber er spürte, dass es keinen Sinn hatte, mit ihr zu streiten. Sie würde sich sonst nur noch weiter von ihm entfernen. Dieser Gedanke machte ihn traurig. Wie gerne hätte er sie einfach in den Arm genommen und ihr versichert, dass alles gut werden würde. Aber würde es das? In ihrem alten Leben wären sie vielleicht schon längst ein Paar gewesen. Aber hier war alles so schwierig.

»Sorry«, sagte er. Er wollte sich gerade aufrichten, als er mit seiner Hand in etwas Feuchtes geriet.

Er blickte nach unten. In einer der Bodenwellen im Blech hatte sich etwas Wasser gesammelt. Eine kleine Pfütze, die mit dem Schaukeln des Busses sanft hin und her schwappte.

Er runzelte die Stirn.

Wasser?

Er bemerkte ein kleines Rinnsal, das sich aus Lucies Richtung zu ihm herüberschlängelte.

Fragend blickte er sie an. Sie senkte die Augen. War das ein roter Schimmer, der über ihre Wangen huschte?

Er hob die Hand. Sie war ganz feucht.

»Wo kommt das denn her? Das Wasser, meine ich.«

»Keine Ahnung.«

Er sah sofort, dass sie log.

»Sag es mir.«

Schweigen.

Er schob sie zur Seite. Hinter ihr war eine Vertiefung im Boden – augenscheinlich Teil des Radkastens. Sie war vielleicht zwanzig Zentimeter tief und zu zwei Dritteln mit Wasser gefüllt. Immer wenn der Bus über eine Unebenheit hüpfte, schlugen die Wellen hoch.

Verwirrt blickte Jem zwischen Lucie und dem Wasserreservoir hin und her. War es das, wonach es aussah? *Ihr Trinkwasser?*

Ihn überkam da plötzlich ein ganz mieses Gefühl.

53

Marek rieb sich die Augen. Wohin er auch blickte, Sand, Geröll und mannsgroße Felsen. Und mit jedem Kilometer wurde es trostloser. Inzwischen gab es hier nicht mal mehr Sträucher oder Dornenbüsche.

Die Sonne brannte gnadenlos auf sie herab. Das Licht bohrte sich durch das grobe Leinengewebe seiner Kapuze. Cederic hatte vorgeschlagen, dass sie sich mit Seilen am Sattel festschnürten und auch die Pferde untereinander verbanden. Nur für den Fall, dass sie einschliefen. Der schiefen Haltung seines Begleiters nach zu urteilen, war er tatsächlich eingenickt. Sollte er ruhig. Ein bisschen Schlaf würde ihm guttun.

Marek starrte müde zu Boden. Vor ihm verliefen die Spuren klar und deutlich im Sand. Wie viel Vorsprung mochten die anderen noch haben? Eine Viertelstunde, zwanzig Minuten? Viel konnte es nicht sein, denn das Profil war klar und deutlich. Wäre die Fährte älter, hätte der Wind sie bestimmt schon längst verweht. Aber wie viel es auch sein mochte, für sie war jetzt erst mal Schluss. Sie waren die ganze Nacht hindurchgeritten und brauchten dringend eine Pause.

Marek spürte jeden einzelnen Knochen im Leib. Nur ein bisschen essen und eine halbe Stunde die Augen schließen, mehr wollte er gar nicht. Er war ein Mensch und keine Maschine.

In Zeitlupe steckte er zwei Finger in den Mund und stieß einen Pfiff aus.

Cederic zuckte zusammen, dann richtete er sich auf. Marek winkte ihm zu und deutete hinüber zu einem mächtigen Felsen. Dort war ein bisschen Schatten. Die Augen seines Begleiters waren leblose schwarze Höhlen.

»Absitzen«, murmelte Marek. »Da drüben.«

Cederic nickte müde.

Sie ritten ein paar Meter ins Gelände, dann stiegen sie vom Rücken ihrer Pferde und verzurrten sie so gut es ging am Felsen. Marek kam sich vor wie ein alter Mann.

Die Pferde benötigten dringend etwas Wasser. Mit langsamen, mechanischen Bewegungen schnallten die beiden die Wasserschläuche ab und tränkten die Tiere. Dann nahmen sie selbst noch einen Schluck und banden die Säcke wieder an den Sätteln fest. Ihre Vorräte reichten vielleicht noch für einen Tag, dann war Ebbe.

Nachdem sie schweigend ein wenig Käse und trockenes Brot gegessen hatten, schoben sie ihre Vorratsbeutel in den Nacken, streckte die Füße aus und waren binnen weniger Sekunden eingeschlafen.

54

Fassungslos starrte Jem auf den Wasserbehälter. Träge schwappte die Flüssigkeit gegen die Seitenwände.

Die Minuten vergingen. Zeit schien nicht länger zu existieren. »Was ist das?«, fragte er mit leiser Stimme.

Eigentlich wusste er längst, was das war, er wollte es nur noch einmal aus Lucies eigenem Mund hören.

Sie sah ihn trotzig an. »Wonach sieht es denn aus?«

»Ich weiß, wonach es aussieht«, sagte er. »Die Frage ist: Woher stammt es? Ist das etwa das Wasser aus unseren Vorräten?«

»Und wenn es so wäre?«

Er fühlte Übelkeit in sich aufsteigen. Er blickte zu Quabbel, dann wieder zu ihr. »Sag mir, dass das nicht wahr ist«, murmelte er. »Sag mir, dass du nicht unser Wasser stiehlst, um es ihm zu geben.«

Lucies Ausdruck veränderte sich. Plötzlich lag in ihrem Gesicht so etwas wie Besorgnis. »Aber er braucht es doch«, sagte sie hastig. »Vergiss nicht, er ist ein Meeresbewohner. Klar, seine Art hat sich über die Jahrhunderte an das Leben an Land angepasst, trotzdem ist die trockene Luft immer noch schlecht für ihn. Er ist eine feuchte Umgebung gewohnt. Ich habe einen Lappen genommen, um ihn von Zeit zu Zeit damit abzureiben. Ich sehe nicht ein, was daran falsch sein sollte ...«

»Du weißt schon, dass wir kaum noch etwas zu trinken haben, oder? Dass wir mitten in eine Wüste fahren und vielleicht noch zwei oder drei Liter haben. *Drei Liter für zehn Personen!*«

»Ragnar wird schon irgendwo welches finden. Er ist doch sonst immer so gut in allem.« Der Spott in ihrer Stimme war unüberhörbar.

»Und wenn nicht? Was, wenn wir nichts finden und hier alle jämmerlich verdursten?«

»Nun übertreib mal nicht so ...«

»Ich? Übertreiben? Du bringst uns alle in Gefahr, ist dir das klar? Du stellst seine Bedürfnisse über unsere. Zumindest hättest du uns fragen müssen.«

»Das habe ich deswegen nicht gemacht, weil ich genau wusste, wie ihr reagieren würdet. Alles, was du sagst, bestärkt mich, dass ich richtig gehandelt habe.«

»Du kannst doch solche Entscheidungen nicht alleine treffen ...«

»Und ob. Quabbels Überleben ist von größter Bedeutung für den Erfolg unseres Unternehmens. Denk daran, was die Squids uns gesagt haben: dass wir nur so lange unter ihrem Schutz stehen, wie wir uns an den Deal halten. Und der besagt nun mal, dass Quabbel uns begleitet.«

»Der Deal, der Deal.« Jem schüttelte den Kopf. »Hier geht es ums Überleben, verstehst du das? Was haben wir von einem Deal, wenn wir alle verdursten? Sind wir etwa weniger wert als ein Tintenfisch? Abgesehen davon: Wer sagt denn, dass das alles so stimmt? Du bist die Einzige, die mit den Squids reden konnte. Was, wenn du dich vertan hast oder sie dir bewusst etwas Falsches erzählt haben? Hast du darüber schon einmal nachgedacht?«

Sie sah ihn durchdringend an. Ihre Augenfarbe, die sonst immer Grün gewesen war, hatte plötzlich einen Stich ins Violette bekommen. Einen Schimmer, den er noch nie bei ihr wahrgenommen hatte. Er spürte, dass sie nicht weiter mit ihm reden würde.

Fassungslos schüttelte er den Kopf. Dass er sich so in ihr getäuscht hatte. Er hätte seine Hand dafür ins Feuer gelegt, dass Lucie alles für die Gruppe tun würde. Und jetzt so was. Er wusste gar nicht, wie er das den anderen beibringen sollte. Na ja, wenigstens waren sie unverhofft auf eine Wasserader gestoßen.

»Füll das wieder in den Schlauch«, sagte er barsch. »Und unauffällig, wenn ich bitten darf. Wenn Ragnar davon Wind bekommt, reißt er dir den Kopf ab. Ich werde mit den anderen sprechen und zusehen, dass ein bisschen was davon für Quabbel abfällt.«

Lucie sah ihn ausdruckslos an. So hatte er sie noch nie gesehen. Oder lag das daran, dass gerade ein Schatten auf ihr Gesicht fiel?

Wo kam der denn her?

Jem drehte den Kopf. Die Sonne war nur noch als blasse Scheibe zu erkennen. Im Südosten lag ein dickes Wolkenband über dem Horizont. In den wenigen Minuten, die seit seiner Entdeckung vergangen waren, hatten die Wolken eine ganz merkwürdige Färbung angenommen. Die oberen Luftschichten schimmerten in einem schwefeligen Gelb, doch darunter wurde es immer dunkler. Dort, wo sie den Horizont berührten, war der Himmel fast schwarz.

»He, Leute, seht mal da drüben! Hat jemand eine Idee, was das ist?« Er deutete auf die dunkle Wand. Gleichzeitig spitzte er die Ohren. Merkwürdig still war es geworden. Als würde die Welt den Atem anhalten.

Er stand auf. Sein Gefühl sagte ihm, dass irgendetwas Unheilvolles im Anmarsch war.

»Was immer es ist, es kommt näher«, sagte Arthur.

55

Ein merkwürdiges Geräusch hatte Marek geweckt. Ähnlich einem Gewitterdonner, aber ausdauernder. Ein Nachhall seines Traumes? Er riss die Augen auf.

Das Geräusch wollte nicht verschwinden.

Mann, hatte er tief geschlafen. Wie viel Zeit war vergangen? Schwer zu schätzen. Das Licht hatte sich völlig verändert. Statt des blauen Himmels herrschte jetzt schwefelgelbe Düsternis.

Er richtete sich auf.

Cederic lag neben ihm und schlief immer noch tief und fest. Marek packte ihn an der Schulter und rüttelte ihn.

»He, aufwachen. Wir müssen weiter.«

Cederic grummelte unwillig und Marek schüttelte ihn erneut. »Los jetzt, sieht aus, als wäre ein Unwetter im Anmarsch.«

Sein Begleiter schlug die Augen auf und sah sich irritiert um. »Ein Unwetter, wo?«

»Überall.« Marek hielt die Nase in die Luft und schnupperte. Die Luft roch seltsam verbrannt.

»Da braut sich ganz schön was zusammen.«

»So einen Himmel habe ich noch nie gesehen«, sagte Cederic. »Den Pferden scheint es auch nicht zu gefallen.« Marek deutete zu den Tieren hinüber, die die Ohren angelegt hatten und nervös an ihren Leinen zerrten.

Mühsam erhob sich Marek, ging um den Felsen herum und blickte nach Süden. Was er sah, ließ seinen Atem stocken.

»Scheiße«, flüsterte er.

»Was ist los?«, rief Cederic, der schon damit beschäftigt war, die Pferde loszubinden. »Wenn du mal mit anpacken würdest, wären wir in fünf Minuten aufbruchbereit.«

»Lass die Pferde und komm her. Wir haben keine fünf Minuten.«

Das Unheil raste mit der Geschwindigkeit eines Güterzuges auf sie zu. Zunächst war es nur ein dunkler Strich, doch binnen weniger Sekunden war dieser zu einer düsteren Wand angewachsen. Das dumpfe Grollen wurde lauter, die Finsternis breitete sich über dem Land aus. Wind kam auf. Er löste die oberste Staubschicht, dann wurde der darunterliegende Sand in Bewegung gesetzt.

»Mein Gott, sieh doch nur«, stammelte Cederic. »Der Sand beginnt zu fließen. Als würde er sich in Wasser verwandeln.«

»Ich habe gesagt, du sollst die Pferde angeleint lassen und deinen Arsch hierherbewegen«, schrie Marek. »Sofort!«

Kaum hatte er die Warnung ausgestoßen, schoss auch schon eine Windböe auf ihn zu und riss ihn von den Füßen. Tausend glühende Nadelspitzen brannten auf seiner Haut. Er sah nichts mehr. Zum Schutz vor dem fliegenden Sand bedeckte er sein Gesicht mit den Händen und versuchte, hinter dem Felsen Schutz zu suchen. Das wirbelnde, donnernde Inferno aus Sand und Staub stemmte sich gegen ihn. Gelbe Schleier verdunkelten den Himmel. Jeder Schritt war eine Qual. Er ging in die Hocke und kroch auf allen vieren in den Windschatten. Mit zugekniffenen Augen versuchte er, etwas zu erkennen. Dort, wo er eben noch gestanden hatte, war nur noch eine Wand aus zuckenden Sandkörnern zu sehen. Wie eine Bildstörung, nur ohne Fernseher. So etwas hatte er noch nie erlebt.

Plötzlich sah er einen Schatten. Er hörte Rufe und Hilfeschreie. Im Nu hatte er den Kragen seines Hemdes hochgeschlagen und stürzte zurück in den Sturm.

Cederic kauerte am Boden, er hatte den Kopf eingezogen und die Hände über den Kopf geschlagen.

»Wo sind die Pferde?«, brüllte Marek.

Cederic wies mit ausgestrecktem Arm in Richtung Norden. »Ich habe sie zuletzt dort gesehen«, rief er. »Ich wollte sie noch festhalten, aber sie haben sich einfach losgerissen. Die sind bestimmt über alle Berge.«

»Scheiße«, schrie Marek. »Ohne sie sind wir aufgeschmissen. Unser gesamter Proviant ist noch bei ihnen. Unser Wasser.« Er überlegte kurz, dann rief er: »Bleib hinter dem Felsen. Wir treffen uns hier wieder. Ich suche sie.«

»Das ist Wahnsinn«, schrie Cederic. »Du wirst nicht mehr zurückfinden. Du wirst ersticken. Lass es bleiben! Tu das n…« Den Rest verschluckte der Sand.

Vollpfosten!, dachte Marek. Ohne die Tiere hatten sie keine Chance. Sie würden jämmerlich verrecken. Besser schnell vom Sand verschluckt werden, als langsam und jämmerlich zu verdursten.

Es dauerte nicht lange, bis er eines der Tiere fand. Völlig verschüchtert stand es im Windschatten eines anderen Felsen und hielt den Kopf gesenkt. Eine hellgrüne Stute mit pechschwarzer Mähne und ebensolchen Fesseln.

Finns Pferd. Packtaschen und Wassersäcke waren immer noch am Sattel befestigt.

Die Hufe des Tieres waren bereits bis zum Knöchel im Sand versunken. Die Stute riss den Kopf hoch und sah ihn mit weit aufgerissenen Augen an. Marek hob beide Hände. Langsam und vorsichtig näherte er sich dem panischen Tier. Jetzt bloß keinen Fehler machen. Wenn die Stute ausbüxte, würde es sehr wahrscheinlich keine zweite Chance geben. Sein Leben hing davon ab, dass er das jetzt nicht vermasselte.

»Ho! Ganz ruhig, meine Schöne«, sagte er. »Ich bin's nur. Du kennst mich doch, oder? Brauchst keine Angst zu haben.«

Ängstliches Wiehern. Die Stute scharrte mit den Hufen.

Augenblicklich blieb Marek stehen. Er machte sich so klein er konnte. Der verdammte Sand brannte wie tausend Nadeln in seinen Augen. Er war nur noch fünf Schritte entfernt. Durfte er es riskieren weiterzugehen? Er durfte nicht nur, *er musste.* Er spürte, dass die Stute mit jeder Sekunde nervöser wurde. Vielleicht war es ein Fehler gewesen, sich klein zu machen. Seine Unsicherheit übertrug sich auf das Tier. Er musste Stärke zeigen, das waren die Tiere von ihren Herren gewohnt.

Er richtete sich zu seiner vollen Größe auf, streckte die Hand aus und sagte mit fester Stimme: »Rühr dich ja nicht vom Fleck, hörst du? Ich komme jetzt zu dir und werde dich wieder an die Leine nehmen.«

Die Stute drehte die Ohren nach vorne. Ein gutes Zeichen.

Marek ging näher. Das Pferd blieb stehen. Er packte die herabhängenden Zügel, wickelte sie sicherheitshalber zweimal um sein Handgelenk und legte seine Hand auf die Nüstern des Tieres. Ein kurzes Schnauben, ein kurzes Zurückwerfen des Kopfes, dann war die Gefahr gebannt. Er hatte die Kontrolle. Und wichtiger noch: Er hatte wieder Wasser.

Eine halbe Stunde später hatte sich der Wind so weit gelegt, dass Marek sein Versteck gefahrlos verlassen konnte. Die Sonne drang durch den aufgewirbelten Staub und warf schnell wandernde Lichtfächer über den Boden.

Marek prüfte die Lage und trat dann aus dem Windschatten. Mit zusammengekniffenen Augen suchte er die Umgebung ab. Er spürte, dass er noch immer zittrig und aufgewühlt war. Cederic war so ein Idiot. Hätte er doch nur die Pferde angeleint gelassen, dann müssten sie jetzt nicht danach suchen. Warum hörte eigentlich nie jemand auf ihn?

Jetzt blieb wieder alles an ihm hängen. Er schwang sich auf den Rücken der Stute und fing an, systematisch die Umgebung abzusuchen. Als er ein schätzungsweise fünf Hektar großes Gebiet überprüft hatte, machte er kehrt. Es hatte keinen Sinn: Die Tiere waren über alle Berge.

Scheiße!

In einiger Entfernung bemerkte er einen uralten, umgeknickten Telefonmast. Dort war sicher mal die Straße gewesen. Jetzt sah er auch den Felsbrocken, neben dem sie vorhin Rast gemacht hatten. Wo war Cederic? Von seinem Begleiter fehlte jede Spur.

Eigenartig. Dabei hatte er ihm doch eingeschärft, genau hier auf ihn zu warten. Er umrundete den Stein, spähte in alle Richtungen, fand aber nichts.

»Cederic!«

Sein Ruf blieb unbeantwortet.

»He, Alter, gib mal ein Lebenszeichen. Wir müssen weiter.«

Der Wind pfiff um die Kanten des Steins. Es klang, als wolle er ihn verspotten. Marek wurde immer wütender.

Doch er fand nichts. Nicht beim nächsten Felsbrocken, nicht beim übernächsten und auch nicht bei den folgenden. Als er an die fünfzehn Steine abgeklappert hatte, ritt er wieder zurück. Inzwischen war er überzeugt, dass irgendetwas vorgefallen sein musste. »He, Cederic. Wenn du dich nicht bald meldest, reite ich ohne dich weiter.«

Stille.

Während er dastand und überlegte, was er jetzt tun sollte, fiel sein Blick auf eine sanfte Aufwölbung des Sandes etwa zehn Meter von seiner Position entfernt. Er konnte sich nicht erinnern, sie vorhin schon bemerkt zu haben. Rasch stieg er ab, band das Ende der Zügel zu einem Knoten und quetschte ihn in eine Felsspalte. So konnte die Stute sich nicht losreißen. Dann ging er auf den Sandhügel zu.

Ein mulmiges Gefühl kroch seinen Magen hinauf.

Marek fiel auf die Knie und fing an, mit seinen Händen zu wühlen. Immer tiefer und tiefer grub er, doch der Sand rutschte nach. Hoffentlich hatte er sich geirrt und es war doch bloß ein Stein. Seine Fingerspitzen berührten etwas Weiches. Er zog und heraus kam eine Hand. *Cederic?*

Fieberhaft arbeitete Marek weiter. Er zog und zerrte, aber

der weiche Boden rutschte immer wieder unter seinen Füßen weg.

Es dauerte eine Weile, bis er es geschafft hatte, den Körper des jungen Kriegers vollständig freizulegen. Es gab keinen Zweifel, es war Cederic. Er hatte seine Augen geschlossen. Seine Haut sah irgendwie grau aus. Marek presste sein Ohr erst an den Mund, dann an die Brust des jungen Mannes. Nichts. War er ohnmächtig oder ...?

Er schlug ihm ins Gesicht. »He, Cederic, aufwachen.«

Nichts.

Er versuchte es noch einmal, diesmal kräftiger. Keine Reaktion. Vielleicht, wenn er ihm etwas Wasser ins Gesicht spritzte? Aber Wasser war wertvoll. Es war ja kaum noch genug für ihn selbst da. Und er hatte nur noch ein Pferd.

Marek blickte hinunter auf das leblose Gesicht. Eigenartigerweise berührte ihn der Tod nicht sonderlich. Cederic war Opfer seiner eigenen Dummheit geworden. Anstandshalber wartete Marek aber doch noch ein paar Minuten.

Als genug Zeit verstrichen war, lauschte er noch einmal nach dem Herzschlag, vergewisserte sich, dass sein Begleiter auch wirklich tot war, und stand dann auf.

56

Der Himmel war nicht mehr ganz so düster und an einigen Stellen kam sogar schon wieder das Blau durch. Zwar donnerte der Wind immer noch ordentlich über sie hinweg, aber das Schlimmste schien überstanden zu sein.

Vorsichtig streckte Jem den Kopf noch ein Stückchen weiter unter der Plane hervor, dann rief er: »He, Leute, ich glaube, es ist vorbei. Der Sturm ist weitergezogen, wir können raus.«

»Na, das war ja was«, sagte Arthur. »Was für ein Glück, dass wir die Plane dabeihatten. Möchte gar nicht wissen, was passiert wäre, wenn wir keinen Schutz gehabt hätten.«

»Wir wären tot, das wäre passiert«, sagte Ragnar kühl. »Ich habe Geschichten über Sandstürme gehört, die ganze Armeen vernichtet haben.«

»Meint ihr, die Squids haben ihn ausgelöst?«, fragte Katta mit großen Augen.

»Wie sollten sie das denn anstellen?«, erwiderte Olivia. »Ich halte sie für mächtig, aber für so mächtig auch wieder nicht.«

»Zum Glück haben wir ja unseren Bus«, sagte Paul. »Zur Not hätten wir uns unter ihn legen können. Mann, seht euch das mal an. Der Lack ist vom Sand regelrecht abgeschliffen worden.«

Tatsächlich. Jem sah, dass auf der linken Seite an manchen Stellen das blanke Metall durchkam. Er fragte sich, ob das wohl einen Einfluss auf die Solarzellen hatte, als ihm plötzlich etwas auffiel. Er zählte im Geiste die Köpfe durch und erschrak. Jemand fehlte. Ein vertrautes Gesicht.

Sein Herz krampfte sich zusammen. Besorgt blickte er in die Runde. »Habt ihr eine Ahnung, wo Lucie steckt?«

*

Lucie richtete sich auf. Zentimeterdicke Sandschichten flossen von ihr herab. Wie es schien, war sie vollständig davon bedeckt gewesen. Das krümelige Zeug war überall: in ihrem Mund, in ihren Ohren, in ihrer Nase. Sie spuckte, sie schüttelte sich, dann klopfte sie ihre Kleidung ab. Der Trick, sich vornüberzubeugen und einen Hohlraum zu bilden, der genügend Luft enthielt, hatte tatsächlich gut funktioniert. Außerdem hatte Quabbel ihre Augen mit einem speziellen Sekret verschlossen, das einerseits dicht genug war, dass dort kein Staub eindringen konnte, andererseits so weich, dass sie die Lider problemlos wieder auseinanderbekam. Trotzdem war sie froh und erleichtert, endlich wieder Tageslicht zu sehen.

Den Squid eng an die Brust gedrückt, stand sie auf. Der vertrocknete Baumstamm stand immer noch da, wo sie ihn in Erinnerung hatte, auch wenn sich auf der gegenüberliegenden Seite ein mächtiger Sandhaufen gebildet hatte. Das uralte Holz hatte die Gewalten des Sturmes zur Seite gelenkt und ihr Schutz geboten.

»Alles okay, mein kleiner Freund?«, fragte sie Quabbel. »Alles gut überstanden?«

Mmm...mir gut. Mmm...müssen uns bei Termiten bedanken. Ihr Heim unser Heim. Kennen Sss stürme. Wissen, wie überleben.

»Ja, ich bin ihnen auch dankbar. Bitte sag ihnen das. Zum Glück hattest du die Idee, sie zu fragen.«

Kein Glück. Wir mmm...machen immer sss..so. Unsere Körper verwundbar. Dumm, nnn...nicht vom Wissen und Erfahrung der anderen zzz...zu profitieren. Wissen ist Mmm...macht, ssss...sagt man nnn...nicht sss...so bei euch?

»Das stimmt.« Lucie musste lächeln.

Auch ihr könntet von Wissen anderer profitieren.

»Könnten wir, ja. Das Problem ist nur: Die meisten Menschen hassen gute Ratschläge. Was sie aber nicht davon abhält, selbst welche zu geben.«

Ihr sss_seltsame Lebewesen.

Lucie lachte. »Da gebe ich dir völlig recht.«

Kannst du erkennen, wo wir?

»Warte, ich sehe mich mal um.«
Sie beschirmte die Augen mit der Hand. Noch immer pfiff ein heftiger Wind, aber er peitschte keinen Sand mehr durch die

Luft. Der Sturm hatte eine veränderte Landschaft hinterlassen. Steine waren verschwunden und Dünen hatten ihre Form verändert. Das Einzige, was sein Aussehen bewahrt hatte, waren die Umrisse der Berge. Und an denen orientierte sich Lucie.

»Dort entlang«, sagte sie und deutete nach Westen. »Das ist die Richtung, die uns beschrieben wurde. Die Heuschrecke sprach von steinernen Dornen. Die einzige Felsformation, die aussieht wie ein Dorn, liegt dort drüben.«

Bist du sss…sicher, dass du nnn…nicht zzz…zu Familie zzz…zurückkehren willst? Sss…sind deine Freunde. Große Sss…sorgen.

»Jem ja, bei den anderen bin ich mir nicht so sicher. Aber ich kann darauf jetzt keine Rücksicht nehmen. Unsere Mission ist wichtiger. Außerdem glaube ich, dass auch er seit dem Wasserdiebstahl sehr enttäuscht von mir ist.«

Er dich liebt, ROT. Er dir alles verzeiht. Gib Zzz_zeit. Er wird verstehen.

Lucie konnte nichts dagegen tun, dass ihr Körper von einem warmen Gefühl durchströmt wurde. Wenn Quabbel sagte, dass Jem sie liebte, musste etwas Wahres daran sein. Einerseits machte sie dieser Gedanke glücklich, auf der anderen Seite hoffte sie, dass sich seine Zuneigung durch all die Geschehnisse nicht in Luft auflöste. Sie war nicht sonderlich nett zu ihm gewesen, aber sie hatte in dieser Situation einfach nicht anders handeln können.

»Zeit ist das Einzige, was wir nicht haben«, antwortete sie

schließlich. »Wenn unser kleiner Wasservorrat zur Neige geht, schweben wir in Lebensgefahr. Wir müssen uns beeilen. Komm jetzt, lass uns gehen, solange die Hitze noch nicht so groß ist.«

Sie marschierte los. Der Sand rutschte mit jedem Schritt unter ihren Füßen weg. Es war eine ziemliche Plackerei und schon bald war sie schweißüberströmt.

Störrisch kämpfte sie sich voran. Hatte sie wirklich richtig gehandelt? Die anderen hielten Quabbel für eine Bedrohung. Sie glauben sogar, er würde sie manipulieren. Wenn sie doch nur sehen könnten, was sie sah.

Sie seufzte. Nur die Angst vor Quabbels großen Brüdern hatte zum Beispiel Ragnar davon abgehalten, den kleinen Oktopus zu töten. Ein Risiko, das sie nicht eingehen durfte.

Bist du sss_sicher?

»Ob ich …?« Lucie sah ihren Begleiter überrascht an. Sie hatte schon wieder vergessen, dass Quabbel ja ihre Gedanken lesen konnte. Ein merkwürdiger Zustand, wenn man so überhaupt keine Privatsphäre hatte. Sie nickte. »Ja, ich bin mir sicher. Ich habe es gespürt, als ich ihre Farben gelesen habe.«

Aber sss_sind deine Freunde. Deine Familie. Vielleicht, wenn du nnn…noch einmal redest mmm…mit ihnen …?

»Vielleicht später«, sagte sie entschieden. »Glaub mir, ich habe wirklich lange darüber nachgedacht und komme immer zu demselben Ergebnis. Erst mal sollten wir es auf eigene Faust versuchen. Später können wir immer noch zurückkehren und ihnen berichten. Mittels deiner Fähigkeit, auch Vögel oder Wanderheuschrecken als Kundschafter auszusenden, sollte es kein Problem sein, sie ausfindig zu machen.«

Es mmm…macht traurig, dass ich ein Grund für Sss_streit bin. Ich mmm…mir gewünscht, dass anders abläuft.

»Mach dir keine Vorwürfe«, sagte Lucie. »Es war allein meine Entscheidung.«

Eine Weile war es wieder still in ihrem Kopf, dann meldete sich Quabbel noch einmal.

Glaubst du wirklich, wir finden ENLKAVE?

»Die Heuschrecke hat gesagt, dass es in dieser Richtung liegen soll. Es ist schon ein bisschen verrückt, den Hinweisen eines so kleinen Tieres zu folgen, aber ich denke, dass wir es riskieren sollten. Denk nur an das, was sie zu uns gesagt hat: grün wie ein Blatt, groß wie ein Berg und rund wie ein Tautropfen. Ich finde, das klingt sehr wie etwas von Menschenhand Erbautes.«

Ein Wald vielleicht oder Garten.

»Ja, vielleicht. Auf jeden Fall etwas, dem wir unbedingt nachgehen sollten. Und jetzt schalte ich mal eine Weile ab. Ich brauche meine Kraft zum Laufen.«

57

In der Kommunikationszentrale herrschte angespannte Stille. Das Licht war gedämpft. Außer einem gelegentlichen Flüstern und dem Klicken elektronischer Kontakte und Relais war nichts zu hören.

Emilia öffnete den obersten Knopf ihres Kragens. Täuschte sie sich oder war es wirklich so stickig hier drin?

Tief unter ihren Füßen spürte sie das Summen der Generatoren, die die Kuppel mit Strom versorgten.

Das Habitat war wie ein gigantisches Lebewesen. Ein halber Kilometer Durchmesser, eine Scheitelhöhe von fünfundsiebzig Metern, gespeist und versorgt von Hunderten von Sonnenkollektoren. Das letzte Bollwerk der Menschheit gegen die heranbrandende Wüste und gegen die Squids. Insgesamt eintausendzweihundert Männer und Frauen lebten hier. Zweihundertfünfzig Mann wissenschaftliches Personal, einhundertachtzig Soldaten und dreiundachtzig Techniker aus dem Bereich Kommunikation und Überwachung. Emilia war eine von ihnen und im Moment waren ihre sämtlichen Augen und Ohren gen Osten gerichtet.

Ein Drucker summte. Neue Zahlen und Buchstaben zuckten über die Monitore. Emilia wartete, bis die Übertragung beendet war, dann riss sie das Blatt heraus und reichte es dem Kommandanten.

Rogers überflog das Papier mit versteinerter Miene, dann blickte er wieder auf. »Sehr gut, Emilia. Geben Sie mir ein aktuelles Satellitenbild aus der Region. Ich will höchste Auflösung und das Ganze etwas plötzlich, wenn ich bitten darf.«

Emilia bemühte sich, seinem Befehl Folge zu leisten. Sie wollte, dass er zufrieden mit ihr war. Noch viel mehr aber wollte sie *GAIA* beeindrucken. Während sie die Koordinaten eingab, runzelte sie die Stirn. »Was könnte das sein?«, fragte sie.

»Weiß noch nicht genau«, sagte Rogers. »Ich will den Dingen nicht vorgreifen, aber es könnte sein, dass wir es mit einem Code Red zu tun haben.« Auf der Oberlippe des Kommandanten sammelten sich Schweißperlen.

Emilia wurde mulmig zumute. Ein Code Red? Wann hatte es das das letzte Mal gegeben? Nicht solange sie sich erinnern konnte.

Es piepte. »Das Bild ist da, Sir.«

Rogers kam näher und beugte sich über den Monitor.

Der Ausschnitt zeigte das ehemalige Stadtgebiet von Los Alamos. Dichte Bebauung, enge Straßen, breite Kreuzungen, vereinzelt ein paar Plätze. Heute natürlich metertief unter Sand begraben. Doch über die Wärmebildkameras waren die Strukturen gut zu erkennen.

Emilia tippte auf den Bildschirm. »Da, sehen Sie, Sir«, flüsterte sie.

»Ich sehe es«, sagte Rogers. »Können Sie das Bild noch etwas klarer bekommen?«

»Schwierig, Sir. Sand und Staub trüben die Sicht.«

»Der Sturm, ich verstehe. Was ist mit den optischen Filtern?«

»Kann ich probieren, Sir.«

Sie testete ein paar Einstellungen und tatsächlich, das Objekt wurde schärfer. »Das ist das Beste, was ich rausholen kann, Sir.«

»Das genügt mir.«

Emilia beugte sich vor. Da bewegte sich ganz eindeutig etwas. Und dieses Etwas war nicht organisch.

»Was bedeutet das?«, murmelte sie. »Heißt das, dass wir ...«

»Zerbrechen Sie sich nicht den Kopf darüber. Erledigen Sie Ihre Arbeit und überlassen Sie die Auswertung anderen.«

Emilia senkte den Kopf. »Jawohl, Sir.«

»Stellen Sie ein paar Zeitrafferaufnahmen zusammen und schicken Sie sie mir direkt rüber in den Konferenzsaal. Ich rufe die Stabschefs zu einer Besprechung zusammen. In einer halben Stunde, verstanden?«

»Jawohl, Sir.« Emilia erwiderte den militärischen Gruß.

Rogers nickte und verschwand. Als die ovale Tür hinter ihm zuschlug, bemerkte sie, dass sämtliche Augen auf sie gerichtet waren. Jeder einzelne der zwölf Mitarbeiter im APN hatte mitbekommen, dass etwas Außergewöhnliches im Gange war.

Emilia konnte es selbst noch nicht fassen.

Es hatte sich bewegt.

Es hatte sich tatsächlich bewegt.

58

»Lucie! Verdammt noch mal, antworte doch!«

Jem war verzweifelt. Selbst vom höchsten Punkt der Düne aus war nichts zu erkennen. Wohin war sie gegangen? Warum war sie einfach abgehauen?

»Und?« Arthur stand neben ihm, ragte ihm aber gerade mal bis zur Schulter.

»Nichts.«

»Und du, Nisha?«

Die Kleine starrte angestrengt in alle Richtungen, schüttelte dann aber den Kopf.

»Trotzdem«, zischte Jem. »Sie muss hier irgendwo sein. So lange ist das doch noch nicht her. Bestimmt irgendwo hinter der nächsten Düne.«

»Ja, aber hinter welcher? Es gibt so viele davon.« Olivia kniff die Augen zusammen.

»Wenn sie tatsächlich abgehauen ist, kurz nachdem der Sturm begonnen hat, dann dürfte sie jetzt einen ganz schönen Vorsprung haben.«

»Sie hat ihre Chance genutzt, als wir alle damit beschäftigt waren, die Plane zu befestigen«, sagte Jem. »Ich kann nur hoffen, dass ihr nichts zugestoßen ist.« Er musste versuchen, ruhig zu bleiben, obwohl ihm das schwerfiel. Die Angst um sie wurde von Minute zu Minute größer. Wie wollte sie sich allein in dieser endlosen Wüste zurechtfinden? Woher wollte sie Wasser bekommen? Und was, wenn ein weiterer Sandsturm aufkam? Er versuchte, den dicken Kloß in seinem Hals runterzuschlucken. Hätte er Lucie nicht angemotzt, wäre sie jetzt vielleicht noch hier.

»Aber warum hat sie das getan?«, fragte Arthur. »Hast du eine Erklärung dafür?«

Jem presste die Zähne aufeinander und schüttelte den Kopf. Er hatte seinen Freunden nichts von dem Vorfall mit Lucie erzählt. Er hatte es so gedreht, dass der Wasserschlauch nicht richtig verschlossen gewesen war und sich das Wasser zufällig in der hinteren Vertiefung gesammelt hatte. Den anderen schien dies als Erklärung zu genügen, zumal sie einfach nur froh waren, einen zusätzlichen Vorrat entdeckt zu haben.

»Da drüben sind Zoe und Ragnar«, sagte Arthur und winkte hinüber zur nächsten Düne. »Ragnar gibt uns Handzeichen.«

»Kannst du erkennen, was er sagt«, fragte Nisha.

»Er sagt, dass sie auch noch nichts gefunden haben.«

»Scheiße!«

»Und nun?« Die Betroffenheit stand allen ins Gesicht geschrieben.

Jem überlegte, dass Lucie doch bestimmt nicht ohne ein bestimmtes Ziel losgelaufen wäre. Was hatte sie vor? Wusste sie etwas, was der Rest von ihnen nicht wusste? Er erinnerte sich an die Szene mit dem stabförmigen Insekt auf ihrer Hand. Er wurde das Gefühl einfach nicht los, dass sie mit diesem Ding *gesprochen* hatte. Auch wenn das natürlich Unsinn war.

Oder?

»Ich werde ihr weiter folgen«, sagte er. »Bleibt ihr hier und haltet die Stellung. Ich versuche, sie zu finden.«

Ragnar und Zoe waren inzwischen wieder bei ihnen. »Wie willst du das anstellen?«, fragte Ragnar skeptisch »Du hast ja noch nicht mal eine Ahnung, wohin sie gegangen ist.«

»Die einzige Richtung, die infrage kommt, ist Westen«, sagte Jem. »Lucie kennt die Passagen aus dem Heiligen Buch genau wie wir. Sie hat gesehen, dass die Forschungseinrichtung irgendwo westlich hinter den Dünen liegen muss. Ich könnte mir vorstellen, dass sie versucht, diese Station alleine zu finden. Und Quabbel hat sie dabei mitgenommen.« Er knabberte an seiner Unterlippe. »Wer weiß, vielleicht verfügt dieser Squid ja wirklich über einen sechsten Sinn. Einen inneren Kompass oder so. Mein Gefühl sagt mir jedenfalls, dass Lucie diese Richtung eingeschlagen hat.«

»Dein Gefühl«, spottete Arthur, doch Olivia versetzte ihm einen Stoß mit dem Ellenbogen, sodass er verstummte.

»Wir kommen mit«, sagte sie entschieden. Es war klar, dass sie keinen Widerspruch duldete. »Nicht wahr, Jungs?«

Arthur und Paul sahen einander betroffen an, dann nickten sie. »Wenn's unbedingt sein muss ...«

»Es muss. Und du, Nisha, gehst mit Ragnar und Zoe zu Leòd und Katta zurück. Bewach zusammen mit ihnen den Bus, hier draußen ist es zu gefährlich für dich.«

»Wo mein Bruder hingeht, da gehe ich auch hin.« Nisha ergriff Jems Hand und sah mit großen Augen zu ihm auf.

Er hätte lachen können, gleichzeitig war ihm aber auch zum Heulen zumute. »Danke«, sagte er. »Ihr seid gute Freunde.«

»Die besten, Alter.« Paul lächelte. »Einer für alle und alle für einen, weißt du noch?«

*

Katta wischte sich den Schweiß von der Stirn. Die gröbste Arbeit war erledigt. Leòd und sie hatten den Innenbereich von Sand befreit, nun machten sie sich daran, die Räder freizugraben.

Leòd war ebenso verschwitzt wie sie, nur dass er dabei sein Hemd ausgezogen hatte. Sie stellte fest, dass er ziemlich durchtrainiert war. Woher er die Muskeln hatte, war ihr ein Rätsel, vielleicht vom Schleppen der vielen Bücher oder von seinen täglichen Besuchen oben im Tempel. Jedenfalls stand sie da und sah ihm eine Weile bei der Arbeit zu. Irgendwann bemerkte er es.

»He, glaubst du, ich mache hier die ganze Arbeit alleine?«, protestierte er. »Komm schon, hilf mir gefäll...« Ihre Blicke kreuzten sich. Augenblicklich spürte sie, wie ihr die Röte ins Gesicht schoss.

»Ja ... hm«, sagte sie verlegen. »Die Räder. Ich glaube, ich gehe mal rüber auf die andere Seite und schaufele dort ein bisschen.«

»Wir können das auch zusammen machen. Besser, als wenn jeder alleine ...« Irrte sie sich oder wurde er ebenfalls rot?

Sie räusperte sich. Ihr Hals fühlte sich ziemlich trocken an und das lag nicht nur an der heißen Wüstenluft.

Was war denn los mit ihr? In der Schule waren alle Jungs auf sie abgefahren und jetzt wurde sie nervös beim Anblick einer Brillenschlange? Gab's doch nicht.

Sie beschloss, in die Offensive zu gehen.

»Magst du mich?«

Das hatte gesessen. Sie konnte es in seinen Augen sehen.

»Warum?«

»Du hast mich doch auch schon angesehen. Brauchst es gar nicht zu leugnen.«

»Na und ...?«

»Ach komm schon, warum so schüchtern? Wusstest du nicht, dass Frauen es manchmal ganz gerne haben, angeschaut zu werden?«

»Nein, ich ... hm.« Die Worte blieben ihm im Hals stecken.

»Na klar. Warum machen wir uns sonst die ganze Arbeit? Schminken, Sport treiben, Klamotten aussuchen. Es sollte natürlich der Richtige sein, der einen anschaut. Irgendein alter Sack darf das natürlich nicht.«

»Ich bin kein alter Sack ...«

»Was du nicht sagst.« Sie warf ihm ein verschmitztes Zwinkern zu. Mit diesem Zwinkern hatte sie noch jeden um den Verstand gebracht. Und auch diesmal funktionierte es. Leòd wusste gar nicht, wohin mit seinen Augen.

»Es ist übrigens nicht das erste Mal, dass mir deine Blicke auffallen. Du findest mich attraktiv, stimmt's?«

Sie fragte sich, ob es nicht gemein war, was sie gerade tat, aber es diente ja der Selbstverteidigung. Sie wollte nicht, dass er bemerkte, wie süß sie ihn fand. Doch Leòd war nicht auf den Mund gefallen.

»Und wenn dem so wäre«, fragte er angriffslustig. »Ist doch meine Sache. Ich kann denken und fühlen, was ich will, solange ich niemandem damit zu nahe trete. Aber wenn es dich stört, werde ich in Zukunft einfach woanders hinschauen.«

»Das wäre aber sehr schade.« Sie lächelte.

Leòd neigte verwirrt den Kopf. »Was meinst du damit?«, fragte er vorsichtig.

»Ist das so schwer zu verstehen? Ich meine, dass du mir ganz gut gefällst und ich nichts dagegen habe, wenn du mich anschaust.«

Leòd riss die Augen auf. Vermutlich hatte er mit einer Abfuhr gerechnet. Und jetzt das. »Ich verstehe nicht …«, stammelte er. »Willst du damit andeuten, du könntest dir vorstellen … mein Eheweib zu werden?«

»Dein …?« Katta hätte beinahe laut losgeprustet. »Ich rede von Freundschaft und du willst mich gleich heiraten. Du bist ja einer.« Sie lachte.

»Bitte entschuldige …« Er senkte betroffen den Kopf. »Manchmal denke ich, ich mache alles falsch.«

Sie trat auf ihn zu. »Du musst dich doch nicht entschuldigen. Es ist nur so, dass bei uns solche Dinge etwas länger dauern. Verliebt, verlobt, verheiratet, Kinder in die Welt gesetzt, das war einmal. Es ist auch nicht so, dass der Mann entscheidet und die Frau einwilligt. Bei uns geschieht das in beiderseitigem Einvernehmen. Ehe es so weit ist, lassen sich die Menschen viel Zeit. Zeit, etwas zu unternehmen, sich besser kennenzulernen, Spaß zu haben und sich näherzukommen. Verstehst du?«

»Ich glaube schon.«

»Gut.« Sie grinste. »Ich hoffe, du nimmst es mir nicht übel, dass ich gelacht habe.«

»Ach wo«, murmelte Leòd. »Ich muss mich nur noch an eure Umgangsformen gewöhnen. Sie sind ziemlich fremd, aber sie gefallen mir. Na ja, wenigstens ein paar davon.« Er lächelte sie an.

Katta spürte, dass sich ihr Herzschlag beschleunigte.

Sie wollte gerade vorschlagen, dass sie jetzt vielleicht weitermachen sollten, als sie aus dem Augenwinkel heraus einen Schatten bemerkte. Es ging so schnell, dass sie nicht mehr rechtzeitig reagieren konnte. Sie sah die dunkle Erscheinung hinter dem Bus hervortreten, hörte einen dumpfen Schlag, dann sah sie, wie Leòd zusammenklappte.

59

Marek senkte den Schwertknauf. Die Worte schmeckten wie Galle in seinem Mund. *»Frauen haben es manchmal gerne, angeschaut zu werden?«* Er blickte auf den am Boden Liegenden. »Von dem da? Ich glaube, ich muss gleich kotzen.« Dass eine Frau wie Katta wirklich an einer halben Portion wie dem da Gefallen finden könnte, wollte einfach nicht in seinen Kopf. Er spürte, wie die Eifersucht an ihm nagte.

Katta stand da mit aufgerissenen Augen und starrte ihn an.

»Marek!«, keuchte sie.

»Stets zu Diensten.« Er deutete eine Verbeugung an. »Das hättest du nicht erwartet, was? Dass ich euch bis in die Hölle folgen würde, um euch zurückzubringen. Aber hast du ernsthaft geglaubt, ich lasse euch das durchgehen? Eigentlich solltest du mich besser kennen.«

»Was ... wieso ...?«

»Ich stelle hier die Fragen.« Er richtete die Klinge auf Kattas Brust. Die Vorstellung, ihr falsches Herz zu durchbohren, schien ihm auf einmal gar nicht mehr so abwegig. Aber nein. Er hatte anderes mit ihr vor.

»Wo ist der Rest?« Er blickte sich suchend um. »Irgendwo hier in der Nähe?«

»Sie ... sie suchen nach Lucie. Seit dem Sturm haben wir sie nicht mehr gesehen.«

»Abgehauen, hm? Na, das wird Jem nicht gefallen haben. Er ist doch bei euch, oder?«

Sie nickte verschüchtert.

»Dachte ich's mir. Dieser zähe kleine Hundesohn. Warum ist Lucie abgehauen, gab es einen Streit? Ein bisschen *trouble in paradise?«*

Katta schwieg.

Er schüttelte den Kopf. »Sollen sie ruhig in der Wüste umhereiern, ist mir scheißegal. Jem kann von Glück sagen, dass er nicht hier ist. Den hätte ich als Ersten einen Kopf kürzer gemacht. Und Leòd und Ragnar habt ihr auf dem Weg aufgegabelt und einfach mitgenommen, nicht wahr?« Er stieß ein verächtliches Schnauben aus. »Na, da ist ja die ganze Familie einträchtig beisammen. Das Leben geht manchmal komische Wege. Aber jetzt bin ich ja wieder da, um die Dinge geradezurücken.« Er lächelte kühl. So schlau, wie die anderen immer taten, waren sie überhaupt nicht. Eine Sache allerdings ließ ihm keine Ruhe. »Was war denn das gerade mit dir und Leòd? Hast du diesem Neandertaler etwa schöne Augen gemacht?«

Sie schüttelte den Kopf.

»Das sah aber eben ganz anders aus. Vielleicht sollte ich ihn mal meine Schwertspitze spüren lassen.«

»Nein«, schrie sie und ging dazwischen. »Tu ihm nichts, er hat dir auch nichts getan.«

»Hat dir auch nichts getan«, äffte er sie nach. »Seit wann benimmst du dich denn wie Mutter Teresa? Der Heiligenschein steht dir nicht, Süße. Und jetzt komm mit.«

»W… was hast du vor? Willst du uns alle in den Bus verfrachten? Oder hast du vor, uns zu töten? Inzwischen traue ich dir alles zu.«

»Das solltest du auch. Ich bin nicht mehr der Marek, den du kanntest. Ich habe ein neues Zuhause und neue Freunde. Ich brauche euch nicht mehr. Allerdings kann ich euch auch nicht gehen lassen. Ihr schadet meinem Ruf und das werde ich euch nicht durchgehen lassen.« Er sah sich um. »Euch alle mitzunehmen, ist mir zu anstrengend. Und die Hände werde ich mir auch nicht schmutzig machen. Nein ...« Er dachte nach. Dann wusste er, was er zu tun hatte. Aber er musste sich beeilen, damit sein Plan nicht noch im letzten Moment vereitelt wurde. »Umdrehen«, befahl er.

»Marek, bitte nicht«, wimmerte Katta und ihm gefiel es, sie so kleinlaut zu sehen.

»Quatsch nicht rum und Hände auf den Rücken.« Er ließ sein Schwert fallen, zog einen Strick aus der Tasche und schlang ihn um ihre Handgelenke. Als er festzog, schrie sie auf.

»Stell dich nicht so an. Und jetzt ab in den Bus.«

Er stieß sie die Stufen empor, folgte ihr und verzurrte das lose Ende der Kordel an einem herausstehenden Stahlbügel. Dann setzte er sich hinter das Lenkrad. Der Bus startete sofort.

»Was soll das werden?«, fragte sie.

»Nach was sieht es denn aus, meine Süße?«

»Moment mal ...« Katta schien es erst jetzt zu begreifen. »Aber das kannst du doch nicht machen«, stammelte sie. »Sie haben kein Wasser.«

»Nicht mein Problem.«

»Sie werden verdursten. Hier ist weit und breit keine Wasserquelle. Es ist eine verdammte Wüste.«

»Was meinst du, warum ich hier so schnell wie möglich wegwill?«

»Das ist Wahnsinn. Du bist doch kein Mörder. Was ist nur in dich gefahren? Wir sind doch deine Freunde ...«

»Freunde? *Ha!*« Er lachte laut auf. »Ihr habt mich verraten, schon vergessen? Ihr habt mich hocken lassen wie einen Vollidioten. Und das, nachdem ich euch den Hals gerettet habe.« Er spie die Worte beinahe aus. Es tat gut, alles einmal laut auszusprechen. »Spätestens als ich von eurem Diebstahl und der Flucht erfahren hab, ist mir klar geworden, dass ihr die längste Zeit meine Freunde gewesen seid. Für mich seid ihr nur noch eine lästige Erinnerung. Außer du natürlich, meine Süße. Mit dir habe ich andere Pläne.«

Sie fing an zu schreien. Laut und durchdringend. Sie schrie nach Jem, nach Ragnar, nach Olivia, Zoe und all den anderen, die offenbar immer noch durch die Wüste zu irren schienen.

Das Geräusch war so nervtötend, dass Marek Kopfschmerzen bekam. Ihm blieb nichts anderes übrig, als sie zum Schweigen zu bringen. Er hielt den Bus an, stand auf und legte ihr einen Knebel an. Sie trat und strampelte, aber zumindest war sie jetzt still. *Endlich.*

Einen kurzen Moment überlegte er, ob es wirklich eine so gute Idee war, sie mitzunehmen. Sie würde ihm noch viel Ärger machen. Andererseits brauchte er einen lebenden, atmenden Beweis, dass er die Flüchtigen wirklich gefunden und Nimrods Auftrag ausgeführt hatte. Hinzu kam, dass er wirklich mal etwas für sie empfunden hatte – und es vielleicht immer noch tat. Möglicherweise würde sich das Gefühl ja wieder einstellen, wenn sie etwas Zeit miteinander verbrachten.

Jetzt aber musste er sich erst mal in Sicherheit bringen. Die anderen konnten jeden Moment zurückkommen.

Er setzte sich wieder hinters Steuer, legte den Rückwärtsgang ein und gab Gas. Das Fahrzeug gab ein hässliches Jaulen von sich. Sand flog in die Höhe. Offenbar drehten die Räder durch.

»Scheiße.«

Er hämmerte den Vorwärtsgang rein. Das klappte zwar ein bisschen besser, genügte aber immer noch nicht, um vollständig freizukommen.

Er erinnerte sich an eine Lektion seines Vaters bei Schnee. Vielleicht klappte das ja hier auch. Der Trick war, das Fahrzeug aufzuschaukeln. Vorwärtsgang, Rückwärtsgang, und das im richtigen Wechsel.

Zuerst waren die Fortschritte nur minimal, doch mit der Zeit bekam er den Bogen raus. Und dann – mit einem letzten Aufjaulen – war der Bus frei.

Marek atmete auf. Er war nass geschwitzt.

Schnell jetzt. Jede Sekunde zählte.

Er wendete, schlug das Lenkrad ein und fuhr los. Seinen Hengst Roan hatte er einen halben Kilometer entfernt an einem umgeknickten Laternenmast festgebunden. So ein treues Tier würde er natürlich nicht zurücklassen. Er hatte vor, es aufzuladen und gut zu verzurren. Immerhin hatte er Erfahrung mit so etwas. Er lächelte. Endlich ging es los.

60

Inzwischen war die Mittagssonne auf ihrem höchsten Stand angelangt. Es gab nur noch wenig Schatten. Kein Lüftchen regte sich. Jem fühlte seine Beine nicht mehr. Die Zunge klebte ihm am Gaumen. Sein Atem ging stoßweise. Jeder Schritt war eine Qual.

Das Gelände wurde zunehmend steiler. Vor ihnen ragten spitz die Felszinnen auf, die sie aus der Ferne gesehen hatten und denen Jem im Stillen den Namen *steinerne Mönche* gegeben hatte.

Seine Verzweiflung hatte sich inzwischen in handfeste Panik verwandelt. Wo um alles in der Welt steckte Lucie? Sie konnte doch unmöglich so weit gekommen sein. Kaum vorstellbar, bei dieser Hitze. Doch ihre Spuren waren nicht zu übersehen.

»Jem?« Die Stimme hinter ihm zwang ihn zum Anhalten.

Er blieb stehen, drehte sich um. Zoe trabte müde hinter ihm her. Sie war die Einzige, die noch bei ihm war, die anderen waren bereits umgekehrt.

Oh Gott, diese Sonne.

Auf Zoes staubigem Gesicht hatte der Schweiß Spuren hinterlassen. »Ich ... ich kann nicht mehr«, keuchte sie. »Ich muss umkehren ... zurück in den Schatten.«

Er nickte. Langsam.

Er versuchte zu lächeln, doch seine Lippen ließen sich nicht bewegen. »Geh ruhig«, keuchte er. »Ich werde nur noch diesen Hang erklimmen und mich auf der anderen Seite umschauen. Nur noch diese Anhöhe. Ich muss es versuchen. Sie war hier, siehst du?« Er deutete auf die unscharfen Abdrücke im Staub.

Zoe stand da, als verstünde sie nicht, was er gesagt hatte.

»Und wenn du dich irrst?«

Er zuckte die Schultern.

»Es hat doch keinen Sinn«, sagte sie niedergeschlagen. »Wir sind schon viel zu weit gegangen. Wir müssen dringend in den Schatten und etwas trinken.«

»Nur noch diesen letzten Hügel«, wiederholte er. Eigentlich glaubte er selbst nicht mehr daran, Lucie noch einzuholen. Aber er musste es doch versuchen. Die Felsnadeln blickten auf sie herab. Streng, wortkarg, verhüllt.

»Du magst sie wirklich, oder?«

»Hm, was?« Er sah sie an.

»Lucie. Es tut dir weh, dass sie nicht mehr da ist.«

»Natürlich tut es das. Ich mache mir Sorgen. Du nicht?«

»Klar. Wobei ich vermute, dass deine Gefühle tiefer gehen.«

Jem dachte darüber nach. Zoe hatte recht. Erst jetzt, wo Lucie nicht mehr an seiner Seite war, spürte er, wie viel sie ihm bedeutete. Sie war jetzt vollkommen auf sich allein gestellt. Außerdem nagte noch etwas anderes an ihm. Die Sache mit Quabbel und dem gestohlenen Wasser ließ ihn einfach nicht los. Er hätte sie da nicht so hart angehen dürfen.

»Es stimmt«, sagte er. »Aber das ist nur die halbe Wahrheit.«

Sie neigte den Kopf. »Wie meinst du das?«

»Ich fühle mich schuldig. Ich habe sie alleingelassen, als sie mich dringend gebraucht hätte.«

»Schuldig, woran?

»Das zu erklären, würde jetzt zu weit führen. Ich erzähle es dir ein andermal. Und jetzt komm. Nur noch diese Anhöhe, dann kehren wir um.«

»Versprochen?«

»Hand aufs Herz.«

Sie seufzte. »Na gut, dann los.«

Gemeinsam erklommen sie die nadelspitze Gesteinsformation.

Es war ein totes Land. Nicht der kleinste Grashalm wuchs hier. Das wenige Holz, das herumlag, war völlig ausgebleicht und stammte vermutlich aus einer Zeit, die lange vergangen war.

Jem hatte die Hoffnung, dass sie hier irgendwelche Überlebenden finden würden, inzwischen aufgegeben. Kein Mensch konnte in dieser lebensfeindlichen Umgebung bestehen. Ausgeschlossen. Hier gab es nur den Tod.

Er stolperte, fing sich auf und stand wieder auf. Vor seinen Augen zuckten kleine Blitze. Der Wassermangel setzte seinem Kreislauf zu.

Er beugte sich vor und klaubte einen Kieselstein vom Boden auf. Ob das etwas half?

Er wischte ihn ab, steckte ihn in den Mund und ließ ihn hin und her kreisen. Anfangs war das noch etwas ungewohnt, aber bereits nach kurzer Zeit bildete sich Speichel. Wo sein Körper den hernahm, war ihm ein Rätsel, aber er war da. Und er half, das ekelhaft trockene Gefühl aus seinem Mund zu verbannen.

Er hob einen zweiten auf. »Hier, nimm den«, sagte er. »Klingt total idiotisch, aber es funktioniert tatsächlich. Versuch es einfach mal.«

Zoe folgte seinem Beispiel.

Es waren jetzt nur noch wenige Meter bis zum Gipfel. Zwischen zweien der steinernen Mönche war ein Pass, der einigermaßen begehbar zu sein schien. Mächtige rote Felsbrocken lagen dort herum, zwischen denen sie sich ihren Weg bahnen mussten. Doch dann waren sie oben.

Keuchend und ausgelaugt gönnten sie sich ein paar Minuten, ihren hämmernden Puls wieder zu beruhigen.

Ein kurzes Kopfnicken, dann legten sie die letzten Meter zurück.

Jem lächelte müde. Wenn sie Lucie fänden, dann würde alles ... gut ... werden.

Seine Schritte wurden langsamer. Schließlich blieb er stehen.

Und was er dann erblickte, war eigentlich nicht möglich. Es konnte nur eine Halluzination sein. Eine Fata Morgana.

»Siehst du das?«, fragte er.

»Ich sehe es«, antwortete Zoe.

»Glaubst du es?«

Sie schüttelte den Kopf.

Lange standen sie so da und starrten das Ding an. Doch es verschwand nicht. Es blieb, wo es war, und blendete sie mit Licht und ungewohnten Farben.

Inmitten der gleißenden, trostlosen Wüste befand sich eine Kuppel. Ein gläsernes, durchscheinendes Halbrund, das von unzähligen Streben und Speichen durchkreuzt wurde.

Glitzernd, strahlend und berstend vor Leben.

Wie ein Smaragd ruhte das Habitat auf einem Teppich aus Gold. Was auf den ersten Blick noch wie ein Schmuckstück aussah, wuchs bei näherer Betrachtung zu einem Konstrukt von gigantischen Dimensionen und unverwechselbarer Form und Schönheit. Eine Stadt inmitten der Unendlichkeit der Wüste.

Jem tastete nach Zoes Hand. Er wollte in diesem Moment einfach sichergehen, dass er nicht träumte. »Die Enklave«, stieß er aus. »Das muss sie sein. Wir haben sie gefunden.«

»Mein Gott, ist das Ding riesig. Sieh mal, zwischen all den Bäumen ragen Gebäude empor.«

Jem nickte wie in Trance.

»Weißt du, wie das aussieht?«

»Keine Ahnung.«

»Kennst du den *Zauberer von Oz?«*

»Klar. Mein Dad hat mir den vorgelesen, als ich noch recht klein war. Dorothees Reise durch das verwunschene Land.«

Zoe lächelte versonnen. »Der feige Löwe, die Vogelscheuche und der eiserne Holzfäller. Erinnerst du dich noch an die gelbe Ziegelsteinstraße?«

»Natürlich.« Jem wusste immer noch nicht, worauf Zoe hinauswollte. Dann plötzlich fiel es ihm wie Schuppen von den Augen. »Aber natürlich«, flüsterte er. *»Die Smaragdstadt.«*

»Das Ende des Weges und der Anfang vom Ende. Die Begegnung mit dem allwissenden Zauberer. Hier wird sich alles aufklären, das spüre ich.«

Jem sah die Fußspuren, die zur gläsernen Kuppel führten und sich in der Ferne verloren.

Ein Kribbeln stahl sich seinen Rücken empor. Er wusste genau, wovon Zoe sprach. Auch er spürte es. Es war ein Gefühl der Erregung und der Ungewissheit. Der Hoffnung und der Furcht. Wie sie schon sagte, dies war der Anfang vom Ende. Er spürte, dass die letzte und alles entscheidende Prüfung noch auf sie wartete.

EVOLUTION

Evolution ist unaufhaltsam.
Evolution ist unausweichlich.
Sie macht vor niemandem halt.
Auch nicht vor dir.

Lies, wie es weitergeht:

Ab Juni 2017:
Evolution. Die Quelle des Lebens
(978-3-401-60169-4)

Thomas Thiemeyer

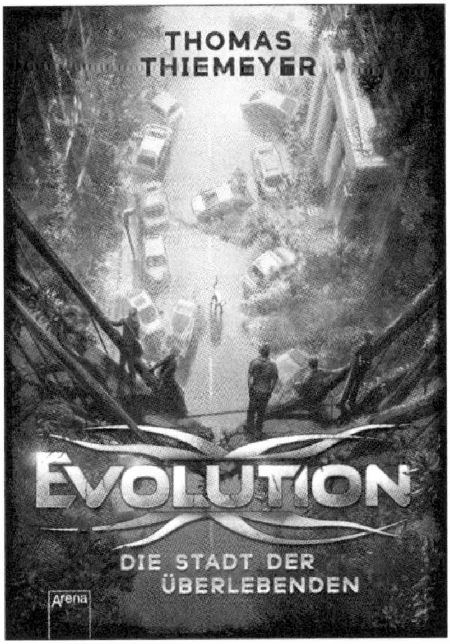

Evolution

Die Stadt der Überlebenden

Ahnungslos reisen Lucie und Jem mit einer Austauschgruppe in die USA. Doch als ihr Flugzeug am Denver Airport notlandet, wird ihnen schnell klar: Die Welt, wie sie sie kennen, gibt es nicht mehr. Die Flugbahn überwuchert, das Terminal menschenverlassen, lauern überall Gefahren. Sogar die Tiere scheinen sich gegen sie verschworen zu haben: Wölfe, Bären, Vögel greifen die Jugendlichen immer wieder in großen Schwärmen an. Was ist bloß geschehen? Während ihrer gefahrvollen Reise durch die neue Welt erfahren sie von einem Kometeneinschlag. Und von ein paar letzten Überlebenden in einer verschollenen Stadt. Aber wie sollen sie die erreichen, wenn die ganze Erde sich gegen sie verschworen hat?

Arena

Auch als E-Book erhältlich und
als Hörbuch bei Rubikon Audio

360 Seiten • Gebunden
ISBN 978-3-401-60167-0
www.arena-verlag.de

S. J. Kincaid

Diabolic
Vom Zorn geküsst

Eine Diabolic ist erbarmungslos, stark, kaltblütig und tötet für die, die sie beschützen muss. Eine andere Art zu leben kennen Diabolics nicht. Das ist ihr Platz im Universum. Als Nemesis, eine junge Diabolic, erfährt, dass ihre Schutzbefohlene als Geisel an den Imperialen Hof berufen wird, zögert sie keine Sekunde, sich an ihrer Stelle in die Hände der Feinde zu begeben. Getarnt als zarte Senatorentochter reist sie an den Hof – ein Ort der Intrigen, der Dekadenz und der Gefahr. Doch während Nemesis immer tiefer in tödliche Machtspiele verwickelt wird, regt sich in ihr etwas, das nicht sein darf: ein Funke von Menschlichkeit – und von Liebe ...